ちくま学芸文庫

エロティシズム

ジョルジュ・バタイユ
酒井 健 訳

図1　デロス島ディオニュソス小神殿の石造の男根，ヘレニズム時代。台石はディオニュソス祭礼の行列を描いた浮彫で装飾されている。台石正面に見えるのは，この行列のとき車に載せて運ばれた鳥形の男根である。写真アンリ・デュサ

目次

一、原著脚註は、巻末にまとめて掲載した。
一、原著のイタリックによる強調は、おおむね傍点、原音ルビ、または原綴を補って替えた。
一、〔　〕内は、補訳ないし補註である。

エロティシズム

ミシェル・レリスに

まえがき

人間の精神は、きわめて驚くべき禁止命令にさらされている。人間が人間自身を絶えず恐れているから、そうなるのだ。人間は人間の性の衝動に脅えているのである。聖女は、恐怖に駆られて好色漢から遠ざかる。好色漢の恥ずべき情念と聖女自身の情念が同一であることを、聖女は知らずにいる。

人間の精神の可能性は聖女から好色漢まで広がっているが、その一貫性を探究することはできる。

私は、聖女と好色漢という相対立する可能性がつながりを持っているのが見える見地に立っている。この二つの可能性のうち、どちらか一方を他方に還元しようとは思わない。むしろ私は、両者が互いに否定しあう地平の彼方に出て、両者が一致する窮極の可能性をつかみたいと思っている。

自分を脅かすものを少しでも解き明かしたいと思うのならば、人間は、そのものをまず支配しなくてはならない。私はそう考えている。これはなにも、恐怖すべき理由がもはやないような世界、エロティシズムと死が一つの機械の連続装置のようにある世界を人間が期待すべきだということではない。そうではなく、人間は人間を恐怖させるものを乗り越えることができる、人間は人間を恐怖させるものを真正面から見据えることができる、ということなのだ。

そのようにしてはじめて人間は、今日まで人間というものを規定してきた〝人間自身に対する奇妙な無理解〟を脱するようになる。

とはいえ私は、先人たちが歩んだ道をただ辿ってゆくだけなのだ。

今日私が刊行する本書よりもずっと前に、エロティシズムは、「真面目な人間」が扱うものならば立場を失いかねないテーマというふうにはみなされなくなっていた。以前から人々は、エロティシズムについて、恐れることなく、長々と語っている。これから私が語ることも、だから、すでに知られている事柄ではある。私はただ、語られた多様な事実のなかに一貫性を探しだしたいと思っただけなのだ。さまざまな行為の全体に一貫性のある見取り図を与えようとしたのである。

このように一貫性ある全体を探究したために、私の努力は科学の努力と対立することになった。科学は個別に分かれた問題を研究する。科学は専門に分化した仕事を積み重ねてゆく。エロティシズムは、人間に関して、こうした科学のやり方では到達できない意味を持っていると私には思える。エロティシズムを考察しながらそうしている当の人間が考察されている、このようになってはじめてエロティシズムは考察されたことになるのだ。エロティシズムはとりわけ、労働の歴史と分離して考察することができない。宗教の歴史と切り離しても考察することができない。

そのため、本書のいくつかの章はしばしば性の現実から遠ざかっている。他方で私は、今述べた問題〔労働の歴史、宗教の歴史〕に劣らず重要だと思われる問題を無視してしまった。私は、人間の精神の一体性が際立って見える視点を追い求めたために、他のすべてを犠牲にしたのである。

本書は二部構成になっている。第一部では、エロティシズムの角度から眺められた人間の生のさまざまな様相を、それらの一貫性において、体系的に論述した。

第二部にはそれぞれ独立した諸論文を集めたが、それらでも私は同一の問題と取り組んでいる。諸論文全体の統一性は明白である。これら二つの部では、結局、同一の探究がなされている。第一部の諸章と第二部の独立した多様な諸論文は、ともに同じ時期に、つまり第二次世界大戦から本年〔一九五七年〕にかけて書かれた。こうしたやり方には欠点がある。繰り返しが避けられなかったという欠点だ。とくに私は、第二部で扱ったテーマを、ときどき第一部で別な形で取り上げてしまっている。こうしたやり方は、しかし本書の全体的見地には対応しているのであって、それゆえさほど不都合なことではないと私には思えたのだった。本書においては一つの個別の問題が問題全体を含んでいる。本書において人間の生は絶えず異なった視点から捉え直されているが、ある意味で本書が帰着するところは、そのように捉えられている人間の生の全体の眺めということになる。

このような全体の眺めに注目したため、私は、青春期の自分に絶えずつきまとっていたイメージ、すなわち神のイメージを全般的な展望のなかで再発見できるという可能性に心を奪われるばかりになってしまった。むろん私は、自分の青春時代のカトリック信仰に戻ったりはしない。私たちが住むこの見棄てられた世界において、人間の情念は一つの対象〔聖なるもの〕しか持っていないのだ。私たちがこの対象に到達する道はさまざまにある。この対象はきわめて多様な様相を持っているが、私たちはこれらの様相の意味を理解できるようになる。ただしそれは、私たちがこれらの様相の深い一貫性に気づいたときのことなのだ。

私は強調しておきたいのだが、本書においてはキリスト教の躍動とエロティックな生の躍動は両者の統一性において立ち現れることになる。

本書で提示されている諸問題を私一人で練り上げねばならなかったとしたら、私は本書を書くことはできなかっただろう。私の試みに先行するものとしてミシェル・レリスの『闘牛鑑』があることをここで指摘しておきたい。レリスのこの作品では、エロティシズムが生の体験に結びついた体験として、つまり科学の対象としてではなく情念の対象として、より根本的には、詩の観想の対象として考察されているのである。

本書がミシェル・レリスに献じられることになったのも、とりわけ彼が第二次世界大戦の開戦直前に書いた『闘牛鑑』のためなのである。

私はさらにここでレリスに感謝の意を表しておきたい。というのも、私が病気で、本文に付す写真の収集に専念できなかったときに、彼はすすんで私を助けてくれたからである。私はまたここで、多くの友人たちが示してくれた熱心かつ有用なる支援にも深く感謝していることを述べておきたい。彼らは、本書で追求される目的に対応した資料を私のために入手してくれた。

彼らの名前をここに記しておく。ジャック＝アンドレ・ボワファール、アンリ・デュサ、テオドール・フランケル、マックス＝ポル・フーシエ、ジャック・ラカン、アンドレ・マッソン、ロジェ・パリ、パトリック・ヴァルドベルグ、ブランシュ・ヴィーン。

M・ファルク、ロベール・ジロー、素晴らしい写真家のピエール・ヴェルジェに面識はないのだが、彼らにも資料収集のことでは世話になった。

彼らの熱意の源が、私の論文の対象自体であり、本書が応えようとしている要請への認識であることを私は疑わずにいる。

私のいちばん古い友人のアルフレッド・メトローの名をまだ紹介していなかった。彼もまた今回私を助けてくれたのだが、これを機会に私が彼に負うているものすべてについて大略語っておかねばならない。第一次世界大戦後の数年来、彼は文化人類学と宗教史の世界へ私を導いてくれたのだった。それればかりではない、万人の認める彼の権威のおかげで私は、禁止と侵犯という決定的な問題を語ったときに、確固とした気持ちで――揺るぎないほど確固とした気持ちで――いることができたのである。

序論

エロティシズムとは、死におけるまで生を称えることだと言える。これは、厳密に言えば、定義ではない。しかしこの表現はほかのどれよりもみごとにエロティシズムの意味を語っていると私は思う。正確な定義を求めるのならば、たしかに生殖のための性活動から出発せねばならないだろう。というのもエロティシズムは、その特殊な一形態なのだから。生殖のための性活動は有性動物と人間に共通の事柄なのだが、しかし見たところ人間だけが性活動をエロティックな活動にしたのである。エロティシズムと単純な性活動を分かつ点は、エロティシズムが、生殖、および子孫への配慮のなかに見られる自然の目的(種の保存・繁栄)とは無関係の心理的な探究であるというところなのだ。この基本的な定義から、私はしかしただちに、冒頭で示した表現「エロティシズムとは、死におけるまで生を称えること」に立ち返る。というのも、エロティックな活動がはじめは生の溢れんばかりの豊かさであるにしても、今しがた述べたように生の繁殖への配慮とは無関係のこの心理的な探究は、死と無縁ではない目的に向けられているからである。ここには生と死のたいへん

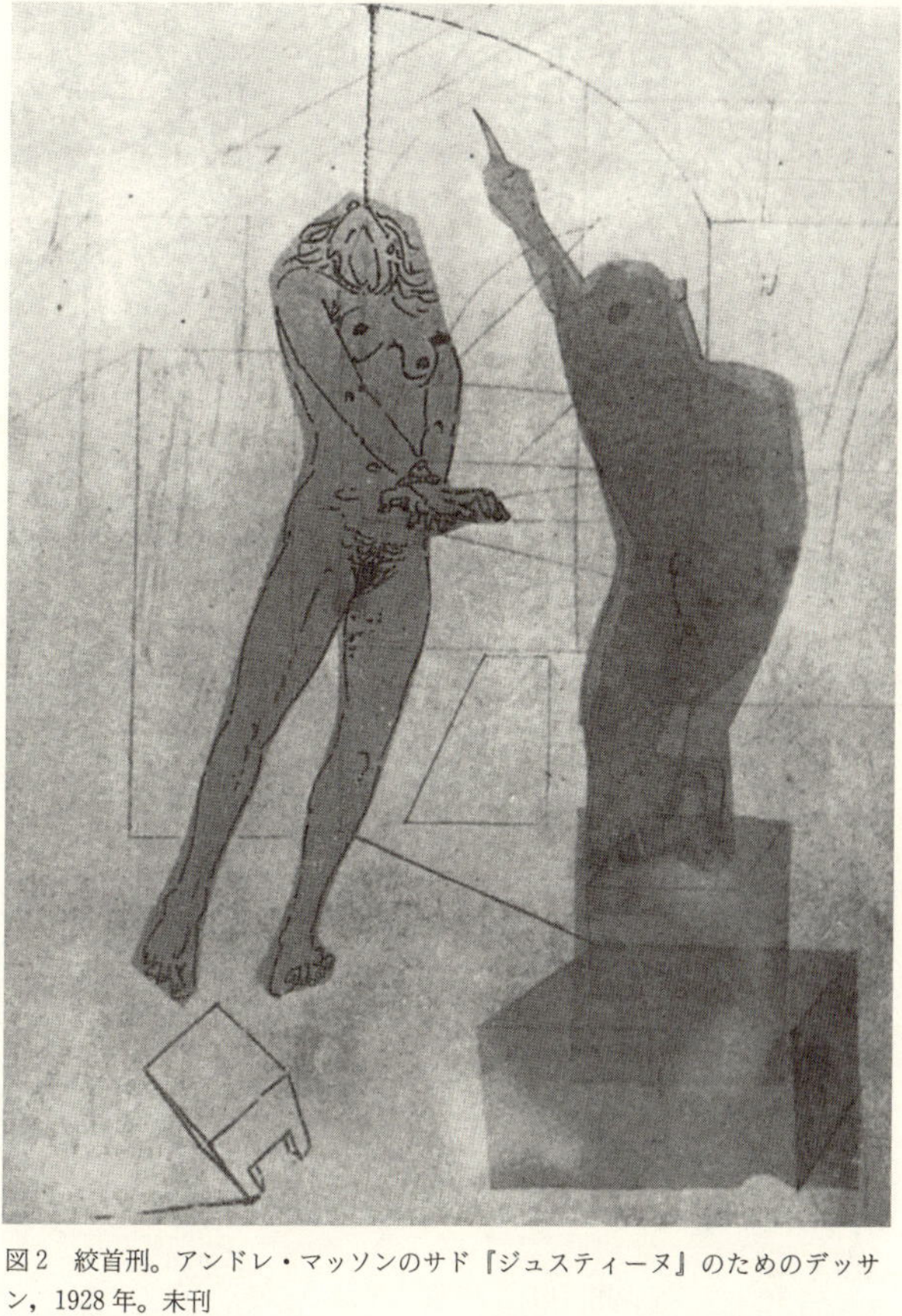

図2　絞首刑。アンドレ・マッソンのサド『ジュスティーヌ』のためのデッサン，1928年。未刊
「サド侯爵は小説のなかで，エロティックな興奮の絶頂を殺人行為のなかに見定めている」(30頁)

大きな矛盾があるので、私としては、すぐに次の二つの引用文によって私の主張に存在理由のようなものを与えたいと思う。二つともサドの文章だ。

奥義は残念ながらあまりに明確なのだ。それだから悪徳にわずかでも根をおろした放蕩漢《リベルタン》は、殺人がどれほど官能を刺激するか知っている。

同じ作家がさらに次のような奇妙な文章を書いている。

死を淫蕩な発想に結びつけることほど、死と慣れ親しむための良策はない。

私はさきほど「存在理由のようなもの」という表現を使った。じっさい、サドの思想は常軌の逸脱であるだろう。ともかく、サドの思想が拠りどころにしている傾向が人間の本性においてさほど稀《まれ》なものではないというのが本当だとしても、常軌を逸した性行動が取り扱われているのは事実だ。が、それでも、死と性的興奮のあいだの関係は問題として残る。殺人を見たり想像することによって、少なくとも病者は、性的快楽への欲望をかきたてられることがある。ただし私たちは、病いがこの死と性的興奮の関係の原因だと言ってすますことはできない。私個人としては、サドの矛盾した表現のなかに一つの真実が現れていると認めたい。この真実は悪徳の世界に限定されるものではない。この真実は生と死に関する私たちの表現の根底だとさえ私は思っている。私たちは、この真実から離れて、存在について考えることはできない。私は結局そう思っている。多くの場合、存在は、情念の運動の外で人間に与えられているように見える。逆に私は、断じて存在を情念の運動の外にあるものと思い描いてはならないと言いたいのだ。

今、哲学的な考察から出発することをお詫びしておく。

一般に、哲学の誤りは生から遠ざかることだ。が、ご安心いただきたい[1]。私が始める考察は最も内的な仕方で生に関係している。私の考察は性活動に関係しているが、今度はその性活動は生殖の視点から眺められることになる。私はさきほど、生殖はエロティシズムに対立していると言った。たしかにエロティシズムは、性の快楽と、子を産出する目的としての生殖とのあいだの乖離によって定義されるのだが、しかしそれでも生殖の根本的な意味はエロティシズムを解く鍵になっているのである。

生殖は不連続な存在を危険にさらすのだ。

生殖をおこなう存在は互いに異なっている。産みだされた存在も相互に異なっているし、彼らを産みだした存在とも異なっている。各存在は自分以外の他のすべての存在と異なっている。各存在の誕生、死、そして生涯におけるさまざまな出来事は、他の存在たちに対し利害を及ぼしうるが、直接的に利害が及ぶのは当の存在だけなのだ。この存在だけが生まれ、この存在だけが死んでゆくのである。一個の存在と他の存在とのあいだには深淵があり、不連続性があるのだ。

この深淵は、たとえば、私の話を聞いているあなたがたとあなたがたに話しかけている私とのあいだにも横たわっている。私たちは交流しようと試みるが、私たちのあいだのいかなる交流も本源的な相違を消し去ることはできないだろう。あなたが死につつある場合でも、死につつあるのは私ではないのだ。私たち、すなわちあなたと私は、不連続な存在なのだ。

しかし私は、私たちを分かつこの深淵を想起させると、ただちにそれは嘘だという気持ちを持たざるをえなくなる。たしかにこの深淵は深いし、この深淵を排除する手立てを私は見出せない。しかし私たちは共通してこの深淵に目まいを覚えることがある。この深淵は私たちを魅惑することがある。ある意味でこの深淵は死なのであり、死は目まいを覚えさせ、魅惑するのだ。

これから私は、不連続な存在である私たちにとって、死が存在の連続性という意味を持つことを明示しようと思う。たしかに生殖は存在の不連続性につながっている。だが他方で生殖は存在の連続性を惹《ひ》き起こしもするのである。つまり生殖は密接に死と結びついているのである。私は、まさに死と存在の生殖について語ることによって、死と存在の連続性が一致していることを明示してみたいと思っている。というのも、死も存在の連続性も、ともに魅惑するものだからだ。そしてこの双方の魅惑こそがエロティシズムを支配しているのである。

私は、根本的な混乱について語りたい。つまり、驚天動地の激変が本質である事態について語りたいのだ。もっとも、私がこれから依拠する事柄は、最初は、取るに足らないものに見えるにちがいない。それは実証的な科学が明らかにしている事柄であって、私たちにたしかに関係はしていても遠い関係でしかなく、私たちを内的に衝き動かしうるものなど何も発動させない他の事柄と、見たところさほど変わらない事柄なのである。こうした外見上の取るに足らない感じは間違っている。が、まず私は、ごく率直にこの事柄について語ろうと思う。まるで、すぐそのあとにあなたがたの間違いを正そうなどと意図していないかのように。

ご存じのように、生物は二つのやり方で生殖をおこなっている。単純な生物は無性生殖をおこない、より複雑な生物は有性生殖をおこなう。

無性生殖の場合、単純な生物、つまり細胞は、成長過程の一時点で二つに分裂する。二つの核が形成されるのだ。たった一つの存在から二つの存在が生じるのである。この場合、最初の存在が第二の存在を一つ一つ産出したと言うことはできない。二つの新たな存在は同じ資格で最初の存在の産出物である。そして最初の存在は消滅してしまったのだ。本質的に最初の存在は死んでしまったのだ。というのも、最初の存在は、自分が産みだした二つの存在のうちどちらにおいても生き残っていないからである。最初の存在は、死につつある有性動物のような仕方で解体したのではなく、存在しなくなったのだ。かつての不連続な存在として存在することはなくなったのだ。ただし連続性も、生殖の一時点にはあったのである。もとの一なるものが二つになる時点がある。二つの存在が現れるやいなや、再びそれぞれの存在の不連続性が生じることになる。しかしこの過程のさなかに、一瞬の連続性が二つの存在のあいだに生じているのである。最初の存在は死につつある。だがその死のなかに二つの存在の連続性の重要な瞬間が出現するのである。

　これと同じ連続性は有性生物の死のなかには出現しえない。有性生物の生殖は、死苦や消滅とは原則として無関係だ。しかし有性生殖も、根本的には無性生殖の場合と同じように生殖細胞の分裂を惹き起こすのであって、不連続性から連続性への新たな種類の移行を生じさせているのである。精子と卵子は基本的には不連続な存在だ。しかし両者は合体する。その結果、両者のあいだに連続性が生じ、そうして死から出発して、つまり精子と卵子という二つの存在の消滅から出発して一つの新たな存在が形成されてゆく。この新たな存在も不連続な存在ではある。しかしこの存在は自らのなかに連続性への移行を宿している。精子と卵子という二つの異なった存在の融合、ただし二つの存在それぞれにとっては死を意味する融合を宿しているのである。

こうした変化は取るに足らないもののように見えるかもしれないが、生のすべての形態の根本なのである。その変化を明らかにするために、次のような事態を想像してみていただきたい。すなわちあなたの身が今ある一つの状態から二つの分身へ完全に分かれるという変化である。しかもこの二重化においてあなたは生き残ることができないのだ。というのも、あなたから出た二人の分身はあなたと本質的に異なっているからである。必然的に、これら二人の分身のどちらも、今あるあなたと同じ存在にはならないのだ。というのも、あなたと同じ存在となるためには、これらの分身の一方が他方と連続していなければならず、現にそうなったように対立していてはいけないからである。そのような連続性は、ほとんど想像がつかない奇妙なものになってしまうだろう。逆にもしもあなたが、精子と卵子の融合に似た融合をあなたの仲間の一人とあなたのあいだに想像してみるならば、あなたはさほど苦もなく今問題になっている変化を思い描くことができるだろう。

私はなにも正確さを導入するためにこのような大雑把な想像を提唱しているのではない。私たちのような明晰な意識を持った存在と、今問題になっている下等な存在のあいだの隔たりは大きい。しかし私は、あれら下等な存在をもっぱら外部からだけ眺める習慣、つまり内部においては存在していない事物としてあれら下等な存在を眺める習慣に対して、そうしないよう用心を促したい。あなたがたも私も内部において存在している。だが私たちだけでなく、犬も、さらには昆虫も、そしてもっと小さな存在も同様なのである。一個の存在がどれほど単純にできているとしても、下限の境界線、つまりこの線の上から内部における存在が現れるといった下限の境界線はない。内部における存在は、複雑さが増したことの結果ではありえない。まず下等な存在がはじめに彼らなりに内部における存在を持っていなかったなら、いかなる複雑な存在も内部における存在を出現させることはできなかっただろう。

そうはいってもやはり、これらの極微動物と私たちのあいだの隔たりは大きい。私が促した途方もない想像は、それゆえ正確な意味を受け取ることはないだろう。私はただ単に今扱っている微少な変化、私たちの生命の根底にあるこの変化を、逆説的な仕方で喚起したかっただけだ。

生の根底には、連続から不連続への変化と、不連続から連続への変化とがある。私たちは不連続な存在であって、理解しがたい出来事のなかで孤独に死んでゆく個体なのだ。だが他方で私たちは、失われた連続性へのノスタルジーを持っている。私たちは偶然的で滅びゆく個体なのだが、しかし自分がこの個体性に釘づけにされているという状況が耐えられずにいるのである。私たちは、この滅びゆく個体性が少しでも存続してほしいと不安にかられながら欲していることが、同時にまた、私たちを広く存在へと結びつける本源的な連続性に対し強迫観念《オブセッション》を持ってもいる。私が語るノスタルジーは、私が挙げた基本的事実を認識していようといまいとまったく関係がない。最も単純な存在の分化と融合を知らない人であっても、自分が、無数の波に消えてゆく一つの波のようにこの世界の中に存在していないことで苦悩するということはありうるのだ。それはともかく、このノスタルジーが原因して、すべての人間のなかに三つの形態のエロティシズムが生じているのである。

その三つの形態、つまり肉体のエロティシズム、心情のエロティシズム、聖なるエロティシズムについてこれから順次語りたいと思う。そうして私は、これら三つの形態のなかでつねに問われているのが、存在の孤立を、存在の不連続性を、深い連続性の感覚へ置き換えることだということをしかと明示したいのである。

肉体のエロティシズムや心情のエロティシズムが何を意味するかは容易に理解できるが、聖なるエロティシズムという考え方はなじみが薄いだろう。そもそも聖なるエロティシズムという表現自体、いかなるエロティシズムも聖なるものであるのだから、曖昧だと言わざるをえない。しかしそうはいっても、私たちにおいては、厳密な意味での聖なる領域と、肉体や心情の領域とでは接近の仕方が異なっている。厳密な意味での聖なるものを追求してゆくこと、つまり身近な世界の彼方で体系的に存在の連続性を追求してゆくこと、これは、本質的に宗教的な性格を持った運動になっている。聖なるエロティシズムは、西洋でなじみのある形態では、神の探究、いや正確には神への愛と一体化しているし、東洋では、かならずしも神という表象を持ちださずに、似たような探究がおこなわれている。とくに仏教は神という観念なしですませている。いずれにせよ、私はここで自分の試みの意義を強調しておきたい。私は、一見して奇妙で、無意味に哲学的と思われてしまう概念、すなわち存在の不連続性に対立するところの連続性という概念を導入しようとしたのだった。結局、私が力説したいのは、この連続性という概念なしには、エロティシズムの総体的な意義とエロティシズムの諸形態の統一とが私たちには理解できなくなるだろうということなのだ。

生殖活動をおこなう下等な存在の不連続性と連続性について語るという回り道をして私が試みたのは、エロティシズムの広大な領野がつねに沈みこまされてきた暗闇から抜け出るということだった。エロティシズムの神秘というものがあって、私は今それをしいて侵そうと〔解明しようと〕しているのである。そしてむろんこの行為は、まず存在の最深部へ、存在の核心へ赴かなくては、可能にならないのである。

私はさきほど、下等な存在の生殖に関する考察は取るに足らない、つまらないものとみなされうることを認めざるをえなかった。エロティシズムの衝動は、どのようなものであれ、暴力に衝き動かされているのだが、先の考察にはこうした根本的な暴力の印象が欠如していた。本質的にエロティシズムの領域は暴力の領域であり、侵犯の領域である。不連続性から連続性へ移る下等な存在たちの移行をもう一度よく考察してみよう。この移行が私たちにとってどのような意味を持つか考えてみるならば、私たちは、不連続性から存在が引き離されることがもっとも暴力的な事態であることを理解するであろう。私たちにとって最も暴力的な事態とは死である。私たちは、自分たち不連続な存在が少しでも長く存続するのを見ていたいという欲求を執拗に持つが、死はまさしくそのような欲求から私たちを引き離してしまうのである。私たちにある不連続な個体性が突然消えてゆくと思っただけで、私たちの心は動転してしまうのだ。たしかに私たちの心の動きを、生殖をおこなう極微動物の動きと、あまりに単純に同一視してはならない。しかし存在がどれほど下等なものであっても、それら相互のあいだで存在を危機に投じる行為を、暴力抜きで思い描くことはできない。不連続性から連続性への移行において危機にさらされているのは、根本的な存在の全体なのである。唯一暴力だけが、暴力および暴力に関係した名前なき混乱だけが、すべてを危機に投じることができるのだ！　私たちは、確立した存在——不連続性において自らを確立した存在——への侵犯なくして、ある状態から本質的にまったく異なる状態へ変化する移行を思い描くことができない。生殖をおこなう極微動物たちの移行変化は、肉体のエロティシズムの局面で私たちを息苦しくさせる暴力の根源を私たちに再発見させる。いやそればかりでない、この暴力の内的な意味を私たちに明示する。肉体のエロティシズムとは、相手の存在に対する侵犯でなくて何であろう。死に隣接した、殺人に隣接した侵犯でなくて何であろう。

エロティシズムの完全なる実行は、最も内的なところで、意識が失われんとするところで、存在に到達することを目的にしている。通常の状態からエロティックな欲望の状態へ移行が生じるためには、私たちにおいて、不連続性の次元で確立していた存在がある程度溶解することが求められる。この「溶解」(*dissolution*)という言葉は、エロティックな活動に関係した「放埒な生活」(vie *dissolue*)という俗語表現に対応している。存在の溶解の動きにおいて、男性パートナーは原則として能動的な役割を演じ、女性側は受動的である。確立した存在として溶解するのは、おもに受身の女性側だ。が、男性パートナーにとって受動的な相手が溶解することは一つの意味しか持たない。すなわち二つの存在が混ざり合う融合を準備するという意味だ。そうして二つの存在は最終的にともに同一の溶解の地点へ到達する。ゲームのパートナーは通常の状態では閉じた存在なのだが、エロティシズムの完全なる実行は、閉じた存在の構造を破壊することを原則にしている。

決定的な行為は裸にすることだ。裸は閉じた状態に、つまり不連続な生の状態に、対立している。裸とは交流《コミュニカシオン》の状態なのだ。それは、自閉の状態を超えて、存在のありうべき連続性を追い求めるということなのだ。猥褻な印象を与える密やかな振舞いによって、二つの肉体は連続性へ開かれる。猥褻さとは、自己を所有するのに適した肉体の状態、持続しえて確固としている個体性を所有するのに適した肉体の状態をかきみだす混乱のことなのである。男女の性器の動きのなかでは、自己所有とは逆の事態が、すなわち自己喪失が起きている。二つの性器は流失して融合状態を再生させるのだが、それはちょうど、寄せては返す波が互いに浸透しあい相互のなかに消えてゆくのに似ている。この自己喪失はあまりに徹底してなされるので、その到来を告げ知らせる、そしてまたその象徴である裸の状態においては、大半の人間は自分を隠そうとする。裸に引き続いて、裸を完全に自己喪失の状態へ導くエロティックな行為がなされるならば、なおのこと自分を隠そうとする。裸にするということは、これが完全な意味を持っている諸文明のなかで見てみると、死なせる行為の相似物とは言わないまでも、死なせる危険性をともなわないこの行為の等価物なのである。古代においては、性愛行為と供犠の比較が正当化されうるほどに、エロティシズムの根底たる剝奪(あるいは破壊)は明瞭になっていた。供犠の意味については、存在が身近な現実の彼方と融合する聖なるエロティシズムが問題になるときに、もう一度考えてみることにする。今ここで強調しておきたいのは次の事実なのだ。すなわちエロティシズムの女性パートナーは供犠の生贄のごとくに現れ、男性パートナーは供犠の執行者のごとくに現れるということ。そして男女両者が、性愛行為のなされてゆくあいだ、破壊の最初の一撃でできあがっていた連続性のなかへ、自分を消し去ってゆくということである。

このような性愛行為と供犠の比較は、性愛行為の破壊に危険性が少ないため、やや価値がないものになっている。せいぜいのところ私たちが言えるのは、もしもエロティックな行為に、侵犯の要素、さらには侵犯を成り立たせている暴力の要素が欠如しているならば、エロティックな行為は絶頂に達するのがますます困難になるということだ。とはいえ、本当の破壊、正真正銘の殺人が、私が先に語ったそのきわめて曖昧な等価物〔裸にすること〕よりもっと完全なエロティシズムの形態をもたらすということはないだろう。サド侯爵が小説のなかで、エロティックな興奮の絶頂を殺人行為のなかに見定めているという事実は、次のような意味を持っているにすぎない。すなわち私が描きだしたまだ兆しほどの運動を極端な結果へ導いたとしても、私たちはかならずしもエロティシズムから遠ざかるわけではない、という程度の意味だ。人が通常の生活態度からエロティックな欲望に移ってゆくとき、そこには死の根源的な魅惑が作用している。エロティシズムのなかで作用しているのは、つねに、確固とした形態の溶解ということなのだ。繰り返しておけば、確固とした形態とは、社会的で規則正しい生の形態を指す。私たち一人一人は限定された個体であるのだが、その個々の個体の不連続性の次元を築いている生の形態を指すのである。ともかく、生殖はもとより、エロティシズムにおいても、不連続な生は、サドの発言にもかかわらず、消滅を余儀なくされるというわけではないのだ。不連続な生は、ただ危機にさらされるだけなのである。せいぜい、混乱させられ、調子を狂わされる、といったところだろう。たしかに連続性への追求はある。しかし原則としてこれは、不連続な存在の死だけが決定的に作り上げることのできるような連続性が勝《まさ》らないという条件下でのことにすぎない。要は、不連続性に立脚している世界の内部に、この世界が許容しうる連続性のすべてを導入するということなのだ。サドの常軌逸脱はこの可能性を超えてしまっている。サドの常軌逸脱はごく少数の人々を誘惑し、そのなかには極端なところまで行く者もいる。しかし正常な人間の全体にとっては、いくつかの決定的な行為は、ただ本質的な動きの極端な方向を与えるにすぎない。たしかに私たちをかりたてる運動には恐ろしい過激さがある。過激さは運動の方向を明示する。しかし私たちにとって過激さは、次のことを絶えず想起させる恐ろしい兆候でしかない。それはすなわち、私たちは不安感から個人の不連続性に釘づけされているのだが、死は、そのような不連続性を破壊するものであり、生よりももっと優れた真実として私たちに迫ってくる、ということである。

いずれにせよ、肉体のエロティシズムには、何かしら重苦しくて、忌まわしいところがある。つまり、肉体のエロティシズムは、個人の不連続性をまだ留めているし、しかもそれは反世間的な利己主義という意味合いを帯びてのことなのである。心情のエロティシズムはもっと自由だ。ただし心情のエロティシズムは、表向き肉体のエロティシズムの物質性〔肉体の生々しさ〕から離脱しているが、しかし肉体のエロティシズムから発しているのである。じっさい心情のエロティシズムは、肉体のエロティシズムの一様相でしかない。つまり肉体のエロティシズムが恋人たちの愛情によって安定化したものにすぎないのだ。心情のエロティシズムが完全に肉体のエロティシズムから離脱することはありうる。しかしそれは、人類の膨大な多様性が保持している限りでの例外的な出来事である。根本的に、恋人たちの情念は、彼ら相互の肉体の融合を精神の共感の領域に延長させている。恋人たちの情念は、肉体の融合を延長させている、あるいは逆に、肉体の融合への序奏になっている。とはいえ、この情念を体験する者において、この情念が肉体の欲望よりももっと暴力的な意味を持つことがある。至福の約束がこの情念にともなっているにもかかわらず、この情念がまず初めに混乱と変調をもたらすということを私たちはけっして忘れてはならない。幸福な情念それ自体がたいへん荒々しい無秩序を惹き起こす。それゆえこの場合の幸福は、享楽しうる幸福である以前に、大きくなりすぎてしまって、幸福の反対物に、すなわち苦悩に匹敵するものになってしまうのである。たしかにこの幸福の本質は、二人の存在者の執拗な不連続性を両者の驚異的な連続性へ代えてしまうことである。だがこの連続性はとくに不安のなかで感じられるものなのだ。というのも、この連続性は到達困難なものであり、無力さと震えのなかでの追求にかかっているからである。安心感が勝《まさ》っている静穏な幸福には、それに先立つ長い苦痛が鎮静化したという意味しかない。というのも、恋人たちにとっては、自分たちを結合する内面の連続性を運よく熱狂的に見入ることのできる機会よりも、長いあいだ会えないという機会の方が多いからである。

唯一苦悩だけが愛する相手の完全な意味を明らかにするのだから、苦悩の機会というのは偉大だと言わねばならない。愛する相手を自分のものにすることは死を意味しはしない。逆に死は、愛する相手を追い求めるときに侵入してくる。つまり恋人は、愛する相手を自分のものにすることができないときには、愛する相手を殺すことも考える。しばしば恋人は、愛する相手を失うよりは殺した方がましだと思ったりする。ときには自分自身の死を望んだりする。こうした激情を動かしているのは、愛する相手のなかに連続性が見出せるはずだという予感なのである。恋人には、この世でただ愛する相手だけが、私たちの限界が禁止しているものを、二つの存在の完全なる融合を、二つの不連続な存在の連続性を、実現できるように思えるのだ——ただしこの実現は、肉体の結合の可能性に心情の結合の可能性を付け加える、定義しがたい合一に基づいている。いずれにせよ恋の情念は、私たちを苦悩へ放りこむ。というのも恋の情念は、結局のところ不可能なものの追求であり、表面的にはいつも偶然の状況に左右される合一への追求であるからである。とはいえ、恋の情念はこの根本的な苦悩に解決を約束している。私たちは、不連続な個体性のなかで孤独に悩んでいるが、その私たちに恋の情念は絶えず繰り返してこう言うのだ。「もしもおまえが愛する者を自分のものにしたならば、孤独で締めつけられているおまえの心は、愛する者の心と一つになるだろう」。少なくとも部分的にはこの約束は空約束だ。とはいえ恋の情念においては、この融合のイメージは、ときに恋人たち双方で異なった仕方ではあっても、狂的な激しさをもって結実する。イメージや企てを超えて、この融合は、個人の利己主義の残滓を保持しながらも、束の間実現されることがある。だがそんなことより重要なのは、多くの場合、苦悩——別離の恐れ——が、この束の間の、しかし深い融合を十分に意識し続けねばならないということなのだ。

ともかく私たちは、二つの相対立する可能性を意識しなければならない。すなわち男女二人の恋人の結合が情念の結果だとしても、この情念は他方でもう一つの可能性、つまり死を、殺人への、あるいは自殺への欲望を、惹き起こすということだ。死の輝きが恋の情念を指し示している。この暴力——不連続な個体性を絶えず侵犯しているという感覚はこの暴力から生まれるのだが——の下に二人の習慣とエゴイズムの領域が始まる。これは不連続性の新たな形式にほかならない。個人の孤立を侵犯する——死の高みにおいて——ときにだけ、愛する相手の連続性のイメージ、恋人にとっては存在するものすべての意味を持つあのイメージが現れるのだ。恋人にとって愛する相手は世界の透明さである。愛する者のなかに透けて見えるものは、私があとで神聖なもしくは聖なるエロティシズムに関して語る予定でいるものなのである。それは、もはや個人の不連続性によっては限界づけられない完全な、無際限の存在である。一言で言うと、それは、恋人からすれば解放と映る存在の連続性のことである。その外観には、不条理な面もあれば、ひどい混合もある。しかし不条理、混合、苦悩を通して、奇跡のような真実が現れるのだ。結局、恋愛の真実においては何も空しくはない。恋人にとって（たしかに恋人にとってだけだが、そんなことは重要ではない）、愛する相手は存在の真実に匹敵する。偶然のおかげで、愛する相手を通して世界の複雑さが消え、恋人は存在の奥底を、存在の単純さを見出すようになるのだ。

好ましい偶然が愛する相手を自分のものにさせるのだが、人類は太古の昔から、このような偶然に左右される不確かな可能性とは別に、この好ましい偶然の埒外で、自分たちを自由にする連続性に到達しようと努力してきた。この問題は死を前にして提起された。というのも死こそ、見たところ、不連続な存在を存在の連続性へ放りこむからである。最初からこのような見方が人類の心にはっきり現れていたわけではない。そもそも死は、不連続な存在の破壊であり、いささかも存在の連続性に触れていない。それに存在の連続性は、ふだん私たちの外に存する。じっさい不死への欲望で働いているのは、不連続性のなかでの延命——個人的存在の延命——を確かなものにしたいという欲求なのだ。私はこのことを忘れているわけではないが、今は取り上げずにおく。私が今、強調したいのは次のことだ。すなわち存在の連続性は個々の存在の根源にあるのであって、死は存在の連続性に到達しない。存在の連続性は死に依存していない。しかしそれでいて、死は存在の連続性を露に示すということだ。この見解は、宗教的な供犠を解釈するときの基礎になるはずだと私には思える。私は先ほど、エロティックな行為は供犠に似ていると語った。エロティックな行為は、これに関わる者たちを溶解し、彼らの連続性を顕現させる。波立つ水の連続性を想起させる連続性を、だ。供犠においては、生贄をただ裸にするだけではなく殺してしまう（生贄が生き物でないときには、この生贄を何らかの仕方で破壊してしまう）。生贄は死んでゆく。このとき、供犠の参加者たちは、生贄の死が顕現させる要素を分有する。この要素は、宗教史家とともに、聖なるものと呼びうるものだ。まさしく聖なるものとは、厳粛な儀式の場で不連続な存在の死に注意を向ける者たちに顕現する存在の連続性のことなのである。暴力的な死のおかげで、一個の存在の不連続性が破壊されてしまうのだ。あとに残るもの、しのびよる静寂のなかで参加者たちが不安げに感じるもの、それこそが存在の連続性である。生贄はそこへ戻されたのだ。宗教の荘重さと集団がかもしだす状況でおこなわれる見世物的な殺害こそが、ふだん注目されないものを顕現させることができるのである。とはいえ私たちは、たとえ子供の頃のにしろ個人的に持った宗教的体験に照らし合わせてでなければ、とても供犠の参加者たちの存在の最深奥に現れるものを思い描くことはできないだろう。ともかく、あらゆる点から考えて、未開民族の供犠の聖なるもの

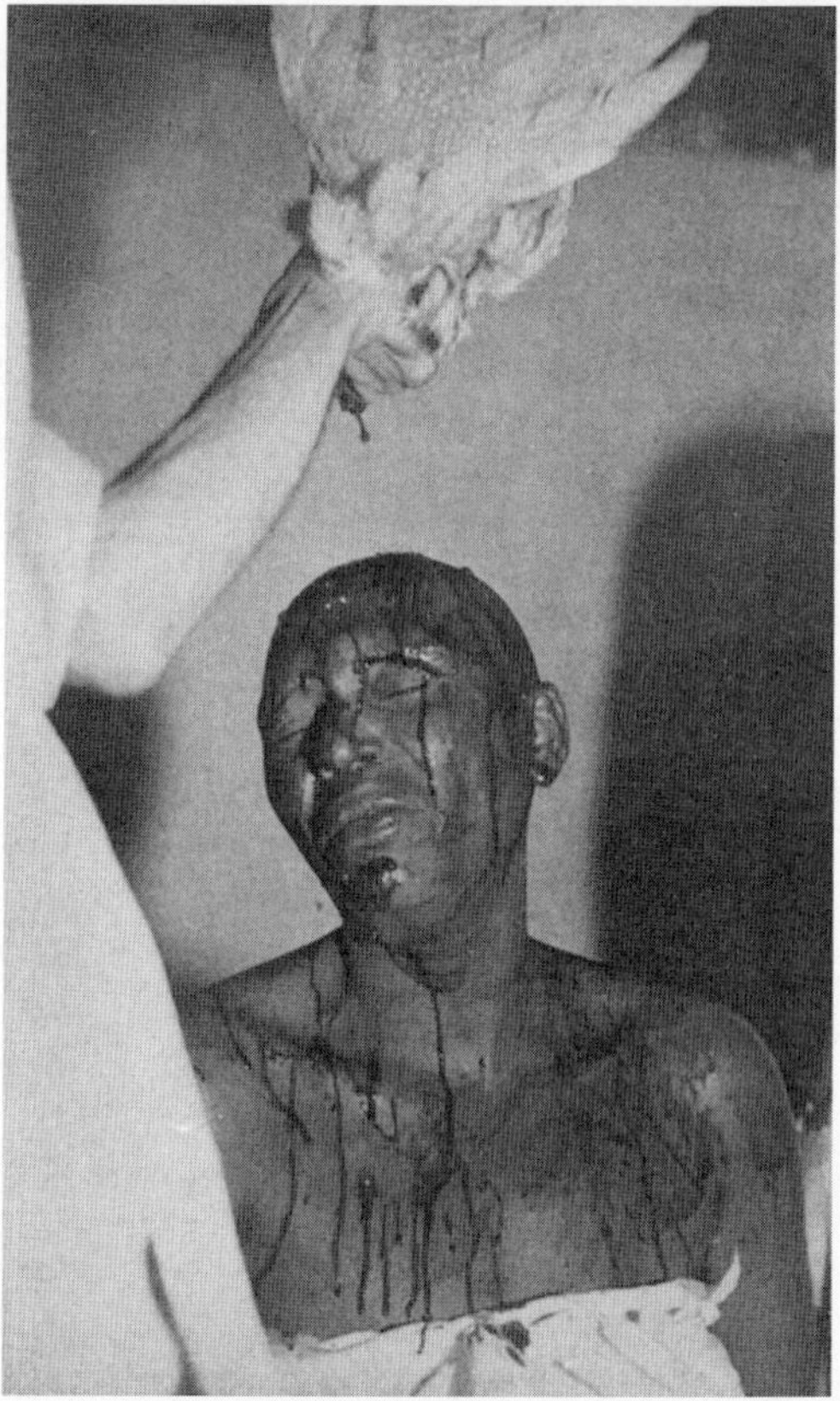

図3　雄鶏の供犠。ヴードゥー教の祭儀。写真ピエール・ヴェルジェ
「生贄は死んでゆく。このとき，供犠の参加者たちは，生贄の死が顕現させる要素——聖なるもの——を分有する」(36頁)

は、本質的に現代の諸宗教の神（*le divin*）の類似物と思えてくる。

聖なるエロティシズムについてはのちほど語ると私は先に言った。しかし最初から神的なエロティシズムを語っていれば、私の説明はもっと分かりやすくなっていたかもしれない。聖なる要素への愛よりも神への愛の方がずっとなじみがあって、当惑させることがない。だがそのようにしなかったのは、繰り返して言うが、対象が直接的な現実の彼方に位置するエロティシズムは、神への愛に限定できないからである。私は、不正確であるよりは、分かりにくい方がましだと思ったのだ。

キリスト教神（Dieu）の位格《ペルソナ》〔父、子、聖霊の位格《ペルソナ》〕が有するある程度の不連続性を別にすれば、諸宗教の神（le divin）は、本質的に聖なるものと同一のものである。キリスト教神は、私が語る存在の連続性を、感情の次元で根源的にすら持っている混成の存在である。ただし連続性を持つとはいってもやはりキリスト教神の表象は、聖書神学〔聖書に依拠して神の神秘的啓示を重視する〕においても純理神学〔理性、思惟に基づく神の形而上学的存在論〕においても、個人的存在に、つまり存在するものの全体と異なる創造者に、結びつけられている。存在の連続性については今はこう述べるだけにしておく。すなわち、存在の連続性は私によれば認識しうるものではないのだが、しかし連続性の体験は、偶然の、いつもどこかしら異論の余地のある形態のもとで、私たちに与えられる、と。私の考えでは、否定的《ネガティヴ》体験だけが注目に値する。しかしこの体験は多彩だ。実証《ポジティヴ》神学〔人間には合理的に理解できない神の意志によって設定された神学）が、神秘体験に基づく否定《ネガティヴ》神学の面を合わせ持つことを私たちはかたときも忘れるべきではない。

宗教的な供犠は人類普遍の体験であって、神秘体験はこれとは明瞭に異なるのだが、それでもこの普遍的な体験から生まれたように私には思える。神秘体験は、事物《オブジェ》の体験（および事物の体験が私たちの内部で発展させるものへの認識）に関係した思考が支配する世界のなかへ、この知的な思考の構築物のなかで場を持つことのない――あるいはただ否定的に、この知的な思考の限界を画定するものとして場を持つ――要素を導入するのである。じっさい神秘体験が顕現させるものは、対象《オブジェ》〔事物の謂もかねられている〕がないという事態なのだ。対象は不連続性と同じことである。そして私たちが自分の不連続性を破壊する力を内に持つ限り、神秘体験は私たちの内部に連続性の感覚を導き入れる。肉体のエロティシズム、心情のエロティシズムとは違ったやり方でそうするのである。もっと正確に言うと、神秘体験は、意志によらないような偶然の手段には頼らないのである。エロティックな体験は現実の事柄に関係しており、偶然的なものを待望している。この体験は、ある存在が与えられることを待望し、好ましい状況が到来することを待望している。聖なるエロティシズムが神秘体験のなかで起きた場合、望んでいるのは、何ごとも主体をかきみだされないということだけだ。

原則として（これは規則ではない）、インドでは、私が語った肉体、心情、神秘のエロティシズムの形態の出現が単純に捉えられている。すなわち神秘体験は壮年期に、死期の迫ったときに、つまりエロティシズムの現実の体験に好ましい条件が欠如したときに、予定されているのである。さまざまな実利的宗教の諸相に関係した神秘体験は、私が一般にエロティシズムの深い意味を見きわめたあの「死におけるまで生を称えること」にときとして対立している。

だがこの対立は必然的ではない。死におけるまで生を称えるということは、心情のエロティシズムでも肉体のエロティシズムでも、平然と死に挑むということなのだ。生は存在への接近である。生はいずれ死ぬはずのものではあるが、存在の連続性はそうではない。連続性への接近と連続性の陶酔感の方が死についてあれこれ考えることよりも勝《まさ》っている。第一段階として、直接的なエロティックな混乱が、すべてを上回る感覚を私たちに与える。それは、不連続な存在の状況に関係した陰鬱な展望が忘れ去られるといった感覚だ。第二段階としては、若々しい生に開かれた陶酔を超えて、真正面から死に近づく力、そしてこの死への接近のなかに、理解しがたく認識しがたい連続性への開けを見る力が私たちに与えられる。この連続性への開けこそエロティシズムの奥義であり、またエロティシズムだけがこの開けの深い意義をもたらすのだ。

ここまで私の考えを正確に追ってこられた方ならば、私が最初に引用した次の文章の意味をエロティシズムの諸形態の統一という視点で明瞭に理解するにちがいない。

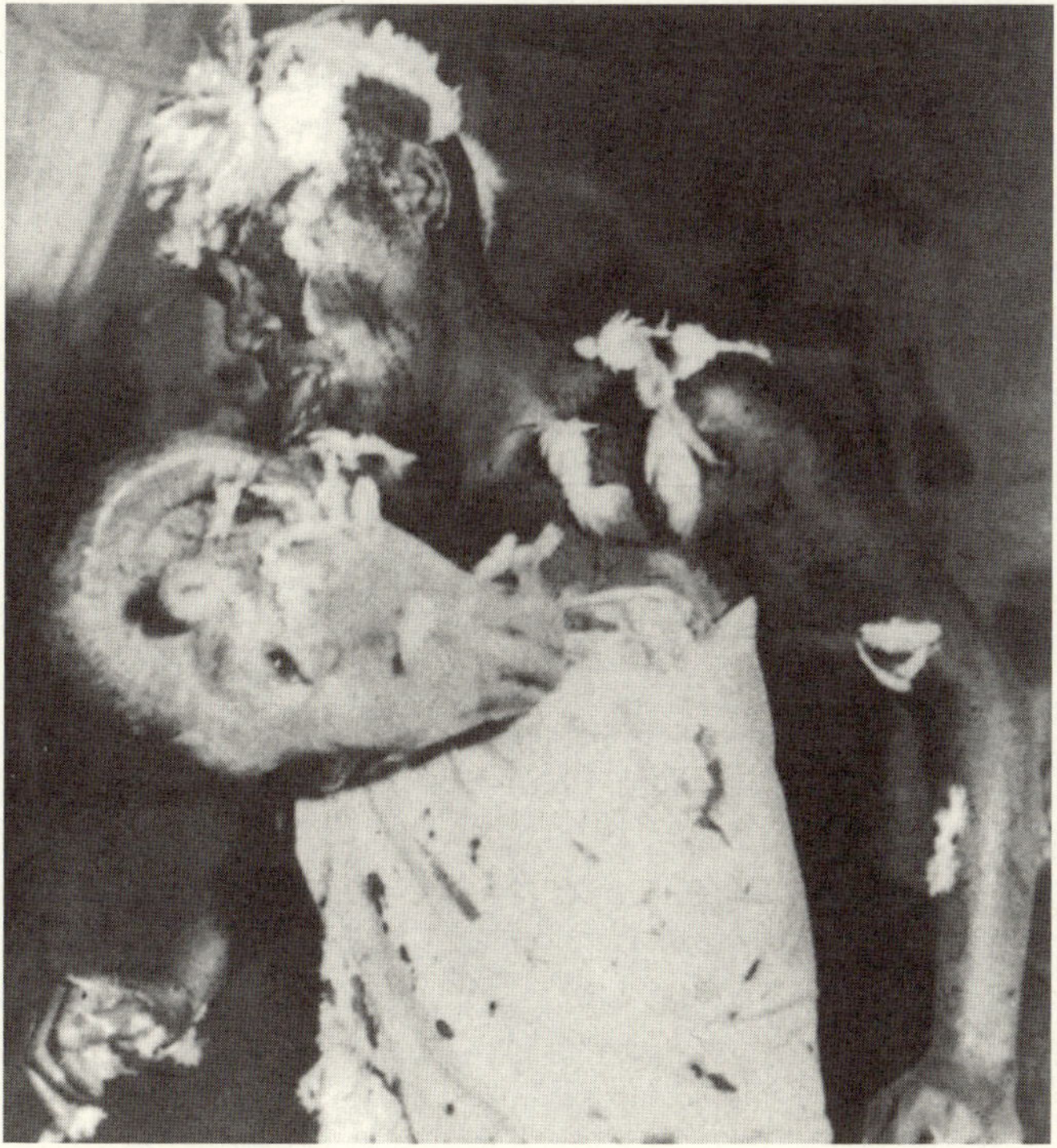

図4　雄羊の供犠。ヴードゥー教の祭儀。写真ピエール・ヴェルジェ
「暴力的な死のおかげで，一個の存在の不連続性が破壊されてしまうのだ。あとに残るもの，しのびよる静寂のなかで参加者たちが不安げに感じるもの，それこそが存在の連続性である。生贄はそこへ戻されたのだ」(36頁)

死を淫蕩な発想に結びつけることほど、死と慣れ親しむための良策はない。

私がこれまで語ったことから、人は、自閉への意志を拒むことによって私たちに開かれるエロティシズムの領域の一体性を、その内部において、理解できるようになる。エロティシズムは死へと開かれている。死は人を個体の存続の否定へ開かせる。私たちは、内面の暴力がなかったならはたして、私たちを可能なこといっさいの限界へ導く否定を引き受けることができるだろうか。

私が導きたかった場所は、ともするとあなたがたにはなじみの薄いものに思えたかもしれないが、それでも根源的な諸暴力が交差する四つ辻なのである。最後に、あなたがたがこのことをはっきり理解できるようにしておきたい。

私は神秘的な体験については語ったが、詩については語らなかった。知的な迷路にもっと深く入ってゆかなければ、とても詩について語ることはできなかっただろう。私たちはみな、詩が何であるか感じているだけだ。詩は私たちの根底をなすが、私たちは詩について語るすべを知らない。だから私も今、詩について語ろうとは思わない。とはいえ、私は、最も暴力的な詩人のひとりであるランボーの次の詩句を想起させることによって、私が強調したかった、神学者たちの神の観念とは最後まで混同しえない、連続性の観念をよりいっそうはっきりと感じとらせることができると思う。

見つけだすことができたんだ。
何をだい？　永遠さ。
それは、太陽と
いっしょになった海なんだ。

詩は、人を、エロティシズムのそれぞれの形態と同じ地点へ、つまり個々明瞭に分離している事物の区別がなくなる所へ、事物たちが融合する所へ、導く。詩は私たちを永遠へ導く。死へ導く。死を介して連続性へ導く。詩は永遠なのだ。それは太陽といっしょになった海なのである。

第一部　禁止と侵犯

第一章　内的体験におけるエロティシズム

内的体験の《直接的な》様相としてのエロティシズムは動物の性活動と対立する

　エロティシズムは、人間の内的な生の諸様相のうちの一つである。この点について私たちは思い違いをしている。というのも、エロティシズムが欲望の対象を絶えず外部に求めているからだ。しかし欲望の対象は欲望の内面に応えた結果なのである。一個の対象の選択は、いつも主体の個人的な趣味に左右される。たとえこの選択が大多数の人も選んだかもしれない女性に向けられたとしても、そこで作用しているのは、たいがいこの女性の客観的な美点ではなく、この女性の捉えがたい様相なのである。この女性の客観的な美点は、もしも私たちの内部の存在を感動させないのならば、おそらく私たちの好みを左右する何ものも持っていないにちがいない。簡単に言えば、人間のおこなう選択というのは、たとえ大多数の人間の選択と合致していても、動物の選択とは依然異なっているということである。人間の選択は、人間の本性であるところの、限りなく複雑な、内面の変化に依拠している。動物もまた主観的な生を持っているが、見たところこの生は、不活性な物体がそうであるように、決定的に動物たちに与えられている。人間のエロティシズムは、まさに内的な生を揺るがす〔mettre en question＝〝問いに付す〟というのが原義だが、根底から不安定化する、危機に投じるという意味でバタイユは用いている〕という点で、動物の性活動と異なっている。エロティシズムとは、人間の意識のなかにあって、人間内部の存在を揺るがすもののことなのである。動物の性活動もまた不安定をもたらし、この不安定は動物の生命を脅かすが、しかし動物はこのことを知らずにいる。動物には問いに似たものが何一つ開かれていない。ともかくエロティシズムが人間の性活動であるのは、人間の性活動が動物の性活動と異なっている限りでのことなのである。人間の性活動はつねにエロティックであるとは限らない。原始的でないときに、単純に動物的でないときに、人間の性活動はエロティックになる。

動物から人間への進化の決定的な重要性

動物から人間への進化について私たちはほとんど何も知らないが、この進化においては根本的なことが生起したのである。この進化に関するいっさいの出来事は私たちに隠されてしまっている。おそらく永久に。だが私たちは思ったほどお手上げの状態でもない。私たちは、人間が道具を作り、その道具を生活の必要を満たすために、そしてそれに続いてかなり早期に、生活の必要以上の欲求を満たすために用いたということを知っている。一言で言うと、人間は労働によって動物と異なるようになったのだ。と同時に、人間は禁止という名で知られている制約を自らに課した。禁止は、主として——そして間違いなく——死者に対する態度に向けられていた。おそらく禁止はまた、同時に——もしくは同じ頃に——性活動にも向けられた。死者に対する態度は、その太古の年代を、古代人が寄せ集めた人骨の数多くの発掘資料から割り出すことができる。ともかくネアンデルタール人〔今から十五万年前から三万五千年前にかけてヨーロッパ、小アジアなどに生存していた。人類の直接の祖先ではなく旧人と呼ばれる〕は死者を埋葬していた。もっともネアンデルタール人は、直立歩行には完全には達していなかったという点で、また彼らの頭蓋骨が私たちの頭蓋骨ほどには類人猿のそれと異なっていなかったという点で、厳密には人間と言えないのであるが。性に関する禁止は、これほど古い時代に遡れるかどうかは定かでない。私たちが言えることは、人類が現れた至る所で性の禁止も現れたのだが、先史時代のデータに依拠せねばならない限り何か明白な証拠がこのことを証しているわけではない、ということである。死者の埋葬については形跡が残っているが、最古の人々の性の習慣について教えてくれる資料は何一つ残っていない。

彼らの道具を持っているからという理由で、私たちは彼らが労働していたと認めることができるにすぎない。だが、労働は見た限り必然的に、死に対する態度を決定する反応を生みだしたのであるから、そのことを考慮に入れて、性活動を規制し制限する禁止もその余波として生まれたのだと、そして人間の根本的な振舞いのすべて——労働、死への意識、抑制された性活動——は古代の同時期に遡ると考えるのは理に適《かな》っている。

　労働の形跡は前期旧石器時代〔今から三〇〇／二〇〇万年前から二〇／八万年前にかけての時代〕のものから存在している。私たちが知っている最古の埋葬は中期旧石器時代〔今から二〇／八万年前から四／三万年前にかけての時代〕のものである。実のところ、これらの時代は、現在の計測に従うと、数十万年続いていたのである。人間が根本的な動物性から脱したその変化は、こうした果てしのない年月のあいだに起きたのだった。人間は、労働することによって、そして自分が死に向かっていることを理解することによって、さらには恥じらいのない性活動から羞恥心のともなった性活動——エロティシズムはこれから生まれた——へ移ってゆくことによって、根本的な動物性から抜け出たのだった。私たちが同類と呼んでいる本来の意味での人間は、洞窟壁画の時代（これは後期旧石器時代〔今から四／三万年前から一万五千年前の時代。ラスコー、アルタミラなどの洞窟壁画が新人と類別されるクロマニョン人によって制作された〕）から出現していたのであるが、この人間は、宗教の次元に位置する変化の全体によって生みだされたのであり、おそらくこの変化に支えられていたのである。

客観的資料と歴史の視野――この視野のなかで客観的資料は私たちの前に現れる――とに関係しているエロティシズム、およびその内的体験、その交流

このような仕方でエロティシズムについて語ることには不都合な点がある。エロティシズムを人間固有の生成論的〔動物から人間への進化に関する〕活動と捉える限り、私は、エロティシズムを客観的に〔客体として《オブジエ》〕画定してしまうことになる。しかし私は、エロティシズムの客観的な研究に関心を持ちはするものの、この研究を二次的なレヴェルに留めておこうと思う。私の意図するところは、逆に、人間の内的な生の様相、言い換えれば、人間の宗教的な生の様相をエロティシズムのなかに見てとることなのだ。

すでに述べたが、エロティシズムとは、存在が意識的に自分を揺るがす〔問いに付する〕不安定さのことなのである。ある意味では、存在は客観的に〔客体として〕滅んでゆく。だがこのとき主体は滅んでゆく客体と合体している。だから必要とあらば、こう言うこともできよう。すなわちエロティシズムのなかで私は私自身を滅ぼしている、と。たしかにこれは特別に恵まれた状況ではない。しかしエロティシズムに自発的な滅びが含まれていることは明白だ。これは誰も疑うことができない。今、エロティシズムについて語りながら、私は、たとえはじめのうち客観的な考察を導入するにしても、主体の名において単刀直入に自分の考えを述べたいと思っている。しかしまた私は次のこともまずもって強調してお

かねばならない。すなわち私がエロティシズムの動きを客観的に語るのは、内的体験がけっして客観的な見方と切り離されて生じることがないからであり、私たちがいつも内的体験を、何らかの、明白に客観的な様相と結びついたものとして見出すからなのだ、と。

エロティシズムの生起はもともと宗教的であり、それゆえ私の考察は学問的な宗教史よりも《神学》に近い

強調しておきたいのだが、私がときとして学者の言葉遣いをするのはいつも表向きのことにすぎない。学者は外部について語る。ちょうど解剖学者が脳について語るように。(しかしこれはかならずしも真実ではない。宗教史家も、宗教について現在自分が持っている、あるいはかつて持った内的体験を捨て去ることはできない……。この宗教史家はできる限りこの体験を忘れようとするのだが、しかしそんなことはどうでもよい。)私は、神学者が神学について内側から語るのと同様に、宗教について内側から語る。

神学者はたしかにキリスト教の神学について語る。それに対し、私が語る宗教は、キリスト教のような一個の宗教ではない。それはなるほど宗教ではあるが、しかしまさに、最初から一個の特定の宗教ではないという意味で定義される宗教なのである。私は、あれこれの祭儀についても、教義についても、既成の教団についても語らない。ただ、いずれの宗教もが提起した問題について語るにすぎない。私は、神学者が神学についてそうするように、この問題を自分の問題として引き受ける。ただしキリスト教なしにである。もしも、キリスト教もいずれにせよ一個の宗教にすぎないというのでなかったら、私はキリスト教から遠く離れているとさえ感じるところだ。それだから本書では、冒頭からこのような立場が明示され、主題がエロティシズムに向けられているのである。言うまでもなく、どの点においてもエロティシズムは宗教の領域の外にはない。だがまさにキリスト教こそは、エロティシズムに対立し、大半の宗教を断罪してきたのである。ある意味でキリスト教はおそらく、もっとも宗教的でない宗教なのだろう。

私は自分の立場が正確に理解されることを望む。

第一に私は、これ以上ないと思われるほど完全な、前提の欠如を望んだ。何らかの特定の伝統に私を結びつけるものは何一つない。またそれゆえに、オカルト主義や秘教主義のなかにも一つの前提を見ないわけにはいかないのだ。そのような前提は、宗教的なノスタルジーに対応しているという点で私の関心を引きはするが、一定の信仰を含んでいるため、私はともかくそこからも距離をとらざるをえない。さらに付言すると、キリスト教の前提を別にすればオカルト主義の前提がいちばん困りものだと私には見える。なぜならば、オカルト主義者たちの前提は、科学の諸原則が認められている世界にありながら、断固としてそれに背を向けているからである。この前提は、これを受け容れる者を、ちょうど他の人々のなかにあって計算が存在するのを知りながら足し算の間違いの訂正を拒んでいるような者にしてしまう。科学が私の目をくらませるということはないし（目がくらんでしまったら、私は科学の要請をひどくまずく満たすことしかできないであろう）、また計算が私を混乱させるということもない。誰かが私に「二たす二は五だ」と言ってきても私はかまわないが、しかし誰かが確固たる目的をめざして私とともに計算しているときには、私は「二たす二は五だ」という主張を忘れてしまう。現代の厳密さの精神は恣意的な解決を非難しており、私の見るところ、誰一人として、恣意的な解決から出発して、宗教の問題を提起することはできないだろう。私は、事物ではなく内的体験について語るという限りでは科学者ではない。しかし事物について語るときには、科学者のように不可避の厳密さで語る。

私はさらにこうも言いたい。すなわち、多くの場合、宗教的な態度には性急な答を欲する強い欲求があるために、宗教は精神の安易さという意味を帯びてしまった、と。そしてそれだから、あらかじめ何も知らされていない読者は、私のこれまでの言葉から、知的な冒険が問題になっていると勘違いし、私の本当の試みが見抜けなくなっている、つまり精神が自らに開きうる全可能性に向けて精神を、必要とあらば哲学と科学の彼方へ、ただし哲学と科学の道を通って、導く絶えざる働きかけが問題になっていることが見抜けなくなっている、と。

いずれにせよ誰しもが、哲学も科学も宗教的渇望が提起した問題を考察することができないということを認めるようになるだろう。しかしまた、これまでの状況下では、この宗教的渇望はこの渇望と合致しない変形した形態となって表されるしかなかったということも、すべての人が認めるところとなろう。人類は、宗教が古くから探究しているものを、もっぱらその宗教の探究がいかがわしい動機――物質的な欲望の動きに従った、とまで言わずとも、その場限りの情念に従った動機――に促された世界のなかでしか追い求めることができなかったのである。じっさい宗教の探究は、物質的な欲望やその場限りの情念と戦うことも、それに奉仕することもできたが、それらに無関心ではいられなかったのだ。ともかく宗教が始めた――そして続行した――探究は、科学の探究に劣らず、歴史のあれこれの要請から解放される必要がある。人間は完全には歴史の要請に従属していなかった、などと言いたいのではない。過去においては完全に従属していたのだ。しかし今や、好運の助けがあって、私たちはもう他者からの決定（教義《ドグマ》の形をした）を待たずに自分の欲する体験を持つことができる。そういう時代が、束の間かもしれないがやって来たのだ。そしてまた、今日までのところ私たちは、この体験の成果を自由に伝達することができている。

この意味で私は、宗教の歴史を作り上げる教授のようにではなく、なかんずく婆羅門

〔ヒンドゥー教の前身、バラモン教の僧侶〕について語る教授のようにではなく、婆羅門その人のように、宗教にかかわることができる。しかし私は婆羅門ではないし、何ものでもない。私は、伝統もなければ儀式もない体験、自分を導くものもなければ自分を困らすものもない体験、この孤独な体験を探究しなければならない。本書で私は、何であれ特定なものには依拠せずにこの体験を表現する。私は、既成の諸宗教から離れて内的体験を——すなわち私の見るところ宗教的な体験を——伝達しようと根本的に思っている。

このようなわけで、本質的に内的体験に基づく私の探究は、宗教史家や民族誌学者、社会学者の仕事と根本的に異なるのである。たしかにかつて次のような疑問が出されたことがあった。すなわちそれは、これらの学者も内的体験を持ち、その内的体験は、彼らの同時代人の内的体験と共通点があり、また他方ある程度まで彼らの個人的な体験——彼らの研究対象の世界との接触で変化を被った彼らの個人的体験——でもあるのだが、はたして彼らはそういう内的体験から離れてデータのなかへ分け入りこれをまとめることができるのだろうか、という疑問である。が、彼ら学者の場合については私たちは原則としてほぼこう断言できる。すなわち、彼らの体験が作用しなくなればなるほど（彼らの体験が目立たなくなればなるほど）、彼らの仕事の真正性は増す、と。私は、彼らの体験が小さくなればなるほど、と言っているのではなく、彼らの体験が作用しなくなればなるほど、と言っているのだ。私は、歴史家にとって、深い体験を持つことは利点だと確信している。けれども歴史家は、深い体験を持ったならば、それゆえにこの体験を忘れ、外側から事実を考察するのが最善なのである。もちろん歴史家は体験を完全に忘れることはできないし、また事実の認識を外側からの認識に完全に還元することもできない――またその方がよいのだが。しかし理想は、歴史家の意志に反して体験が作用することである。というのも、この体験、この認識の源は何にも還元できないからであり、また、私たちの宗教体験に内的に依拠することなしに宗教について語ろうとすれば、それは生命なき作業――無機的な題材を積み上げて理解しがたい無秩序の山を築く作業――に行き着いてしまうからである。

これとは逆に、もしも私が事実を自分の体験の視点から個人的に考察するならば、私は、自分が科学の客観《オブジェクティヴィテ》性を捨てて何を失ったか思い知ることになる。すでに述べたことだが、ことのはじめにおいて私は、客観的な方法によってもたらされた認識を勝手気ままに拒絶することはできない。私の体験は、この体験が危機に投じる事物《オブジェ》(エロティシズムにおいては少なくとも肉体がこれにあたり、宗教においてはそれがなければ信者共通の宗教行為が存在しなくなるようなしきたり〔キリスト教で言えば、たとえば毎日曜日ミサに参列すること〕)への認識をいつも前提にしている。エロティシズムにおける肉体は、歴史のなかでその意味を(エロティックな価値を)持ったのであり、そういう歴史的な視野のなかでのみ私たちに差しだされている。私たちは、肉体の体験を肉体の客観的形態、その外面の姿から切り離すことができないし、肉体の歴史上の出現からも切り離すことができない。エロティシズムの地平において肉体自身の変容は、私たちを内的に高揚させる生き生きした欲望の動きに対応しているのだが、他方で有性の肉体の魅力的で驚くべき外観にも関係しているのだ。

あらゆる方面から私たちに届けられるこれらの確固としたデータは、これらのデータに対応する内的体験に対立するものではありえず、それどころか、個人の属性たる偶然性から内的体験が離脱するのを助けている。体験は、たとえ現実世界の客観性《オブジェクティヴィテ》に結びついてはいても、恣意的なものをどうしても宿命的に取り入れてしまう。そしてまた、体験の再来は事物《オブジェ》に関係しているのだが、もしも体験が事物の普遍的性格を有していなかったなら、私たちは体験について語ることができないだろう。同様に、体験がなかったら、私たちはエロティシズムについても宗教についても語ることができないだろう。

客観的な内的体験の条件——禁止と侵犯が対立しあっている体験

いずれにせよ必要なのは、体験の方へできるだけ発展しないようにしている研究と、体験の方へ決然と進もうとしている研究とをはっきり対比させることである。そしてさらに言っておくべきことは、もしも前者の研究が第一になされなかったならば、後者の研究は、私たちにはおなじみの気まぐれさを余儀なくされてしまうだろう。結局、はっきりしているのは、今日私たちに十分だと思える条件はごく最近になって与えられたにすぎないということだ。

互いの可能性を律する、天秤の揺れ動きのような禁止と侵犯の運動が白日の下に明らかにされていなかった時代には、たとえエロティシズムが問題になっていても(あるいはもっと一般的に宗教が問題になっていても)、その明晰な内的体験は不可能だった。もちろん、禁止と侵犯の動きが存在することを知るだけではまだ不十分なのだ。エロティシズムあるいは宗教を認識するためには、禁止と侵犯が対等で対立しあっている個人的な体験が必要なのである。

このように禁止と侵犯を二つながらに体験することは稀《まれ》にしか起きない。エロティックなイメージ、あるいは宗教的なイメージは、ある者には何よりも禁止の振舞いを、他の者には何よりも侵犯の振舞いを惹き起こす。前者の禁止の振舞いは昔から存在する。後者の侵犯の振舞いは、少なくとも自然――禁止が対立していた自然――への回帰というかたちで、一般的になっている。しかし侵犯は《自然への回帰》とは違うのだ。侵犯は禁止を消滅させずに解除する。(1) ここにエロティシズムの原動力が隠されている。そしてまたここに宗教の原動力もある。もしもここではじめに掟と掟の侵犯の深い共犯関係について説明したりするならば、私は本研究の進展を先取りすることになるだろう。だがまた、今問われている体験を伝えようと努力する者には不信の念(懐疑の絶えざる運動)も必要なのであって、だとすれば本研究はなかんずく、以下に私が表明できる問題点に答えておかねばならない。

私たちはまず、私たちの感情が私たちの見解に個人的な性格を与える傾向があるということをお互いに認めあわねばならない。しかしこの個人差の困難は漠然としている。それに私に言わせれば、どの点で私の内的体験が他の人々の内的体験と一致しているかを、そしてまた、どのようにして私の内的体験が私を他の人々と交流させるかを考察することの方が容易である。ふつうは許されないのだが、私の問題提起があいまいで漠然としているので、この個人差の困難にこだわらなくてもすみそうだ。話を先に進めよう。体験の交流を困難にしている障害は別の性格のものであるように私には思える。つまりこの障害は、体験の基礎をなす禁止に、そして今私が問うている二重性に起因している。この二重性とは原則として両立しがたいものを、つまり掟の遵守と違反、禁止と侵犯を両立させる性質のことである。

要するに次の二つのうちどちらかだということである。一つは、禁止が働いていて、そのため体験が生起しない、もしくは人目を忍んでしかおこなわれない場合で、この場合、体験は意識の領域の外に留まり続ける。もう一つの場合は、禁止が働いていない（精神の内面で作用していない）というものだ。どちらの場合も好ましくないが、後者の方がより好ましくない。たとえば科学において禁止はたいがい正当化されておらず、病理に属するもの、神経症のなせるものとみなされている。禁止は外側から認識されているのだ。たとえ私たちが禁止の個人的な体験を持ったとしても、その禁止を病的なものとみなす限り、私たちはその禁止に、私たちの意識に闖入した外的な機構《メカニズム》を見てしまう。このような見方は、体験を消滅させはしないとしても、体験に低次の意味を与えることになる。その結果、禁止と侵犯は、叙述された場合、事物のように描かれる。歴史家——あるいは精神科医(もしくは精神分析医)の描写がそうであるように。

宗教も同じことだが、エロティシズムは、知性によって物体のように考察されると、本当に一個の物体に、異様な事物になってしまう。私たちがエロティシズムと宗教を内的体験の地平に断固として位置づけない限り、エロティシズムと宗教は私たちに閉ざされる。たとえ無自覚にであろうと禁止に屈伏しているならば、私たちはエロティシズムと宗教を、私たちが外側から認識している物体の次元に位置づけることになる。恐怖とは別の状況で遵守されている禁止は、もはや禁止の深い意味であるところの欲望の対立項にはなっていない。いちばん困るのは、禁止を客観的に扱うよう求める動きを内に持つ科学がまさに禁止から生じているのに、その禁止を不合理だとして拒絶していることである! 内側の体験だけが唯一、禁止が最終的に正当化される禁止のグローバルな面を提示するのである。科学的な研究をおこなうときには、私たちは事物を、私たち主体に外在するものとして考察する。科学においては、科学者自身も主体に外在する事物になる。唯一主体だけが科学を遂行しているのだが、しかしその主体はまず主体としての自分を否定しなければ、科学を遂行することはできないのだ。もしエロティシズムが断罪されていて、私たちが事前にエロティシズムを排除しておりエロティシズムから解放されているのなら、科学は順調に進捗する。しかし科学が（しばしばそうしているように）、明らかに科学の根底になっている宗教（エロティシズムを断罪する道徳宗教）を断罪するならば、私たちはエロティシズムと合法的に対立するのをやめることになる。そしてもはやエロティシズムと対立しなくなると、私たちは、エロティシズムを物体に、私たちの外部の事物に変えることをしなくなる。[2] 私たちはエロティシズムを、私たち内部の存在の運動として捉えるようになる。

禁止が十分に働いているならば、これは難しい。禁止が前もって科学の仕事をしてしまっているからだ。じっさい禁止は禁止の対象を私たちの意識から遠ざけるし、さらには、結果的に禁止を招来させた恐怖の衝動をも私たちの意識から——少なくとも明晰な意識から——隠してしまうのである。とはいえ、心を混乱させる対象、そして心の混乱それ自体を排除することは、活動の世界の、すなわち客観的な世界の明晰性——何ものも混乱させることのない——には必要だったのだ。禁止がなかったならば、禁止が優越していなかったならば、人間は科学の基礎になっている明晰判明な意識に到達することができなかっただろう。禁止は暴力を排除するし、他方、私たちの暴力の運動（そのなかには性の衝動と呼応しているものもある）は、人間の意識にはぜひとも必要な私たち内部の静穏な秩序を破壊する。だが意識がまさに暴力の混乱した運動に差し向けられねばならない場合には、まず第一に、意識がすでに禁止に守られて成立できているということが必要であり、続いて私たちが意識の光を禁止それ自体へ、それなしには意識が存立しえないであろう禁止それ自体へ向けることができるということが必要なのである。そうなったとき意識は禁止を、私たちがその犠牲者であるような一つの錯誤と捉えることはできず、人類が従った根本感情の結果と捉えるようになる。禁止の真理は私たちの人間的態度を解く鍵なのだ。私たちは、禁止が外部から課せられているのではないということを正確に知らねばならないし、またそうすることができるのである。このことは、私たちが禁止を侵犯している瞬間、とくに禁止が働いているにもかかわらず、禁止が阻止していた衝動に私たちが従うという曖昧な瞬間に、不安のなかで、私たちに明らかになる。禁止を守り、禁止に従っているならば、私たちはもはや禁止に気づかない。だが侵犯の瞬間には私たちは不安を感じる。不安がなければ禁止は存在しないのだ。この不安の体験は罪の体験である。この体験は人を侵犯の完遂へ、侵犯の成就へ導く。そこまでゆくと侵犯は、禁止を享楽するために禁止を維持する。エロティシズムの内的体験は、その体験者が、禁止の侵犯へかりたてる欲望に対して、さらには禁止の根底をなす不安に対しても、多大な感受性を持つことを要求する。この感受性は、欲望と恐怖、強烈な快感と不安をつねに緊密に結びつける宗教的な感受性である。

不安感、嘔吐感、恐怖感といった十九世紀の少女たちが共通して持っていた感情を知らない、あるいは束の間だけしか感じない人たちには、このような感受性の余地はない。しかしまた、これらの感情に束縛されているだけの人たちも同様なのだ。これらの感情には病的なものは何もない。だがこれらの感情は、人間の生においては、成虫に対する蛹《さなぎ》のようなものなのである。人間の内的体験は、人間が蛹の殻を破って自分自身を引き裂くこと（外部から課せられた抵抗としてではなく）を意識する瞬間に生じる。そして、蛹の内壁は客観的な意識の限界になっているから、このように蛹の殻を破って自分を引き裂いてゆく変化は、客観的意識を乗り越えてゆくということにも関係しているのだ。

第二章　死に関係した禁止

労働もしくは理性の世界と暴力の世界の対立

燃えるようなエロティシズム（エロティシズムが極限の激しさに達する盲目の地点）が以下の論述の対象なのだが、私はその論述で、禁止と侵犯というすでに語った二つの相容れないものの対立をシステマティックに考察してゆこうと思う。

とにかく人間は、この二つの世界の両方に属しているのであり、何を望もうと人間の生はこの二つの世界のあいだで引き裂かれている。労働と理性の世界は人間の生の基礎であるのだが、私たちは完全に労働に没頭しているわけではない。理性が命令を発するにしても、私たちの服従はけっして無制限というわけではない。人間は自らの活動によって合理的な世界を築いたが、しかし人間の内部にはいつも暴力の基底が存続している。自然もまた暴力的である。私たちがどれほど理性的になっても、暴力が再び私たちを支配することがあるのだ。その暴力は、もはや自然の暴力ではなく、一個の理性の存在の暴力なのである。理性に従おうと試みたにもかかわらず、理性に引き戻しえない自分のなかの運動に屈伏してしまう、そういう存在の暴力なのである。

つねに限界を超え出て《エクセデ》、部分的にしか減じえない運動が自然のなかにはあるし、人間のなかにも存続している。たいがいの場合、私たちはこの運動を説明することができない。いやそもそもこの運動は、本性上、何ものによってもけっして説明しえないものなのだ。だが私たちは、この運動の支配下にあることを感じながら生きている。私たちを運び去る宇宙は、理性が限定するいかなる目的にも応えていないし、たとえ私たちが理性を神に対応させようと試みたところで、私たちは理性とこの無限の過剰《エクセ》〔つねに限界を超え出るもの《エクセデ》〕——その面前に私たちの理性は存在する——とを、無分別に結びつけることしかしていないのである。とはいえ私たちが把握可能な概念を形成しようと欲しているその神も、自らのなかにある過剰によって、絶えず、この概念を超え出ながら、理性の限界を超え出ているのだが。

私たちの生の領域では、過剰は、暴力が理性に勝る限りで現れる。労働は、生産効率に関する努力の計算が一定不変である行為を必要としている。労働は、祝祭のなかで、そして一般的には遊びのなかで解き放たれる混乱した衝動がまかり通ることのない行為を必要としている。もしもこの衝動を制御できないなら、私たちは労働を受け容れることができないのだが、労働はまさにこれを制御する理由を導入する。この衝動は、それに従う人に直接的な満足を与える。逆に労働は、この衝動を支配した人に後日の利益を約束する。そ(1)の利益の意義は、現在時の観点に立たない限り、疑問視されえないものだ。太古の昔から、労働は一種の緊張緩和を生じさせてきた。この緊張緩和のおかげで人間は欲望の暴力が命じる直接的な衝動に応えずにすんでいたのである。たしかに、労働の基本にあるこの欲望からの解放感を、その必然性が一定不変ではない混乱した衝動につねに対立させるというのは独断的なことかもしれない。だが労働が開始されると、直接的な欲求には応えることができなくなるのだ。というのも直接的な欲求は、望ましいが、しかし後日にしか意義のない成果に対して私たちを無関心にさせることができるからである。たいがいの場合、労働は集団の要件である。そしてその集団は、労働にあてられた時間には、伝染性の過剰の運動に対抗しなければならない。じっさいこの過剰の運動の最中には、過剰への、したがって暴力への、直接的な埋没以外何も存在しないのだ。それだから、ある部分労働に専念する人間集団は、禁止という面で定義される。人間集団とは本質的に労働の世界なのであるが、もしも禁止がなかったならば人間集団はこの労働の世界にはならなかったであろう。

禁止の根本的な対象は暴力である

人間の生における労働と禁止のこの決定的なつながりをその単純さにおいて捉えるのを

妨げているものは、禁止の発令を支配し、しばしば禁止に無意味な相貌を与えてしまった気まぐれさなのである。だが私たちが禁止を全体として考察するならば、またとくに宗教の面で私たちがいつも守っている禁止を対象にするならば、禁止の意義は一つの単純な要素に還元される。私は今この要素を示しはするが、すぐに立証することはできない（それというのも、私が望んだシステマティックな考察を進めてはじめて、この要素の根拠も見えてくるはずだからだ）。労働の世界が禁止によって排除したものは暴力である。私が探究を進めているエロティシズムの領域では、性による再生産〔生殖〕と死が同時に問題になってくる。誕生と死という表向き正反対であるものが深いところで一致していることを私が立証できるようになるのは、もっと先に進んでからだ。だが両者の外面的な結合ならばもうすでにサドの世界のなかで明示されている。サドの世界は、エロティシズムについて考察する者ならば誰の思索にも提供されている。だが多くの場合、サド――彼が言おうとしたこと――は、サドを称えている素振りを見せる者たち〔バタイユの念頭には一九二〇年代のシュルレアリストたちのことがある〕を震撼させる。彼らは、愛の衝動が極限へ推し進められると死の衝動になるという不安で胸がしめつけられるような事実を、彼ら自身からは認めようとしなかった。愛と死のこの結びつきは矛盾したものには見えないはずである。生殖を惹き起こしている過剰と死という過剰とは、相互に参照されることではじめて理解されるようになる。だが最初から明らかなことは、二つの原初の禁止が死と性の活動を対象にしていたということだ。

死に関係した禁止の先史時代のデータ

「汝殺すなかれ」。「肉の交わりは、ただ結婚においてのみ果たさるべし」。これは、聖書が伝え、私たちが本来、絶えず守っている二つの根本的な命令である。

　これら二つのうち最初の禁止は、死者に対する人間の態度の結果である。

私は、私たち人類の運命が決せられた太古の時代へ遡る。人間が今日見せている容姿を持つ以前に、先史学者たちがホモ・ファーベル〔作る人〕の名を与えたネアンデルタール人は、さまざまな石器、しばしば念入りな仕上がりの石器を作り、それを使って石を――あるいは木を――裁断していた。私たちよりも十万年前に生きていたこの種の人間は、私たちにすでに似ていたが、まだ類人猿にも似ていた。私たちのように直立の姿勢をしていたが、その脚はまだやや曲がっており、歩くときには足の裏ではなく縁に体重をかけていた。また、私たちのように細い首でもなかった（このような猿の外観をまだ何らか残している人間もいるのだが）。額は狭く、眉弓も突出していた。私たちはこの原初の人間の骨しか知らない。だからこの人間の顔つきを正確に知ることはできないし、その表情がすでに人間的であったのかどうかも分からない。私たちはただ、この人間が労働をし、暴力から離れたということを知っているだけだ。

ネアンデルタール人の生の全体を眺めてみるならば、この人間はなお暴力の領域のなかに留まっていたということになる（私たちもまだ暴力の領域を完全には捨て切ったわけではない）。しかし部分的には暴力の支配から脱し、労働していたのである。ネアンデルタール人の技術面の巧みさについては、多数の、そして多様な石器の証拠が残されている。この巧みさはすでにして注目に値する。最初の発想を繰り返したり、より良くすることができる思慮深い注意力がなければ、とても彼らはこのような粒のそろった、それでいて長い時間のうちには改良もされてゆく成果に達することはできなかっただろう。ネアンデルタール人の巧みさはそれほどのものだった。が、彼らの道具だけが、生まれつつあった、暴力への対立を証す証拠というわけではない。ネアンデルタール人によって残された埋葬もまたこの対立を証している。

労働とともにネアンデルタール人が知った恐ろしくて、驚天動地の――さらに素晴らしくさえある――もの、それは死だった。

先史学によれば、ネアンデルタール人がいた時代は中期旧石器時代である。おそらくこれに先立つ数十万年前の前期旧石器時代から、ネアンデルタール人にかなり似た人類はいた。彼らは、ネアンデルタール人と同様に労働の痕跡を残している。またその遺骨からは、死に混乱を覚えはじめていたことも推測される。というのも、少なくとも頭蓋骨がこの人類の関心を引いていたらしいからだ。しかし現在の人類が絶えず宗教的におこなっているような埋葬は、中期旧石器時代の終わり頃に現れる。これは、ちょうどネアンデルタール人が消滅する直前のこと、先史学者がホモ・サピエンス〔知恵の人〕――それ以前の人間はホモ・ファーベル――と呼ぶ私たちにそっくりの人類が現れる直前のことだ。

　埋葬の習慣は、死者および死に関する私たちの禁止と類似の禁止があったことを証すものである。おそらく漠然としたかたちでではあるが、この禁止の誕生は、論理的に言って埋葬の習慣より以前に起きていた。ある意味で、ほとんど感じとれない仕方で、つまりいかなる証拠も残りえない、おそらく当の原始の人たちにも分からなかった仕方で、この禁止の誕生は労働の誕生と同時に起きたのだ。私たちはそう認めることさえできる。が、ここで本質的に重要なことは、人間の死体と、それ以外の、たとえば石のような物体とのあいだにある相違である。今日、この相違はさらに、動物に対して人間を特徴づけるものにもなっている。つまり私たちが死と呼んでいるものは、第一に、私たちが死に対して持つ意識のことなのだ。私たちは生の状態から死体への変化を感得するのだが、死体は不安をかきたてる物体なのである。人間にとってもう一人の他者の死体、それがこの物体なのだ。死体にすくんでしまう人々一人一人にとって、死体は自分の運命の写し絵《イメージ》にほかならない。死体は暴力を証しているのだが、その暴力は、一人の人間を破壊しただけではなく、今後あらゆる人間を破壊することになるのだ。死体を見て、他の人々は禁止にとらわれる。その禁止は、彼らが暴力を斥け、暴力から身を離す後退《あとずさ》りなのである。とくに原始の人々に帰さしめねばならない暴力の表現であっても、その表現は、理性的な操作によって律せられる労働の運動と必然的に対立するものとして、原始の人々はむろんのこと、人類にあまねく広まっている。レヴィ＝ブリュール〔一八五七―一九三九、フランスの社会学者〕の誤りは以前から確認されているが、彼は、原始の人々に合理的な思考法のあることを認めず、とけこみ〔participation＝あるものが同時に別のものでもあるとする前論理的、非矛盾律的な思考法で、融即とも訳される〕という変化と不明瞭な表現しか彼らに見ようとしなかった。[2] 労働は明らかに人間と同じほど古い。動物はかならずしも労働に無縁ではないが、動物の労働と違い人間の労働は、絶対に理性と無縁ではない。人間の労働は、労働の対象と労働それ自体との根本的な一致、そして労働の材料と念入りに作り上げられた道具との相違（この相違は労働に由来する）が認められていることを前提にしている。同様に、人間の労働は、道具の有用性への意識、および労働に関する原因と結果の連鎖への意識を必要としている。道具はコントロールされた操作から生まれ、そののちこの操作に仕えることになるのだが、この操作を支配している原理は、最初から、理性の原理なのである。この原理は、労働が構想し実現してゆく変化を規制している。たしかに原始の人間は、言語でこの原理をはっきり表現することはできなかったかもしれない。言語は指示された事物への意識を原始の人間に与えたが、指示作用への意識も、言語そのものへの意識も与えはしなかった。現代の労働者も、たいがいの場合は、この原理を明言できないにちがいない。しかしこの原理を忠実に守っている。たしかに、原始の人間は、さまざまな局面で、レヴィ＝ブリュールが言っていたように、ある物は存在していると同時に存在していないと、もしくはある物はそれ自身でありながら同時に別の物にもなりうると、非理性的に考えていたかもしれない。しかし理性は原始の人間の思考のすべてを支配していなかったにしても、労働の作業の局面ではこれを支配していた。それだから原始の人間は、暴力の世界が対立していた労働もしくは理性の世界を、明言せずとも、思い描くことはできていた。[3] 間違いなく死は、無秩序と同様に、労働の秩序づけとは異なっている。原始の人間は、労働の秩序づけが自分に属した事柄であり、逆に死の無秩序は自分を超え、自分の努力を無意味にすると感じていたにちがいない。労働の運動、理性の操作は原始の人間の役に立っていたが、逆に無秩序、暴力の運動は、有益な活動の目的である人間それ自体を滅ぼすものだった。人間は、労働がおこなう秩序づけと合体し、そのようななかで、これとは反対の動きをする暴力からは身を離していた。

暴力のしるしとしての死体、および暴力が伝染する脅威としての死体の恐怖感

これ以上ぐずぐずせずに言ってしまう。暴力、そして暴力を意味している死は、二つの面を持っている、と。一方では、生への執着心と結びついている恐怖感が私たちを後退りさせる。他方で、厳粛かつ恐ろしげな要素が私たちを魅惑し、至高の混乱を惹き起こす。この両義性についてはあとで語ることにしよう。今はただ、死に関する禁止が表している動き、暴力を前にしての後退りの動きの本質的な面を示すことしかできない。

死体は、それが生きていたときに仲間であった人々にとって、依然として関心の対象であったはずである。近親者たちは、暴力の犠牲者であるこの死体を新たな暴力から守ろうと配慮していたと私たちは考えるべきである。埋葬は、おそらく太古の昔から、死者を貪欲な動物から守っておきたいとする埋葬者側の願望を意味していた。しかしこの願望が埋葬の習慣の確立において決定的であったとしても、私たちはとくにこの願望だけをこの習慣に結びつけることはできない。おそらく長いあいだ、死者への恐怖感は、穏和になった文明が育んだ感情をも遠くから支配していたのである。死は、暴力が滅ぼすことができる世界へその暴力が入ってきたことのしるしだった。死者は、動かなくなってしまっても、死者を襲った暴力の性格を帯びていた。暴力の《伝染》が及ぶなかにあったものは、すでにその死者が犠牲になった破滅に脅かされていたのである。死は日常の世界とは無縁の領域から出てきたので、労働が命じる思考法とは反対の思考法だけが死にはふさわしかった。レヴィ＝ブリュールが間違って原始的と呼んだ、象徴的もしくは神話的思考法だけが暴力に対応しているのだ。暴力の原理とはまさしく労働が必要としている合理的思考を逸脱することにある。象徴的・神話的思考法においては、死者を襲って日常の現実の規則正しい流れを中断させる暴力は、死者を出したあとも危険なものであり続ける。死体から《伝染》によって効力を及ぼす魔術的な危険さえも、暴力は惹き起こす。死者は、生き残った者たちにとって危険なものなのだ。彼らが死者を埋葬せねばならないのは、死者を守るためというよりは、この《伝染》から自分たち自身を守るためなのである。《伝染》という考え方はしばしば死体の変質に関係している。というのも、そこに恐ろしくて攻撃的な力が見てとれるからだ。生物学で言う死後の腐敗は、真新しい死体と同様に運命の写し絵《イメージ》なのであるが、それは無秩序であり、そのなかに脅威をはらんでいる。私たちはもはや伝染的な魔術を信じてはいない。しかしいったい私たちのうちの誰が、蛆がいっぱいわいている死体を見て青ざめないなどと言うことができようか。古代の諸民族は、骨の乾燥を、死の瞬間に入りこんだ暴力の脅威が鎮められた証拠と見ている。だが多くの場合、生き残った者たちの目には、死者それ自身が暴力の支配圏に入ってゆき暴力の無秩序を分け持ったと映る。そして死者の白骨が最終的に表すのは暴力の鎮静化だと映る。

殺人に対する禁止

死体の場合の禁止はかならずしも理解しやすいとは思えない。『トーテムとタブー』（一九一三）におけるフロイトは、民族誌学のデータを表面的にしか知らず、そのデータも今日より不完全であったために、禁止（タブー）は一般的に接触欲に対立すると認めていた。死者に触れたいという欲求はおそらく、今日と同様に大昔も、さほど強くはなかっただろう。かならずしも禁止が接触欲を封じているわけではない。死体を前にしたとき、恐怖感は即座に、そしてかならず起きるのであり、それに抗うことはいわば不可能だ。死をもたらす暴力が人を誘惑するのはある場合だけのこと、つまり私たちの内部で暴力が生者に対して具現される場合、要するに人を殺したいという欲求が私たちを捕える場合だけのことである。殺人への禁止は、暴力への広汎な禁止のなかの特殊な様相なのだ。

古代の人々の目には、暴力がつねに死の原因だと映っていた。暴力は魔術的な効力によってその威力を発揮できるというわけだ。しかし暴力の責任者が存在し、殺人という行為が存在していたことに変わりはない。禁止の次の二つの側面は必然的な因果関係として結びついている。すなわち私たちは死を避けねばならない。だから私たちは死に棲まう荒れ狂う力から自分たちを守らねばならない、ということだ。私たちは、死者がその犠牲になり死者にまだしばらく取り憑いている力と類似の力を、私たちのなかで荒れ狂うがままにさせておいてはならないのである。

労働が作り上げた共同体は、原則として、仲間の一人の死のなかに棲む暴力とは、共同体の本質において無縁であると自己認識している。この死を前にして、共同体は禁止の感情を持つ。しかしこのことは共同体の成員にしかあてはまらない。禁止は共同体の内部でこそ十全に働くのだ。共同体の外部、異邦人に対しても禁止はまだ感じられるが、しかし侵犯される場合もある。労働によって暴力から引き離された共同体は、まさに労働の時間内に、そして共通の労働が結合する人々に関して暴力から引き離されているのである。この一定の時間外、共同体の枠外では、共同体は暴力に舞い戻ることがあるし、他の共同体との戦争では殺人に専念することがある。

一定の条件で、一定の時間内に、一定の部族の成員を殺すことは許されているし、必要でさえある。しかしこのうえなく気違いじみた殺戮が軽薄な人々によっておこなわれても、殺人への呪詛が完全に取り除かれることはない。「汝殺すなかれ」と命じる聖書はときどき私たちを笑わせるが、しかしこの禁止を無意味だとみなすのは間違っている。障害、禁止は、打ち破られ、愚弄されても、侵犯のあとに生き残っている。どれほど残忍な殺人者であっても、自分に向けられる呪詛を知らずにいることはできない。なぜならば呪詛は彼の栄光の条件だからである。侵犯は、何度繰り返されても、禁止に打ち勝つことはできないが、しかしあたかも禁止は、禁止が排除するものに栄光の呪詛を与える手段にすぎないかのようなのだ。

今述べた言葉のなかには根源的な真理がある。恐怖心に基づいた禁止は、私たちにこれを守ることだけを課しているのではない。その反対のことがかならず起こるのだ。障害を打ち破ることはそれ自体、何かしら魅力的である。禁じられた行為は、私たちをこの行為から遠ざけていた恐怖心がこの行為を栄光の輝きで包んだときに、それ以前には持っていなかった意味を帯びるようになる。サドはこう書いている。「放蕩を押しとどめるものは何もない……。放蕩の欲望を増幅伸張させる真の手段は放蕩に限界を課することなのだ[4]」。放蕩を押しとどめるものは何もない……。むしろ一般的には、暴力を減じるものは何一つ存在しないということだ。

第三章　生殖に関係した禁止

私たちの内部では普遍的な禁止が性生活の動物的自由に対立している

暴力を斥ける禁止と、暴力を解き放つ侵犯の衝動とを結びつける相補的な関係についてはあとで語ることにしよう。侵犯に対立するもろもろの禁止の衝動にもまた一種の結合がある。じっさい私は、禁止という障害物の設定からこの障害物が打破される瞬間へ話を進めようと思ったのだが、そこから、死が惹き起こす禁止と似た一連の禁止を問題として取り上げるに至ったのだった。ただし、性活動を対象にした禁止については二義的にしか扱うことができなかった。死に関する習慣の遺物ならば大昔のものからあるが、性活動に関する先史時代の遺物はもっと時代が新しいものだ。それにこの性活動の遺物は、そこから私たちが結論として何も引き出すことができない体《てい》のものなのである。中期旧石器時代の埋葬跡はある。しかし原始の人々の性活動の証拠は後期旧石器時代より以前にはない。芸術（表象）は、ネアンデルタール人[1]の時代には現れず、ホモ・サピエンスとともに始まる。

とはいえホモ・サピエンスが自発的に残した図像はきわめて少ない。それらの図像はたいがい勃起した陽物を描いている。そこから私たちは、死と同様に性活動も、早くから人間の関心を引いていたことが分かる。しかし死の場合と違って、このような曖昧なデータからは明確な指摘を導きだすことはできない。たしかに勃起した陽物の図像は、ある程度の自由があったことを証している。しかしこの図像は、その描き手たちが性の次元で無制限の自由に従っていたことを証すものではない。私たちがせいぜい言えることは、労働と違って性活動は暴力であり、直接的衝動として性活動は労働を混乱させることができるということだけである。勤労共同体は、労働のときに性活動を野放しにしておくことはできない。それだから私たちは、原初の時代から性の自由は、今日禁止の名で呼ばれるべき制限を受け容れねばならなかったと考えてよいだろう。ただしこの制限が適用された具体例については何も言うことができないのだが。せいぜい私たちは、最初に労働の時間が性への制限を生みだしたと考えることができるだけなのだ。大昔から性に対する禁止が実在していたと私たちが認める唯一の真正の論拠は、知りうる限りどの時代においても、どこにおいても、人間は一定の規則・制約に従った性行為によって限定されてきたという事実だけなのである。ともかく人間は、死に対して、そしてまた性の交わりに対しても、《禁じられた》状態にいる動物なのだ。が、もちろん《多かれ少なかれ》そういう動物だということであって、死の場合にも性の交わりの場合にも人間の反応は他の動物の反応とは異なっている。

性に対する制約は時代と地域によって大きく違う。すべての民族が同じように性器を隠す必要性を感じているわけではない。だが一般にどの民族も勃起した男性器は人目から隠そうとする。そして性の交わりのときには男女はたいがい人気《ひとけ》のないところへ引きこもる。西洋の諸文明において裸はかなり重大で一般的な禁止の対象になった。しかし現代ではその根拠と思われてきたものが疑問視されている。このように変化が起こりうることを私たちは体験しているが、だからといって禁止には恣意的な意味しかないということにはならない。逆にこの体験は、変化にもかかわらず禁止が持っている深い意味を証しているのであって、そのような変化はそれ自体さして重要でない点に関わる表面的なものにすぎないのだ。一般によく守られている制約に性活動が従ってしまうとき、そうなる必然性は形の定かでない禁止に由来しているのだが、私たちがこの不定形の禁止に与えてきたさまざまな外面がいかにもろく変わりやすいかは、今や私たちが認識しているところである。だが私たちは、その認識の際に、何らかの共通の制約に私たちが従うよう求めている根本的な規則〔禁止〕についても確信を得たのであった。私たちの内部で性の自由に対立している禁止は一般的であり、普遍的なのだ。個々の特殊な性の禁止は、この普遍的な禁止の変化しうる外面なのである。

このことをこれほどはっきり語ったのは私が最初だということに、私は驚いている。たとえば近親相姦の禁止は特殊な禁止であり、普遍的で根本的な禁止の一つの《外面》にすぎないのだが、そのような特殊な《禁止》を個別に捉え、さらにこの特殊な禁止の説明をもっぱら普遍的な根底――性活動を対象にした不定形で普遍的な禁止――の外にのみ求めるということがじつによくおこなわれているのである。ロジェ・カイヨワ〔一九一三―七八、フランスの思想家〕の次の発言はまさに例外的なのだ。「近親相姦の禁止のような、おおいに論じられてきた問題も、一社会における宗教的禁止の全体を包含する体系の特殊な事例として考察されるのでなければ、正しい解決を得ることができない[2]」。私が見るところカイヨワのこの簡潔な表現は、前半部分は申し分ないのだが、後半の《一社会》というのはまだ特殊事例であり、一つの外面である。今や考察すべきときが来ているのは、あらゆる風土に見られる、あらゆる時代の宗教的な禁止の全体なのである。カイヨワの表現に促されて私も、ためらうことなく、今すぐにこう言ってしまいたい。あの《不定形で普遍的な禁止》はつねに同一なのだ、と。たしかにこの禁止の対象は、この禁止の外面と同様、変化する。しかし問題になっている対象が性活動であろうと死であろうと、この禁止が狙いとして定めているのはつねに暴力なのだ。人を恐怖させ、しかしまた魅惑する暴力なのだ。

近親相姦の禁止

近親相姦の禁止という《特殊事例》は最も関心を引く事例である。一般の表現では、近親相姦の禁止が本来の意味での性の禁止の代わりになってしまっているほどである。不定形で捉えがたい性の禁止が存在することはすべての人が知っている。全人類がこれを守っている。しかしその守り方は時代と地域によってたいへん異なるので、誰もそこから一般的に語ることを可能にする簡潔な表現を導きだすことはできなかった。近親相姦の禁止も性の禁止に劣らず普遍的であるのだが、近親相姦の禁止の方は明確な慣習になって表されている。この慣習は、いつもかなり厳密に簡潔な文言としてまとめられているし、また異論の余地のない明瞭な意味の言葉一つだけで、近親相姦の禁止の一般的定義はなされている。それだから近親相姦は多くの研究の対象になったのである。逆に性の禁止——近親相姦の禁止はこの禁止の一特殊事例にすぎないのであり、またこの禁止からは一貫性のない諸禁止の総体が生まれている——は、人間の行為を研究する機会を持つ人々から見過ごされている。それほど人間の知性は、単純で定義可能なものの考察に差し向けられ、曖昧で捉えがたく変わりやすいものを無視するように促されてしまうのだ。このようなわけで性の禁止は今日まで学者たちの好奇心の対象にはならなかったし、他方で近親相姦の多様な形態は、動物種の形態と同じほど明確に画定され、学者たちに彼らの気に入るものを、つまり明知を働かせて解決されるべき謎を提供してきたのだった。

古代社会においては、親族関係と、どの結婚を禁止するかの決定とによる人間の分類は、ときに一個の真正の学問のごときものになっていた。クロード・レヴィ゠ストロース〔一九〇八―、フランスの文化人類学者〕の偉大な功績は、古代の家族構造の無限に入り組んだ迷路のなかに、もろもろの特殊な禁止の根源を見出したことにある。これらの特殊な禁止は、動物的な自由に対置された掟を守るように一般に人々をかりたてたあの曖昧で根本的な禁止からだけ唯一的に生じうるというものではない。暴力は自由になると、集団が従おうとしていた秩序を乱しかねないのだが、近親相姦に関する規定が第一に応えようとしていた欲求も、たしかにそのような暴力を規則で縛っておこうとする欲求だった。しかしこのような根本的な要因とは別に、男たちの間に女を分配するためには、公正な掟が必要だった。その規定は奇妙かつ確固としていたが、規則に従った女の分配の利点を考えるならば理解できる。禁止は何らかの規則となって作用していたのだが、他方、集団のなかにすでに存在していた諸規則は、性の暴力とも、性の暴力が理性的秩序に対して示す危険とも何ら関係のない、二次的な関心事に応えるために決定されえもしていたのだ。レヴィ゠ストロースは結婚の規則の既存の一面がどのような根源を持っていたのか示さなかったが、たしかに近親相姦の禁止の意味をこの一面に求めてはならないという理由はいささかもなかった。しかしこの一面は、手持ちの女を贈与して分配の問題を解決したいという欲求に単に応えただけのものだったのだ。

もしもあくまで私たちが、近親者間の肉体関係を禁じる近親相姦の一般的運動に意味を与えようとするならば、そこに執拗に存在する強い感情〔恐怖感〕のことを第一に考慮せねばならない。この感情は根本的なものではない。しかしさまざまな都合〔たとえば女の分配〕に合わせてこの禁止のもろもろの形式は作られたのだが、その都合というのも根本的なものではなかったのだ。探究者の最初の衝動として、この禁止の外見上たいへん古い形式から出発してこの禁止の原因を探ろうとするのは当然だと思える。だがこの探究をかなりのところまで進めると、現れてくるのは正反対の事態なのだ。つまり禁止の原因〔強い感情、恐怖感〕は突きとめられるのだが、その原因は禁止の制約の原則を秩序として確立し強いることができず、ただその場その場の目的にこの原則を用立てることしかできなかったということなのである。それだから私たちは、特殊事例を、私たちが知っていて、相も変わらず受け容れている《宗教的禁止の全体》に関係づけなければならない。私たちの内部で、近親相姦の恐怖よりも確固としたものが何かあるだろうか。〔私はこの恐怖に死者への敬意を結びつけるのだが、禁止のすべてが結びついているように見えるこの根源的な結合については、もっとあとの論述でしか示せない。〕私たちの目には、父親と、もしくは母親と――あるいは兄ないし妹と――肉体関係を持つことは道に外れることだと映る。私たちが性的に知ってはならないのはどういう人たちなのか、その定義はさまざまである。

しかしその規則が一度もはっきり定められたことがなかったにしても、私たちは、自分が生まれたときに家庭内で暮らしていた人たちとは原則的に肉体関係を持ってはならないのだ。この点で制約がある。おそらく近親相姦のこの制約は、他の変わりやすい禁止、それもその禁止に従っていない人々には恣意的と映る禁止がこの制約に絡んでいなかったら、もっと明瞭になるようなものなのだ。中心にあるかなり単純で恒常的な核と、周辺にある複雑で恣意的な変化、この二つが近親相姦の禁止という基本的な禁止を特徴づけている。世界のほぼいたるところでこの堅固な核は見出せる。と同時に、この核を取り囲む流動的な変化も見出せる。この周辺の変化が核の意味を隠している。この核それ自体が触れることのできないものというわけではないのだ。この核を考察すると、私たちは、ときとしてでたらめに反響し、また特定の時代・地域の都合に合わせて響くこともある根源的な恐怖を、よりよく知覚できるようになる。ともかくつねに本質的に問題になっているのは、冷静で理性的な行動が支配している領域と性の衝動の暴力との両立不可能性なのだ。禁止の諸規定はこの両立不可能性に由来するのだが、しかしはたしてそれらの規則は、さまざまな時代のなかで、変わりやすく恣意的な形式主義なしに画定されえたであろうか。(3)

月経の血と出産の血

性活動に関係したその他の禁止、たとえば月経の血や出産の血に関係した禁止も、近親相姦と同様に、暴力の不定形の恐ろしさに還元できるように思える。こうした液体は、体内の暴力の表出とみなされる。血液自体からして暴力のしるしなのだ。月経の血は、さらに性活動の意味と、性活動に発する汚れ《けが》の意味を持つ。汚れは暴力の結果の一つなのである。出産も、このような全体から切り離せない。出産それ自体、引き裂かれることであり、秩序ある行為の流れを越える過剰なのではあるまいか。度を越すということがなければ何ものも無から存在へ、また存在から無へも移行できないが、出産とはまさにこの度を越すという意味を持っているのではあるまいか。たしかにこうした見方には根拠のないところがある。それだから、たとえ私たちが月経血や出産の血の汚れにまだ敏感であるにしても、それらに対する禁止は私たちには無意味なものと映る。安定した核が問題なのではない。このような付帯的な外見は、あのうまく定義できない核を取り囲む還元可能な要素に含まれるものなのだ。

第四章　生殖と死の類縁性

死、腐敗、生命の復活

禁止が、日常の現実の流れから暴力を排除する必要に応えたということ、これはもう自明なことだ。暴力については、私はそれの明確な定義をすぐに提示することができなかったし、そうする必要もないと判断したのだった。[1] 禁止の意味の一貫性は、禁止の多様な面を語る論述からいつかは判明するはずである。

私たちは最初の困難に逢着する。すなわち根本的と私に思える禁止は、根源的に相対立する二つの領域、すなわち死と生殖を対象にしたものだったのだ。死と生殖は、否定が肯定に対立するように対立している。

死は原則として、誕生が目的になっている働き〔生殖〕と正反対の事態だ。しかしこの対立は解消しうる。

ある者の死は別の者の誕生を予告し、その条件になっている。この意味で、死と誕生とには関連がある。生はいつも、生の解体がもたらす産物なのだ。生はまず死に依存している。というのも、死が生のために場所を残すからである。次に生は死のあとの腐敗に依存している。というのも腐敗は、新たな存在が絶えずこの世に生まれてくるのに必要な養分を循環させるからだ。

だがそうはいっても生はやはり死の否定である。生は死を断罪し、排除する。こうした反応は人類において最も強い。死への恐怖感は存在の消滅に関係しているだけでなく、死んだ肉体を生の一般的な発酵へ返す腐敗にも関係している。死の厳粛な表現は理想主義的な文明に特有のものだが、じつのところこの表現に関係した深い敬意だけが生と死の根源的な対立を発展させたのである。逆に直接的な恐怖感は、死の恐ろしげな外観と悪臭を放つ腐敗とが、胸をむかつかせる生の基本的な条件〔発酵〕と一致しているという意識を──少なくとも漠然と──持ち続けていた。古風な諸民族にとって、極度の不安の瞬間は腐敗の段階に関係している。そのあとの白骨には、蛆が養分を取っている腐乱した肉体の耐えがたい外観はすでにない。生き残った者たちは、腐敗によってかきたてられた不安のなかに、死者が彼らに抱く激しい恨みと憎悪の表現を、漠然とではあるが感じとる。葬儀はこの恨みと憎悪を鎮めるためにおこなわれるのである。そして白くなった骨はこの憎悪の鎮静化を表していると、彼ら生き残った者たちは考える。彼らには尊敬すべきものに見えるこの白骨は、死の慎しみのある──厳粛かつ耐えられる──最初の外観を表している。

図5　ハンス・バルドゥング・グリーン《開かれた墓の前で死神が裸女に接吻する》。バーゼル美術館
「死は原則として，誕生が目的になっている働き〔生殖〕と正反対の事態だ。しかしこの対立は解消しうる」(87頁)

この外観はたしかにまだ不安をかきたてはするが、しかし腐敗が示す過剰なほど強力な毒性はない。

　白骨はもはや、嫌悪感を惹き起こすねばねばとしつこい脅威に、生き残った者たちを打ち捨てたりはしない。死と、豊かな生が湧出する腐敗との根本的な関連は白骨によって終止符を打たれたのだ。私たちの時代よりももっと人間の根本的な反応に近かった時代、この関連はきわめて必然的なものに思われていたので、アリストテレスなどはまだ、地中や水中で自然に形成された（と彼は信じていた）ある種の動物たちは腐敗から生まれたと言っていたほどである[2]。生物を生みだす腐敗の力というのは素朴な信仰だ。腐敗が私たちの内部に呼び起こす恐怖感は腐敗に魅惑される気持ちとないまぜになったものなのだが、この素朴な信仰はこうした恐怖感に由来している。そしてこの素朴な信仰がもとになって、自然、それも悪い自然、恥をかかせる自然という観念を私たちは持つようになったのだ。腐敗は、私たちが生まれでて、ついには帰ってゆくこの世界の縮図なのであった。この見方において、恐怖感と恥辱感は私たちの誕生と死の双方に結びついていたのである。

　うごめき、悪臭を発し、生温かく、醜悪な外観で、生が発酵している、腐敗のさなかのあれらの物質。卵、微生物、虫がひしめいているあれらの物質こそ、私たちが吐き気、胸のむかつき、嫌悪と名づけている決定的な反応の根源にあるものなのだ。死は、私という存在、さらに長く存在することを期待している存在、言い換えれば今存在していることよりももっと長く生きることを期待する点に意味がある存在（あたかも私の存在の本質が、今の私という現存ではなく、私が期待している未来、今の私ではない未来であるかのように）の全体に将来重くのしかかることになる無化であるのだが、しかしまたそのことを超えて、私が生の腐敗へ帰ることをも告知している。それだから私は、吐き気の勝利を前もって私のなかで祝う事態として、あのどんどん広がる腐敗を予感することができる——その期待のなかで生きることができるのである。

吐き気、および吐き気の領域の全体

他者が死んだとき、私たち生き残った者たちのそれまでの期待、つまり今私たちのそばで動かずに横たわっているこの他者が生き続けるようにと願っていたその期待は、突如、無（*rien*）に帰してしまう。死体は無ではない。しかしこの物体、この死体は、最初から無のしるしを帯びている。生き残っている私たちにとって、やがて訪れるこの死体の腐敗は脅威なのだ。この死体は、私たちがその人の生前中に抱いていたような期待にはいっさい応えない。逆に恐れに応えている。だからこの物体は無より劣っている。無より悪い。恐れは、嫌悪感の根底であるのだが、死体のこうした特徴と対応しているのであって、客観的な危険によって惹き起こされるのではない。この場合の脅威は客観的に説明できるものではない。人間の死体に、死んだ動物、たとえば猟の獲物の場合と違うものを見なくてはならないという理由はない。進行した腐敗を見ると恐怖心で後退りするが、この後退りそれ自体には必然的な意味はない。死体に対して抱く恐怖感は、同じ次元の発想のもとに一連の人為的な振舞いをおこなっている。私たちは、私たちが人間の下腹部の排泄物に対して抱く感情に近い。この関連は意義深い。というのも私たちはまた、私たちが〝猥褻な〟と形容する性の快楽の諸様相に対しても似たような恐怖感を抱くからだ。性器の管は排泄物を出している。私たちはこの管を《恥部》と形容し、また肛門と関係づけている。聖アウグスティヌスは、これらの器官と生殖機能との猥褻さについて苦しげに強調している。「私たちは糞と尿のあいだで生まれるのだ」というのだ。私たちの糞便は、死体や月経血に対する規則のような細心綿密な社会的規則によって表現される禁止の対象にはなっていない。だが全体として見れば、糞便、腐敗、性活動は横すべりによって一つの領域を形成したのであり、その結びつきはたいへん明瞭なのである。原則として、外から見て場所的に近いという実際上の隣接関係がこの領域の全体性を決定した。とはいえこの領域の存在は主観的な性格も持っている。すなわち吐き気は人によって異なるし、吐き気の客観的な存在理由も見えてこない。生きた人間がなりかわる死体ももはや無でしかない〔客観的な実体はない〕。同様に、触れることのできる実体的な何ものも、客観的には、私たちに吐き気を催させはしない。私たちの嘔吐感とは空無感なのだ。吐き気で気を失いそうになるとき、私たちは空無を感じているのである。

それ自体無であるこれらについて、簡単に語ることはできない。だがしばしばそれらの物は、不活性の物体にはない目覚ましい力で自らを表している。不活性の物体はただ客観的な特徴を私たちに示しているだけだ。それにしても、この悪臭を放つ物が無〔存在していない〕だなどとどうして言えようか。だが私たちがそのように抗議するのは、私たちがその物に辱められて、真相を見ることを拒んでいるからなのだ。排泄物は悪臭ゆえに胸をむかつかせると、私たちは思っている。しかし、最初に私たちの嫌悪の対象になっていなかったら、はたしてそれは悪臭を放っていただろうか。私たちは、私たちの本質であり、私たちを人間存在たらしめた嫌悪感を子供たちに伝えるために苦労しなければならないのだが、その伝達の苦労をすぐに忘れてしまう。私たちの子供は、自分から、私たちの反応を分け持つのではない。子供には、ある食物が好きではなく拒絶するということがある。気絶しそうになるほど私たちに衝撃を与える嫌悪というもの、これは何とも奇妙な逸脱であるのだが、私たちはこの逸脱を子供に身振りによって、必要とあらば暴力によって教えなければならない。そのようにしてこの逸脱は、最初の人類から私たちまで、何世代もの叱られた子供を通って、伝えられてきたのだ。

私たちの誤りは、数千年来、私たちが子供に伝えてきている侵すべからざる教え、かつては違った形態をしていたこの教えを軽視していることだ。嫌悪感と吐き気の領域は、全体的に見て、この教育の一結果なのである。

生の浪費の衝動とこの衝動への不安

本書を読むことによって私たちの内部には空無（un vide）が開かれるかもしれない。私が語っていることには、この空無よりほかには意味がない。

だがこの空無は、ある特定の点で開かれる。この特定の点とはたとえば、死である。空無を開く死である。死体もこの特定の点だ。死体の内部に死が不在（absence）を導入する。この不在に関係した腐敗もこの特定の点だ。私は、腐敗に対する私の恐怖（腐敗はたいへん根深く禁じられているので、私は記憶ではなく想像で腐敗を示唆するしかない）を猥褻に対する私の気持ちに関連づけることができる。そして私はこう考えることができる。すなわち嫌悪感、恐怖心は私の欲望の根源である、と。恐怖心を惹き起こす対象が死に劣らず深い空無を私の内部に開くのならば、その限りこの対象は、私の欲望をかきたてる、と。そして私の欲望は、まず恐怖心という反対物で形づくられるのだ、と。

こうした考えは、最初の一歩から常軌を逸している。

エロティシズムの意味である生の約束と、死の豪奢な〔浪費的な〕面との結びつきを見抜

図6　ニクラウス・マヌエル・ドイッチュ《傭兵姿の死神が若い女に接吻する》。バーゼル美術館
「私はこう考えることができる。すなわち嫌悪感，恐怖心は私の欲望の根源である，と」(94頁)

くためには多大な力が必要だ。死がまた世界の青春でもあるということを、人類は一致して無視している。ほとばしりがなければ生は衰退してゆくのだが、唯一死だけがこのほとばしりを保証しているということを、私たちは目隠しをして見まいとしている。生が均衡に対して仕掛けられた罠であり、生が全面的な不安定、不均衡であり、そこへ人をすぐに投げこむものであるということを見まいとしている。生は、絶えず爆発を惹き起こす擾乱の運動なのだ。ただしこの爆発は絶えず生を汲み尽くしてしまうので、生は次の条件でしか続かない。すなわち生によって生みだされた存在たちのうちで爆発力が尽きてしまった存在は、新たな力で存在の輪舞《ロンド》の輪に加わる新生の存在たちに場を譲る、という条件である。[3]

　私たちは、これ以上エネルギーを浪費する方法を想像することができない。ある意味で生は可能なことなのだ。つまりこのような莫大な浪費、想像力を打ちのめす無化の贅沢を求めずとも、生は簡単に再生産されてゆくだろう。滴虫類〔原生動物の繊毛虫類などの旧称〕の生体に較べれば、哺乳類の生体は、莫大な量のエネルギーが消費される深淵であるが、この莫大な量のエネルギーは、他のさまざまな可能性の発展を許しているという点では、無に帰したことにはならない。しかし私たちは、地獄のサイクルを窮極まで思い描いてみるべきなのだ。植物の成長には、死によって解体され、腐らされた物質が際限なく蓄積されることが必要である。草食動物は、生きた植物を山のように平らげてから、今度は彼ら自身食べられて、肉食動物の旺盛な食欲を満たすことになる。最終的にこの獰猛な破壊者以外に何も残らない。あるいはその遺骸が今度はハイエナと蛆虫の餌食になるというだけの話だ。この流れに合致した見方をすると、生を生みだす方法が浪費的になればなるほど、新たな生体の産出にエネルギーがかかればかかるほど、ことは成就したということになる！　わずかな費用で何かを産出しようという欲求は貧しい人間的欲求なのだ。この欲求は、人類においてはさらに資本主義の狭隘な原理であり、《会社》の管理者の原理であり、蓄積した儲けを最終的に使い果たす希望を抱いて（というのも、儲けはいつも何らかの仕方で使い果たされてしまうから）この儲けを転売する孤立した個人の原理なのである。人間の生は、全体として見てみるならば、不安に陥るまで浪費を渇望している。不安に陥るまで、不安がもはや耐えられなくなる限界まで、渇望している。あとはモラリストの駄弁である。明敏な私たちにどうしてこのことが見てとれないというのか。万事が私たちにこのことを示している！　私たちの内部の熱い擾乱は、死に対して、私たちを犠牲にしてまでその猛威をふるってほしいと願っているのだ。

　私たちは、年老いた存在がより若い存在に代替わりするときに繰り返されるあの試練、あの無益な再スタート、あの生き生きした力の濫用に身をさらしている。そして、それらに由来する認容しがたい条件、つまり無化への苦悩と恐怖を運命づけられている孤立した存在の条件を、心底から欲している。この条件は本当に恐ろしくて、しばしば静寂のうちに恐慌《パニック》が押し寄せて私たちに不可能という気持ちを惹き起こすのだが、しかしその一方で、この条件への吐き気〔嫌悪感〕がなかったなら、私たちは満足を得ることができないのだ。とはいえ、この浪費の運動には絶えず失意がともない、この運動が静まってくれるようにと願う期待が執拗に付きまとっていて、私たちの分別・判断力は、この失意と期待の影響を受けながら形成されてゆく。自分のことを理解させる私たちの理性的能力も、私たちが覚悟をきめて留まっている盲目の状態と正比例の関係にある。というのも、私たちを生みだす痙攣の絶頂では、この痙攣を止めさせようとひたすら願う素朴さは、不安をよりいっそう募らせることしかできないからだ。そしてまた、全面的に無益な運動を余儀なくされている生は、この不安のおかげで、そうした運命にさらに、責め苦を愛するというエネルギー浪費の贅沢を付け加えるからだ。人間にとって浪費の贅沢が不可避であるのならば、不安が贅沢であるということについても、べつだん何か言うべきことはないだろう。

自然に対する人間の《否《ノン》》

結局のところ、人間の反応こそが浪費の運動を加速させているのだ。不安はこの運動を加速させ、また同時にこの運動をよりいっそう目覚ましいものにしている。原則として、人間の態度はこの運動への拒否だ。人間は、自分を運んでゆくこの運動にもはや従うまいと刃向かった。だがかえって、そのようにしてこの運動を加速させることしかできなかった。この運動の速さを目まいがするほどのものにすることしかできなかった。

もし本質的な禁止のなかに、生き生きとした力の濫用としての自然、無化の狂躁《オルギア》としての自然に対する人間の拒絶を見るならば、私たちはもはや死と性活動のあいだに相違を設けることができなくなる。性活動と死は、自然が、無数で尽きることのない存在たちとおこなう祝祭の強烈な瞬間にほかならない。すべての存在の特性である存続への欲求に抗って自然がおこなう無際限の浪費という意味を、性活動も死も持つのである。

生殖は、生みだす者たちに対し、早晩、死を要求している。ということは結局、生みだす者たちは、ただ自然界の無化の規模を拡大するためにのみ生みだしているということになるのだ（だが同様に一世代の死は新たな世代の誕生を要求している）。人間の精神のなかで腐敗と性活動の諸相とが類似のものに見られてゆくと、この二つに差し向けられたそれぞれの吐き気〔嫌悪感〕も混同されるようになる。対象は二つであっても同一の反応がそれぞれ具体化した二つの禁止、すなわち死に関する禁止と生殖を対象にした禁止は、しかし形成時期としては、おそらく〔同時ではなく〕相次いで形成されたのだろう。両者のあいだには長い間隔さえあったかもしれない（完全このうえないものは、しばしば手探りによってしか、漸次の完成によってしか作られない)。だがともかく私たちにとっては、この二つの禁止の結びつきは明らかだ。私たちにとってはそれらが一つの分割しがたい複合体であることが重要なのだ。自然は、自然が生みだす存在たちに、自然を衝き動かすあの破壊への燃えるような情熱、何ものによっても満たされないあの情熱を共有するよう強く求めているのだが、これらの禁止において人間は、自然が持つこのような不可能な面(私たちにも与えられている面)を、まるで無意識裡に一度で捉えたかのようなのである。自然は存在たちが従うことを、いや跳びこんでくることを、強要していた。人間の可能性は、一個の存在が、克服しがたい目まいに襲われながらも、否《ノン》と答えようと努力したときに決定されたのだ。

一個の存在が努力した? じっさい人間たちはけっして暴力に対し(あの過剰《エクセ》に対し)決定的な否《ノン》をたたきつけたわけではなかったのだ。力が萎えたときに、人間たちは自然の運動に対して自分を閉ざしたのだ。それは一時の停止であって、最終的な静止ではなかったのだ。

今や私たちは、禁止を越えて、侵犯を考察しなければならない。

第五章　侵犯

侵犯は、禁止に対する否定ではなく、禁止を乗り越え、禁止を補って完成させる

　禁止について語るのが難しいのは、禁止の対象が変わりやすいということによるだけではなく、禁止の非論理的な性格にもよる。同一の対象に対して、禁止を守れ、禁止を犯せという正反対の提言がなされること。これはけっしてありえない事態ではない。しばしば侵犯は認容されているし、規則として定められてさえいる。〔キリスト教では〕「汝殺すなかれ」という厳粛な命令のあとに、軍隊の祝福がなされ、讃歌《テ・デウム〔神なる御身を称えまつる〕》が奏せられたりするのだが、これなど考えると、笑いをそそられる。殺人に対する禁止のあとに、露骨に殺人との共犯関係が続いているのだ！　戦争の暴力は、たしかに新約聖書の神を裏切ってはいるが、しかし同じようにして旧約聖書の「万軍の神」に対立しているわけではない。もしも禁止が理性の枠内で生じているのならば、禁止は戦争への非難を意味するであろうし、次のような二者択一に私たち

を直面させるだろう。すなわち禁止に同意し、軍事的な殺人を廃絶するためにあらゆる努力をするか、それとも戦争をし、戦争禁止の法を建て前とみなすかという二者択一である。だが、理性の世界は禁止のうえに築かれているとはいえ、禁止は理性的ではないのだ。じっさい当初、暴力に冷静に対立するというだけでは、理性と暴力の二つの世界をはっきり分かつことはできなかったはずである。つまり暴力への対立それ自体が何らか暴力の性格を帯びていなかったならば、言い換えれば、否定への何かしら暴力的な感情が、万人向けに暴力を恐ろしいものに仕立てあげるということがなかったならば、暴力の世界への侵入の制限を十分な権威をもって画定するなどということは、理性ひとりではとてもできなかったはずだということである。度はずれに荒れ狂う暴力を前にして、唯一存続できたのは非理性的な嫌悪、恐怖心だけだったのだ。これこそタブー〔禁忌〕の本質なのである。タブーは、冷静さと理性の世界を可能にするのだが、しかしタブー自身、大本では恐怖の震えなのだ。この震えは、知性にではなく感性に強く働きかける——ちょうど暴力がそうであるように（人間の暴力は、本質的に合理的計算の所産ではなく、怒り、怖れ、欲望など感性的状態の所産である）。禁止の非理性的な性格を考慮に入れなければ、禁止につねに結びついている、論理への無関心という事態をとうてい理解することはできないだろう。それだから私たちは非理性的な領域で考察をおこなわねばならず、次のように言っておかねばならないのだ。「侵犯してはならない禁止がときとして侵犯されることがある。だがこれは、その禁止が不可侵でなくなったということを意味しているのではない」。私たちはさらに、次のような不条理な主張にまでたどりつくことになろう。「禁止は侵犯されるために存在している」。この主張は、一見して無謀な発言に思えるかもしれないが、じつのところそうではなく、二つの正反対の情動のあいだの避けがたい関係を正確に言い表しているのである。私たちは、消極的な情動の影響下にあるときには禁止に従わざるをえない。逆に情動が積極的であるならば、私たちは禁止を侵犯する。だが禁止が侵犯されても、消極的な情動の可能性と意義が消去されるわけではない。それどころか、侵犯はこの消極的な情動を正当化し、またこの情動の源泉にもなっている。同様に、もしも暴力が私たちを最悪の事態〔死〕へ導きうるということを知らなかったら、あるいは少なくともこれを漠然とでも意識していなかったとしたら、私たちは暴力に恐怖しなくなってしまうだろう。

「禁止は侵犯されるために存在している」という主張は、殺人に対する禁止が、普遍的であるにもかかわらず、世界のどこにおいても戦争と対立したことはなかったという事実を理解できるようにしてくれるはずである。禁止がなかったなら戦争はありえず、考えられもしないとまで私は確信している！

禁止を知らない動物たちは、闘争をおこないはしても、そこから戦争という組織化された企てに出たことはない。ある意味で、戦争は、攻撃衝動の集団的組織化に帰着する。労働と同じように戦争は、集団的に組織されている。労働と同じように戦争は一個の目的をかかげているし、指導者の熟考した計画に従っている。しかしだからといって、戦争と暴力は対立している〔労働と暴力が対立しているように〕とは言えないのだ。戦争は組織化された暴力なのである。禁止の侵犯は動物的な暴力ではない。たしかに暴力ではあるのだが、理性を行使しうる存在（場合によっては暴力のために知恵を使う存在）によって実施された暴力なのである。ともかくも、禁止は、それを越えると唯一殺人だけが可能となる、そういう境界なのだ。戦争は、集団規模でこの境界が越えられるということによって定義される。

　本来の意味での侵犯は禁止に対する無知とは異なるのだが、もしもそのように限定された特徴を持っていなかったなら、侵犯は暴力への――暴力の動物性への――回帰ということになってしまっただろう。だがじっさいはそうではない。組織化された侵犯は、禁止とともに、社会的生活というべき一つの全体を形成している。侵犯は頻繁に――そしてまた定期的に――生じるが、しかしそのことによって禁止の不可侵の堅固さが損なわれるということはない。それどころか、そのように侵犯が生じることは、禁止を完全なものにする事態としていつも待望されている――これはちょうど、心臓の筋肉の膨張運動が収縮運動を補完し、あるいは爆発がそれに先立つ圧縮によって惹き起こされるのに似ている。圧縮は、爆発に従属するどころか、逆に爆発を勢いづかせている。この真実は、大昔からの経験に立脚しているにもかかわらず、新しい事柄のように見える。たしかにそれは科学を生みだした論証的思考《ディスクール》の世界とは相容れないものだ。それだから私たちは、ずっとあとになってしか、この真実が表明されるのを目にすることがなかったのである。マルセル・モース〔一八七三―一九五〇、フランスの社会学者〕は、宗教史の解釈者のなかでおそらく最も傑出した人物なのだが、この真実を意識していたし、講義でははっきり語っていた。しかしこの本質的な見解は、彼の刊行された作品のなかではほんのわずかな意味深い文章から見えてくるに留まっている。ロジェ・カイヨワは、その《祝祭の理論》のなかでモースの教えと助言を用いて、はじめて、そして唯一、侵犯の入念にできあがった面を提示した人である。(1)

無制限の侵犯

しばしば禁止の侵犯も、禁止と同様に規則に従っている。侵犯とは、自由の問題ではない。「ある時期に、ある程度まで、それはやってもよい」というのが侵犯の意味なのだ。だが最初の制限された放埒さが暴力への無制限の衝動を惹き起こすということもありうる。それだから、障害をただ取り除くだけでは駄目で、侵犯のときには、障害の堅固さを明示しておく必要さえあるのだろう。侵犯においては、ときとして規則への配慮がこのうえなく重要になる。というのも、ひとたび擾乱が始まってしまうと、それを制限するのはいっそう難しくなるからである。

しかし、例外として、無制限の侵犯は考えられうる。

その注目すべき一例を挙げておこう。

暴力がいわば禁止から溢れ出るということがある。掟が無力になると、以後、確固とした何ものも暴力を抑制しえないかのように見える——あるいはそのように見える場合がある。禁止は暴力に対立しているのだが、しかし原則として、暴力こそが、禁止を生じさせている原因なのである。その根底的な暴力、つまり死が、禁止を超え出る。しかしたいていの場合は、そうした死の超出がもたらす破砕感は比較的小さな混乱しか惹き起こさない。無秩序な諸衝動を制限したり、儀礼に従って秩序づけたりする祝祭や葬儀には、この混乱を解消する力がある。ただし、その本性によって死に打ち勝ったと思われていた絶対者に対し、死が勝《まさ》ってしまうと、あの破砕感も勝《まさ》ってしまい、無秩序は際限がなくなってしまう。

カイヨワは、オセアニア諸島の部族の振舞いによって、この事態を例示している。彼はこう書いている。(2)

「社会と自然の生命が、一人の王の神聖な人格のうちに縮約されている場合には、その王の死はまさに危機的な瞬間を惹き起こし、儀礼的な乱行を開始させる。この乱行は、まさに突発した大異変に匹敵する様相を帯びる。亡き王への冒瀆は社会的規模になる。威厳、階級、権力を犠牲にしてまで、この冒瀆はおこなわれる。……民衆の狂乱にはどんなささやかな抵抗も試みられない。亡き王への恭順が必要だったのと同じに、民衆の狂乱は必要だとみなされているからだ。サンドウィッチ諸島では、民衆は王の死を知ると、平常時には犯罪とみなされていたすべての行為を犯す。放火し、略奪し、人を殺す。他方で女たちは、公然と売春することを義務づけられる。……フィジー諸島では、事態はもっとはっきりしている。首長の死は略奪の合図であり、服属していた諸部族は首府に侵入して、強奪、略奪の限りを尽くす」。

「しかしこうした侵犯行為は、結局のところ、冒瀆行為とみなされることになってしまう。というのも、こうした侵犯行為は、前日まで明らかに掟であったものを侵害するのだが、その掟は、翌日にはもうきわめて神聖で侵しがたいものになるように定められているからである。それだから侵犯行為はまさに最高の瀆聖行為のように見えてしまうのである(3)」。

無秩序が、「死の表す悪臭と汚《けが》れの強烈な期間」、「満ち溢れんばかりの明白な死の毒性、激しくて伝染性の毒性の時期」に生じるというのは、注目に値することである。無秩序は、「王の死体の腐敗の要素が完全に取り除かれて、遺骸としてはもはや腐敗しようのない硬質で丈夫な骨格しか残らなくなったときに、終わるのだ(4)」。

侵犯のからくりは、このように暴力が猛り狂ったときによく見て取れる。人間は一般に自然に禁止という拒否を対立させて、自然を抑えたいと願い、じっさい抑えたと思ってきた。自分のなかで暴力の動きを制御し、そうすることで同時に現実世界でも暴力の動きを制御していると考えた。しかし暴力に対置しようとしてきた禁止の柵が無力だと見て取ると、人間が今まで自分自身守ろうとしてきた制御の方も意味を失ってしまうのだ。そうなると、人間のなかで抑えられてきた衝動が荒れ狂いだし、以後、人間は自由に人を殺し、性欲の高まりを抑えるのをやめて、それまでもっぱら人目を忍んでしてきたことを公然と、奔放におこなって憚《はばか》らなくなる。王の肉体が有害な腐敗の舞台である限り、社会全体は暴力の支配下にあるのだ。禁止の柵は、王の生命を死の毒から守ることができなかったのだから、そんな非力な柵が、社会秩序を危険にさらしてやまない暴力の過剰に有効に働くとはとうてい思えないということなのである。

どれほど確固とした制御も、王の死が解き放つこの「最高の瀆聖行為」を秩序立てることはできない。王の死体が清らかな骨に返ってはじめて、この乱行の雑然たる侵入はやむのである。こうした好ましくない場合においてさえ、侵犯は、動物の生の原初的自由とは何の関係もない。侵犯は、ふだん守られていた制限の彼方へ人々を近づける。だがそれでも侵犯はこの制限を残存させておく。侵犯は俗なる世界の補完物なのだ。人間の社会は単に労働の世界であるだけではない。俗なる世界と聖なる世界の両方が、同時に、あるいは前後に続いて、人間の社会を作り上げているのだ。この二つの世界は、人間の社会の相補的な二つの形態なのである。俗なる世界は禁止の世界である。聖なる世界は制限された侵犯行為に開かれている。聖なる世界は、祝祭の、至高者たちの、神々の世界なのである。

このような見方には困難な点がある。というのも聖なるという言葉が相反する二つの事柄を同時に指し示しているからだ。根本的には、禁止の対象であるものが聖なるものだ。禁止は、聖なるものを否定的に指し示して、私たちに——宗教の次元で——恐怖感、戦慄感を惹き起こす力を持つ。だがそれだけではない。この恐怖感、戦慄感は、極端な場合には、信仰心に変化する。崇拝心に変化する。聖なるものを体現している神々は、この神々を崇めている人々を恐怖で震わせる。だがそれでも人々はこの神々を崇めるのだ。人々は、同時に二つの運動に従っている。一つは、対象を押し返そうとする恐怖の衝動。もう一つは、魅惑されながら尊敬するように仕向ける誘惑の力だ。禁止と侵犯は、この二つの矛盾した運動に対応している。禁止は押し返す。他方、魅惑の力は侵犯を惹き起こす。禁止、タブーは、ただ一面でのみ神的なものと対立しているだけだ。神的なものは、禁止の魅惑的な側面であり、変容した禁止なのだ。神話は、こうした事実をもとにその主題を作り上げ、ときにその主題をもつれさせている。

禁止と侵犯は、ただ経済的な側面から眺められたときにのみ、明瞭で理解可能な区別が立ち現れる。禁止は労働に対応し、労働は生産に対応している。労働の俗なる時間においては、社会は生活資源を蓄積し、消費は生産に必要な量に限定される。聖なる時間は祝祭に代表される。祝祭とは、私がさきほど述べた王の死のあとに起きる祝祭のような、禁止の大規模な解除をかならずしも意味していない。しかし祝祭のさなかには、ふだん禁止されていることが許されるし、ときには強要されさえする。日常の時間から祝祭の時間へ移ると価値観の転倒が生じる。カイヨワはそのことの意義を強調していた(5)。経済の視点から見ると、祝祭は、その度はずれな浪費によって労働の時間に蓄積された生活資源を蕩尽するものである。そこには際立った対立があるのだ。しかしだからといって私たちは、禁止よりもむしろ侵犯が宗教の基盤だと即座に言うことはできない。だが浪費は祝祭の根本であるし、祝祭は宗教的活動の頂点なのである。蓄積することと浪費することは、宗教的活動を成り立たせている二つの局面なのである。この見方からするならば、宗教は、後退が新たな跳躍を促す舞踏の動きを作りだしていると言える。

人間にとって、自然の運動の暴力を拒否するのは本質的なことだ。しかし拒否は破棄ではなく、逆に、より深い合意の前触れなのだ。暴力への合意は、暴力を拒否した感情を背後に残存させておく。この感情は、かなりしっかり保存されているので、合意を導く衝動は、いつも目がくらむほど激しいものになる。暴力への嘔吐感〔嫌悪感〕、嘔吐感の凌駕、そして目のくらむような合意、これらが、宗教的態度が律する矛盾した舞踏の諸相なのである。

　この運動は複雑だが、しかし全体として見ればその意味ははっきりと現れている。すなわち宗教は本質的に禁止の侵犯を命じているということだ。

　とはいえ恐怖感のおかげで、思い違いが生じ、思い違いはそのまま維持される。むろん恐怖感なしに宗教の基盤は考えられないのだが。要するに、跳躍するには後退することが必要なのだが、その後退がいつも宗教の本質とみなされてしまうのだ。この見方は明らかに不完全である。なのにこの誤解を解くのは容易ではない。というのは、深い倒錯が、合理的・実利的世界の意向とつねに合致しながら、同時に内的な跳躍に基盤として役立っているからである（この内的な跳躍も人の目を欺く）。キリスト教や仏教のような普遍的な宗教においては、恐怖と嘔吐感が熱き霊的生活の展望への序曲になっている。この霊的な生活が拠って立つのは、基本的な諸禁止を強固にするという事態〔つまり禁欲〕なのであるが、しかしまた祝祭の意味も持っていて、掟の遵守ではなく掟の侵犯になっている。キリスト教でも仏教でも、法悦《エクスターズ》は恐怖感の凌駕に基づいている。恐怖と嘔吐感がもっと深く心を責めさいなんでいる宗教においては、万物を流転させる過剰さへの合意は、ときとしていっそう強烈である。無（le néant）の感覚ほど圧倒的な力で人を横溢へ投げ込む感覚はない。だがそれでいて、横溢はいささかも無化ではない。横溢は、恐怖に打ちのめされた態度を凌駕してゆくということなのだ。横溢は侵犯なのである。

侵犯がどういう事態なのかを明確にしながら語ろうというのであれば、私は、より複雑でない例よりはむしろ、キリスト教や仏教の横溢を頂点として取り上げるべきなのだろう。じっさい、キリスト教や仏教の横溢は侵犯の成就を示しているのだから。だが私は、まず第一に、最も複雑でない侵犯の諸形態について語らねばならない。戦争と供犠について、それから肉体のエロティシズムについて語らねばならない。

第六章　殺人、狩猟そして戦争

人肉食い

無制限の侵犯は例外的な特徴のものであって、そこにまで至らないところで、禁止は、儀式あるいは少なくとも習慣が定め、まとめている規則に従って、平凡に侵犯されている。禁止から侵犯へ、そしてまた禁止へと移る交互の活動はエロティシズムにおいて最も明瞭に見て取れる。もしもエロティシズムの例がなかったら、この活動について正確な見解を持つことは難しくなるだろう。逆にまた、この活動――宗教の領域全体の特徴になっている――から出発しなければ、エロティシズムについて一貫した見解を持つこともできなくなるだろう。だが私はまず、死に関することを考察しておきたい。

次のことは注目に値する。すなわち死者を対象とする禁止に対応しているのは、おぞましさを拒む欲望ではないということだ。一見したところ、性の諸対象は、何かを斥け遠ざけようとすることと何かに引き寄せられてゆくこととを、つまり禁止と禁止の解除とを、交互に生じさせるきっかけになっている。フロイトの解釈によれば、禁止は、明白に脆弱な対象を過剰な欲望から守るために防御の柵を対置するという原初的な必要性に立脚している。それだからフロイトは、死体に触れることに対する禁止について語る段になると、タブーは、死者を食べてしまいたいという取り巻きの生者たちの欲望からその死者を守っていたと表現しなければならなくなるのだ。この人肉食いの欲望は、私たちのなかではもう活動していないものだ。私たちはこの欲望をまったく体験していない。しかしそれより重要なのは、旧弊な《アルカイック》〔バタイユにおいて仏語 archaïque《アルカイック》は moderne《モデルヌ》の対概念であり、本書では〝非近代的な〟という訳語も与えた〕社会生活では、人肉食いへの禁止とこの禁止の解除が交互におこなわれているということなのだ。けっして食肉用の動物とみなされているわけではない人間が、しばしば宗教上の規則に従って食されるのである。人間の肉を食べる人は、人肉食いを禁じた禁止のことを知らないわけではない。しかしこの人は、自分自身、根本的だとみなすこの禁止を、宗教的に侵犯するのだ。供犠のあとの共同の食事は、その意義深い例である。食された人間の肉体はこのとき聖なるものとみなされる。これは、禁止に対する動物的な無知へ回帰しているということではまったくない。人間の欲望は、禁止に無関心な動物が欲したような対象には向かわないのだ。人間の欲望が向かう対象は、《禁止》されているのである。この対象は聖なるものなのだ。この対象に重くのしかかっている禁止が、この対象を人間の欲望に差し向けるのである。聖なる食人習慣は、欲望を作りだす禁止の基本例にほかならない。禁止が人肉の風味を作りだしているわけではないが、《敬虔な》食人習慣者は、禁止ゆえに、人肉を食するのである。禁止が対象に魅力を作りだすという逆説を、私たちはエロティシズムにおいてもう一度見出すことになるだろう。

決闘、仇討そして戦争

人間を食べたいという欲求が私たちに心底から無縁だとしても、殺人への欲求は同様ではない。私たち誰もが殺人への欲求を感じているわけではないが、群衆のなかではこの欲求が、性への渇望と同じほど執拗にとは言わずとも、同じほど現実的に保たれているのではあるまいか。歴史のなかで無益な大虐殺が頻発しているのを見ると、どんな人間にも殺人者になる可能性があることを感じさせられる。人を殺したいという欲求は、殺人の禁止と関係している。それはちょうど、性行為への欲求が、性行為を制限する諸禁止の複合と関係しているのと同じである。性行為はいくつかの特定の場合しか禁じられていないが、殺人とて同様なのだ。殺人に差し向けられる禁止は、たしかに性への諸禁止よりもずっと重々しくかつ広く表明されてはいるが、しかしこの禁止は、性への諸禁止と同様に、いくつかの状況における殺人の可能性を減ずることしかできないのである。殺人の禁止は、「汝殺すなかれ」という強烈な単純さで表明されている。そして間違いなくこの禁止は普遍的だ。しかし明らかに次のような言外の意味を含んでいる。「ただし戦争の場合は除く。そしてまた多少とも社会が規定したその他の状況は除く」。それだから殺人への禁止は、次のように表明される性への禁止とほとんど同種のものなのである。「肉の交わりは、ただ結婚においてのみ果たさるべし」。次の言葉も当然付け加えられる。「あるいはまた、習慣によって定められたいくつかの場合を除いて」。

殺人は、決闘、仇討、戦争の場合には容認されている。

殺人は、一般の人殺しの場合では犯罪である。一般の人殺しは禁止への無知か無視に発している。決闘、仇討、戦争は、既知の禁止を侵犯するのだが、規則に従ってそうしているのである。近代の凝りすぎた決闘——そこでは最終的に禁止が侵犯に勝《まさ》っている——は、ただ宗教的にのみ禁止の侵犯を考えていた原初の人々とはほとんど関係がない。原初において決闘は、個人的な側面を持ってはならなかったのだ。決闘がこの側面を持つようになるのは中世以降のことなのである。決闘は当初、戦争の一形態だった。つまり昔は、敵対する集団が規則にかなった挑戦をおこなったあと、それぞれの代表者の能力に命運を託し、彼らは一騎打ちへと向かったのである。この一騎打ちは、集団で殺し合うつもりでいた人々の群れに見世物として供されていたのだ。

仇討にも、決闘と同じように規則がある。仇討は、要するに二陣営の対立が、どこに住んでいるかではなく、どの氏族に属しているかで決まる戦争なのだ。仇討も、決闘や戦争と同じく、細かい規則に従わねばならない。

狩猟と動物殺害の贖罪

決闘においても仇討においても——そしてまたあとで述べる戦争においても——問題になっている死は人間の死である。だがまず殺すこと自体を禁じる掟の方が先で、人間と大型の動物とを分かつ区別の方があとに存在していたのではなかろうか。じっさい、この区別の方があとだった。最初、人間は自分を動物の同類とみなしていた。この見方は今でも、古風な習慣を持つ《狩猟民族》の見方として残っている。このように人間と動物の区別がないという点からすると、狩猟は、原初のであれ、古風なものであれ、決闘、仇討、戦争と同様に、侵犯の一形態だったと言える。

とはいえ根本的な相違はある。すなわち動物性に最も近い最初期の人類の時代においてさえ、人間の殺害は起きていなかったようなのだ(1)。

この時代には、逆に、動物の狩猟は日常的であったはずである。狩猟は労働の成果なのであり、石器と石の武器だけが狩猟を可能にしえたと考えることもできよう。だが禁止が一般に労働の結果であるにしても、この結果はさほど急速に生じたわけではなく、むしろ長い期間、動物殺害の禁止が人間の意識を見舞うことなく狩猟は発達したと考えるべきなのである。いずれにせよ私たちは、禁止の支配が先にあって、そのあとに断固たる侵犯が起こり、それに続いて狩猟への回帰が生じたと考えざるをえない。狩猟の禁止において顕著に現れている禁止の特徴は、禁止の世界普遍的な特徴にほかならない。私は、性活動の禁止が世界的に存在している事実を強調したい。この事実が理解できるようになるには、まずもって狩猟民族における狩猟の禁止を考察すべきなのだ！　禁止はかならずしも断念を意味しているのではなく、侵犯というかたちでの実行を意味している。狩猟も、性活動も、じっさいには禁止することができないものなのだ。禁止は、生が必要とする諸活動を消滅させることはできず、それどころかそれらの活動に宗教的侵犯という意味を与えることができるのだ。禁止はそれらの活動に制限を課し、それらの活動の形態を規則化する。禁止は、それらの活動で有罪になった者に贖罪の機会を与えることができる。殺害という行為ゆえに、狩猟者、人殺しの戦士は、聖なる存在になっていたのである。俗なる社会に帰還するためには、彼らはこの汚《けが》れを洗い落とし、身を清めねばならなかった。贖罪の儀式には、狩猟者、戦士を浄化する目的があった。往古の社会は、これらの儀式の諸例を慣習として取り入れたのだった。

先史学者は、いつも、旧石器時代の洞窟壁画に呪術的使用という意義を与えている。描かれた動物は、狩猟者の渇望の対象であって、欲望の図像がじっさいに欲望をかなえてく

図7　鳥様の頭をして，おそらく死んでいる男と，その前の腹部を切り裂かれた野牛。ドルドーニュ県ラスコー洞窟の《井》の図像。後期旧石器時代
「死につつある野牛がおそらくこの野牛を殺害したと思われる男と相対しているのだが，画家はこの男に死者の外観を与えているのである。この有名な壁画は，相対立した，無数の，そして根拠薄弱な説明を招来したが，主題は殺害と贖罪なのだろう」(120-121 頁)

れるという期待のなかで描かれたというのだ。私はそうは思わない。侵犯の宗教的性格が間違いなく狩猟の意義になっていったのであるが、洞窟の密やかで宗教的な雰囲気がこの侵犯の性格に応えることができたということではないのか。侵犯の衝動に、図像を描く衝動が応えていたのではないだろうか。たしかにその証拠を提示するのは難しい。だが、もしも先史学者たちが禁止と侵犯の交互の繰り返しという視点に立って、死においやられる動物たちの聖性を明確に見て取るならば、呪術的な図像作製という仮説のなかでおそらく彼ら先史学者たち自身を居心地悪くさせている何かしら貧しいものに代わって、人類の揺籃期における宗教の重要性にいっそう適う見方も出てくるはずだと私は思っている。洞窟壁画は、ある瞬間を描くことを目的にしていたのだろう。すなわち動物が目の前に現れ、生活上必要でもあり、しかし同時に断罪すべき殺害がおこなわれて、生の宗教的な両義性が顕現する、そういう瞬間である。この場合の生とは、人間が不安に駆られて拒絶してしまう生であり、しかしまた拒絶を驚異的に乗り越えて生き抜いている生のことである。私のこの仮説は次の事実に依拠している。すなわち動物殺害のあとの贖罪行為は、洞窟壁画の作者たる旧石器時代人と類似の生き方をしていると思われる諸種族においても通例になっているという事実である。私のこの仮説の長所は、ラスコー洞窟の〝井《せい》〟と呼ばれる竪坑の壁画に筋の通った解釈を与えることができるという点にある。この壁画においては、死につつある野牛《バイソン》がおそらくこの野牛を殺害したと思われる男と相対しているのだが、画家はこの男に死者の外観を与えているのである。この有名な壁画は、相対立した、無数の、そして根拠薄弱な説明を招来したが、主題は殺害と贖罪なのだろう(2)。少なくともこうした見方には、洞窟壁画の呪術的な（功利的な）解釈、明らかに貧しいこの解釈に代えて、至上の活動――一般に芸術の行為になっていて、太古の昔から現在の私たちに届けられたあれらのみごとな壁画の眺めもこの至上の活動に応えているのだが――の特徴ともっと合致した宗教的な解釈を提示するという長所があるのだ。

戦争の最古の証言

いずれにせよ私たちは、狩猟のなかに、おそらくは戦争に先立って存在していた原初の侵犯の形態を見るべきなのだ。《フランコ＝カンタブリア地域〔フランス南西部からピレネー山脈を通りスペイン北東部の大西洋岸に至る地域、洞窟でいうとラスコーからアルタミラにかけての地域〕》の洞窟壁画の作者たち、彼らは後期旧石器時代の全期間にわたって存在していたのだが、戦争は体験していなかったようだ。少なくとも、私たち人類の直接の祖先であった彼らにとって、戦争は、そののち担うようになる第一義の重要性を持っていなかったようなのだ。彼ら最初の人類は、じっさい今日までその大部分が戦争を知らずに生きてきたエスキモーを想起させる。

者たちである。見たところ彼らの壁画は、一部は後期旧石器時代の末に、一部はそのあとの時代に描かれた。後期旧石器時代の末頃、つまり今から一万五千年ないし一万年前の頃、戦争は、禁止への侵犯を組織化しはじめたのだ。それまで禁止は、人間と同一視されていた動物への殺害を原則として禁じていたのだが、この頃になるとさらに、人間それ自体への殺害をも禁じるようになるのである。

死に関係した諸禁止と同様にそれらの禁止への侵犯の方も、今見ているように、たいへん古い時代の痕跡が残っている。先に述べたが、性に関する禁止およびそれへの侵犯は、有史時代以降にならなければ、私たちには明瞭に分からない。本書のようにエロティシズムを対象にした考察において、侵犯一般を第一に問題とすること、とくに殺害に向けられた禁止への侵犯を問題にするのは、いくつも理由があってのことなのだ。侵犯の全体を考慮に入れてはじめて私たちは、エロティシズムの運動の意味を捉えられるようになるのである。エロティシズムの運動は人を面くらわせる。それゆえまず私たちは、この運動がもっと明瞭に、またもっと古く存在している領域に問いかけて、この運動の矛盾した現れを見ておく必要があるのだ。そうでなかったなら、エロティシズムの運動を追いかけることなど私たちにはとうていできはしない。

とはいえ、スペイン・レヴァント地方の洞窟壁画は、二つの集団間の争いを組織化する

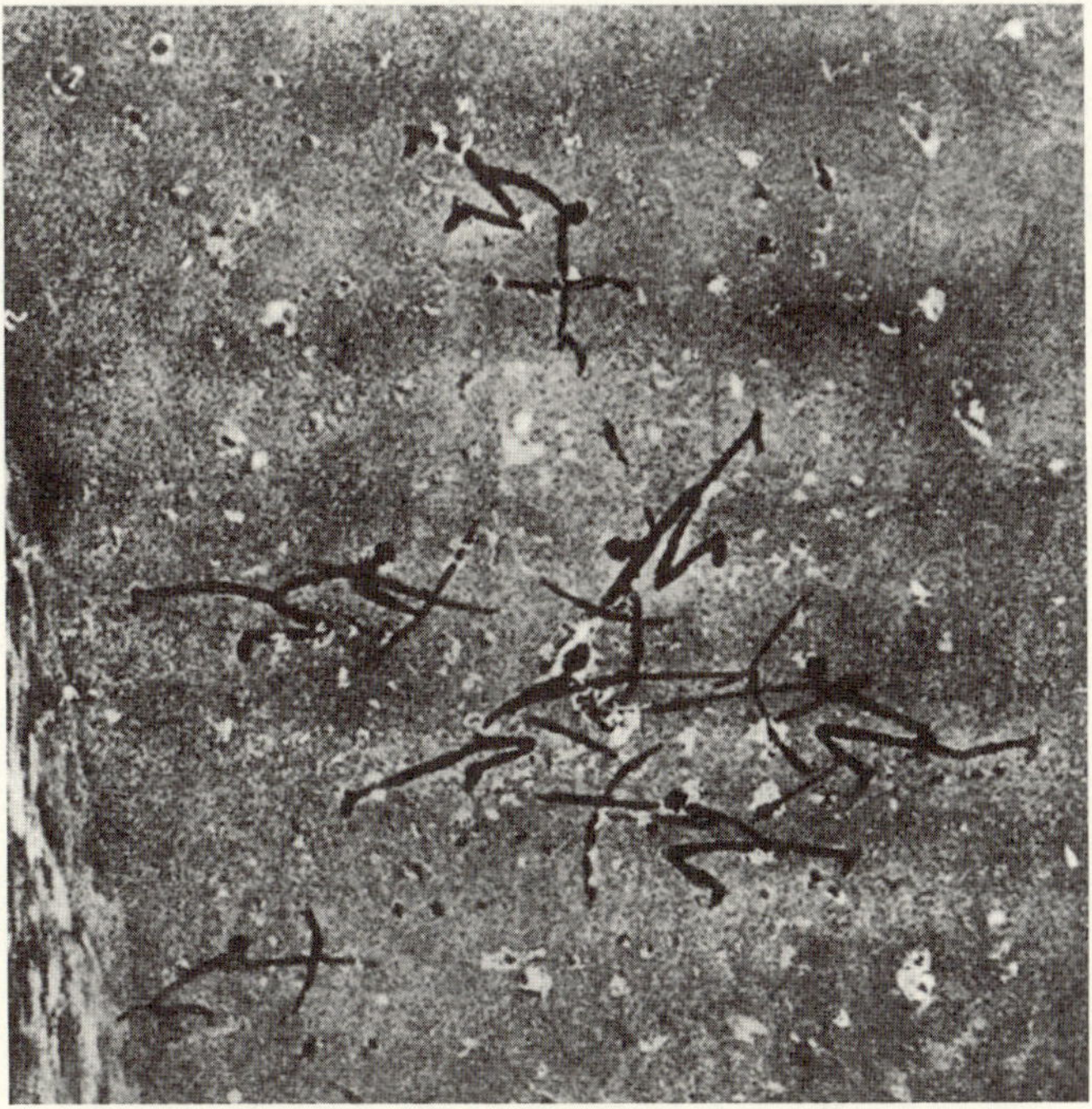

図8　射手の闘い。スペイン・レヴァント地方の洞窟壁画。カステリョン県モレッリャ・ラ・ベッリャ。F. ベニテスによる
「最初に戦争を描いたのは，スペイン・レヴァント地方の洞窟壁画の作者たちである。見たところ彼らの壁画は，一部は後期旧石器時代の末に，一部はそのあとの時代に描かれた。後期旧石器時代の末頃，つまり今から一万五千年ないし一万年前の頃，戦争は，禁止への侵犯を組織化しはじめたのだ。それまで禁止は，動物への殺害を原則として禁じていたのだが，この頃になるとさらに，人間の殺害をも禁じるようになるのである」(121-122頁)

戦争に関して、ただその始まりの時代を証しているだけなのだ。他方で私たちは、戦争に関しては、古代社会のデータを豊富に持っている。それによれば、二つの集団の戦闘は、それだけですでに最低限の規則を必要とする。第一の規則は、当然のこと、敵対する集団の画定と戦闘の事前の宣言に関するものだ。古代の部族間の《宣戦布告》の規則は私たちにもはっきり知られている。たしかに戦争をしかける側の内部決定だけで十分な場合もあった。そのときには戦争をしかける側が突然相手を襲撃するのだ。しかし多くの場合、儀式的なやり方で相手に事前に通告する方が、侵犯の精神に適っているように思われていた。そのあとの戦争の展開も規則に従ってなされる場合があった。古代の戦争の特徴は祝祭の特徴を想起させる。近代の戦争もこうした逆説と無縁というわけではない。豪華でこれ見よがしの軍服の趣味は古代的〔前近代的〕である。もともと戦争は一種の贅沢であったようだ。それは、主君あるいは種族の富を増やすための、征服行為による手段だったのではなく、気前のよい豊かさを保持している攻撃的な豊かさだったのである。

戦争の儀式的形態と打算的形態との対立

この伝統を軍服は今日まで維持してきた。今日ではむしろ戦闘員を敵の射撃の標的にさらさないという配慮の方が勝《まさ》っている。しかしこのように損失を最小限に抑えようとする配慮は、戦争の本来の精神とは無縁なのだ。一般に、禁止への侵犯は、それ自体が目的の意味をおびていた。付随的に他の何らかの目的の手段になる場合もあったが、まず侵犯自体が自らにおいて目的になっていたのである。戦争は、残虐であったにせよ、第一には祭式の執行のときに見てとれるような配慮に従っていた。そう考えても間違いはなさそうだ。たとえば、紀元前の封建時代の中国における戦争の変化は次のように報告されている。「領主の戦争は挑戦から始まる。そして領主から派遣された勇士たちが敵の領主の眼前で雄々しく自決する。あるいは戦車が敵の都市の城門めがけ全速力で突撃をかけるのだ。それから敵味方の戦車が入り乱れるなかで、双方の領主は、殺し合う前に儀礼を競うのである……」(3)。ホメロスの詩にあるような戦争の古風な様相は世界共通の特徴である。戦争は真正の遊びだった。しかしその結果があまりに深刻だったので、すぐに遊びの規則の遵守よりも利害の方が重視されるようになった。中国の歴史はそのことを明示している。「時代が下るにつれ、こうした騎士道的な風習はすたれてゆく。騎士道風の古い戦争は容赦のない集団間の戦いに堕してゆく。その戦いでは、一地方の全住民が近隣の住民に突撃させられるのだ」。

だがじっさいのところ戦争は、規則の遵守を優越させて、戦争それ自体を価値ある目的とみなす配慮に応えるか、それとも政治的成果を目的として定めて優越させるかという選択のあいだをいつも揺れ動いてきたのだ。戦争哲学の分野でも今日まで二つの流派の対立が見られる。クラウゼヴィッツ〔一七八〇—一八三一、プロイセンの将軍であり軍事思想家。『戦争論』でナポレオンに始まる近代戦争の特質を明らかにした〕は、騎士道の伝統の軍人たちに反対し、容赦なく敵の軍勢を破滅させる必要性を強調した。彼はこう書いている。「戦争は暴力行為なのであり、しかもこの暴力の表出に制限などありはしないのだ」(4)。全体として見れば、近代世界ではこうした容赦のない傾向の方が徐々に勝《まさ》っていった。旧派を魅了してやまなかった儀式重視の過去の時代は乗り越えられていった。これは確かなことだ。それだから、戦争の人道化という事態についても、それを戦争の根本的な伝統と混同してはならないのである。たしかにある程度までは、戦争の欲求は国際法の発展を許してきた。伝統的な規則の精神は国際法の発展を助長したかもしれない。しかし伝統的な規則は、戦闘の損害や戦闘員の苦痛を制限しようとする人道主義的な近代的配慮にはもともと対応できるものではなかった。禁止の侵犯は制限されてはいたが、形式的にそうだったにすぎない。攻撃的な衝動はたいていは解き放たれることはなく、条件が課せられていて、規則が細心に守られねばならなかったのだが、しかしひとたび解き放たれると、狂気の氾濫となったのだ。

戦争の組織化された特徴に関係した残虐さ

戦争は、動物的な暴力とは異なって、動物たちがあずかり知らぬ残虐さを発展させた。

とくに戦いで敵を虐殺したりすると、その終了後にはきまって、捕虜になっていた味方が敵に処刑されてしまう。こうした残虐さは、戦争の、際立って人間的な側面だ。モーリス・デイヴィの本から次のような恐ろしい描写を引用しておこう。

「アフリカでは戦争の捕虜を拷問にかけ、しばしば殺してしまう。あるいは飢え死にさせたりする。チー語族では、捕虜は目にあまる野蛮な扱いをうける。男も女も子供も――そのなかには背中に赤子を背負った母親もいれば、やっと歩きだしたばかりの幼児もいる――裸にされて、首に縄をかけられ十人、十五人の群れにまとめられる。そのうえ、どの捕虜も両手を厚い木片に縛りつけられ、それを頭上にかかげておかねばならない。こうして自由を奪われ、十分に食べ物も与えられず骸骨のように痩せ細って、彼らは来る月も来る月も、勝利する軍隊のあとに付き従わせられる。粗野な見張りが彼らをこのうえなく乱暴に扱う。そして勝利していた軍勢が敗北を喫したりすると、彼ら捕虜たちは、自由を取り戻すのを恐れられて無差別に虐殺されるのだ。探検家のラムザイヤーとキューネはアックラ生まれの捕虜の例を紹介している。この捕虜は〝薪の刑〟に処せられた。すなわち彼は、胸の周りにコの字型の鉄器具を付けられ、さらにそれを切り倒された木の幹に縛りつけられ、そのまま四カ月、食事もろくに与えられずに転がされ、ついにはこのひどい扱いのために死んでしまったのだ。また別なときにはこの二人の探検家は、捕虜たちのなかに、弱々しくてあわれな子供を見出した。立てと命じられたとき、この子供は「骨という骨が浮きだし痩せ衰えた体を見せて、やっとのことで立ち上がった」。このとき目にしえた大部分の捕虜は、ふらふら歩く骸骨でしかなかった。ある少年などは食べ物がなくて痩せ細り、首で頭が支えられず、坐るとその頭がほとんど膝のうえに落ちてしまうのだった。別な少年は、同じように痩せ細って、臨終の喘ぎに似た咳をしていた。もっと年少の子供は食べ物がないため衰弱していて、立っていることすらできずにいた。宣教師たちはこうした光景に動揺したが、それを見て当のアシャンティ族は逆に驚いてしまった。宣教師たちは一度、何人かの飢えた子供たちに食べ物を与えようとしたが、見張りが彼らを乱暴に遠ざけてしまった。ダホメーでは……負傷した捕虜にはどんな救いの手も拒否されているし、奴隷に予定されていない捕虜はみな半飢餓状態に置かれ、すぐに骸骨のように痩せ細ってゆくのだ。……下顎は戦利品として高く評価されている……それだから下顎は多くの場合、負傷した敵が生きているうちに抜き取られる。……フィジー諸島における要塞劫略のあとの光景は、あまりに恐ろしいものであるため詳細に描くことなどとうていできない。いちばん残虐でない行為を一つ挙げたとしても、そこでは性の区別も年齢差も無視されている。身体部位への数知れぬ切断がときにまだ生きている犠牲者にも加えられるため、そしてまた性欲混じりの残虐行為がおこなわれるため、敗者は捕えられる前に自殺してしまう。メラネシア人特有の運命論的な考えゆえに、多くの敗者は逃げようとさえせず、頭を棍棒で打たれるがままになるのだった。不幸にも生け捕りにされたときには、その運命はひどいものだった。中央の村に連れてゆかれ、高位の身分の少年たちに渡され、もてあそびの拷問にかけられる。あるいは棍棒で殴打されて意識朦朧となり、そのまま過熱したかまどのなかに入れられる。そして熱さのあまり痛みの意識が戻ると、その狂ったような痙攣に見物人たちは大笑いするのだ……[5]」。

暴力はそれ自体では残虐ではないのだが、侵犯において暴力を組織する者が出てくると残虐になる。残虐さは、組織化された暴力の諸形態の一つなのだ。残虐さはかならずしもエロティックであるわけではなく、侵犯によって組織化された暴力の他の諸形態へ移行することもありうる。残虐さと同様にエロティシズムも、心のなかでよく考えぬかれている。残虐さもエロティシズムも、禁止の制限を越えたいとする決意に憑かれた精神のなかで秩序づけられている。この決意は普遍的ではないが、つねにある領域から他の領域へ横滑りする可能性がある。それらの領域は隣り合っていて、それぞれ禁止の支配から決然と脱したいという興奮のうえに築かれている。この決意は、安定した状態へ舞い戻る可能性が残されているだけにいっそう強い力を発揮する。安定した状態がなかったら、そもそも逸脱などありえないだろう。さながら河川の氾濫と水位低下の予報が同時に起きているかのようなのだ。ともかくある領域から他の領域への移行は、根本的な枠組が危険にさらされない限り、容認されている。

残虐さはエロティシズムの方へ移行しうる。同様に、捕虜の虐殺が人食いに達することがある。とはいえ、動物性への回帰、つまり制限の決定的な忘却は、戦争においては考えられないことなのだ。戦争においては、制御された暴力という人間的性格を留保することが存続している。戦士たちは、血に飢え狂ったようになってはいても、互いに殺しあうことはない。狂乱を根底で組織化しているこうした規則は、侵されることがない。同様に、このうえなく非人道的な情念が解き放たれたときにも、これと共存するかたちで人食いへの禁止が遵守されるのだ。

私たちは、最も残虐で忌まわしい戦争の形態でさえ原初の野性にかならずしも関係しているわけではないということを指摘しておかねばならない。組織化のおかげで、効果的な軍事行動は規律のうえにのせられ、戦士集団は結局のところ制限を越え出る喜びなど味わえなくなるのだが、そのようにして組織化は、戦争を欲する衝動とは無関係のメカニズムへ、戦争を組み入れてゆくのである。近代戦争は、私が先述した戦争とはきわめて遠い関係しか持っていない。これはなんとも嘆かわしい逸脱なのだが、政治的な狙いが鍵を握っている。たしかに原初の戦争も弁護しがたい。原初の戦争は、すでにその最初期の時代から、のちの避けがたい進展へ人々を導き入れていたのだ。原初の戦争は近代戦争の到来を予告していた。だが唯一現代の組織化〔第二次世界大戦後に見られた冷戦の対立構造――自由主義諸国と共産主義諸国のブロック化〕(6)だけが、侵犯固有の原初の組織化を越えて、人類を袋小路へ放置しているように見える。

第七章　殺人と供犠

死に関する禁止の宗教的解除、供犠、そして神的動物性の世界

戦争は人を殺したいとする欲望が総合的に荒れ狂う事態であって、全体として見れば宗教の領域を超え出ている。他方、供犠は、戦争と同じく殺人の禁止の解除であるのだが、しかし他面、宗教的な行為として際立っている。

たしかに供犠は何よりもまず神への奉納とみなされている。流血という特徴が供犠には欠けている場合がある。流血の供犠にしても、たいがい動物が生贄として捧げられていることを想起しよう。しばしば動物は人間の代わりをなす生贄になった。文明が発展するにつれ、人間を生贄に捧げることは恐ろしいことに思われるようになった。だがもともと動物の代用が動物の供犠の起源であったわけではない。人間の供犠の方がもっとあとに出現している。私たちが知っている最古の供犠は動物を生贄にしていた。動物と人間を分けているように私たちに見える深淵は、どうやら新石器時代に突如現れた動物の家畜化以降に

生じたらしいのだ。たしかに禁止には、動物と人間を分ける傾向があった。じっさい人間だけが禁止を守っている。しかし原初の人間たちの目には、動物が人間と異なっているとは映っていなかった。それどころか、禁止を守っていないがゆえに、まずはじめ動物の方が人間よりももっと神聖な、もっと神的な性格を持っているとみなされていたのである。

最古の神々の多くは動物だったのであり、その動物は人間の至上権を根底で制限している禁止などとは無縁だったのである。当初、動物の殺害はおそらくかなり強い瀆聖感を人間に惹き起こしていたと思われる。集団によって殺された犠牲の獣は、神性の意義を帯びた。供犠が、犠牲になったこの動物を聖別し、神格化していた。

犠牲になった動物は聖なる存在になったが、しかし動物であるがゆえに、その前からすでに聖なる存在だった。聖性は暴力に発する呪い〔掟への〕を表明し、また動物は、何の下心もなく純粋に自身を衝き動かしている暴力からけっして自由になることはなかった。原初の人間の眼には、動物は根本的な掟を知っているはずだと映っていた。そして動物は、自分を衝き動かしている衝動、すなわち暴力が、この根本的な掟への侵犯であるということを知っているはずだと映っていた。動物は、本性上この掟に背くものだと、意識的かつ至高の仕方でこの掟に背くものだと、原初の人間は見ていた。が、とりわけ、暴力の頂点たる死によって、動物の内部の暴力は荒れ狂いだし、全面的にその動物を支配すると見られていたのだ。死という暴力はかくも神的に暴力的なのであって、この暴力のおかげで、

図9　野牛の頭をした男。洞窟浮彫。アリエージュ県，トロワ＝フレール洞窟。ブルイユ師による模写，『洞窟美術の四百世紀』図版139による
「壁画洞窟の狩猟者たちは，一般に認められているように，間接呪術を実行していたとしても，同時にまた動物神の感覚を持っていた。……じっさい禁止は現実の動物界にも，神話の動物世界にも関係していない。禁止はまた，動物の仮面をかぶって変装している至高の人間にも関係してこない」（137-138頁）

生贄になった動物は、人間が打算的な生を送っている平板な世界の上へと高められていったのだ。死と暴力は、人間のこの打算的な生に較べれば気違いじみているし、人間の生を社会的に律している尊敬の念だとか掟などには気を留めないと思われていた。素朴な意識においては、死はもっぱら掟への侮辱的裏切り、背反からしか出来《しゅったい》しえないのである。もう一度言うが、死は暴力的に法の秩序を覆すのだ。

死は、動物の本質である侵犯の特性を完全なものにする。死は、動物という存在の深部に含まれている。流血の祭儀においては、この深部が開示されるのだ。

今ここで、本書の「序論」で提示したテーマに戻ってみよう。そのテーマとは、「不連続な存在である私たちにとって、死が存在の連続性という意味を持つ」というものだった。供犠について、私はこう書いておいた。「生贄は死んでゆく。このとき、供犠の参加者たちは、生贄の死が顕現させる要素を分有する。この要素は、宗教史家とともに、聖なるものと呼びうるものだ。まさしく聖なるものとは、厳粛な儀式の場で不連続な存在の死に注意を向ける者たちに顕現する存在の連続性のことなのである。暴力的な死のおかげで、一個の存在の不連続性が破壊されてしまうのだ。あとに残るもの、しのびよる静寂のなかで参加者たちが不安げに感じるもの、それこそが存在の連続性である。生贄はそこへ戻されたのだ。宗教の荘重さと集団がかもしだす状況でおこなわれる見世物的な殺害こそが、ふだん注目されないものを顕現させることができるのである。とはいえ私たちは、たとえ子供の頃のにしろ個人的に持った宗教的体験に照らし合わせてでなければ、とても供犠の参加者たちの存在の最深奥に現れるものを思い描くことはできないだろう。ともかく、あらゆる点から考えて、未開民族の供犠の聖なるものは、本質的に現代の諸宗教の神（le *divin*）の類似物と思えてくる[1]」。

目下の本論の展開で定められた地平では、神的な連続性は、不連続な存在者の秩序を基礎づけている掟への侵犯に関係している。人間というこの不連続な存在者は、不連続性のなかで執拗に生き続けようとしている。だが死によって、少なくとも死を見つめることによって、不連続な存在者は連続性の体験へ引き戻されるのだ。

以下のことは本質的である。

禁止の衝動において人間は動物から分離した。動物は、全面的に死と生殖（暴力）との過剰な戯れの支配下に置かれているのだが、人間は禁止によってこの戯れから逃れようと試みたのだった。

しかしそれでいて人間は、侵犯という二次的な衝動において、動物に近づいたのだ。人間は、動物のなかに、禁止の規則から逃れるものを、言い換えれば、死と生殖の世界を命じる暴力（過剰さ）に開かれているものを見ていたのである。おそらく、このような侵犯における人間と動物の二次的な協和、新たな展開は、洞窟壁画を描いた人間に対応した出来事だったのだろう。この人間は、まだ類人猿に近かったネアンデルタール人にとって代わって出現した完成された人類、私たちとそっくりの人類のことである。この人類が、今日私たちになじみになっている驚異的な動物図像を残したのである。だが彼らは、自分たち人間のことはきわめて稀にしか描かなかった。描いたにしても、変装した姿で描いた。つまり顔に何らかの動物の仮面をかぶり、その相貌の下に自分を隠したのである。少なくとも、人間の図像のなかで最も形がくずれていないものであっても、このような奇妙な特徴を持っているのである。当時、人間は人間自身を恥じていたのにちがいない。そして私たちのように、元来の動物性を恥じてはいなかったのにちがいない。当時の人間は、禁止という一次的な衝動の根本的な決定を翻したりしなかった。すなわち後期旧石器時代の人間は、死に関係した禁止を維持していたのであり、近親者の遺体を埋葬し続けていた。他方、ネアンデルタール人がすでに知っていた性に関する禁止を後期旧石器時代の人間が知らなかったなどと考える理由は私たちにはない（近親相姦と月経血のおぞましさとを制止するこの禁止は私たちのすべての行動の根本である）。しかし動物性との協和は、禁止遵守の片寄ったあり方を排除した。たしかに、ネアンデルタール人の時代たる中期旧石器時代と後期旧石器時代（私たちが考古学の資料と非近代的《アルカイック》な諸部族の習慣の両方を通して知っている侵犯の諸制度は、おそらくこの後期旧石器時代に導入されたのだ）のあいだに正確な構造上の相違を導入することは難しい。私たちは仮説の領域のなかにいる。だが私たちは、壁画洞窟の狩猟者たちが、一般に認められているように、間接呪術〔magie sympathique. ある対象への呪いを成就させるために、その対象と何かしら関係を持つと思われる別の対象に呪いをかけるという呪術。従来〝共感呪術〟と訳されていた〕を実行していたとしても、彼らが同時にまた動物神の感覚を持っていたと論理的に考えることはできる。動物神は、最古のいくつかの禁止が遵守されていて、その遵守がそれら禁止への限定的な侵犯、つまりのちの時代に明瞭になる侵犯と類似のものと合体していたということを前提にしている。人間がある意味で動物性と協和すると、その瞬間から私たちは侵犯の世界に入り、侵犯は禁止を維持しながら動物性と人間の統合を形成するのだ。私たちはこうして神的な世界（聖なる世界）のなかへ入るのである。私たちは、この変化がどんな形態で起きていたか知らないし、供犠が実行されていたかどうかも知らない。[2] この遠い昔の性生活についてもほとんど何も分からない（しばしば描かれた勃起男根を持った人間像を引き合いに出すのが関の山だ）。しかし私たちは、この生まれたばかりの世界が神的な動物性の世界であり、この世界がはじめから侵犯の精神によって揺り動かされていたにちがいないということを知っている。侵犯の精神は、死につつある動物神の精神、死ぬことで暴力をかきたてる動物神の精神である。この動物神は、人間を対象にした禁止の制限を受けないのだ。じっさい禁止は現実の動物界にも、神話の動物世界にも関係していない。禁止はまた、動物の仮面をかぶって変装している至高の人間にも関係してこない。この生まれたばかりの世界の精神は、一見して理解しがたいものだ。というのも、この世界は、神的なものが混ざった自然の世界だからだ。しかし運動〔ヘーゲル弁証法の〕に従った思考の持ち主[3]にとっては理解しやすい世界である。すなわちこの世界は、動物性あるいは自然への否定のなかでまず形成され[4]、次いでそうした自分自身を否定してゆく人間世界なのだ。ただしこの第二の否定においてこの人間世界は、自分自身をさらに乗り越えてゆくのであって、けっして自分が最初に否定した自然へ舞い戻ったりはしないのである。

このように表現された世界は、後期旧石器時代としっかり呼応しているわけではない。この世界がすでに壁画洞窟の人間の世界だったと考えてよいのならば、この時代とその作品を理解することは容易になる。だがこの世界の存在は、もっとあとの時代において確証されているにすぎない。その時代とは、最古の歴史〔文字による資料が発見されている有史時代の最初期のこと。壁画洞窟の時代すなわち後期旧石器時代は先史時代にあたる〕が伝える時代のことだ。他方でこの世界の存在は、民族誌学によって明らかにされている。つまり近代的な学問が現存の非近代的《アルカイック》な諸部族に対しておこないえた観察によって明らかにされている。動物は、エジプトやギリシアの歴史時代〔有史時代〕の人間に、至高の存在の印象を与えていた。神々の最初のイメージを与えていた。供犠における死がこのイメージを至高なものへと高めていたのだ。

この神々の最初のイメージは、原初の狩猟者の世界について私が最初に描こうと試みた見取り図の延長線上にある。私には、まずはじめにこの原初の狩猟の世界について語っておく必要があったのである。この世界においては、動物性がいわば大聖堂〔壁画洞窟のこと〕を作り上げていた。人間の暴力はそのなかに隠れて自らを凝縮させていたのである。じっさい、壁画洞窟の動物性と動物供犠の世界とは、どちらが欠けても理解することができないものなのだ。私たちが動物供犠について知っていることは、壁画洞窟の理解へ道を開いている。逆にまた洞窟壁画は供犠の理解へ道を開いている。

不安を乗り越える

不安に駆られた態度が、禁止を作り上げたのであり、原初の人々に生の盲目的な運動を拒絶——後退り——させたのである。原初の人々は、労働によって意識を目覚めさせられていたので、絶えず再生しまた絶えず死を欲する目まいのするようなこの生の動きを前にして、不快感を覚えていたのだ。生は、その全体から眺めてみると、再生〔生殖〕と死が織り成す巨大な運動である。生は絶えず生みだすが、しかし自分が生みだしたものを無化するためにそうしているのである。このことについて原初の人々は漠然とした感覚を持っていた。彼らは、死に対し、そして再生の眩惑に対し、禁止という拒絶を対置させた。しかしけっしてこの拒絶のなかに閉じこもりはしなかった。いやむしろ、できるだけはやくこの拒絶から抜け出るためにだけ、この拒絶のなかに閉じこもったのである。彼らは、この拒絶のなかへ入っていったのと同じやり方で、つまり突然の決断で、この拒絶から出ていったのである。不安が人間というものを形作っているように思える。いや不安だけではない。乗り越えられた不安、不安を乗り越えることが人間を形作っているように思える。生は本質において過剰さだ。生とは生の浪費のことだ。生は限りなく自分の力と資源を使い尽くす。生は、自分が創造したものを際限なく滅ぼす。生ある存在の多くはこの運動のなかで受動的である。しかし極限においては私たちは、私たちの生を危険にさらすものを決然と欲する。

私たちはこの危険なものを欲する力をいつも持っているわけではない。私たちの資源は底をついてしまうし、欲望はときとして萎えてしまう。もしも危険があまりにも大きくなり、死が避けがたくなると、原則として欲望は抑制される。だがもしも好運が私たちを導くならば、私たちが最も熱烈に欲している対象が、私たちを気違いじみた消費へかりたてて私たちを滅ぼすということも十分起こりうる。多様な人間がさまざまにエネルギーや金銭の莫大な損失に——あるいは重大な死の脅威に——耐えている。人間は、それぞれできる範囲内で（これは力の——量的な——問題だ）、最大の損失、最大の危険を追求している。私たちはこれとは反対の傾向を簡単に信じている。というのも人間は多くの場合、力が不足しているからだ。だが運よく力に恵まれたなら、人間はたちどころに自分を消費し、危険に身をさらしたがるのだ。この力と手段を持つ者ならば誰でも、絶え間ない消費に身をまかし、つねに危険に身をさらすのである。

これらの主張は普遍的に価値がある。私は、これらの主張を例証するために、大昔の時代や非近代的《アルカイック》な慣習にかかわるのはしばらくやめにすることにしよう。そして、私たちも一員として暮らす市井の多数者が経験している日常的な事柄を引き合いに出すことにしよう。すなわち一般に流布している文学、要するに《推理小説》という通俗文学に依拠することにする。このジャンルの作品は、通常、主人公の不幸と主人公に重くのしかかる脅威から成り立っている。もしも主人公の困難や不安感がなかったら、彼の生は、読者を引きつけ熱中させる何ものも、彼の冒険を読んで彼の生を生きてみたいと読者をかりたてる何ものも持たなくなるだろう。これらの小説の荒唐無稽な性格、読者は何がどうあろうと結局は危険を免れているという事実、こうしたことゆえに、次のような事の本質がふだん見えにくくなっているのだ。すなわち私たちは、自分自身生きるエネルギーを持ち合わせていないものを、代理人を立てて生きているということなのである。他者の冒険が私たちにかきたてる喪失感や危機に瀕している感覚を、たいした不安感もなしに耐えながら、享楽していいるというのが、この場合の本質なのである。もしも精神の資源を出し惜しみすることなく自由に使ってよいというのであれば、私たちは自分自身あのように生きてみたいと思うようになるだろう。小説の主人公になりたいと夢想しなかった者が誰かいるだろうか。こうした欲求よりも慎重さ——あるいは臆病さ——の方が強い。だがもしも私たちが、ただ弱さだけが原因で実現できずにいる深い意向を問題にするならば、私たちが夢中になって読む物語はこの意向の意味を明示してくれるのだ。

だがじつのところ文学は宗教のあとに位置づけられる。文学は宗教の跡継ぎなのだ。供犠は、一篇の小説に相当する。血なまぐさい挿絵を付された小話《コント》といったところだ。いやむしろ供犠は、根本的には、演劇表現である。動物あるいは人間の生贄だけが演じる、しかし死ぬまで演じるクライマックスに切りつめられたドラマなのである。祭儀とは、決まった日に繰り返される神話の上演、本質的には神の死の上演である。この点、私たちを驚かすものは何もないはずだ。というのも、象徴的形式のもとで毎日おこなわれるミサの供犠〔ミサ聖祭、人類の罪を贖うために犠牲になったキリストの死を再現する儀式〕がこれと同様のものだからである。

不安の顛末はいつも同じだ。最大の不安、死にまで至る不安でさえ、人々はこれを欲する。ただし最終的に、不安を乗り越える可能性を死と破滅の彼方に見出すために、欲するのである。不安を乗り越えることは、一つの条件の下で可能になる。その条件とは、不安が、不安を求める感受性に釣り合う程度に存在しているという条件である。

不安は供儀の局面で、可能性の限界において欲せられている。だがこの限界が達せられてしまうと、後退が避けられなくなる。(5)しばしば人間の供犧が動物の供犧の代わりにおこなわれたのは、おそらく人間が動物から離れてしまったため、動物の死がいくぶんかその不安をそそる価値を失ってしまっていたからだろう。しかしもっと時代が下って文明がはっきり姿を現してくると、逆に動物の生贄がときおり人間の生贄の代わりになった。人間の供犧は野蛮に見えてきたのだ。そしてさらに時代が進むと、ユダヤ教徒の血をともなう供犧は不快に思われるようになった。キリスト教徒は象徴的な供犧しか知らなかった。死という過剰まで行く生の豊饒と合体できることが必要だったのだが、しかしそのための力を持つこともまた必要だったのだ。それがうまくできなかったので、嫌悪感が勝《まさ》って、禁止の支配力を強化させる結果になったのである。

第八章　宗教的供犠からエロティシズムへ

キリスト教と、侵犯の神聖さへの無視

私は「序論」で、古代人が性愛行為と供犠を関連づけていたことを紹介した。古代人は、私たち以上に、供犠について直接的な感覚を持っていた。私たちは供犠の実践からたいへん遠ざかっている。ミサの供犠はそのおぼろげな追憶なのであるが、生き生きと感性に訴えかけるということは稀にしかない。十字架にかけられたイエスの像《イメージ》への強迫観念《オブセッション》がどのようなものであれ、流血の供犠のイメージとミサは簡単には一致しない。

主たる難点は、一般にキリスト教が掟の侵犯に嫌悪感を持っていることにある。たしかに新約聖書は、文字通りに実践されている形式的な禁止を解除することを勧めている。だが禁止の解除の意義が看過されてしまっているのだ。それだから掟を侵犯するといっても、掟の価値を意識しているにもかかわらず侵犯するというのではなく、掟の価値に異議申し立てしながら侵犯するというようになっているのである。重要なのは、十字架の供犠の考

えのなかで侵犯の性格が歪曲されてしまったことだ。この供犠は、たしかに一個の殺人であり、流血の事態だった。この殺人はまぎれもなく一個の罪であり、その意味で侵犯だった。あらゆる罪のなかで最も重大な罪でさえあった。しかし私が今まで語ってきた侵犯においては、罪や罪の償いがあっても、それらは、侵犯という決然たる行為の結果なのであり、この行為は意図に適ったものとみなされ続けてさえいたのである。このような意向の一貫性が、今日、古代的な態度を理解しがたくさせている当のものなのだ。思考の歩みを躓かせるものと言ってもよい。神聖と思われている掟を意図的に侵犯するということが、私たちにはすんなり理解できないのである。ところがミサの供犠においては、それを挙行する司祭からして、十字架刑の侵犯および罪を否定してしまっているのだ。この過ちは、ミサの考案者たちの無知に帰せられる。侵犯の何たるかを知っていたならば、彼らはこのような間違いを犯さなかっただろう。私たちはそう考えるべきだ。教会はたしかに「フェリックス・クルパ（Felix culpa）！」と歌っている。「幸いなる罪！」という意味だ。罪を犯す必要性が明示された視点がここにはある。典礼の響きは最初の人類を衝き動かしていた深い思想に一致する。その反面、この響きはキリスト教の感情の筋道とは調和しない。キリスト教にとっては、侵犯の神聖さを無視することが根本なのである。これは、たとえ修道士が神秘体験の頂点で、教義の面からすると憤慨させるような逆説、しかし解放的で限界を超え出る逆説に到達するにしても、同じなのである。

図10　グリューネヴァルト《十字架のキリスト》。カールスルーエ州立美術館
「ミサの供犠においては，それを挙行する司祭からして，十字架刑の侵犯および罪を否定してしまっているのだ。この過ちは，ミサの考案者たちの無知に帰せられる。侵犯の何たるかを知っていたならば，彼らはこのような間違いを犯さなかっただろう。私たちはそう考えるべきだ。聖アウグスティヌスはたしかに《フェリックス・クルパ（Felix culpa）！》と言っている。罪を犯す必要性が明示された視点がここにはある。カトリックの典礼は，聖アウグスティヌスの言明を採用したものである。典礼の響きは最初の人類を衝き動かしていた深い思想に一致する」（145 頁）

INRI

供犠と性愛《エロテイック》結合の古代における比較

ともかくも、このように侵犯を無視してしまったために、古代人がおこなっていた供犠とエロティシズムの関連づけは意味を失ってしまった。侵犯が根本的でないということになれば、供犠と性愛行為は何ら共通点を持たなくなる。供犠が、意図された侵犯になっている場合、その供犠は断固たる行為なのであって、その目的は、供犠の生贄になっている存在の突然の変化にある。この存在は死に追いやられてしまうのだ。殺害される前、この存在は、個体の個別性のなかに閉じこめられていた。「序論」で語っておいたように、この存在のあり方は不連続なのである。(1) だがこの存在は、死において存在の連続性へ、個別性の不在へ連れ戻されるのだ。この暴力的な行為のおかげで、生贄はその限定的な性格を取り払われ、無限定性を、つまり聖なる領域に属する無限性を与えられるのだが、この暴力的な行為は、このような深い結果をもたらすがゆえに、欲せられているのである。この暴力的行為が欲せられる様は、ちょうど自分の欲望をかきたてる生贄の内部へ入ってゆこうとして、この生贄を裸にする人の行為の場合と同じである。恋に燃える男は、人間あるいは犠牲獣を血祭りにあげる供犠執行者と同じように、自分の愛する女を崩壊させる。女は、自分に襲いかかってきた男の腕のなかで、自分の存在を剝奪されてゆく。女は、自分

図11　人間の供犠。メキシコ，写本彩色挿絵（*Codex Vaticanus* 3738, fol. 54v°)。スペイン占領時代の初期。若い頃におそらく現場を目撃した一人のアステカ人による

「一般に供犠の行為とは，生と死を合体させること，死に生のほとばしりを与えること，生に死の重々しさ，目まい，幅広さを与えることなのである。死に混ぜ合わされた生と言ってもよい。逆にまた供犠においては死は同時に生のしるしであり，無限定性への開けになっているのである」（151頁）

と他者を分かち、自分への侵入を困難にさせていた堅固な障害を、恥じらいとともども、失ってゆく。そうして女は突如、生殖器で荒れ狂う性の戯れの暴力に身を開くのだ。女は、外部から彼女を満たし溢れる非人称の暴力に身を開くのだ。

大がかりな論法と親しむことによってはじめて可能となるような分析を、古代人が詳細にわたって展開しえたかどうかは疑問である。じっさい、性愛と供犠という二つの深い体験の類似をそれらの正確な運動のもとに捉えねばならないとなると、まずもって多くのテーマが存在し、それらを接合するということが必要だった。であるのに、これらの体験の最も深い局面は見えないままだったし、体験の全体も意識されないままだった。しかし供犠における宗教心と荒れ狂ったエロティシズムとに関する内的体験が、運よく同一の人物に生じることもありえたのだ。そうなると、二つの体験の正確な比較とまではゆかずとも、両者が類似しているという感覚は起こりえた。しかしこのような可能性もキリスト教においては消滅してしまったのだ。というのもキリスト教において宗教心は、暴力によって存在の深部に達しようという意志から遠ざかってしまったからである。

供犠と愛における肉体

供犠の外的な暴力が明示していたものは、血液の流出や生殖器からの性液の湧出にはっきり見て取れる存在の内的な暴力だった。血液にしろ生殖器にしろ、それらは生命に溢れているのであって、現代の解剖学が見ているものとは異なっていた。それだから科学ではなく、ただ内的体験だけが古代人の感覚を再現させることができるのではあるまいか。私たちが推測できることはこうだ。古代人の眼前に、血液でみなぎった生殖器の充溢、生命の非人称的な充溢が現れていたということである。他方、動物の死の局面においては、動物の個的で不連続な存在に代わって、生命の有機的な連続性が現れていたのであって、この連続性はさらに聖なる食事〔この動物を食すること〕によって、会衆の共同の生命へもたらされたのだ。というのも、獣性の名残りがこの肉の咀嚼にはまだ感じられていたからだ。肉体の生命の湧出と死の静寂さがこの肉の咀嚼に密着していたのである。食肉は当初はこのように生命の蠢《うごめ》きのなかにあったのだが、しかし今や私たちは、そのような蠢きから切り離された食肉、つまり処理されて不活性化した食肉しか食していない。供犠は、食べる行為を、死において現れる生命の真実に結びつけていたのだ。

一般に供犠の行為とは、生と死を合体させること、死に生のほとばしりを与えること、生に死の重々しさ、目まい、幅広さを与えることなのである。死に混ぜ合わされた生と言ってもよい。逆にまた供犠においては死は同時に生のしるしであり、無限定性への開けになっているのである。今日、供犠は、私たちの体験の世界にはない。私たちは実践に想像力を置き換えて供犠にのぞまねばならない。だがたとえ供犠それ自体、そして供犠の宗教的な意味合いが私たちから遠ざかっているにしても、私たちは供犠が惹き起こしていた光景の諸局面に関係した反応、つまり嘔吐感を知らずにいることはできない。ただし私たちは、供犠には嘔吐感を乗り越えるという面があることを想起しておく必要がある。聖なる変容がこれにあたるのだが、しかしこの変容を度外視して、供犠の諸場面を個別に捉えるならば、それらは極端な場合、嘔吐感を催させてしまう。家畜の屠殺、解体は、今日でもかなり共通して人々の胸をむかつかせる。食卓に供される料理においてそのような屠殺や解体を想起させるものは一つとしてあってはならないのだ。そのようなわけだから、現代の体験は供犠における宗教心の諸行為を逆転させていると言ってよいだろう。

性愛行為と供犠の類似性を考察しようとしている今、この逆転は意味深長である。というのも性愛行為と供犠が露《あらわ》に見せるものが肉（*la chair*）であるからだ。供犠は、動物の秩序ある生に代えて、動物の諸器官の盲目的な痙攣を出現させる。エロティックな痙攣についても同様だ。エロティックな痙攣は充血した生殖器官を自由に解き放つ。これら生殖器官の盲目的な活動が、恋人たちの冷静な意志を越えておこなわれるのだ。冷静な意志に代わって、血をみなぎらせた性器の動物的な運動が出現するのである。理性によってもはや制御されない暴力が、性器を衝き動かし、爆発へ導くのである。そして突然、この嵐〔の不安〕を乗り越える衝動に従うことが、心の喜びになるのだ。肉の運動は、冷静な意志が

図12　男女の立位性交像。コナーラク太陽神寺院の浮彫。インド・オリッサ州，13世紀。写真マックス＝ポール・フーシェ

「供犠は，動物の秩序ある生に代えて，動物の諸器官の盲目的な痙攣を出現させる。エロティックな痙攣についても同様だ。エロティックな痙攣は充血した生殖器官を自由に解き放つ。これら生殖器官の盲目的な活動が，恋人たちの冷静な意志を越えておこなわれるのだ。冷静な意志に代わって，血をみなぎらせた性器の動物的な運動が出現するのである。理性によってもはや制御されない暴力が，性器を衝き動かし，爆発へ導くのである。そして突然，この嵐を乗り越える衝動に従うことが，心の喜びになるのだ」(152頁)

無くなったときに、限界を超え出る。私たちの内部にあって肉とは、節度の掟に対立するこの超出のことなのだ。肉は、キリスト教の禁止に取り憑かれている人々の天敵なのである。だが他方で、もしも私が考えているように、時代と場所に応じた形態のもとに性の自由と対立している曖昧で広汎な禁止があるとするならば⑵、肉とはこの不安を抱かせる自由の再来の表現にほかならないのである。

肉、節度、そして性の自由の禁止

この広汎な禁止について語った当初、私はこの禁止を定義できないまま——あるいは定義しようとしないまま——別の話へ移ってしまった。だが、じつのところこの禁止は、それについて語るのが容易になるようには定義しえないのだ。節度は偶然に左右されるし、絶えず変化する。節度は個々人においてさえ異なる。それだから私は、この点については、近親相姦の禁止や月経血の禁止のように、捉えやすい禁止について語ったのだ。そして、性活動に対するもっと一般的な呪詛〔禁止〕に戻るのはあとに延ばしたのだった。この呪詛についてはさらに先でしか語れない。私は、この漠然とした禁止の定義に取りかかる前に、この禁止への侵犯の方を考察しようとまで思っている。

私はまず、もっと昔へ遡りたい。

禁止があるならばその禁止は、私の見るところ、何らかの根本的な暴力の禁止なのである。この暴力は肉のなかに与えられている。生殖器官の活動を意味する肉のなかに与えられている。

私は、生殖器官の客観的な活動を通して、肉が乗り越えられてゆく根本的な内的表現へ達しようと思っている。

私は、器官の充血から内的体験を根本的に割り出してみたいのだ。この充血について私はすでに、供犠において、死んだ動物を通して露《あらわ》にされると語っておいた。エロティシズムの根底において、私たちは炸裂を体験している。爆発の瞬間の暴力を体験しているのだ。

第九章　性の充溢と死

増加の一形態とみなされた生殖活動

全体としてエロティシズムは、禁止の規則への違反である。エロティシズムは人間の活動である。だが、動物的なものが終わるところでエロティシズムが始まるとはいっても、動物性はやはりエロティシズムの基底なのだ。人間は嫌悪感を持ちながらこの基底に背を向けるのだが、しかし同時に人間はこの基底を維持している。動物性はエロティシズムのなかできわめてよく維持されてさえいるので、動物性や獣性という言葉はたえずエロティシズムに関係づけられている。それが高じて、禁止の侵犯は、動物という言葉によって表現される自然への回帰という意味まで帯びてしまったが、これは間違っている。とはいえ、たしかに禁止が対立している活動は、動物たちの活動に似ている。肉体面の性活動はつねにエロティシズムと結びついているので、両者の関係は、脳と思考の関係に匹敵するほどだ。脳と同じく、生理も思考の客観的基底になっている。ともかく、エロティシズムにおける私たちの内的体験を、このような客観的な関係性のなかに位置づけて捉える必要があるならば、私たちは、動物の性的機能をも客観的データの一つに付け加えねばならないのだ。いや第一にこの機能を考慮に入れねばならないほどである。じっさい、動物の性的機能が呈するいくつかの様相を考察してゆくと、私たちは内的体験に近づいてゆく。

ここで、内的体験に接近してゆくにあたっては、私たちはまず肉体の条件について語ることから始めたい。

客観的現実の次元から見ると、生は、非力な場合を除いて、いつも過剰なエネルギーを集めてはこれを消費している。じっさい、この過剰なエネルギーは、問題となっている生命単位の増加によって、あるいはまた正真正銘の消滅によって、消費されている。(1)この点に関して、性活動の様相は根本的に曖昧だ。つまり、子供を産みだす目的とは無関係の性活動でさえも、やはりその原則においては、増加〔成長〕の活動になっているということである。生殖腺〔精巣と卵巣〕も、全体から見れば増加している。この増加の動きを見て取るためには、私たちは、単細胞生物の分裂増殖という最も単純な生殖形態に依拠する必要がある。分裂増殖の生命体にも成長はあるのだが、ひとたびある段階まで成長が達せられると、単一であったこの生命体は、二つに分かれるのである。たとえば滴虫類の生命体aはa′＋a″になるわけだが、最初の状態から次の状態への変化はaの増加と無関係ではない。

a′＋a″はもとのaの状態に対してはaの増加を意味している。

ここで注意すべきことは、a′はa″と別個の存在であるが、しかしまたa′もa″もaとは別個の存在ではないということである。aのある部分が、a′においてもa″においても存続しているのだ。このような成長する生命体の一体性を揺るがす増加の驚くべき性格についてはあとでもう一度触れることにしよう。私はまず次の事実に注目しておきたい。それはすなわち生殖は増加の一形態でしかないということである。一般にこのことは、性活動の最も明瞭な結果である個体数の増加から一目瞭然である。だが有性生殖における種の増加は、原始的な分裂増殖における、つまり無性生殖の領域における増加の一様相にすぎないのである。個体の生命体の細胞と同様に、有性動物の生殖腺も分裂増殖する。基本的に、いかなる生命単位も成長する。成長して充溢状態に達すると、生命単位は自己分裂することがある。だが成長（充溢）は分裂の条件であり、私たちは生命界におけるこの分裂を生殖と呼んでいるのだ。

全体の増加と個体の贈与

客観的に見て、私たちが愛の営みをするときに問題になっているのは、生殖である。生殖とは、結局、私のこれまでの考えによるならば、増加である。だがこの増加は、私、たちの増加ではないのだ。生命体が、性交によるにせよ、もっと単純に自己分裂によるにせよ、生殖したところで、その性活動も分裂増殖も、その生命体自体の増加を保証してはいない。生殖が惹き起こしているのは、非個体的な増加なのである。

私はまずはじめ消滅と増加という根本的な対立を持ち出したけれども、これは場合によってはまた別の対立へ、すなわち正真正銘の消滅がではなく、非個体的な増加が、個体的な増加に対立するという対立へ還元しうる。増加の利己的な根本様相は、その個体が変化のないまま増加するときにのみ生じる。もしも増加が、私たちを凌駕する一つの生命体や一つの集合体全体のためになされるのならば、この増加はもはや増加ではなく、贈与となる。贈与する当の者にとって、贈与は、自分の財産の消失である。贈与する者が贈与で利益を得ることもあるが、しかしこの者はまずはじめ贈与せねばならない。この者は、まずはじめ、多少とも全面的に、彼の贈与を得る集団全体にとって増加の意味を持つものを自分に対して放棄せねばならないのである。

無性生殖と有性生殖における死と連続性

まず私たちは、分裂のなかに開かれる状況を子細に検討しなければならない。

無性の生命体 a の内部には連続性があったのだ。

a′とa″が出現したときに、この連続性がいっきょに消滅したわけではない。この連続性が分裂の危機の初期に消えたのか、末期に消えたのかという問題はたいして重要ではない。重要なのは、宙吊りの未決定の瞬間があったということなのだ。

この瞬間においては、まだa′でなかったものがa″と連続していた。しかしエネルギーの充溢がこの連続性を危機に放りこみつつあった。エネルギーの充溢が、分裂するという変化を生命体に開始させたのだ。だが生命体が分裂しはじめるのは、変化の瞬間、そのさなか、つまりすぐあとに対立することになる二つの生命体がまだ対立していない危機的《クリティック》な〔臨界の〕瞬間のことなのである。この分離の危機はエネルギーの充溢によって生じる。この危機はまだ分離そのものではなく、曖昧な状態である。エネルギーが充溢すると、生命体は安らかな平静さから荒々しい動揺の状態へ移ってゆく。この動揺、この騒乱が生命体全体を襲うのだ。生命体の連続性において生命体を襲うのだ。しかし当初、連続性のただなかで起きる動揺の暴力は、やがて分離の暴力を呼びさまし、この分離の暴力によって不連続性が生じてくる。分離が完了し、別個の生命体が登場して、あの安らかな平静さが戻ってくるのだ。

このように単細胞生物の充溢は、一個の生命体から二つの新たな生命体を産みだす創造的な危機へ向かうのだが、この充溢は、有性生殖の危機に達する男性器と女性器の充溢に較べると、原初的である。

だがこの二つの危機は、いくつか本質的な様相を共通して持っている。両者の場合とも根源にあるのはエネルギーの過剰なのだ。そしてまた、産みだす生命体と産みだされた生命体の双方において、増加が見て取れる。最後に、個体の消滅という共通点が挙げられる。じっさい、分裂してゆく細胞を不滅だと考えるのは誤りなのだ。細胞aは、a′のなかにも、a″のなかにも、生き残っていない。a′は、aと別個であるし、a″とも別個である。明らかにaは、分裂において存在しなくなる。aは消滅してゆく。aは死んでゆく。aは、痕跡を残さず、死体も残さないが、死んでゆく。細胞の充溢は、創造的な死において危機が終わるとともに、終了する。危機のさなかに二つの生命体（a′とa″）の連続性が出現したのだった。というのも、両者はもともと一つの存在でしかないからなのだが、しかし結局のところ、この連続性は両者の決定的な分裂のなかに消えてゆく。

無性、有性双方の生殖に共通しているこの最後の様相は、決定的に重要な意味合いを持っている。

極端に言えば、どちらの場合においても、生命体の総体的な連続性が顕現する。（客観的には、この連続性は、生殖の移行過程において、ある生命体と他の生命体のあいだに、そしてまた各生命体と残余の生命体すべてのあいだに生じるということだ。）しかし個体の不連続性をつねに消滅させる死が、根源的に連続性が顕現するたびごとに現れる。無性生殖は、死を受け容れると同時に、死を見えなくする。無性生殖においては、死ぬ生命体は死のなかに消えてゆく。死はかすめ取られるのだ。この意味で、無性生殖は死の窮極の真実である。つまり死は、生命体たちの（そしてまた生命体の）根本的な不連続性を告げ知らせるということだ。不連続な生命体だけが死んでゆくのであり、死こそが不連続性が虚偽であることを暴くのである。

内的体験への回帰

有性生殖の諸形態においては、生命体の不連続性はこれほど脆くはない。不連続な生命体は死んでも完全には消滅せず、場合によっては無限に存続する痕跡を残す。骸骨は何百万年も存続することがある。頂点にある有性生殖の生命体、すなわち人間は、自分の内部にあるかもしれない不連続の原則が不滅であると信じたい気になっている。いや、そう信じざるをえなくなっている。人間は、肉体の存在が死後も生き延びるという考えにだまされて、自分の《魂》を、自分の不連続性を、深い真実だとみなしている。だが肉体の存在は、それを形成していた諸要素の腐敗へ帰着する。たとえ腐敗が完全でなくても、そうなのだ。骸骨の永続性をもとに人間は、《肉体の復活》まで想像した。《最後の審判》のときに骸骨が再構成されて、甦った肉体が魂をその劫初の真実へ返らせるというのだ。外的条件のこのような異常発達において看過されているのは、連続性である。有性生殖においても連続性は根本的なのだ。生殖細胞も分裂するし、分裂する細胞のあいだに本源的な一体性を客観的に捉えることができる。単細胞生物の分裂増殖の場合でも、そうでない生殖の場合でも、連続性は基本的に明白に存在している。

生命体間の不連続性と連続性の次元で、有性生殖に現れる唯一の新たな事実は、精子と卵子という生殖細胞、この二つの微小な生命体の融合である。とはいえ、この融合は根本的な連続性を完全に顕現させているということなのだ。じっさい、この融合において明らかになるのは、失われた連続性が再び見出されうるということなのである。有性の生命体の不連続性からは、重苦しく不透明な世界が生じている。この世界では個体の分離はきわめて恐ろしい事態に立脚している。というのも死と苦痛の不安が、この分離の壁に、牢獄の壁のごとき堅固さ、悲しさ、敵意を与えているからだ。しかしこの悲しげな世界の限界内においても、受精という特権的な機会に、失われていた連続性が見出されるのである。もし最も単純な生命体の明白な不連続性がまやかしでないならば、受精という融合は想像できなくなってしまうだろう。

複雑な生命体の不連続性だけが、一見して、侵してはならないもののように思われている。私たちは、複雑な生命体の不連続性を統合へ戻すこと、分解すること《問いに付すること》を、良識をもって想像できずにいる。動物たちが性の熱気に捕われている充溢の瞬間は、彼らの分離が危機にさらされている瞬間にほかならない。この瞬間においては、死と苦痛への恐怖感は乗り越えられている。この瞬間に、同種の動物たちのあいだに、連続性の感情が突如生き生きと湧いてくる。ただしこの連続性はある程度のものでしかない。というのも、この連続性は、不連続性の矛盾した幻影を、取るに足らぬほどではあるが背後に絶えず維持しているからだ。奇妙なことに、完全に同じ状況下であっても、同性の個体のあいだでは、このようなことは通常は起きない。原則として、性差という二義的な相違だけが、個体間に連続性を、つまり長いあいだに関心を引かなくなっていた深い一体感を感じ取らせる力を持っているのかもしれない。同様に、消滅の瞬間にこそ、逃れてゆくもの、つまり連続性をより強く感じるということがある。見たところ、性差は、種の類似によって保たれているあの漠とした連続性の感情を、失望させたり苦しめたりしながら活性化しているようである。このように客観的な条件を検討してから、動物の反応を人間の内的体験と比較するのは、異論の余地のあるところだろう。じっさい科学の見方は単純だ。動物の反応は、さまざまな生理学的現実によって決定されているというのだ。じつを言うと、観察者にとっては、種の類似は一つの生理学的現実にほかならない。性差も同様に一つの生理学的現実ということになっている。だが、性差によってよりはっきり感じ取れるようになっている類似の観念は、内的体験に立脚しているのである。ここでついでに私は、考察の次元の変更を強調せざるをえない。この変更は本書の特徴である。人間を対象にした研究はところどころこのような変更を余儀なくされると私は思っている。科学的たらんと欲する研究は、主観的な体験にあてる部分を減らそうとする。それに対し私は、方法として、逆に客観的認識の部分を減らす。じっさい私は、生殖についての科学的データを示したが、それはもっぱらそれを別の領域へ移し替える下心あってのことだった。私が動物や微生物の内的体験を持てないことは、重々承知している。彼らの内的体験を推測することすら私にはできない。しかし微生物も複雑な動物と同じに、内部の体験を持っている。私は、即自的な〔無自覚な〕実存から対自的な〔意識的な〕実存への進展を、複雑さや人間性に結びつけられずにいる。それどころか私は、微生物以下の無機的な粒子にさえ対自的な実存があるとみなしているほどだ。この対自的な実存を私は、内部の体験、内的体験と呼びたい。むろんこれらの言葉は真に十分であるわけではないのだが。こうした存在の内的体験を私は持つことができず、仮の話として想像することもできないが、しかし定義上、根本的にこの体験が自己感情を含んでいることを知らずにすますこともできないのだ。この根本的な感情は自己意識ではない。自己意識は、事物への意識に由来している。そして事物への意識が明瞭に与えられているのは人類だけなのだ。だが自己感情は、これを感じる存在が自分の不連続性のなかでどの程度孤立しているかに応じて必然的に変化する。この孤立は、客観的な不連続性に傾くと程度が高まり、逆に連続性に可能性が与えられると低まる。想像しうる限界の堅固さ、安定性が問題なのだが、自己感情はともかく孤立の度合に応じて変化する。性活動は孤立が危機にさらされる瞬間なのだ。この活動は、外部から私たちに認識されるが、しかし私たちは、この活動が自己感情を弱め、危機に投じることを知っている。危機という言葉を今語っているのだが、危機とはしかし、客観的に認識された出来事の内的な効果のことなのだ。危機はむろん客観的に認識されるのだが、その場合でもやはり、根本的な内的データを導入するのである。

有性生殖に固有の一般的な客観的データ

危機の客観的な基底はエネルギーの充溢である。無性動物の領域では、この面は最初からはっきり現れている。つまりエネルギーの増加があり、増加は生殖を、したがって分裂を惹き起こし、充溢した個体の死を惹き起こす。この面は、有性動物の領域ではもっと不明瞭になる。とはいえやはりエネルギーの過剰が性器の活動化の基底になっている。より単純な生物の場合と同様、この過剰は死を強いる。ただしこの過剰は直接的に死を強いているわけではない。一般的に、有性の個体はエネルギーの過剰からも、この過剰がもたらす激しい事態からも、生き延びる。死が性の危機の結果になるのは、きわめて稀な場合だけだ。しかし言っておかねばならないが、この死に至る場合の意味合いは衝撃的である。じっさい私たちの想像力にとってきわめて衝撃的であるので、最後の絶頂感に続く衰弱は《小さな死》とみなされているほどである。死はつねに、人間的には、激しく打ち砕けたあとに引いてゆく波のありさまに象徴されている。だが死は、このような遠い比喩で表されるだけではすまない。私たちは、生命体の繁殖が死と連帯していることを断じて忘れるべきでない。生殖する者は、自分たちによって新たな者が生まれたあとも生き延びるが、しかしこの生き延びは執行猶予でしかない。猶予期間は、一部分、誕生した者を扶助するために費やされる。だが誕生した者の出現は、先行者の消滅を保証するものなのだ。有性動物の生殖は、すぐにではなくとも、長いあいだには死を招来するのである。

過剰は、死を不可避な結末にしている。停滞だけが生命体の不連続性(彼らの孤立)をしっかり維持している。この不連続性は、個体を個々別々なものに分離している障壁を運命的に覆す運動への挑戦にほかならない。生、より正確には生の運動は、たしかに、しばしのあいだこの障壁を必要としている。というのもこの障壁がなければ、どんな複雑な組織も、どんな効果的な組織も可能にならないからだ。しかし生は運動であり、この運動においてはいかなるものも、運動から安全に守られてはいない。無性動物は、自分自身の発達ゆえに、自分自身の運動ゆえに死んでゆく。有性動物は、自分自身の過剰エネルギーの運動に対して、そしてまた自然一般の運動に対して、かりそめの抵抗を示しているにすぎない。ときとして有性動物は、自分自身の力の衰退だけが原因で、自分の組織の崩壊だけが原因で死んでゆく。これは本当のことだ。私たちは次の点を見誤ってはならない。ただ無数の死だけが、これら繁殖してゆく有性動物を袋小路から抜け出させるのである。人工的な組織によって人間の延命が確保されている世界。そんな世界の思想は、人々に悪夢の可能性を抱かせ、わずかな遅延の彼方には何も見えないようにするものだ。最終的には死が存在することになる。繁殖が招来している死、生の過剰が招来している死である。

外部と内部の二つの視点から見られた二つの根本的な様相の比較

生殖が死と関係している生の諸様相は否定しがたい客観的な特徴を持っているが、しかしすでに述べたように、一個の生命体の根本的な生でさえ間違いなく一つの内的体験なのである。私たちは、あの原初的な体験について語ることさえできる。この体験が私たちに伝わらないことを認めながらもだ。問題になっているのは、要するに生命体の危機である。生命体は、自分を試練にかける危機のなかで生命体の内的体験を持つのである。これは言い換えれば、連続性から不連続性へ行く、あるいは不連続性から連続性へ行く移行過程のなかで、生命体が危機に投じられるということだ。最も単純な生命体でさえ、自己感情を、自分の限界に関する実感を持っている。私たちはこのことを認めている。もしもこの限界に変化が生じるとすれば、生命体のこの根本的な感情も衝撃を受けることになる。この衝撃こそが危機なのだ。自己感情を持っている生命体の危機なのだ。

有性生殖について私は、その客観的な様相は結局のところ無性動物の分裂生殖の場合と同じだと述べた。しかしエロティシズムにおいて私たちが持つ人間的な体験に着目するならば、私たちは、客観性のなかで示されたあれらの根本的様相から遠ざかることになる。とりわけエロティシズムにおいては、私たちが持つ充溢感は、子供を生むという意識と関係していないのだ。原則として、エロティックな喜びが満ちてくればくるほど、私たちは、その結果生じることもある子供については気づかわなくなる。他方、最後の痙攣のあとのわびしさはたしかに死の予感をもたらす場合があるが、しかし死の不安、そして死は、快感と正反対の側にあるのだ。それだから、生殖の客観的様相と、エロティシズムにおける内的体験の客観的様相との比較が可能である場合、この比較は別の事柄に依拠しているのである。じっさい、次のような根本的な事実がある。すなわち、生殖の客観的事実は、内面の次元で自己感情を、つまり生命体および孤立した生命体の限界についての実感を、危機に投じるという事実である。生殖の客観的事実は不連続性を危機に投じる。自己感情は必然的に不連続性に関係している。というのも不連続性は自己感情の限界の基礎になっているからだ。自己感情は、どんなに漠然としていても、不連続な生命体についての感情なのである。しかしながら不連続性はけっして完全ではない。とりわけ性活動においては、他者への感情が自己への感情を越えて、二つの生命体あるいはいくつもの生命体のあいだに、ありうべき連続性を、もとからの不連続性に対立する連続性をもたらすのである。性活動において他者は、絶えず連続性の可能性を与え続けている。絶えず脅かし続け、絶えず縫目のないガウンのような個体の不連続性に鉤裂きを作ろうとし続けている。動物の生の有為転変においては、他者、つまり同類の他の動物たちが、舞台裏に現れている。言い換えれば彼らは、中性的《ニュートラル》な相貌からなる背景であって、たしかに根本的ではあるのだが、性活動が起きるときにはこの背景を前に危機的な変化が生じるのである。つまりこのとき、一個の他者が、混沌とした充溢の暴力に関係したものとして現れるのだ。ただしまだすぐにはその成果があげられずにいる。どの存在も、他者が他者自身に対しておこなう自己否定に一役買ってはいる。しかしこの自己否定は、性の相手の承認を得る〔一個の個体としてその存在を承認してもらう〕ことには成功していない。だから両者の接近においてまずもって作用しているのは、両者の相似性〔個体として互いを認めあう存在たちの相似性〕というよりはむしろ、他者のエネルギー充溢なのである。他者の暴力に、こちらの存在の暴力がのりだしてゆくということなのだ。結局、双方の側において、自己の外に（個体の不連続性の外に）存在するように強いる内的な衝動が問題になってくるのである。性の充溢は、雄においてはときに電撃的に、雌においてはゆっくりと、存在を自己の外へ投げだすのであって、そのようにして雌雄の動物の出会いは起きている。性交のさなかの動物のカップルは、二つの不連続な存在が近寄って、瞬間的な連続性の流れにより一体化するという事態から成立しているのではない。厳密に言えば、合体などないのだ。暴力の支配下にある二つの個体が、性的結合の秩序立った反射作用によって結びついて、危機の状態——両者それぞれ自己の外に存在している状態——を共有するということなのだ。たしかに雌雄二つの存在は同時に連続性へ開かれている。だが曖昧模糊とした意識のなかでは何も存続しない。危機のあとには、双方の存在の不連続性は元のままである。これは、最も強烈であると同時に最も無意味な危機なのだ。

エロティシズムの内的体験の根本的な要素

動物の性活動の体験に関する以上の論述において、私は、先に自分が提示した有性生殖に関する客観的データから遠ざかってしまった。私は、下等生物の生から得られたわずかなデータをもとに、動物の内的体験を貫く一本の道をつかもうと試みたのだった。たしかに私は、私たち人間の内的体験に導かれたのであり、そしてまた動物の体験にはないものに対して私が必然的に持つ意識にも導かれたのだった。しかしじつのところ私は、人々が根本を考察する必要性に駆られて唱える事柄からほとんど逸脱していない。それに、私の主張は、ある特異な明白さに支えられてもいる。

だが私は、有性生殖の客観的なデータの図式にもう舞い戻りたくはなかったので、それを検討することはしなかった。

ともかく、いっさいがエロティシズムとの出会いの場で再会するのである。

私たちは、内的体験においては、人間の生と同一平面にいる。私たちは外的な諸要素を識別することになるが、それらも結局は内面性へ帰着する。私に言わせれば、死の認識が、エロティシズムにおける不連続性から連続性への移行を特徴づけている。この死の認識は、はじめから人間精神のなかで、不連続性の解体を——そしてそのあとに起こりうる連続性への移行を——死に関係づけるのだ。私たちは、これらの要素を外側から識別する。だがもしも私たちが内部においてこれらの要素の体験を持っていなかったなら、これらの要素の意味合いは雲散霧消してしまうだろう。他方で、一つの客観的なデータ——生の過剰に発する死の必然性を私たちに思い描かせるデータ——から、あの目まいのするような混乱——死の内的認識が人間のなかに惹き起こす混乱——への急激な移行という事態がある。この混乱は、性活動の充溢に関係していて、深い衰弱をもたらす。もしも私が外側から同じことを見て取っていなかったならば、はたして私は、充溢と衰弱がつながっている逆説的な体験のなかで、存在の戯れに気づいていただろうか。個としての生の不連続性——永久にかりそめのものにすぎない——を死において乗り越えてゆくあの存在の戯れにだ。

エロティシズムにおいて最初から感じ取れることは、けちくさくて閉鎖的な現実を表す秩序が、エネルギーで充溢した無秩序によって揺り動かされるということである。動物の性活動も、同様の無秩序を惹き起こす。だがそれに対するいかなる抵抗も、いかなる障壁も、用意されていない。動物の無秩序は、無限定の暴力のなかへ、自由に埋没してゆく。破壊が成し遂げられ、やがてたぎりたつ情欲は果てて、不連続な存在の孤独が戻ってくる。個体の不連続性に対して動物が唯一おこなえる変更は死である。動物は死ぬか、さもなければ無秩序が過ぎ去って、もとのままの不連続性が存続することになる。人間の生においては逆に、性の暴力が傷口を開く。傷口が自然に閉じてしまうことは稀で、傷口を閉じてやる必要がある。不安感によって支えられる恒常的な注意力があってやっと、傷口は閉じたままになる。性の無秩序に発した根本的な不安感は、死をはっきり指し示している。人間がこの無秩序を体験して死を認識するようになると、この無秩序の暴力は、死がかつてこの人間に明示した深淵を、この人間の内部に再び開くのである。死の暴力と性の暴力の結合は次のような二つの側面を持っている。すなわち一方において肉欲の痙攣は死の衰弱に近づけば近づくほど急激なものになり、他方、死の衰弱は、時間の余裕が残されているならば、性の快楽を助長するのである。死の不安は人をかならずしも性の快楽へかりたてはしない。だが性の快楽は、死の不安のなかにあると、いっそう深くなるのだ。

エロティックな活動は、このような不吉な様相をいつも公然と呈しているわけではない。エロティックな活動は、いつもこのような裂傷であるわけではない。深く、密やかに、この裂傷は、人間の肉欲の本質として、快楽のばねになっている。死の恐怖にかられて、いわば窮極の瞬間からその息吹を奪う者こそが、息を止めるべきなのだ。

エロティシズムの原則それ自体は、はじめのうち、このような逆説的な恐ろしさの反対側に現れている。つまり性器におけるエネルギー充溢が問題になっているということだ。危機の起源は、私たちのなかの動物的な運動である。だが性器の興奮は自由ではなく、意志の合意なくして発露されることがない。というのも、性器の興奮が、効率や威光を支えている秩序、体系を混乱させるからである。じっさい、性の危機の最初の瞬間から存在は分裂し、その一体性は壊される。この瞬間に、エネルギーの充溢した肉体の生は精神の抵抗にぶつかる。精神の表向きの同意ですら十分ではない。肉体の痙攣は、この同意を越えて、沈黙を要求する。精神の不在を要求する。肉体の運動は、とりわけ人間的な生とは無関係だ。肉体の運動は、人間的な生が沈黙し不在になりさえすれば、人間的な生の外部で荒れ狂う。このような肉体の運動に没入する者は、もはや人間ではなく、獣たちのように盲目的な暴力そのものになりきっている。荒れ狂うだけになって、盲目的であることを、何もかも忘れてしまうことを享楽するのである。漠然とした一般的な禁止がこの暴力の自由に対置されている。私たちはこの暴力を、外部から与えられた情報によって知るというよりもむしろ、私たちの根本的な人間性と両立しがたいその性格を内的に体験することによって知るのである。一般的な禁止は簡明な言葉では表現されない。マナー、作法の領域で、ただこの禁止の偶然的な諸様相だけが現れているにすぎない。それら一般的な禁止の諸様相は、時代や地域によって異なるのはむろんのこと、状況や人物によっても異なってくるのである。肉欲の罪に関してキリスト教神学が語っていることは、表明された禁止の無力ぶりからして、また次から次に出された註釈の極端さ（私はヴィクトリア女王〔在位一八三七―一九〇二〕時代のイギリスのことを考えている）からしても、偶然性と一貫性のなさを、そして同時に暴力に対応した暴力を、つまりさまざまな拒絶反応を、明示している。私たちは、自分たちの平凡な性活動の諸状態が、社会的に受け容れられている諸行為と不調和をきたすのを体験するが、こうした体験を通しただけでも、性活動の非人間的な様相を再認識することができるのである。性器のエネルギー充溢は、人間的な行為の日常の秩序とは無関係のメカニズムを荒れ狂わしめる。性器が充血すると、それまで生が立脚していた精神の平衡は崩れてしまう。激情が、突然、一個の存在を奪ってしまうのだ。この激情は私たちにはなじみのものだが、しかし私たちは、たとえばある女の上品さに心打たれていて、その女の愛欲に乱れる様など知りもしなかった男が、策を弄して、そのような様をこっそり見たときの驚きは容易に想像できる。この男は、その女のこうした様に、一種の病気を、犬たちの激情とそっくりのものを見て取るかもしれない。あれほど上品に客を迎え入れていた女性の人格が、発情した雌犬に入れ替わってしまったかのようになるのだ……。病気と言うだけではまだ足らないくらいである。人格が、しばらくのあいだ死んでしまったのだ。この人格の死によって、しばらくのあいだ、雌犬が人格のいた場所を占め、沈黙を、つまり死んだ女の不在を利用するのである。雌犬は、この沈黙と不在を享楽する。叫び声を発しながら享楽するのだ。人格が復活すると、雌犬は凍りついてしまい、雌犬が耽っていた性の快楽は終止符を打たれる。情欲の荒れ狂いは、私のこうした表現に含意されている暴力をいつも持っているわけではない。だがそれでも私の表現は、根源的な対立関係をはっきり示している。

この対立関係のうち、最初に現れるのは自然の運動である。この運動はしかし、自由に流れるためには、障壁を打ち破らねばならない。そうした結果、精神のなかでは、自然の流れと壊された障壁とが渾然《こんぜん》一体になってしまう。自然の流れは障壁が壊されていることを意味し、壊された障壁は自然の流れを意味するようになるのだ。障壁が壊されるという事態は死のことではない。だが、死の暴力が生の建物を完全に、決定的に、壊すのと同様に、性の暴力は、ある一点において、そしてしばらくのあいだではあるが、この建物の構造を壊す。じっさい、キリスト教神学は、肉欲の罪の結果生じる精神の崩壊を死と同一視している。性の快楽のさなかにはかならず、死を想起させる小規模な解体が存在する。逆にまた、死の想起が性の快楽の痙攣を激しいものにするということもある。多くの場合、こうしたことは、生の全般的安定および生の維持に向けられた危険な侵犯の感情に帰せられる。たしかにこの侵犯がなければ自由な荒れ狂いなど起きはしない。だがじつのところは、この自由に必要なのは侵犯だけではない。侵犯が状況として明白になっていないと、私たちは、性行為の絶頂へ向かわせるあの自由な感情を持てなかったりするものだ。それだから、しばしば無感動の人には、最終的な喜悦にまで神経が反応するようになるために、何らかの危険な状況が必要になってくるのである(現実の状況そのものでなくてもよく、白昼夢におけるがごとく交接中にその状況のイメージが脳裏に描かれているというのでもよい)。この状況はかならずしも真に恐ろしいわけではない。多くの女性は、自分が犯される話を物語られるだけで享楽できる。だがともかく、際限のない暴力が、意味深長な解体の根底につねに存在しているのだ(2)。

性活動というよりはむしろ性の自由に対する一般的な禁止の逆説

性の禁止において注目に値することは、この禁止が侵犯において十全に明らかになるということである。教育《しつけ》はこの禁止の一面を明るみに出しているが、しかしこの一面とて思い切って言明されているわけではまったくない。教育《しつけ》は、沈黙に頼ったり、穏やかな警告ですませたりしている。性の禁止が私たちに明らかになるのは、直接この禁じられた性の領域を密かに、まずは部分的に、発見することによってである。一見して、これほど神秘的なものはない。私たちは、快楽について次のような認識を許されるようになる。すなわち快楽の概念は、快楽を断罪すると同時に快楽を惹き起こしている禁止というものの意味深長な神秘と渾然一体になっているということである。侵犯のなかで与えられるこの啓示は、たしかに、時代を通していつも同じであったわけではない。五十年前には、教育《しつけ》のあの逆説的な面の方が顕著であった。だが世界の至る所で、そしてまた太古の時代から、私たちの性活動は秘めごとであることを余儀なくされているし、また世界の至る所で私たちの性活動は、程度の差こそあれ、私たちの尊厳に反していると思われている。それだからエロティシズムの本質は、性の快楽と禁止との錯綜した結合のなかに与えられている。人間において禁止は、快楽を明示せずして現れることは絶対にないし、禁止の感情なくして快楽が現れることも絶対にない。根底にあるのは自然の運動だ。幼少時代には自然の運動だけである。だが快楽は、私たちの記憶にないこの時期においては、人間的に与えられていないのだ。これについては反論があるだろうし、例外もあるだろう。だが反論や例外も、これほどしっかりした見地を揺り動かすことはできない。

人間界においては、性の活動は動物の単純さから離れている。人間の性活動は本質的に侵犯なのだ。それは、禁止ののちに、原初の自由へ帰るということではない。侵犯は、労働活動が組織している人類の所業なのである。侵犯それ自体も組織されているのだ。エロティシズムは、全体において、組織された活動である。エロティシズムが時代を通して変化しているのは、それが組織されているからなのである。私は今後は、その多様性と変化の点で考察を進めて、エロティシズムの見取り図を提示しようと思う。エロティシズムは、とにもかくにも結婚という第一段階の侵犯においてまず現れる。だがじつのところエロティシズムは、結婚よりももっと複雑な生の諸形態のもとでのみ真に現れる。というのもそれらの形態においては、侵犯の性格が形態ごとに段階的に際立っているからである。侵犯の性格、それは罪の性格にほかならない。

第十章　結婚と狂躁《オルギア》における侵犯

侵犯とみなされる結婚、および初夜権

多くの場合、結婚は、エロティシズムとほとんど関係がないかのようにみなされている。私たちがエロティシズムという言葉を持ちだすのは、いつも一個の人間存在が、習慣的な行為や判断と際立って対立した仕方で振舞っているときなのだ。エロティシズムは、いわば非難の余地がまったくないほど整然とした外観の正面玄関の裏側を垣間見せる。この裏側では、私たちが一致して恥を覚える感情、肉体の部位、仕草がさらけだされる。さしあたって、こう強調しておこう。こうした表裏の眺めは結婚とは無関係のように見えるかもしれないが、そのじつ結婚においてもたえず顕著であり続けてきた、と。

結婚とは、まず何より、合法的な性活動の枠組である。「肉の交わりは、ただ結婚においてのみ果たさるべし」。最もピューリタン的な潔癖な社会においてさえ、少なくとも結婚だけは、エロティシズムの論外に置かれている。だが私は、結婚の根底にあり続ける侵

犯の性格を問題にしたいのだ。一見して矛盾したことだが、私たちは、ある掟の普遍的な意味を全面的に認めながらもその掟を侵犯してゆく諸々の例のことを念頭に置かねばならない。とりわけ供犠は、すでに述べたように、禁止への儀式的侵犯を本質にしている。宗教のすべての運動に、次のような逆説が内包されているのだ。すなわち、規則が、特定の機会に定期的にその規則自身の破られることを認めているという逆説である。侵犯――私の考えでは結婚も侵犯ということになるのだが――はたしかに一個の逆説である。だが逆説はむしろ掟に固有の事態なのだ。というのも、掟は侵犯を想定し、しかも侵犯を合法的とみなしているのだから。殺人は、禁止されているにもかかわらず、供犠においては儀式として認められて挙行されている。同様に、結婚の構成要素である最初の性行為も、認可された侵犯なのである。

もしも近親者が、自分の姉妹や娘に対して独占的な所有権を持っていたとするならば、彼女らの結婚に関しては、この権利をおそらく、よそ者たちに有利になるように行使していたにちがいない。よそ者とは外部からやって来て、規則をはずれる権利を有していた者のことである。彼らは、この権利のおかげで、そして近親者のはからいのおかげで、結婚における最初の性行為という侵犯への資格を得ていたのだ。このような話は、仮説でしかない。だがもしも私たちがエロティシズムの領野のなかに結婚の場を画定しようとするならば、このような側面はおそらく無視できないだろう。いずれにせよ、結婚に関係した侵犯の永続的な性格は、今や凡庸な体験〔あとで語られる〝情事〟のこと〕に押されて影が薄くなっている。この凡庸な体験は、民衆の結婚がひとりでこれを際立たせる役を引き受けているようだ。が、しかし性行為は、結婚の内でも外でもつねに大罪の価値を持っている。処女が問題になる場合にはとりわけそうだ。初めてである場合にはいつもいくぶんそうである。この意味で私は、侵犯の権限について語ることは可能だと思ったのだ。この侵犯の権限を、おそらくよそ者は持っていた。そして同じ居住地で同じ規則のもとに暮らしていた者は当初はおそらくこの権限を持っていなかった。

侵犯の権限は誰にでも与えられていたわけではなかった。が、重大な行為が問題になる場合には、つまり性交を恥ずべきものとするあの漠然とした性の禁止を初めて一人の女性に対して侵犯するという行為が問題になる場合には、この侵犯の権限を持ちだすことが好都合だと共通して思われていたようである。かつてはしばしば、この最初の侵犯は、男の許婚者自身も持っていなかったような大きな侵犯の権限を有する者にゆだねられていた。彼らは、何らかの仕方で至高の性格を帯びていたのにちがいない。至高の性格のおかげで、人間一般を対象にした禁止から免れることができていたのだ。原則として聖職者が、女の許婚者を最初に所有する者を任命していた。だがキリスト教の世界において、そのようなことで神の僕《しもべ》たる聖職者に頼ることは考えられないことになった。とともに領主に破瓜《はか》〔処女の失われること〕をゆだねる習慣が定着した[1]。このような大した危険もなしに聖なる事物に触れることのできる力、君主や司祭が所有していたこの力がなかったときには、性活動は、少なくとも最初の交渉が問われている場合、明らかに禁止されていることだと、危険でさえあることだとみなされていたのである。

反復

結婚のエロティックな性格、より簡単に言えば侵犯の性格は、多くの場合、見落とされている。というのも結婚という言葉が、移行と状態の両方を同時に意味しているからだ。私たちは、このうち状態だけを考慮に入れて、移行の方は忘れておくことにしよう。それに、昔から女性の経済的な価値は状態の方をきわめて重視していた。というのも、状態の方で際立っているのが、計算、期待、成果であって、瞬間それ自体のなかで価値を持つ一瞬一瞬のエネルギーの激しさではないからだ。この瞬時のエネルギーの激しさは、成果への期待、家庭、子供、および子育てとは、何の関係もありはしない。

最も重大なことは、習慣がしばしばこの激しさを和らげていること、そして結婚が習慣を内包していることである。性行為の習慣化、つまり反復が示している罪のなさ、危険性の欠如（唯一最初の交渉だけが不安感に襲われる）、および一般にこの反復に原因が求められている、快楽の次元での価値のなさ。これらのあいだには、注目すべき一致がある。

この一致は、無視できないことであり、エロティシズムの本質に関係している。だが他方、性生活の成熟という面も無視できない。長い年月をかけてやっと作られる密かな肉体への理解がなかったら、抱擁は淡白で表面的になる。抱擁は組織されえなくなる。抱擁の運動はほとんど動物的になり、あまりに速くなりすぎて、期待された快楽は逃げていってしまう。変化への趣味というのはたしかに病的であり、欲求不満が繰り返されることにしか行き着かない。他方、習慣は逆に、忍耐力のなさゆえに無視されていることを深化させる力を持っている。

反復に関しては、以上のように相対立する二つの視点が補い合っている。私たちは、エロティシズムの豊かさを作り上げている諸様相、諸形象、諸特徴が根本において不規則性の運動を求めていることを疑うことができない。もしも肉欲の生が気まぐれな爆発に応じて十分自由に営まれなかったら、その肉欲の生は貧弱なものであるだろうし、動物の停滞と似かよったものになるだろう。習慣が成熟をもたらすのは本当だとしても、私たちは、混乱が巻き起こしたものを、不規則性が発見したものを、幸福な生活がはたしてどの程度引き延ばすと言えるだろうか。習慣自体も、無秩序と侵犯に依存する、より強烈な成熟に支えられているのである。それだから、結婚がいささかも麻痺させていない深い愛を生きるためには、非合法な恋愛体験に感染するということが必要なのではないだろうか。非合法な恋愛体験だけが、掟よりももっと強力なものを愛に与える力を持っているのではないだろうか。

儀式としての狂躁《オルギア》

いずれにしても、結婚という合法的な枠組は、抑制された暴力に一つの狭く限られた出口しか与えてこなかった。

祝祭は、結婚以上に侵犯の可能性を保証していたし、同時に、秩序立った活動に向けられた正常な生活の可能性も保証していた。

先に紹介した《王の死の祝祭》でさえ、その不定形で長びいた性格にもかかわらず、はじめは際限がないと思われていた無秩序に、時間上の限界をあらかじめ設定していた。王の遺体が骸骨になると、無秩序と放埒行為は影を潜め、禁止の活動が再開したのである。

儀式的な狂躁《オルギア》〔狭い意味では、古代ギリシア・ローマで乱飲乱舞の大酒宴を繰り広げたディオニュソスまたはバッカスの秘儀の祭〕は、しばしばこれよりは無秩序でない祝祭に関係していた。そして性の自由な衝動に対置される禁止を、束の間だけ中断することを定めていた。古代ギリシアのディオニュソス祭がそうであったように、放縦は、祭礼を挙行する信徒団体の成員に限られることもあったが、とはいえそれは、エロティシズムを超えて、より明確に宗教的な意味合いを持つことができた。私たちは、こうした狂躁《オルギア》の事実については漠然とした知識しか持ちあわせていないのだが、狂乱よりも、つねに俗悪さや重苦しさの方が勝《まさ》っていただろうと想像することができる。だがそれでも、限界の凌駕があったという可能性を否定することはできないだろう。この限界の凌駕においては、一般に狂躁《オルギア》に特有とされる酩酊感、エロティックな恍惚感、宗教的恍惚感が渾然一体と混ざり合っているのである。祝祭の運動は、狂躁《オルギア》においては、一般的にあらゆる限界の否定を惹き起こすあの溢れんばかりの力となって現れている。祝祭は、それ自体で、労働が律する生活の諸制限の否定になっている。だがさらに狂躁《オルギア》は、完全な転倒という特徴を呈している。古代ローマのサトゥルヌス祭の狂躁《オルギア》で、社会秩序そのものが逆転されて、主人が奴隷に仕え、奴隷が主人の寝床で寝そべったりしていたのは偶然ではない。これらの放埒行為は、その最も鋭い意味合いを、性の快楽と宗教的な法悦との古風な一致から得ていたのであった。まさにこの方向にそって、狂躁《オルギア》は、どんな無秩序を惹き起こそうと、エロティシズムを動物の性活動の彼方で組織していたのである。

結婚の初歩的なエロティシズムにおいては、このようなことは何も現れていなかった。暴力的であろうとなかろうと、そこで問題になっていたのは侵犯ではあったのだが、しかし結婚の侵犯は重大な結果をもたらさず、他の発展とも無関係だった。たしかに他の発展は可能ではあったが、習慣が指図することはなかったし、いやむしろ習慣によって阻まれてさえいた。せいぜいのところ、情事が今日では結婚の大衆的な側面になっている。だが

図13　エロティックな踊り。ウバンギ・シャリ。モバイェ・ブーブー・ダガ。パリ人類博物館。写真 G. ジェオ＝フーリエ[1]
「狂躁《オルギア》は，完全な転倒という特徴を呈している」(186頁)

1. この写真が示すものは，たしかに模像であり，派生像にすぎない。だがこの情景は古い時代の真実をいささかも失するものではない。前景の老婆は，彼女が体験したであろう過去の時にいまだ没入しているが，他のより若い参加者たちはもうさめている。

情事は、抑制されたエロティシズム、つまり人目を忍んだ発散、滑稽な隠しだて、ほのめかしなどに変えられたエロティシズムという意味を持っている。これとは逆に聖性を肯定する性の狂熱こそ、狂躁《オルギア》特有の事態なのである。狂躁《オルギア》からエロティシズムの古代的な側面は生じている。狂躁《オルギア》におけるエロティシズムは、その本質において危険な過剰《エクセ》なのである。このエロティシズムの爆発的な伝染は、生のすべての可能性を無差別に脅かす。古代ギリシアの原初の儀式においては、ディオニュソスの巫女たちが、狂暴な発作にかられて自分たちの幼子を生きたまま貪り食うことが求められていた。時代が下ると、この恐ろしい所業を想起させる代替行為として、巫女たちがまず子山羊に自分の乳を飲ませ、それからこの子山羊の生肉を血のしたたるまま食べるということがおこなわれていた。

狂躁《オルギア》は、吉なる宗教の方へは向かわない。吉なる宗教とは、荘厳かつもの静かな、俗界と両立しうる性格を根本的な暴力から引き出している宗教のことだ。狂躁《オルギア》の効力は、逆に、不吉なるものの側で露《あらわ》になる。この効力は、狂熱、目まい、意識の喪失を惹き起こす。要するに、宗教性の決定的瞬間である喪失という事態へ、存在の全体を盲目的に移行するようにかりたてるということだ。この運動は、人類が生の無際限の氾濫と二次的に、つまり禁止のあとに、取り結んだ協約のなかで生じている。禁止のなかに含意されている拒絶は、存在を吝嗇《りんしょく》な孤立へ導く。この孤立は、個体たちが互いのなかに迷いこむあの果てしない無秩序に——個体たち自身の暴力ゆえに死の暴力に開かれる果てしない無秩序に——対立している。しかしその反動として、返す波のような禁止の後退があって、それが押し寄せる波のような豊饒な情欲を解放し、狂躁《オルギア》において存在者たちの無制限の融合を惹き起こしていたのである。この融合は、性器の充血がもたらす融合に限定されうるものではなかった。それは当初から、宗教的な迸《ほとばし》りであった。つまり原則として、自分を喪失して、生の度はずれの氾濫に何ら抵抗を示さない人間存在の無秩序であったということである。狂躁《オルギア》のこの途方もない荒れ狂いは、神的なものに思われていた。それほどにこの荒れ狂いは、人間が自分に強いていた条件の上へ人間を高めていたのである。無秩序な叫び、無秩序な暴力的身ぶりと踊り、無秩序な抱擁、無秩序な感情を、際限のない痙攣が巻き起こしていた。人間的活動の安定した要素が消えて、もはやいっさいのものが支えをなくす不明瞭な状況。そこへこのように逃走してゆくことを、喪失の見地は求めていたのである。

農耕儀礼としての狂躁《オルギア》

古代民族の狂躁《オルギア》は、ふつうは、私の立場とまったく違う立場から解釈されている。つまり何一つとして私がこれまで示そうと努めてきた事柄に発するものはないという立場から解釈されている。私は、このまま議論を続ける前に、この狂躁《オルギア》を感染呪術のそれに帰せしめようとする伝統的な解釈について語っておかねばならない。たしかに狂躁《オルギア》を統率していた人々は、それが農地の豊穣を約束すると信じていた。この結びつきの確実さについては誰も異議をさしはさまない。だが明らかに農耕儀礼を超えている慣習を農耕儀礼に帰せしめたところで、すべてを語り尽くしたことにはならない。たとえ狂躁《オルギア》がどこにおいても、いつの時代でも、農耕儀礼という意味を持っていたとしても、はたしてこの意味が狂躁《オルギア》の持っていた唯一の意味なのか、疑問は当然残るだろう。一個の風習が持つ農耕的性格を認めるということ、それも歴史的にこの性格がその風習を農業文明に結びつけているとの視点に立ってそうすることには疑いようのない重要性があるのだが、しかし事柄の十全な説明を、その事柄の功利的長所への信頼のなかに見出そうとするのは素朴にすぎる。労働と物質的有用性は、たしかに、まだほとんど文明化されていない部族においても、聖俗両方の行為を生起させてきたし、少なくとも条件づけてはきた。だがこのことは、常軌を逸した風習が豊作への配慮に本質的に関係しているということを意味してはいない。労働は聖なる世界と俗なる世界との対立を惹き起こした。労働は、自然に向け人間の拒絶を差し向けた禁止の原則そのものである。他方、自然に対する闘争のなかで禁止が支え維持していた労働の世界の限界は、この世界の反対物として聖なる世界を生起せしめたのだった。ある意味で聖なる世界とは、労働によって作り出された次元、つまり俗なる次元に完全に還元されない限りで存続している自然の世界のことでしかない。だが聖なる世界は、ただその意味でのみ、自然の世界なのである。別な意味では聖なる世界は自然の世界を、つまり

図14　狂躁《オルギア》のなかで勃起した男根の男性と踊るディオニュソスの巫女。マケドニアの貨幣。約3倍に拡大。前5世紀。パリ国立図書館，古銭陳列室。写真ロジェ・パリ
「返す波のような禁止の後退があって，それが押し寄せる波のような豊饒な情欲を解放し，狂躁《オルギア》において存在者たちの無制限の融合を惹き起こしていたのである。この融合は，性器の充血がもたらす融合に限定されうるものではなかった。それは当初から，宗教的な迸《ほとばし》りであった。つまり原則として，自分を喪失して，生の度はずれの氾濫に何ら抵抗を示さない人間存在の無秩序であったということである。狂躁《オルギア》のこの途方もない荒れ狂いは，神的なものに思われていた。それほどにこの荒れ狂いは，人間が自分に強いていた条件の上へ人間を高めていたのである。無秩序な叫び，無秩序な暴力的身ぶりと踊り，無秩序な抱擁，無秩序な感情を，際限のない痙攣が巻き起こしていた」(189頁)

労働と禁止が連携した行動以前の世界を乗り越えている。この意味では、聖なる世界は俗なる世界の否定であるが、しかしまた聖なる世界は自分が否定しているものによって、つまり俗なる世界によって生起させられてもいる。聖なる世界は労働の結果でもあるのだ。というのも、聖なる世界の起源と存在理由は、自然が創造した事物の直接的な存在にあるのではなく、逆に有益な活動の世界が自然に対立したことで起きた、事物の新たな次元の誕生にこそあるからである。聖なる世界は、労働によって自然から切り離されている。労働がどの限りで聖なる世界を生起せしめたのか、この点をもしも私たちが見て取らなかったなら、聖なる世界は私たちにとって理解できないものになってしまうだろう。

労働によって形成された人間精神は、一般に行動《アクション》に、労働の効力と同じような効力を与えたのだった。聖なる世界においては、禁止が排除していた暴力の爆発は、ただ単に爆発という意味だけでなく、効力を与えられた行動という意味も持っていた。もともとは、禁止によって抑えられていた暴力の爆発、たとえば戦争、供犠、狂躁《オルギア》は、計算された爆発ではなかった。だがこれらの爆発は、人間によって実行された侵犯であったのであり、その限り、企画化された爆発になっていったのである。そのありうべき効力が二次的に現れる、しかし異論の余地なく現れる、そういう行為になっていったのである。

戦争という行動の効果は、労働の効果と同じ次元にあるようになった。供犠においては、人間の扱う道具の力のように、あれこれの結果が恣意的に見込まれた力が発動されていた。

狂躁《オルギア》に見込まれていた効果は次元を異にしていた。人間界において、この例は伝染性を呈している。一人の人間が踊りに加わるのは、踊りが彼に踊るように強いるからなのである。このように現実的な伝染性の行動は、ただ単にその他の人間たちだけでなく、自然をも引きずり込むとみなされていた。性活動は全体として見れば増加〔成長〕であると先に私は述べたが、この性活動もまた、植物を増加に引きずり込むとみなされていたのである。

しかし侵犯は、ただ二次的にしか、効力めあてに企てられた行動になっていない。戦争においてにしろ、供犠や狂躁《オルギア》においてにしろ、人間精神は、現実的なあるいは想像上の効果を当て込んだ上で爆発的な痙攣を企画準備したのである。戦争は、もともとの原則においては政治的な企てではなかったし、供犠も呪術的な行動ではなかった。同様に狂躁《オルギア》の起源も、豊かな収穫への欲求ではなかった。狂躁《オルギア》、戦争、供犠の起源は同一である。これらの起源は、殺人の暴力や性の暴力の自由に対立していたもろもろの禁止の存在にある。これらの禁止は、不可避的に、侵犯の爆発的な運動を生起せしめていたのである。しかしこのことが意味するところは、次のようなことではない。すなわち人は、かつて一度として狂躁《オルギア》、戦争、供犠にすがって、それらに当てこんでいた――その是非はともかく――実利的成果を得ようとしたことはなかったなどということではない。そうではなく、労働が組織していた人間的な世界の歯車のなかに、度を越した暴力が二次的に、それでいて不可避的に入ってきていたということが問題になっていたのである。

こうした事情であったから、この暴力はもはや、自然界のただ動物的な意味だけを持つものではなくなっていた。不安のあとにやってくる爆発は、直接的な満足を越えて、神的な意味を持つようになったのだ。爆発は宗教的なものになったのだ。しかしこれと同じ運動において爆発は人間的な意味を帯びるようになったのだ。労働の原則に従って諸事業の共同体を作り上げた原因と結果の秩序のなかに、爆発は組み込まれたのだった。

第十一章　キリスト教

放縦、そしてキリスト教世界の形成

いずれにせよ、狂躁《オルギア》の近代的な解釈は斥けられなければならない。この解釈によれば、狂躁《オルギア》に耽っている人々には羞恥心が免除されている、あるいは羞恥心がほとんどないということになっている。この見方は表面的だ。古代文明の人々に、多かれ少なかれ動物性を想定しているのである。たしかに、いくつかの点で彼らは、しばしば私たち以上に動物に近いように見えるし、彼らのうちのある人々は動物の感情を共有していたことが明らかになっている。だが私たち近代人の判断は、私たちに固有の生活様式が人間と動物のあいだの相違を最も際立たせているという考えにつながっている。古代人は、たしかに私たちと同じような仕方で動物に対立してはいない。だがたとえ彼らが動物たちのなかに自分たちの兄弟を見ていたにしても、彼らの人間性の基礎になっている反応は、私たちの反応よりも厳格でなかったということではまったくない。彼らが狩る動物たちは、たしかに彼らとかなり似た物質的環境のなかで生きていた。が、それだから彼らは誤って、人間的な感情を動物たちに与えていたのだ。いずれにせよ、原初の（あるいは古代の）羞恥心は、かならずしも私たちの羞恥心よりも弱いわけではない。ただしたいへん異なっている。原初の羞恥心は、私たちの羞恥心よりも形式にこだわっているし、私たちと同じような仕方では無意識的な動作につながっていない。だがそれでも原初の羞恥心は鋭敏であり、また根底の不安感に生き生きと支えられた信仰心に発している。それだから、私たちが狂躁《オルギア》を話題にして、これをきわめて一般的な仕方で考察するときには、精神の弛緩の風習を見て取るというのは正しくなく、逆に激しい生の瞬間を見て取るべきなのだ。たしかにこの瞬間は、無秩序の瞬間ではあるが、同時に宗教的な狂熱の瞬間なのである。祝祭という裏側の世界においては、狂躁《オルギア》が真理の瞬間になっている。すなわち狂躁《オルギア》のさなかに、裏側の真理がその逆転させる力を明示するのだ。この裏側の真理は、無制約の融合という意味を持っている。それは、バッカス神的な暴力なのである。誕生期のエロティシズムのスケールは、まさにバッカス神的な暴力であった。エロティシズムの領域は、発端においては宗教の領域だったのである。

そのあとのキリスト教世界においては価値観がもう一度逆転されたのだ。そして狂躁《オルギア》の真理は、このキリスト教世界を通過して、私たちに伝わってきたのである。原初の宗教性は、禁止から侵犯の精神を導きだしていた。だがキリスト教の宗教性は全体として、侵犯の精神に対立した。キリスト教の限界内で宗教的発展を可能にした傾向が、侵犯への対立——ただしある程度の対立だが——に結びついていたのである。

この対立がどの程度に作用していたのか、明確にすることが大切である。もしもキリスト教が、侵犯の精神を生みだした根源的な運動に完全に背を向けていたならば、キリスト教は、宗教的な何ものも持たなかったであろう。私はそう思う。ところが逆にキリスト教においては、宗教的な精神は、本質的なものをまず連続性のなかに見出して、これを保持したのだった。連続性は、聖なるものの体験のなかで私たちに与えられる。神的なものは連続性の本質である。キリスト教の決意は、連続性を、その運動の力において最大限尊重したのだった。そのあまり、連続性への既存の道を無視してしまったほどである。伝統は、入念に、この道をすでに規則によって整えていたのだが、だからといってかならずしもこの道の起源を感じ取れるように維持してはいなかった。ノスタルジー（欲望）がこの道を切り開いたのだ。しかしノスタルジーは瑣末な事柄のなかに、そして打算のなかに、部分的に迷い込むことがあったし、伝統的な信仰心は、しばしばこの瑣末事、打算に満足してしまっていた。

とはいえ、キリスト教のなかには二つの運動があった。根本においてキリスト教は、もはや何ごとにも煩《わずら》わされないという愛の可能性に自らを開かんと欲していた。一度失われ、神のなかで再び見出された連続性は、キリスト教によれば、儀式的錯乱という規則化された暴力を越えて、信者の、打算のない度はずれな愛を求めていたのだ。人間は神的な連続性によって変容し、神のなかで、彼ら相互への愛に高められていたのだ。キリスト教は、利己的な不連続性からなるこの現実の世界を、最終的に、愛で燃え立つ連続性の王国へ還元したいと希望し、この希望を一度たりとも捨てなかった。侵犯の原初の運動は、キリスト教においてこのように、暴力の反対物に変化した暴力〔規則化された暴力〕を乗り越えるというヴィジョンの方へ流れていったのである。

このキリスト教の夢想のなかには、崇高で魅惑的な何かがあった。

だがこれとは逆の運動もあった。すなわち聖なる世界、連続性の世界を、既存の不連続性の世界に見合ったものへ変えるという運動である。神的な世界は、事物の世界のなかへ没してゆかねばならなくなった。この二つの様相は逆説的である。連続性を最大限尊重しようという決然たる意志は、結果をともなっていた。だがこの第一の結果は、同時に生じた反対の意味合いの結果と妥協しなければならなかった。キリスト教の神は、連続性の感情という最も有害な感情をもとに最もしっかり作り上げられた形式である。連続性は、限界を乗り越えることのなかで生じる。だが本質的に無秩序であるものを組織するというのが、私が侵犯という名を与えた運動の最も恒常的な現象なのである。限界を乗り越えるという無秩序を組織された世界へ持ち込んでいるがゆえに、侵犯は、組織された無秩序という原理になっているのだ。侵犯を実行する人々は、すでに組織化を達成していたのであって、侵犯はまさにこの組織化から侵犯特有の組織された性格を得ているのである。この組織化は、労働に基づいている。と同時に存在の不連続性にも基づいている。労働の組織された世界と不連続性の世界とは、単一で同一の世界である。労働の道具と生産品は不連続な物体であり、道具を用いて生産品を作りだす人もまた不連続な存在なのである。この人の、不連続性に対する意識は、不連続な事物の使用あるいは産出において深まってゆく。こうした労働の不連続な世界との対比から、死が顕現する。労働によって不連続性を際立たせられた存在にとって、死は、不連続な存在の空しさを明瞭に示す根本的な災難なのである。

個としての存在の束の間の不連続性を前にして、人間精神は二通りの反応を示す。それらは、キリスト教においては、渾然一体になっていた。一つの反応は、失われた連続性を見出したいという欲求に対応している。私たちは、連続性が存在の本質だという気持ちを断固として持っている。第二の反応では、人間は、死という個人の不連続性の限界から逃れようと試みる。この場合、人間は、死が到達しない不連続性を想像する。人間は、不連続な存在の不死性を想像する。

キリスト教は、この第一の反応においては、連続性を最大限尊重していた。だが第二の反応においてキリスト教は、第一の反応の打算のない無私無欲ぶりが生起させていたものを撤回する力を持ったのだった。侵犯が暴力から生まれた連続性を組織していたのと同様に、キリスト教は、自分が最大限尊重しようとしていた連続性を不連続性の枠のなかへ入れてしまったのだ。たしかにキリスト教は、すでに強力に存在していた一つの傾向をその極限にまで進んでいったというだけなのだ。とはいえキリスト教は、キリスト教以前にはただ素描された程度だったものを完成へと導いたのである。キリスト教は、聖なるもの、神的なるものを、一柱の創造神の不連続な人格に還元したのだった。さらにキリスト教は、この現実の世界の彼方を、広大にも、すべての不連続な魂の広がりとみなしたのだった。キリスト教は、天国と地獄を、不連続の無数の者たちでいっぱいにした。彼らは、神とともに、孤立した存在の永遠の不連続性を強いられた。天国へ選ばれた者も地獄に落とされた者も、天使も悪魔も、滅びることのない、永遠に分割された断片になってしまったのだ。彼らは、任意に相互の区別をつけられ、任意にあの存在の連続性から切り離されてしまったのだ。この連続性に彼らを戻してやらねばならないというのに。

偶然の被造物たちの群れと、個的な創造神は、それぞれの孤独を、神と選ばれた者たちとの相互の愛のなかでは否定し、堕地獄の者たちへの憎悪のなかでは肯定していた。だがこの愛自体が、決定的な孤立を温存させていたのだ。この無数の分子に分解した全体のなかで隠されてしまっていたのは、孤立から融合へ、不連続から連続へ行く道、すなわち侵犯がすでに描いていた暴力の道だった。原初の残虐さの追憶がまだ続いていたというのに、キリスト教は、根こそぎにし引っくり返す残虐な瞬間に代えて、愛と服従における協調と和解の追求を持ちだしたのだ。私はすでに、供犠がキリスト教においてどのように変化していったかを語っておいた。(1) 今からは私は、キリスト教が聖なるものの領域にもたらした変化について概観してゆきたいと思う。

聖なるものの原初の曖昧さ。および、キリスト教が、聖なるものをその祝福された面に還元し、呪われた聖なるものを俗なる領野に投げ捨てたこと

キリスト教の供犠において、供犠の責任は信者の意志のなかには与えられていない。信者は、ただ自分の過失、自分の罪の限りにおいてだけ、十字架の供犠に寄与しているにすぎない。それゆえ、聖なる領域の一体性は破られている。異教の段階の宗教においては、侵犯が聖なるものの基礎をなしていたし、聖なるものの不浄な面も、その反対の清らかな面と同じに、聖なるものとされていた。聖なる領域の全体は、不浄と清浄で構成されていた。(2) キリスト教は不浄を捨て去ったのだ。キリスト教は罪悪を捨て去ったのだ。罪悪がなければ、聖なるものは考えられなくなる。というのも、禁止の侵犯だけが聖なるものへの到達を可能にしているからだ。

清浄な、もしくは吉なる聖性は、太古の異教時代から支配的だった。しかし不浄な、もしくは不吉な聖性は、たとえ反対の聖性への乗り越えの前段階に還元されたとしても、基底であったのだ。キリスト教は不浄を完全に排除することはできなかった。汚《けが》れを排除することができなかった。だがキリスト教は、自分なりの仕方で聖なる世界の境界を画定した。この新たな境界画定において、不浄、汚れ、罪悪は、境界の外へ投げ捨てられた。これにより不浄な聖性は、俗なる世界へ追いやられた。キリスト教の聖なる世界においては、罪や侵犯の根本的な性格を明瞭に示すものは何一つ存続することができなくなった。悪魔——侵犯の（不服従の、反逆の）天使ないし神——は神の世界から追放されてしまった。悪魔は、もともとは、神の下にあったのだ。だがキリスト教の世界観——これはユダヤ教の神話世界の延長だった——においては、侵犯はもはや神性の根本条件ではなくなり、失墜の根本条件となったのである。悪魔は神的な特権を、ただそれを失うためにだけ持っていたのだが、キリスト教によってこの特権を最初から剝奪されたのだ。厳密に言うと悪魔は俗なるものになったわけではなかった。悪魔は、もともといた聖なる世界の超自然的な性格を保持していた。とはいえ、悪魔からその宗教的特権の影響を奪い取るためには、ありとあらゆることがなされたのだった。たしかに人々は悪魔に礼拝を捧げることをやめはしなかった。不浄な神々への礼拝の名残りはあったのだ。しかし悪魔への礼拝は、この世から切り捨てられた。服従を拒絶していた者、罪から聖性の力と感情を引き出していた者は誰であろうと、火あぶりの死が約束されていた。何をもってしても、魔王《サタン》が神的でないようにすることはできなかったが、しかし魔王《サタン》が神的だというこの永続的な真理は、厳しい体刑をともなって否定されていたのである。元来はおそらく宗教のさまざまな面を維持していたはずのこの悪魔崇拝のなかに、人々は、キリスト教のおかげで、もはや宗教への犯罪的な愚弄しか見なくなったのである。この崇拝が聖なるものに見える限り、人々はこの崇拝に瀆聖を見て取るようになったのである。

瀆聖の原理とは、聖なるものの俗なる使用のことだ。汚《けが》れは、異教においてはまさにそのただなかで不浄な接触から生じえていた。ところが唯一キリスト教においてだけは、不浄な世界はそれ自体で瀆聖だということになってしまったのだ。たとえ清浄な事物が汚されていなくても、瀆聖が存在しているという事実のなかに瀆聖があるということになったのである。俗なる世界と聖なるものとのあいだの原初の対立は、キリスト教においては後景に退いたのだ。

こうして、俗なるものの一面が聖なるものの一半たる清浄なる領野と結びつき、俗なるものの他の面が聖なるものの不浄な領野と結びついた。俗なる世界に存する悪が聖なるものの悪魔的な部分と合体し、俗なる世界に存する善が聖なるものの神の部分と合体したのだ。善は、その実践的成果の意味がいかなるものであれ、神聖の光を得ることになった。神聖 (sainteté) という言葉は、原初においては聖なるものを意味していたのだが、キリスト教になると、この聖なる性格が善に捧げられた生、善と同時に神に捧げられる生と関係するようになったのだ。(3)

瀆聖は、はじめ異教において持っていた俗なる接触という原初の意味を取り戻しはした。しかし、別な意味合いも持つようになった。異教において瀆聖は、本質的に、どの点から見ても嘆かわしい不幸な出来事だった。唯一侵犯だけが、その危険な性格にもかかわらず、聖なる世界への到達を可能にする力を持っていた。キリスト教になると、瀆聖は原初の侵犯そのものではなかったし——これに隣接してはいたが——、古代の瀆聖とも違っていた。キリスト教における瀆聖は、とりわけ侵犯に近いものだった。逆説的なことに、キリスト教における瀆聖は不浄なものとの接触のことであり、本質的な聖なるものへ、禁止された領域へ到達していたのだ。だがこの深部の聖なるものは、教会〔組織としてのキリスト教会全体〕にとっては俗なるものであり、同時に悪魔的なものだった。いずれにせよ、教会の態度は、形式的に一個の論理を持っていた。教会自身が聖なるものとみなしていたものは、正確で形式的で伝統的となった限界によって、俗なる世界から切り離されていた。エロティックなもの、不浄なもの、悪魔的なものは、俗なる世界から切り離されていなかった。聖なるものの場合と同じようにはならなかったのである。というのも、それらには形式的な特徴、捉えやすい境界が欠けていたからなのだ。

原初の侵犯の領域においては、不浄なものは、祭儀によって明示される安定した形式を持っていたので、たいへんはっきりしたものになっていた。異教が不浄とみなしていたものは、同時に聖なるものとみなされていた。キリスト教やキリスト教によって断罪されたあとの異教が不浄とみなしたものは、もはや形式的な態度の対象にはならなかったし、そうなる見込みもなかった。たとえ魔女集会《サバト》の形式主義があったにせよ、この形式主義はそれを制度として課すような明確な安定性を一度も持たなかった。かくして、不浄なるものは、聖なる形式主義から排除されて、俗なるものになることを余儀なくされたのである。

俗なるものと不浄な聖なるものとの混同は、かつて人々の記憶のなかに留められていた聖なるものの内的な本性の感覚と逆であるように、長いあいだ思われていた。だがキリスト教の逆転した宗教構造が、この混同を必要にしていたのだ。この構造は、聖なるものの感覚が、ある面で古くさいと思われている形式主義の内部で絶えず弱まってゆくのに応じて完全なものになってゆく。今日、悪魔の存在にほとんど関心が払われなくなったことは、このような聖なるものの感覚の衰退を物語る一現象だと言ってよい。人々は悪魔の存在をだんだん信じなくなっている。もはや信じてはいないと言ってよいほどだ。ということは、黒き聖なるものが、以前よりもいっそう定義しがたくなって、ついにはもういかなる意味も持たなくなったということにほかならない。聖なるものの領域は、善の神の領域に、光の境界内に、限定されてしまった。この神の領域内には、呪われるべきものはもはや何一つないのである。

聖なるもののこうした変化は、学問の分野に重要な影響を及ぼした（ここでいう学問とは、学問特有の俗なる視点から聖なるものに関心を払っている学問のことである。が、ついでに言っておかねばならないが、私個人の姿勢は学問のそれではない。形式主義に陥ることなく、私は、私のこの書物は、聖なるものを聖なる視点から考察している）。善と聖なるものとの合体は、デュルケーム（一八五八―一九一七、フランス社会学派の創始者）の弟子ロベール・エルツ（一八八二―一九一五）の論文のなかに登場する。一篇の論文だが、注目すべきものである。エルツは、的確にも、人間における右側と左側の意義深い相違について強調している。[4] 一般的な考え方では、吉なるものを右側に、不吉なるものを左側に関係づける。それに応じて、右を清浄なものに、左を不浄なものに関係づけているのである。著者が夭折したのにもかかわらず、[5] この論文はその後も有名だった。エルツの研究は他の研究に先んじていた。というのも、この種の問題は当時までほとんど提起されることがなかったからだ。エルツは、清浄なものと聖なるもの、不浄なものと俗なるものを同一視していた。彼の論文は、アンリ・ユベール（一八七二―一九二七）とマルセル・モースが呪術について考察した論文[6]よりは年代的にあとに書かれている。ユベールとモースの論文では、宗教的領野の複雑さがすでに明瞭に浮かび上がっていたが、そうした《聖なるものの曖昧さ》に関する諸証言の多様化した一貫性が一般の承認を得るようになるのは、もっとあとになってのことでしかなかった。

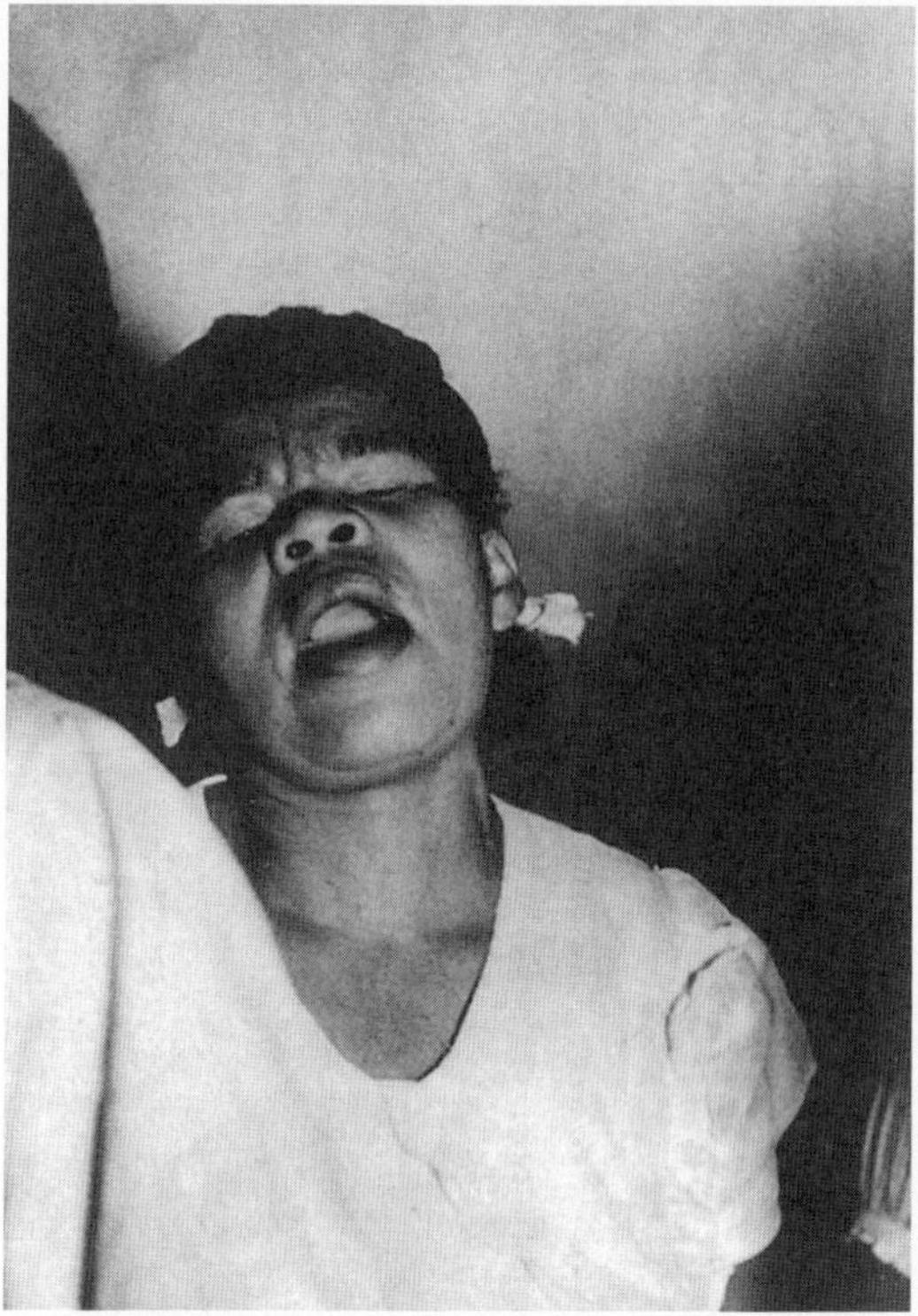

図15　失神《トランス》状態にある憑依者。ヴードゥー教の祭儀。写真ピエール・ヴェルジェ

「何人かの著述家は，魔女集会《サバト》の存在を疑った。今日，人々は同様に，ヴードゥー教の存在についても疑っている。……結局，あらゆる点から考えて，ヴードゥー教といくつもの類似点を持っている魔王《サタン》崇拝も，じっさいには審問官の頭のなかにおけるよりは稀な存在であったにせよ，やはり存在していたと思うよりほかはないのである」（212頁）

エロティシズムは、キリスト教によって根源的に批判されるに及んで、俗なる領野へ転落していった。エロティシズムの変化は、不浄なものの変化と並行している。それらを悪と同一視することは、聖なるものの特徴を無視することと関係している。聖なるものの特徴が一般に感得されていた限り、エロティシズムの暴力は、人を不安がらせたり、さらには胸をむかつかせることがありえたが、しかしそれでいて、俗なる悪と同一視されることはなかった。すなわち、財産と個人の保全を理性的に、合理的に保証する諸規則に対する侵犯と同一視されることはなかった。これらの規則は、禁止の感情によって承認されているとはいえ、禁止への盲目的な衝動に由来する諸規則とは異なっている。というのも、前者の諸規則は、何が有用か考えられるのに応じて変化するからだ。エロティシズムの禁止の場合に重視されたのは、家庭の保全ということだった。それだから、身持ちの悪い女は家庭生活から排除されて落ちぶれてゆくという事態が引き続いて生じたのだ。しかしこの禁止の首尾一貫した全体が形成されたのは、キリスト教の枠内でのことでしかない。この枠内では、エロティシズムの原初の特徴、すなわち聖なる特徴は影をひそめ、代わって家庭の保全への要求が前面に姿を現したのだった。

狂躁《オルギア》においては、エロティシズムの聖なる意味が個人の快楽の上位に置かれていた。そのため、狂躁《オルギア》は、教会の特別な注目の対象になった。教会は一般にエロティシズムに対立していた。だがこの対立は、悪の俗なる一性格——結婚外の性活動——に基づいていた。キリスト教にとって第一に、是非とも必要だったのは、禁止を侵犯して得られるあの聖なるものの感覚が消滅するということだった。

教会がおこなった闘争は、それ自体で根源的な難点を明かしている。すなわち、不浄が排除されてしまった宗教的世界、名称がなく節度もないもろもろの暴力が厳しく断罪される宗教的世界——最初に世に広く認められていたのは、このキリスト教の宗教的世界ではなかったのである。

だが私たちは、中世の——もしくは近代初頭の——夜宴については、何も知らない。あるいはほんのわずかしか知らない。その責任の一端は、夜宴を対象にした弾圧の厳しさに帰せられる。拷問に処せられた不幸者たちから審問官が引き出した告白が、私たちの情報源なのだ。拷問によって、犠牲者たちは、審問官が想像して彼らに語ったことを繰り返させられていた。私たちとしてはただ単に推測するばかりなのだが、キリスト教の監視をもってしても異教の祭儀は廃絶できず、少なくとも人気のない荒野の地帯では生きのびることができたらしい。キリスト教神学の中身に倣った半ばキリスト教的な神話があって、それが中世初期の田舎者たちが崇拝していた神々に代えて魔王《サタン》を持ち出していたと想像することも許されよう。悪魔のなかに〝よみがえるディオニュソス〟〔バタイユは同名の短文を一

図16　ゴヤ《子供を生贄に捧げる信者たちに取り巻かれた雄山羊の姿の魔王》。マドリード，ラサロ・ガルディアーノ財団

「しかし罪人からすれば，堕落，悪，魔王《サタン》は，崇拝の対象だったのであり，男の罪人も女の罪人もそれらを深く愛していたのである。性の快楽は悪のなかへ入っていった。それは本質的に侵犯であり，恐怖心の乗り越えである。恐怖心が大きければ大きいほど，喜びは深くなる。想像上のものであろうとなかろうと，魔女集会《サバト》の物語には一つの意味がある。すなわち，常軌を逸した喜びの夢想という意味だ。サドの作品は魔女集会《サバト》の物語の延長線上にある。……」(214頁)

九四六年に発表している。拙訳『ランスの大聖堂』所収）を想定するということは、少なくとも馬鹿げたことではあるまい。

何人かの著述家は、魔女集会《サバト》の存在を疑った。今日、人々は同様に、ヴードゥー教（西インド諸島およびハイチ島の黒人の宗教。呪術とキリスト教的儀式が一体になっている）の存在についても疑っている。だが、たとえ現在では観光用の様相を呈しているにしても、ヴードゥー教はやはり存在しているのだ。結局、あらゆる点から考えて、ヴードゥー教といくつもの類似点を持っている魔王《サタン》崇拝も、じっさいには審問官の頭のなかにおけるよりは稀な存在であったにせよ、やはり存在していたと思うよりほかはないのである。

身近にあるデータから一見して見て取れることは、以下のようなことだ。

魔女集会《サバト》とは、夜、人気のない場所で、魔王《サタン》というキリスト教神の裏側の神に捧げられる秘密裡の崇拝のことだが、この集会は、祝祭の逆転運動に淵源する祭儀の特徴をただ深化させるばかりだった。魔術裁判の審問官は、おそらく犠牲者たちに対して、キリスト教の典礼のパロディをおこなった罪を認めるように仕向けることができたのだろう。が、魔女集会《サバト》のこの祭儀は、審問官が想像したという場合もあっただろうし、魔女集会《サバト》の主催者が編みだしたという場合もあっただろう。一個の孤立した特徴がはたして審問官の想像と関係しているのか、実際の祭儀に関係しているのか、私たちには知る由もない。ただ少なくとも私たちは、瀆聖が、祭儀を案出する創意の原理だったと考えることはできるだろう。中世末頃に現れた黒ミサという名称は、地獄の祝祭の運動を全体として表していた。ユイスマンスが立ち会った、そして彼の小説『彼方』〔一八九一〕に描かれた黒ミサは、確かな信憑性を持っている。十七世紀ないし十九世紀に確実に存在していた祭儀が中世の拷問から生まれたと考えるのは行き過ぎであるように私には思える。魔女集会《サバト》の魅力は、審問官の尋問調書がこの祭儀の誘惑を広めることになる以前にも、作用していたはずなのだ。

想像上のものであろうとそうでなかろうと、魔女集会《サバト》は、キリスト教の想像力に何らか必要であった形式に対応している。魔女集会《サバト》は、キリスト教が内包していた情念の荒れ狂いを描きだしている。想像上のものであろうとなかろうと、魔女集会《サバト》が明示しているものは、キリスト教的な状況なのだ。キリスト教以前の宗教的な狂躁《オルギア》において、侵犯は、ある程度合法的だった。信仰が侵犯を必要としていたのだ。侵犯には禁止が対置されていたが、しかし禁止の解除は、限界を守るという条件で可能になっていた。キリスト教の世界になると、禁止は絶対になってしまった。キリスト教が覆い隠していたこと、すなわち聖なるものと禁止は渾然一体になっているということ、聖なるものへの到達は侵犯の暴力のなかで起きるということ、こうしたことを、もしも許されていたならば侵犯は明示していたかもしれないのだ。前に指摘しておいたが、キリスト教は、宗教の次元で、次のような逆説を主張したのだった。すなわち、聖なるものへの到達は悪である、と同時に悪は俗なるものである、と。しかし悪のなかにあって自由であるということ、自由に悪のなかにあるということ（というのも俗なる世界は聖なるものの束縛を免れているから）は、ただ単に有罪判決を意味していただけでなく、有罪者への報償にもなっていた。放縦な人の過剰な喜びは、信者の恐怖心があってのことだった。信者からすれば、放縦であることが放縦な人に罪の宣告をもたらしていたのであり、放縦な人の堕落を証していた。しかし罪人からすれば、堕落、悪、魔王《サタン》は、崇拝の対象だったのであり、男の罪人も女の罪人もそれらを深く愛していたのである。性の快楽は悪のなかへ入っていった。それは本質的に侵犯であり、恐怖心の乗り越えである。恐怖心が大きければ大きいほど、喜びは深くなる。想像上のものであろうとなかろうと、魔女集会《サバト》の物語には一つの意味がある。すなわち、常軌を逸した喜びの夢想という意味だ。サドの作品は魔女集会《サバト》の物語の延長線上にある。それよりももっと先へ行っているのだが、めざす方向は同じなのだ。すなわち、どちらにおいても、禁止と正反対の地点に達することが問題になっている。儀式における禁止の解除が斥けられると、俗なる自由に向けて、冒瀆できるという自由に向けて、広大な可能性が開かれるようになった。侵犯は、企画準備され、限界を付されていた。ただし瀆聖は、儀式的なやり方の誘惑に屈しているときでさえ、無制約なことの豊かさを意味する、あるいはまたこの豊かさの悲惨さ、つまり急速な疲弊とそれに続く死を意味する、あの限界なき可能性への開けを内に秘めて持っていた。

性の快楽、および悪をなす確信

単純な禁止が、企画準備された侵犯の暴力のなかで原初のエロティシズムを創造したのと同じように、今度はキリスト教が、企画準備された侵犯を禁止することで、官能の混乱の度合を深化させることになった。

魔女集会《サバト》の夜々――想像上のものにしろ現実のものにしろ――において、またサドが『ソドムの百二十日』を執筆した監獄の孤独において作り上げられていった常軌を逸脱したものは、やがて一つの一般的な形式を持つようになった。ボードレールは、次のように書いて、万人にとって価値のある真理を表明したのだった。「私に言わせれば、愛の唯一至上の快楽は、悪をなす確信のなかに宿っている。そして男も女も、すべての快楽が悪のなかにあることを生まれながらにして知っている」(7)。快楽が侵犯に関係していると私は最初に述べておいた。だが悪は侵犯ではない。悪とは断罪された侵犯のことなのだ。悪とは正確には罪のことなのだ。ボードレールが指し示した罪のことなのだ。魔女集会《サバト》の物語は、それなりに罪の追求に応えていた。サドは悪と罪を否定したが、しかし、何が快楽の発作を惹起するかを説明するために、規則からの逸脱という考えを導入せざるをえなかった。(8)サドは、瀆神の言葉をよく用いてさえいたのだ。瀆神の言葉が汚《けが》そうとしている善の聖なる性格を、瀆神家が否定していたならば、この冒瀆は空しいものになってしまう。そのことをサドは感じ取っていた。しかしそれでも彼は瀆神の言葉を吐くことをやめなかった。サドにおけるこうした瀆神の言葉の必要性とこの言葉の非力さは、意義深い。侵犯の視点から眺めるとエロティックな活動は聖なる性格を呈しているのだが、教会はまずもってこのエロティックな活動の聖性を否定したのだった。それに対し、《自由思想家たち》は、教会が一般に神的だとみなしたものを否定した。教会はその聖性の否定によって、聖なる存在を喚起する宗教的な力を長いあいだに徐々に失っていった。とりわけ、悪魔や不浄なものが根源的な混乱を命じなくなっていったのに応じて、教会はこの宗教的な力を失っていた。と同時に、自由思想家たちも悪を信ずることをやめてしまった。こうして彼らは、エロティシズムがもはや罪ではなくなり、《悪をなす確信のなかに》在ることができなくなって、エロティシズムの可能性が無制約になってしまうという事態へ進んでいったのである。完全に俗なる世界においては、もはや動物的な機械仕掛けしか存在しなくなる。たしかに罪の追憶は保持されているかもしれない。だが、罪はまやかしだとする意識がそこにつながっているのだ！

ある状況を乗り越えるということは、出発点に戻るということでは断じてない。自由のなかには自由の非力さがあるが、しかし自由とはそれでもやはり自分を意のままにするということなのである。〔サドの場合がそうなのだが、〕明晰さのなかで肉体の戯れは、衰弱を余儀なくされるにもかかわらず、この戯れの終わりなき変容――そのさまざまな面は使い手の意のままになることをやめはしないだろう――を意識的に回想することへ向かってゆくことができた。だが私たちとしては、黒いエロティシズムが回り道をしたのちにまた姿を現すのを見ることになろう。肉体のエロティシズムが部分的に失ってしまったものを、心情のエロティシズム――結局これがいちばん情熱的なエロティシズムなのだが――が最終的に獲得することになるということなのである。(9)

第十二章　欲望の対象、売春

エロティックな対象

私は、聖なるエロティシズム、そして狂躁《オルギア》から出発して、キリスト教の状況について語った。そしてキリスト教について語りながら、最終的に私は、窮極の状況に言及せざるをえなくなったのだった。この窮極の状況とは、エロティシズムが罪になってしまって、もはや罪を知らない世界の自由をうまく生き延びてゆけないという状況である。

私は後戻りしなければならない。狂躁《オルギア》は、エロティシズムが異教世界の枠内で到達した最終地点ではない。狂躁《オルギア》は、エロティシズムの聖なる様相であり、そこでは個人の孤独が越えられて、存在者間の連続性がその最も明瞭な表現に達するのだ。しかしこれは、ある意味でのことでしかない。狂躁《オルギア》において連続性は捉えがたい。存在者も極端な場合にはそのなかに、ただし漠然とした全体のなかに消えてしまう。狂躁《オルギア》は必然的に失望を催させる。原則として狂躁《オルギア》は、個的な様相の完全なる否定だ。狂躁《オルギア》は、参加者たちが同等であることを前提にし、またこれを必要にしている。ただ単に一人の個人性そのものが狂躁《オルギア》の擾乱のなかに呑み込まれていくだけではなく、参加者各人が他者の個人性を否定するのである。一見してこれは限界の全面的な消去なのであるが、しかし存在者間の相違の何ものも残存しないというふうにはならない。ところで性の魅惑が関係しているのはこの相違なのである。

エロティシズムの窮極の意味は融合であり、限界の消去である。だがそれでもエロティシズムは、その最初の運動においては、欲望の対象の設定によって意味を与えられている。この対象が、狂躁《オルギア》においては際立っていない。そこでは性の興奮は、日常の慎重さとは正反対の激高した運動によって惹き起こされる。だがこの激高した運動は参加者全員の運動なのだ。この運動は誰の目から見ても客観性を帯びているのだが、しかし一個の対象として、客体として知覚されることはない。つまりこの運動を知覚する人は、同時にこの運動に衝き動かされているのである。逆に、狂躁《オルギア》の喧騒とは別の局面では、興奮は、ふつう一つの識別しうる要素によって、一個の客観的な要素によって惹き起こされる。動物の世界では、雌の臭いがしばしば雄を雌の追求にかりたてる。鳥の場合、歌声や自己顕示的な身振りは、雌には、雄の存在と性的衝撃の切迫を告げる予兆として知覚されている。嗅覚、聴覚、視覚、そして味覚によってさえ、雌雄の動物は自分たちの性的活動の客観的で判明な予兆を、性の発作を告げる予兆を知覚してゆく。それらは、危機を告げる予兆なのである。人間の限界のなかでは、この予兆はエロティシズムの強烈な効果を持っている。裸にされた美少女は、ときとして、エロティシズムのイメージになる。たしかに欲望の対象はエロティシズムとは違う。欲望の対象はエロティシズムそのものではない。しかしエロティシズムは欲望の対象を通ってゆかねばならない。

すでに動物の世界において、こうした予兆は存在者間の相違を際立ったものにしている。予兆は、人間の圏内においては、狂躁《オルギア》以外の場面で、この相違をはっきり目に見えるものにしている。そして個人個人がそれぞれの資質、精神、富に応じ違った仕方でこの予兆を処理するので、予兆はよりいっそう存在者間の相違を深化させることになった。さらには予兆がさまざまに展開した結果、次のような事態が生じた。すなわち、エロティシズムは融合であり、人の関心を個人的存在とあらゆる限界を乗り越える方向へ向けかえるものだが、それでいてまた対象によって表現されるものになったという事態である。私たちは、かくて以下のような逆説的な対象に直面することになった。すなわち、すべての対象の限界の否定を意味する対象、エロティックな対象に。

女、欲望の特権的な対象

原則として、男は女の欲望の対象になりうるし、女は男の欲望の対象になりうる。しかし性の営みへの最初の働きかけは、多くの場合、男による女の追求である。男が主導権を持ち、女は男の欲望をそそる力を持つ。しかしそれだからといって、女の方が男よりも美しいとか、あるいはさらに男よりも欲望をかきたてるなどと言うのは正しくないだろう。が、ともかく、女は受身の姿勢で男の欲望をかりたてて男との結合を得ようとし、男は女を追い求めて、この結合に至ろうとする。女は、男以上に欲望をかきたてるというのではなく、むしろ男の欲望に自分を提示するのだ。

女は、男の攻撃的な欲望に、自分を対象として、客体として呈示するのである。どの女のなかにも潜在的に娼婦がいるというわけではないが、売春は女の姿勢の帰結である。女は、その魅力の程度に応じて男の欲望の的になる。女が純潔さへの偏見から自分を完全に覆い隠す場合は話が別だが、原則として問題は、いくらで、どのような条件で女が屈するか、ということなのだ。しかも、条件が満たされると、女はつねに一個の対象として、客体として自分を提供する。厳密な意味での売春は、これに金銭売買の慣習を持ち込んだだけのことにすぎない。女は、化粧への配慮によって、また化粧が際立たせる美への気遣いによって、自分自身を一個の対象に、客体に見たて、それを絶えず男の注視へ提示する。同様に、服を脱いで裸になるときには、女は、男の欲望の対象を、つまり男の嘆賞に個人的に提示された一個の判明な客体を露《あらわ》にするのである。

裸体は、正常の状態に対立しており、たしかに否定するという意味合いを持っている。

裸になった女は、融合の瞬間に近接しているのであり、この瞬間を予告している。だが彼女という対象、客体は、たしかにその反対の現象の予兆であっても、すなわち対象の、客体の否定の予兆であっても、いまだ一個の対象、客体に留まっているのだ。たとえこの裸体が、エロティックな痙攣という不明瞭なごみ捨て場へその誇りが転落してゆく瞬間を予告していても、この裸体はあくまで一個の明瞭な存在の裸体なのである。この裸体のうち、まずはじめに現れるのは、そのありうべき美しさであり、個人的な魅力である。それは、一言で言えば、対象の、客体の、相違のことなのだ。他と比較しうる一個の対象、客体の価値のことなのだ。

宗教的な売春

多くの場合、男の追求に対象、客体が供与されても、その対象、客体は逃げてゆく。しかし、逃げてゆくということは肉体の提示がなされなかったということではない。必要な条件が整っていなかったということなのだ。仮に条件が整っていても、供与を表向き否定しているように見える最初の逃避は、供与の価値を強調することになる。逃避の欠点は、逃避と論理的に関係している謙虚さである。もしも欲望の対象が、逃げずに、逆に表情や化粧によって自分を際立たせるということをしなかったならば、その対象は男の期待に応

図17　聖なる娼婦。葬礼用の小像。アレクサンドレイア，ローマ時代。ジャック・ラカンのコレクションより
「売春においては，娼婦が侵犯に捧げられていた。娼婦のなかには，性活動の聖なる面，禁止されている面が絶えず現れていた。娼婦の全生活が禁止の侵犯に捧げられていた」(228頁)

えることができなかっただろうし、男の追求、とりわけ男の選り好みを引きつけることもできなかっただろう。自分を提示するというのは女の根本的な態度ではある。しかしこの提示という第一の運動のあとには、この運動を否定する見せかけが続いている。明白な売春は、こうした見せかけがあとに続かない提示である。唯一売春だけが、対象、客体のエロティックな価値を際立たせる化粧を発展させることができた。原則として、このような化粧は、女が男の襲来から逃げようとするあの第二の見せかけの運動に対立している。売春の意味を持つ化粧を用い、そののち逃げて、あるいは逃げる見せかけをして、男の欲望をかきたてる。これは遊びなのだ。売春も根本的にはこのような遊びの外にあるわけではない。女の態度は相補う対立物で構成されているが、売春の態度が逃避の態度をうながし、逆に逃避の態度が売春の態度をうながしたりするのだ。しかし、こうした遊びは経済的貧窮によって歪められてしまう。逃避の運動を停止させるのはもっぱら貧しさなのだが、そうなると売春は痛ましい行為になってしまう。

たしかに女のなかには、逃避の反応を示さない者もいる。そうした女は、遠慮せずに自分を供与し、また男の追求に対して自分を誇示するのに必要な品々を贈り物として男から受け取り、あるいはねだったりさえする。当初、売春は、捧げるという聖なる贈与でしかなかった。一部の女たちは結婚によって事物になり、家事労働の道具、とりわけ農作業の道具になっていた。売春はこうした女たちを男の欲望の対象物に変えた。少なくともこの対象物は、抱擁のなかですべてが消滅して、ただ痙攣的な連続性しか残らないという瞬間を予告していた。のちの時代の、つまり近代の売春においては利害の面が優先されて、このような面は陰に追いやられてしまった。だがたとえ当初、売春婦が多額の金銭や豪華な物品を受け取っていたにしても、それは、贈与としてだったのである。売春婦は、自分の受け取った贈り物を豪奢な消費へ、あるいは自分をよりいっそうセクシーに見せる化粧へつぎこんでいた。こうして売春婦は、金満家の男たちから贈り物を自分の方へ誘引する力をどんどん強大にしていたのである。この贈り物のやりとりの法則は金儲けめあての商取引ではなかった。娼婦が結婚とは無関係に贈与するものは、生産的な使用の可能性を切り開くことができない。娼婦をエロティシズムの浪費的な生活へ差し向ける男たちの贈り物とて同様である。この種の贈与の交換は、商業の規則正しさではなく、むしろ常軌逸脱に開かれていた。娼婦による欲望の挑発はさかんに燃えあがっていた。この挑発によって富がとことん焼き尽くされることもあった。欲望をかきたてられた男の生が焼き尽くされることもあった。

おそらく売春は当初、結婚の補足的な一形式でしかなかった。結婚は、移行という侵犯の面を持っているが〔本書第一部第十章でバタイユは結婚を移行と状態に分け、移行に性の初体験などに見られる瞬間的燃焼を、状態に諸成果を産みだす生産的な夫婦生活を見ている〕、この面を経て人々

図 18　エロティックな風景。コナーラクの太陽神寺院，インド・オリッサ州。13 世紀。写真マックス＝ポール・フーシェ
「ただし私たちがけっして忘れてならないのは，キリスト教の圏外では，聖なる感情が羞恥心を上回って，エロティシズムの宗教的な性格，聖なる性格が，白日の下に現れることができたということである。インドの寺院には，石に刻まれたエロティックな像が今なお多数残っている。それらの像においては，エロティシズムはその根本的な面を，すなわち神的な面を誇っている」(230 頁)

は規則正しい生活を組織するようになってゆき、そこからまた夫と妻のあいだの仕事の分割も可能になったのだ。ところで結婚におけるこのような侵犯は、エロティックな生活へ人々を差し向けることはできなかった。ただ単に、開かれた性的関係が夫婦のあいだで続いていただけで、この関係を切り開いた侵犯は、最初の接触ののちにはもはや強調されることはなくなった。売春においては、娼婦が侵犯に捧げられていた。娼婦のなかには、性活動の聖なる面、禁止されている面が絶えず現れていた。娼婦の全生活が禁止の侵犯に捧げられていた。私たちは、この捧げられるという使命を指し示す行為と言葉の一貫性を見て取るべきなのだ。そしてこの視点から、聖なる売春の古風な制度を捉えるべきなのだ。ともかく、キリスト教以前の世界やキリスト教外の世界においては、宗教は、売春に対立するどころか、他の侵犯に対してと同様に、売春のあり方を規則化することさえできたのである。娼婦たちは、聖別された場所で、聖なるものと接触して、祭司たちと同じような聖性を持つようになっていたのだ。

近代の売春に較べてみると、宗教的な売春は、羞恥心とは無縁であるかのように見える。だが両者の相違は曖昧だ。神殿の高級娼婦は、羞恥心の意識と言わずとも、羞恥心の振舞いを保持していたからこそ、今日の街頭の娼婦の堕落を免れていたのではなかったか。近代の娼婦は羞恥心を自慢にし、羞恥心のなかに埋没し、そこを臆面もなく転げ回っている。

近代の娼婦は不安とは無縁だ。不安がなければ、羞恥心など感じられないのである。高級娼婦は慎しみ深かったし、軽蔑されることもなく、他の女たちとほとんど違いはなかった。高級娼婦の羞恥心はやがて薄れてはいったが、それでも最初の接触の原理は保持していた。この原理に従うと、女は身をまかすことを恐れ、男は女の逃避の反応を欲するということになるのである。

狂躁《オルギア》においては、融合、および融合の荒れ狂いが羞恥心を無化していた。羞恥心は結婚が成し遂げられるときに再び見出されたが、しかし結婚生活の習慣のなかでまた消えていってしまった。聖なる売春においては、羞恥心は儀式的になり、侵犯を示唆するようになっていたらしい。通常、男は、掟が自分の身において侵犯されるという意識を持つことができない。それだから男は、たとえ演じられたものであっても、女の狼狽を期待している。女の狼狽がなければ、男は侵犯の意識が持てないのだ。演じられていようとなかろうと、羞恥心によって、女は禁止と合体する。その女の内部で人間性を築いている禁止と合体するのである。たしかに現代は、こうしたことを無視する時代になってきている。だが銘記しておくべきなのは、羞恥心のおかげでこそ禁止は忘れられないでいるのであり、羞恥心があるからこそ禁止の乗り越えが、禁止への意識のなかで生起しているのである。羞恥心が完全に消えているのは、唯一、低俗な売春においてだけなのだ。

ただし私たちがけっして忘れてならないのは、キリスト教の圏外では、聖なる感情が羞恥心を上回って、エロティシズムの宗教的な性格、聖なる性格が、白日の下に現れることができたということである。インドの寺院には、石に刻まれたエロティックな像が今なお多数残っている。それらの像においては、エロティシズムはその根本的な面を、すなわち神的な面を誇っている。インドの多くの寺院は、私たちの心の奥底に埋もれてしまった猥褻さを私たちに荘重に想起させてくれる。(1)

低俗な売春

じつのところ、娼婦の堕落の根本は金銭の支払いではない。金銭の支払いはかつては儀式的な交換のサイクルに組み込まれていたのであり、そのサイクルは商業特有の卑俗化をもたらすようなものではなかった。古代社会では、結婚した女が夫に対しておこなう肉体の贈与(性的奉仕の供与)は、それ自体で、返礼の贈与としての対象になりうるのである。だが低俗な娼婦は、禁止と無縁になるがゆえに動物の地位に転落してしまう。禁止がなければ、私たちは人間的な存在ではなくなるのだ。低俗な娼婦は、雌豚に対して多くの文明が露《あらわ》にする嫌悪感と同じような嫌悪感を一般に惹き起こしている。

低俗な売春の誕生は、一見したところ、貧困階層の誕生に関係している。貧困階層は、その不幸な状況ゆえに、禁止をきまじめに守るという気遣いから解放されていた。私は、今日のプロレタリアートのことを考えているのではない。マルクスの言うルンペン・プロレタリアートのことを考えているのだ。極度の貧困は、人々を禁止から解き放つ。彼らの内部で人間性を築いている禁止を彼らから解き放つ。だがこの解放は、侵犯による解放とは違う。一種の、おそらくは不完全な低劣化が動物的な衝動を自由に発露させているのだ。低劣化はしかし動物性への回帰ではない。人類の全体を包み込んだ侵犯の世界は、動物性と本質的に異なっていた。低劣化という限定を受けている世界も同様である。俗なる世界に埋没して生き、この世界から、禁止されていることを——つまりは聖なるものを——排除せず、むしろそれと同じレヴェルで日々暮らしている人々も、何かしら動物的なものを持っているということではまったくない。たしかに他の人々は、彼らに人間の特質の欠如を見て取る（動物の尊厳を下回ってさえいるということになる）のだが。禁止の対象になっているさまざまな事物も、彼らに恐怖心や嘔吐感を与えない。与えるとしてもほんのわずかだ。だが彼らは、他の人々が持つそうした反応を強く感じはしないものの、そうした反応を知ってはいる。死につつある人について、「奴はもうすぐくたばる」と言う人は、一人の人間の死を犬の死のように考えているわけだが、しかし、自分の用いている侮辱的な言葉がもたらす堕落、低劣化を推し測ってはいる。性器、分泌物、性行為を指し示す粗野な言葉も同様の低劣化をもたらす。そうした言葉は禁止されている。一般に性器の名を口に出すことは禁じられている。恥じらいもなく性器の名を口に出すならば、人はそのとき、侵犯から無関心へ——俗なるものと最も聖なるものとを同一次元に置く無関心へ——移行している。

低級な娼婦は、低劣化の最低段階にある。この種の娼婦は、動物と同じほどに禁止に無関心である。だが完全な無関心に達することはできないのであって、禁止についてそれを他の人々は守っているということを知っている。この女性はただ単に堕落しているだけではない。自分の堕落を知る可能性がこの女性には与えられている。この女性は自分が人間であることを知っている。恥じらいがなくても、この女性は、豚のように生きている自覚を持つことができるのだ。

低劣な売春が作り出した状況は、キリスト教が創造した状況を、逆の方向から補足している。

キリスト教は、聖なる世界を入念に作り上げ、そこから醜悪で不浄な面を排除してしまった。他方、低俗な売春は、自分を補足するような俗なる世界をすでに創造してしまっていた。じっさい、この俗なる世界では、低劣化のおかげで、汚らわしいものが批判的な関心を呼ばなくなり、労働の世界の明るい清潔さが排除されている。

キリスト教の行動は、自らが排除したより広大な動きと、うまく区別がつかなくなって

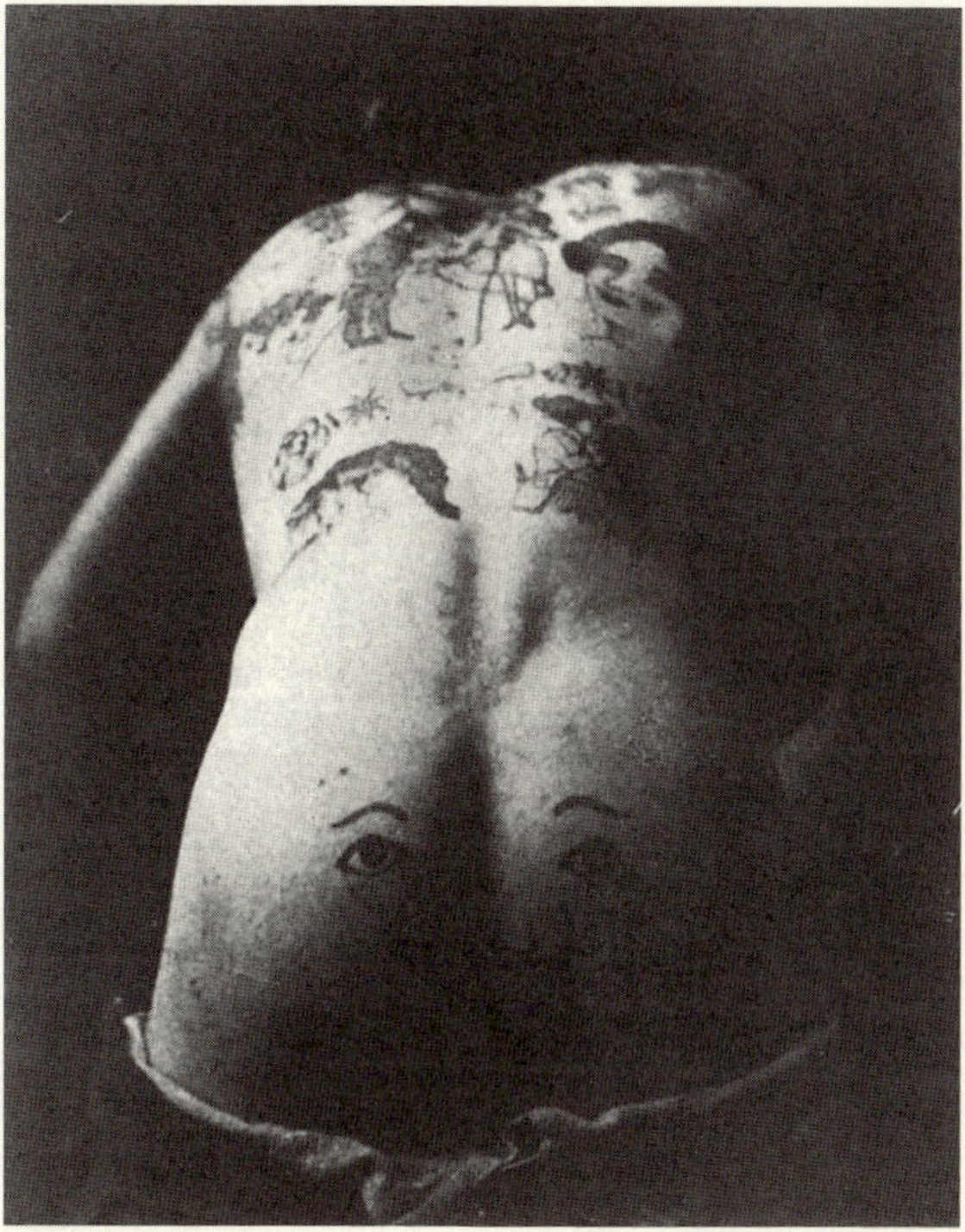

図19　刺青の男性。資料提供ロベール・ジロー
「結局のところまさに低劣化こそが善の肯定に，および善の必要と関連している義務の肯定に，特権的な仕方で対抗するようになったのである。たしかに低劣化は，善による反発をより全面的に，より容易に惹き起こす力を持っている。低劣化には弁護の余地がないのだ。侵犯は，かつて低劣化と同じほどに弁護しがたいというわけではなかった。ともかくも，キリスト教はまず低劣化を非難していたのであり，その限りにおいてキリスト教は，全体として眺められたエロティシズムに，悪の光を投げ与えることができたのだった」（235頁）

いる。キリスト教の行動は、この動きと整合的に関係した形態になっているのである。侵犯の世界について語ったときに、私は、その最も顕著な特徴は動物的なものとの結合に関係していると述べた。動物的なものと人間的なものとの混同、動物的なものと神的なものとの混同は、太古の人類の特徴である（現在でも少なくとも狩猟民族はこの特徴を保持している）。だが動物神に代えて人格神を崇拝するということは、キリスト教以前に起きている。この動物神から人格神への移行は、転倒ということではなく、ゆっくりした進行として、キリスト教に向けて生じたということなのである。純粋に宗教的な状態（私はこれを侵犯の原理に関係させている）から、徐々に道徳への配慮が確立され、それが優越してゆく時代への移行という問題は、全体として見た場合、大きな難問をいくつもかかえている。じっさいこの問題は、文明化された世界のすべての地域で同一の様相を呈したわけではないし、キリスト教の枠内におけるほど明瞭に道徳と禁止の優越が際立っていたわけでもない。だが私の見るところでは、道徳への重視と動物への軽蔑のあいだには明らかに関係がある。動物への軽蔑は、人間が、動物の持っていない価値、動物の上位に確固とある価値を道徳の世界で自己付与したということを意味している。劣った存在たちとの対比において、至上の価値が人間に帰せられたのだ。というのも、《神は神の姿に似せて人間を作った》からであり、また神性が動物性から決定的に離れてしまったからである。悪魔だけが自分の属性として動物性を保持したのだった。悪魔の尻尾は動物性の象徴にほかならない。そして動物性は、第一に侵犯に対応していたのだが、それよりもとりわけて堕落のしるしになってしまった。まさに低劣化こそが善の肯定に、および善の必要と関連している義務の肯定に、特権的な仕方で対抗するようになったのである。たしかに低劣化は、善による反発をより全面的に、より容易に惹き起こす力を持っている。低劣化には弁護の余地がないのだ。侵犯は、かつて低劣化と同じほどに弁護しがたいというわけではなかった。ともかくも、キリスト教はまず低劣化を非難していたのであり、その限りにおいてキリスト教は、全体として眺められたエロティシズムに、悪の光を投げ与えることができたのだった。悪魔ははじめ反逆の天使だった。が、やがて悪魔は、反逆によって得ていた輝かしい生彩を失ってしまった。堕落が反逆の罰になってしまった。このことが第一に意味するところは、侵犯という面が消えてしまったということ、低劣化の面が勝《まさ》っているということである。侵犯は、不安のなかで不安が乗り越えられること、喜悦が到来することを予告していたのである。それに対し、堕落の行き先はより大きな堕落でしかなかった。堕落した存在たちに、いったい何が残されていたというのか。彼らは、豚のように、堕落のなかに溺れてゆくことしかできなかったのだ。

私は「豚のように」と言った。動物は、道徳と低劣化がつながっているこのキリスト教世界では、もはや嫌悪の対象でしかない。私は「このキリスト教世界」と言った。じっさい、キリスト教は道徳の完成した形態、もろもろの可能性の均衡が整えられた唯一の形態なのである。

エロティシズム、悪、社会的堕落

低劣な売春の社会的な基盤は、道徳とキリスト教の基盤と同一である。一見したところ、階級上の不平等と貧しさは、古代エジプトにおいては最初の革命を惹き起こし、文明化した他の諸地域では紀元前六世紀頃に社会不穏を招来したが、この社会不穏はなかんずくユダヤ教の預言者運動に結びつけることができる。古代ギリシア・ローマの世界では堕落した売春の起源を紀元前六世紀頃に設定することができるのだが、この堕落した売春の視点から事態を眺めてみると、この一致、つまり同じ頃に社会不穏と堕落した売春が起きていることは逆説的であることが分かる。堕落した階級は、底辺の人々の上昇と権力者の廃位を熱望した革命的な動向をほとんど共有していなかった。社会階層の最下層にあったこの階級は、何も熱望していなかった。道徳は底辺の人々を向上させはしたが、この階級をよりいっそう苦しめることにしかならなかった。教会の呪詛は、この弱者たちにいちばん重くのしかかっていたのだ。

教会にとっては、エロティシズムの聖なる面の方が重大だった。この面は教会にとって、弾圧のための主要な理由だった。教会は魔女たちを火あぶりの刑にし、低劣な娼婦たちは生かしておいた。教会は、売春の堕落を肯定していたのだ。というのも、売春の堕落を利用して罪というものの性格を強調しようとしていたからである。

現在の状況は、教会の二つの態度の結果であり、近代人の態度はこの教会の態度の必然的な帰結である。すなわち教会の態度とは、聖なるものと善とを同一視し、聖なるエロティシズムを排除するという二つの面で特徴づけられるのだが、それに対応して悪の合理主義的な否定という近代人の態度が出てきたのである。そうなると、侵犯が断罪されてもはや意味を持たなくなってしまう世界、瀆聖がもはやわずかな力しか持たなくなってしまう世界ができあがる。聖なるエロティシズムに残されたのは、堕落という迂回路だった。堕落は、その犠牲者にとっては行き詰まりだったが、エロティシズムの堕落した様相は、悪魔的な様相が喪失してしまった煽情力を持った。誰も悪魔などもう信じなくなっていたし、あるがままのエロティシズムを断罪してももはや影響を及ぼさなくなっていた。だが少なくとも堕落は、悪の意味を持ち続けたのである。他者によって告発された悪が問題なのではない。他者による断罪など疑わしいものだった。娼婦たちの堕落の根源には、彼女たちが自分の貧しい状況に同意していたという事情がある。この同意は、おそらく意図されたものではなかったのだが、しかし彼女らの下品な言葉からすると、善の世界への断固たる拒絶となっていた。彼女らの下品な言葉には、人間の尊厳への否定という意味があった。人間の尊厳が善であるとすれば、堕落への同意のなかには、善に対して唾を吐きかける、人間の尊厳に対して唾を吐きかけるという決意がこもっているのだ。

とりわけ性器と性行為は、低劣化に由来する呼び名を持っている。この呼び名の起源は、堕落の世界に特有の言葉遣いなのだ。たしかに性器も性行為も他の呼ばれ方をするが、そのうちいくつかは学術的な名称であるし、他のものは使用度がもっと少なくて長続きもしない名称、つまり子供の言動や恋人たちの羞恥心に関係した名称である。とはいえ、恋愛の下品な名称は、あの密やかな生と密接な仕方で、そして私たちにはどうにも直せない仕方で結びついている。そして私たちは、最も高尚な感情と両立させて、あの密やかな生を営んでいる。結局、堕落した世界に属してはいない私たちのなかで、善への普遍的な嫌悪感が端的に表明されるのは、あれら汚らわしい名称を通してのことなのである。あれらの名称は、この嫌悪感を暴力的に表現している。そしてそれだから、あれらの名称は誠実な世界から暴力的に排除されるのだ。双方の世界のあいだに対話が成り立つとはとうてい思えない。

堕落した世界は自分自身から効果を利用することはできない。たしかに下品な言葉は憎悪を表している。しかし下品な言葉は、誠実な世界にいる恋人たちに、かつて侵犯が、次いで瀆聖が惹き起こしていた感情と似た感情を惹き起こす。誠実な女性が、自分の抱き締めている男に向かって、「あなたの……が好き」と言ったとするならば、この女性はボードレールに倣って「愛の唯一至上の快楽は、悪をなす確信のなかに宿っている」と言うことができるかもしれない。だが、エロティシズムはそれ自体では悪にならないということをこの女性はすでに知っている。悪は、人を悪党どもの汚辱に、低劣な売春の汚辱に導く限りにおいてのみ、悪になるのである。この女性は、悪党や売春の世界とは無縁であり、その道徳上の汚《けが》れを憎悪している。彼女は、性器についても性器それ自体が汚れているわけではないことを承知している。だが彼女は、悪の側に醜悪に留まっている人々から言葉を借りているのであり、結局のところこの言葉は彼女に真実を開示しているのである。その真実とは、彼女が愛する性器は呪われているという真実、彼女が性器を認識するのは性器が惹き起こす嫌悪感が彼女に感じられるようになる限りにおいて、ただし彼女がこの嫌悪感を乗り越えるときにおいてであるという真実である。彼女は強い精神の人々の側にいようと欲している。だが彼女は、そのようにして原初の禁止——これがないのならエロティシズムはなくなる——の意味を失うことよりはむしろ、いかなる禁止をも、いかなる羞恥心をも否定する人々の暴力、ただし暴力のなかでしかこの否定を維持できない人々の暴力に頼るのである。

第十三章　美

人間の根本的な矛盾

このように、自分を引き裂いて連続性のなかに消滅してゆく存在の充溢と、生き永らえようと欲する孤立した個人の意志との相克は、さまざまな可能性に変化して現れる。侵犯の可能性は、たとえなくなるようなことになっても、瀆聖の可能性を切り開く。堕落の可能性においてはエロティシズムはごみ捨て場に投棄されるのだが、それでも堕落の可能性は、理性に順応してもはや何も引き裂かなくなっている中性的な性活動よりは好ましい。もしも禁止が作用しなくなれば、もしも私たちが禁止をもはや信じなくなれば、侵犯は不可能になる。しかし侵犯の感情は、必要とあらば、非常識な言動のなかにも維持される。この感情は、理解可能な現実に立脚しているわけではない。私たちは、存在がその不連続性ゆえに不可避的に引き裂かれ死に差し向けられるという事態へ遡って、やっと次の真実を理解できるようになるのだ。すなわち、唯一暴力だけが、気違いじみた暴力だけが、理性に還元可能な世界の限界を破って、私たちを連続性へ開かせるという真実を！

私たちは、とにもかくにもこの限界を定義しようとする。そうして私たちは禁止を定め、神を定め、堕落をも定める。そして、ひとたびこれらの限界が定められると、私たちはいつもこれらの限界から出てゆこうとする。結局、私たちには次の二つのことが不可避となる。すなわち、私たちは死ぬということを避けることができないし、また《限界から出てゆく》ことを避けることもできないということである。しかしながら、死ぬことと限界から出ることとは、同一の事態なのだ。

しかし私たちは、限界から出てゆくときに、あるいは死につつあるときに、恐怖から逃れようと努める。この恐怖は、死が惹き起こす恐怖であり、また限界の彼方の連続性の地平が惹き起こすこともありうる恐怖である(1)。

私たちは、限界の裂けめに、必要とあれば、客体《オブジェ》〔対象、事物〕の形態を与える。限界の裂けめを一個の客体とみなそうと努める。死を嫌悪しているために、私たちは、強いられてでなければ、私たち自身から極限へ赴こうとはしない。そして私たちはいつも自分を欺こうと努める。すなわち、自分たちの不連続な生の限界を出ることなしに、連続性の地平に、限界が越えられていることを前提にしている連続性の地平に到達しようと努める。私たちは、決定的な一歩を踏み出さずに、賢明に此岸に留まりながら、彼岸に到達しようと欲している。私たちは、自分たちの生の限界のなかにいないと何も考えられないし、何も想像することができない。この限界の向こうではすべてが消えると私たちは思っている。じっさい、死の向こうに出ると、考えられぬものが生起する。それは、私たちがふだん直視する勇気が持てないものだ。だがじつのところは、この考えられぬものとは、私たちの非力さの表現なのである。私たちは分かっているのだが、死は何ものも消し去らず、この世の存在の全体をそのまま無傷の状態にしておく。しかし私たちは、私たち個人の死をもとにして、私たちにおいて死につつあるものをもとにして、存在の連続性をその全体において考えることができないのである。私たちは、私たちにおいて死につつあるこの存在に対して、限界を認めようとはしない。この限界を、私たちは是が非でも越えようとする。だが私たちはこの限界を超出すると同時に維持したいと思っているのだ。

決定的な一歩を踏みだそうとすると、欲望は私たちを私たちの外へ投げだし、そうなると私たちはもうどうすることもできなくなり、私たちを運ぶ運動に身をまかせてしまう。この運動は、私たちが自分を壊すことを望んでいるのだ。だが、このような過剰な欲望が向かう対象、私たちの眼前にあるこの対象は、欲望が超え出ようとしているその生に私たちをつなぎとめておく。極限まで行くことなく、決定的な一歩を踏みだすこともなく、超出したいとする欲望のなかに留まることは、なんと甘美なことだろう。極限へ赴きながら死んでゆく、欲望の過剰な暴力に従いながら死んでゆくということをせずに、この欲望の対象〔客体、事物〕の前に長く留まり、生の内に自分を維持するのは、なんと甘美なことだろう。私たちは、自分を焼き尽くすこの対象を所有するのが不可能だということを知っている。だから、二つのうちどちらかなのだ。——すなわち欲望が私たちを焼き尽くすか、あるいは欲望の対象が私たちを焼き尽くすのをやめるか。私たちがこの対象を所有することができるようになるのは、この対象によってかきたてられる欲望が徐々に鎮静化してゆくという条件でのことでしかない。私たちの死よりも欲望の死を、ということなのだ！私たちは錯覚に甘んじている。欲望の対象を所有することは、私たちに、死ぬことなしに私たちの生の極限へ行く思いを与えるのである。ただ単に死ぬことを断念しているだけではない。私たちは、対象を、もともとは死への欲望であった、しかし今はそうではない欲望に接合している。そのようにして私たちは、対象を私たちの存続可能な生に接合しているのである。私たちは、私たちの生を失うどころか富ませているのである。

対象を所有することにおいて顕著になるのは、私たちの限界から出るように私たちを導いていたものの客観的な〔物的な〕様相である。売春が欲望に差し向けている対象（売春はそれ自体では欲望への贈与という行為でしかない）、しかし堕落したために売春が私たちに隠蔽している対象（もしも低俗な売春がこの対象を汚物に変えてしまっているのならば）は、一個の美しい対象として、所有に提示されている。美はこの対象の意味である。この対象は美の価値を作り上げている。じっさい、美こそこの対象を欲望に差し向けている当のものなのである。とりわけこの対象において欲望が直接的な返答（私たちの限界を超え出る可能性）よりも、長くて静かな所有を欲しているのならば、そうなのである。

美における清浄と汚《けが》れの対立

女の美について語るとき、私は、美について一般的に語るのは避けようと思う[3]。私は、美の役割をエロティシズムの局面に限定して捉えたいと思っているだけだ。原初的な形態に注目して、鳥の性生活における多彩な羽の役割やさえずりの役割を認めるということも不可能ではない。だが私は、羽やさえずりの美が意味しているものについて語ろうとは思わない。もちろんそのような美に異議を唱えるつもりはないし、同様に私はまた、動物は、種に特有の形態の理想によく応えているかどうかその程度に応じて美しいかどうかも決まるということを認めないわけでもないのだ。しかしそれでもやはり、美は主観的なものなのである。美は、美を評価する者の好みに応じて変化する。ある場合には、動物も私たちと同じように美を評価していると思うこともできるが、この推測は危険である。私はただ、人間の美を評価する局面でも、種の理想への対応の程度が作用しているはずだということに留意しておく。たしかにこの理想も変化する。しかしこの理想は、肉体の主題のなかに与えられている。この肉体の主題がさまざまな変奏を惹き起こすのだ——そのうちいくつかの変奏はきわめてひどいものだ。個人的な解釈の余地はさほど広くはない。いずれにせよ、私は、人間が動物の美を評価する場合にも、人間の美を評価する場合にも同様に作用する、たいへん単純な要素〔種の理想的な形態〕に留意しておこうと思う（原則として若さもこの根本的な要素に付け加わる）。

私は別な要素にも触れなくてはならない。この要素は先の要素よりは不明瞭だが、男のにしろ女のにしろ美を認めるときに作用する。すなわち、男も女も一般に、その姿格好がどれだけ動物から遠ざかっているかに応じて美しさを判定されるということである。

この問題は難しいし、そこではすべてがもつれている。私はこの問題を詳細に検討することは差し控える。この問題が提起されるということを指摘するに留めたい。人間存在において動物の姿を想起させるものはたしかに嫌われている。とりわけ類人猿の姿は醜い。女の姿のエロティックな価値は、手足の物質的使用や骨格の必然性を想起させる自然的な重苦しさが消えていることに関係していると私には思える。姿格好が非現実的となればなるほど、それは動物の真実に、人体の生理学的な真実に従属しなくなる。そしてよりよく、望ましい女のイメージに、かなり広くゆきわたっているそのイメージに近づくことになる。人類において体毛の意味は独特だが、この点についてはあとで語ることにしたい。

私が以上で語ったことが疑う余地のない真実を含んでいるということは心に留めておく

べきだと思う。しかし副次的にしか現れないとはいえ、これとは反対の真実もまた確かなのである。すなわち、第一次的に示される望ましい女のイメージは、それが同時にまた秘密めいていて、もっと重苦しい暗示に満ちた動物的な面を予想させ、ないし開示していなければ、色あせてしまうだろうし、欲望を喚起することもないだろうということである。望ましい女の美は、その恥部を、まさしく体毛で被われた動物的な部位を予想させる。性の本能は、こうした部位への欲望を私たちの内に刻み込んでいる。しかしエロティックな欲望は、性の本能だけではなく、さらに別の要因にも対応してかきたてられている。美は、エロティックな欲望を目覚めさせる動物性を否定しておきながら、ついにはこの欲望を高ぶらせるなかで動物的な部位を興奮させるまでになってしまうのである！

エロティシズムの窮極の意味は死である

美を追い求めることのなかには二つの矛盾した努力が存在している。すなわち、限界を破ってその彼方で連続性に到達しようとする努力と、連続性から逃れようとする努力である。

これらの矛盾した努力は、いつまでも矛盾したままであり続ける。

だがこの矛盾こそが、エロティシズムの運動を要約し、またこの運動を繰り返し始動させてもいるのである。

生殖〔多数化〕は存在の単一性の状態を乱し、過剰《エクセ》は限界を覆して何らかの仕方で横溢に達する。

つねに限界は与えられていて、存在はこの限界に合意している。存在はこの限界を自分自身であるとみなしている。この限界がなくなるかもしれないと思うと、存在は恐怖に襲われる。だが私たちは、限界と、存在が限界に与える合意とを真に受けて、間違いを犯しているのだ。限界は、超出されるためにしか与えられていないのである。不安（恐怖）は、真の決定を指示してはいない。いや逆に、限界を踏み越える気にさせるのだ。

私たちは分かっているのだが、もしも不安を感じたならば、限界を超出したいとする私たちの内部に刻まれている意志に応えることが大切なのである。私たちは限界を超出しようと欲しているのであり、また恐怖が感じられてもその恐怖は、私たちが到達すべき過剰《エクセ》〔超出の意味も含まれている〕を意味しているのである。もしもこの前段階的な恐怖がなかったならば、私たちはこの過剰に到達することができないのである。

美の完成は動物性の排除であるのだが、しかしそのような美が情熱的に望まれているのは、美においては所有することが動物的な汚《けが》れをもたらすからなのである。人は美を汚すために美を望んでいるのだ。美そのもののためにではなく、美を汚しているという確信のなかで味わえる喜びのために、美を望んでいるのである。

供犠において生贄は、生贄の完璧さが死の粗暴さをこのうえなく感じさせてくれるという点が考慮されて選ばれていた。肉体の結合において人間の美は、きわめて清浄な人間性と性器の醜悪な動物性との対立を惹き起こす。エロティシズムにおける美と醜の逆説についてレオナルド・ダ・ヴィンチの『手稿』は、次のような衝撃的な表現を残している。《性愛行為とそれに用いられる器官はまったく醜くて、その醜さたるや、もしも顔の美しさ、当人たちの装飾、抑制されない躍動がなかったならば、自然は人間を失ってしまうと思えるほどのものなのだ》。レオナルドには、衣服が包み隠しているものを美しい顔が予想させるからこそ、美しい顔や美しい衣服はその魅力を発揮しているという事情が分かっていない。重要なのは、この顔を、その美を汚《けが》すことなのである。まず女性の陰部を開示することで、次いでそこに男性器を挿入することで、汚すのである。性行為の醜さについて疑う者は一人もいない。供犠における死と同様に、性愛行為の醜さは人を不安へ放りこむ。だが不安が大きくなればなるほど――当事者双方の力に応じて――、限界を超出しようとする意識、歓喜を惹き起こす意識も強くなる。状況が趣味や習慣によって変化するということも、一般に女の美（人間性）が性行為の動物性を際立たせる――人を不快にする――のに貢献しているという事情を変えはしない。男にとって女の醜さほど意気阻喪させるものはない。女の醜さがあれば、性器や性行為の醜さが際立たなくなるのである。醜さはそれ以上汚しようがないという意味で、そしてエロティシズムの本質は汚すことだという意味で、美は第一に重要なのである。禁止を意味している人間性は、エロティシズムにおいて侵犯されるのだ。人間性は、侵犯され、冒瀆され、汚されるのだ。美が大きければ大きいほど、汚す行為も深いものになってゆく。

可能性はあまりに多く、また別な可能性に滑り込んでもいるので、諸相の一覧表を作ったところで失望させるだけだろう。一つの可能性から別の可能性へ、行き来の反復は避けがたく、矛盾も避けがたい。だが捉えられた運動には不分明なところがまったくないのだ。つねに問題になっているのは対立であり、そこでは圧縮から爆発へ向かう過程が見出せるのである。可能性の道はさまざまに変化するが、暴力は同一であり、恐怖させると同時に魅惑するのである。堕落した人間性は動物性と同じ意味を持ち、冒瀆は侵犯と同じ意味を持つ。

美に関して私は冒瀆を語った。まったく同様に、侵犯を語ることもできたかもしれない。というのも、私たちに対して動物性は侵犯の意味を持っているからだ。じっさい、動物は禁止を無視する。だが冒瀆の感情は、私たちの場合の方がもっと直接的に理解できる。

私は、矛盾することなしに、まったくどど同じことを繰り返すことなしには、エロティシズムの諸状況の全体を描きだすことができなかった。それに、じつのところそれらの状況は、それらを識別しようという決意が想定している以上に相互に密接につながっているのである。私は、問題になっている事態を、その変遷を通して際立たせようともくろんで、状況を識別しようとした。だがどの形態のなかにも、別の形態の様相が現れてくるのである。たとえば結婚は、エロティシズムのすべての形態に開かれている。動物性は堕落と渾然一体になっているし、欲望の対象は、狂躁《オルギア》のなかで、驚くべき鮮明さで浮き立って見えてくることもあるのだ。

　同様に、根本の真実を際立たせる必要性が別の真実、つまり和解の真実[4]をかき消してしまうのだ。この和解の真実がなければエロティシズムは存在しなくなるというのに。私は、根本の運動に対して加えられる歪曲を強調せねばならなかった。さまざまに変化してゆくなかでエロティシズムは、失われた連続性へのノスタルジーにエロティシズムを関係づけているエロティシズム自身の本質から、表向き遠ざかっているように見える。人間の生は、震えることなしに——ごまかすことなしに——死へ誘《いざな》う運動に付き従うことはできない。私はさまざまな可能性の道を語ったが、そのなかで、ごまかしながら——回り道をしながら——こうした人間の生を描いたのである。

第二部　エロティシズムに関する諸論文

第一論文　キンゼイ報告、悪党と労働

そこから、日々を呑み込んで無にしてしまう無為な生活が生じる。というのも、過剰な愛欲は体力回復のための休息と食事を必要とするからだ。またそこから、どんな仕事をも憎悪するということも生じる。この憎悪のおかげで、これらの連中は手っ取り早い手段に訴えて金を得ようとする。

バルザック『浮かれ女盛衰記』

エロティシズムは、私たちが外側から一個の物のように評価することのできない体験である

私は、スズメバチの飛行に対する光の影響を無心に観察する学者の関心でもって、人間の性活動の研究を考察することができる。人間の活動が科学の対象になりうるということは言うまでもないことだ。その場合、人間の活動は、昆虫の活動よりも人間的に考察されるわけではない。人間は、何よりもまず一個の動物なのである。そして人間は、動物の反応を研究する場合と同じように、人間の反応を研究することができる。だが人間の反応のなかには、完全には科学のデータと同一次元に置けないものがある。その反応は、社会一般の判断に従って言えば、人間がときに獣《けだもの》に身を落とすような反応である。この判断にさらに従えば、人はこのような反応を包み隠し、黙らせ、意識のなかに正当な場所を与えてはならないということになる。とすれば、一般に動物の活動と共通している私たちの活動は、別個に考察されねばならないということだろうか。

人間の堕落がどれほどひどくとも、その人間は断じて、動物のように、単純に一個の物にはなっていない。これは本当だ。その人間のなかには依然として尊厳があるし、根本的な気高さ、そしてまさに聖なる真実が、その人間を奴隷的な使用に還元できないことを断言している（不正によって奴隷的な使用が実行されているときでさえ、そうなのである）。一個の人間を完全に手段とみなすなどということはけっしてできることではない。たとえ一時《いっとき》のあいだにしろ、人間はある程度、目的の至高の重要性を保持している。人間の殺害を困難ならしめるもの、いわんや恐怖の念なしに人間を食することを困難ならしめるものが、人間のなかに、譲り渡しえぬものとして在り続けている。たしかに人間を殺すことはいつも可能であるし、ときには食べることさえ可能である。しかし、他者に対してこうした行為が取るに足らないことになるというのはきわめて稀《まれ》である。少なくとも、健全な精神の持ち主ならば誰でも、このような行為が他者にとって重大な意味を持つことを無視できない。人間の生のこのタブー、この聖なる特徴は、性を対象にした禁止（たとえば近親相姦、月経血のタブー、そして多様ではあるが恒常的な形式の慎しみ深さへの指示）と同様に、普遍的である。

現代の世界では、動物だけが物に還元しうる。人間は動物を自分が望むものに無制限に変えることができるし、そのことで誰にも責を負うことはない。たしかに場合によっては、自分が打ち倒した動物がそれほど自分と違わないということを人間は心の底で知っている。だがたとえこの類似をはっきり認めたとしても、その認識はかりそめのものであり、すぐに根本的な暗黙の否定によって打ち消されてしまうのである。人間のなかには精神を見、動物のなかには肉体を見るという感情は、これに対立した信仰があるにもかかわらず、さしたる異議申し立てもなく受け容れられている。肉体は一個の物である。肉体は、石や木片と同じく、卑しく、隷属させられ、奴隷的になる。精神の真実は内面的であり、主観的であり、唯一精神だけが物に還元することができない。精神は聖なるものである。しかし俗なる肉体のなかに在り続けている。肉体が聖なるものになるのは、死が精神の比類なき価値を開示するときだけなのだ。

これまで語ってきたことは私たちがまず第一に気づいていることである。これから語ることは、このように単純ではなく、注意しているうちにやっと明らかになるといったものだ。

私たちはともかく動物である。たしかに私たちは人間であり精神であるのだが、しかし私たちの内部で動物性が生き延び、しばしば私たちの外に溢れ出てしまうのを、私たちはどうにも阻止することができずにいる。精神的な極とは反対のところで、性の横溢が、私たちの内部の動物的な生の存続を示唆している。それだから、肉体の側に位置している私たちの性活動は、ある意味では、物として考察されうるということになる。じっさい性器は一個の物にほかならない（肉体の部位としてそれ自身、一個の物である）。性活動は、性器という物の機能的な活動なのだ。性器は、結局、足と同じく一個の物なのである（強いて言えば、手は人間的であり、眼は精神的な生を表しているのに対し、私たちは性器や足をきわめて動物的な仕方で所持しているということになる）。そのうえ私たちは、感覚の錯乱が私たちを動物の水準へ貶めると考えている。

しかし、もしも私たちが性行為を一個の物であると、解剖学者のピンセットで挟まれている動物のようなものであると結論づけるならば、そして性行為が人間の精神の制御を逃れてしまっていると考えるならば、私たちは深刻な困難にぶつかることになる。本当に一個の物を前にしているのならば、私たちはこの物について明瞭な意識を持つ。その場合の意識の内容は、私たちにとって捉えやすいものだ。というのも私たちは、物を介して、つまり意識の内容を表し意識の内容に外面的な様相を付与する物を介して、意識の内容に接するからだ。しかし逆に、意識の内容が内部から私たちに認識可能となる場合には、そのたびごとに私たちは、意識の内容を、それにともなう明瞭な外的な現象に関係づけることができず、ただ漠然と意識の内容について語ることしかできなくなるのである。[1] ところで、性行為よりも外部から眺めるのが容易でない事態が何かあるだろうか。

キンゼイ報告[2]を見てみよう。そこでは性活動が外的なデータとして統計的な形式で扱われている。実際にはこの報告の制作者たちは、彼らが報告している多数の事実のどれをも外部から観察してはいない。それらの事実は、それを生きた人々によって内部から観察されている。系統的に整理されてはいるが、あくまでそれは、世に言うところの観察者たちが信用した告白や身の上話を介してのことなのである。それゆえこれらの成果を疑問視すること、少なくともこれらの成果の普遍的な価値を疑問視することが、ときには必要に思われもしたが、しかしそうした疑問視は型にはまっていて表面的な印象を与える。制作者たちは慎重なやり方に終始しており、そのことは軽視されてはならない（検証、長期間においてのアンケートの繰り返し、同一の条件で異なった調査官によって得られたグラフの曲線の比較など）。私たちの同類の性活動は、この膨大な調査によって私たちから完全に隠されることをやめてしまったのである。だがまさしくこの努力が結果的に明らかにしたことは、このような機械的な調査がおこなわれる以前には、性の事実は物のように提示されたことはなかったということなのだ。キンゼイ報告以前は、性生活は物の明晰判明な真実を最低限にしか持っていなかった。今やこの真実は、たいへん明瞭とまではゆかないが、かなり明瞭になっている。性活動を物のように語ることがとうとう可能になったのだ。これは、ある程度、キンゼイ報告がもたらした新事態なのである……。

この新事態に対する最初の反応は、かくも奇妙な物への還元に対する異議申し立てである。この還元の不器用さはしばしば常軌を逸しているように見えた。だが私たちにおいて知性の働きは直接的な成果だけに注目する。しかし結局のところ知性の働きは、過渡的なものでしかない。というのも知性の働きは、自分が求めたこの直接的な成果の彼方に、自分が求めてはいなかった結果を見出すからだ。キンゼイ報告は、性の事実は物だという原則に立脚していた。しかしこの報告は最終的には、性の事実は物ではないということを明らかにしているのではないだろうか。一般的に意識は次の二つの働きを望んでいるようなのだ。すなわち、意識の内容が可能な限り物として考察されるというのがその一つ。もう一つは、意識の内容がこれまでになく明瞭に開示され、よりいっそう意識化されるようになって、ついには外部の様相が不十分に見えてきて、内的な様相へ回帰する道が開かれるというものである。私は、このように内的様相に道が開かれる働きを今から解明してみたいと思う。この働きが許容できる範囲を、性の無秩序が与えているだけに、そうしてみたいと思っているのである。

生殖活動を外側から観察することに反対する理由は、因襲的なものばかりではない。伝染的な特徴がそのような観察の可能性を排除しているのである。このことは、細菌性疾患の伝染とは何の関係もない。ここで問題になっている伝染は、欠伸《あくび》や笑いの伝染に似ている。欠伸は人を欠伸へ誘うし、多くの人の哄笑はただそれだけで周囲の人に笑いへの衝動をかきたてる。性の活動も、私たちの目に隠されていなければ、私たちを興奮させる。あるいは、嫌悪感を惹き起こすことになる。たとえ性活動の引き金になるものがほとんど目に見えない動揺や衣服の乱れに限定されていても、性活動は目撃者を融即の状態〔通常は個別に存するものが溶け合うようになる状態〕へ巻き込む（少なくとも肉体の美が非常識な様相に運動の意味を与えるのならば）。融即の状態は混乱していて、通常は科学の系統的な観察を排除する。私は、見ることで、また笑い声を耳にして、笑っている人の情動に内部から融即してゆく。まさしくこの内部で感じられた情動こそが私に伝達《コミュニケ》されて、私のなかで笑っているのである。私たちが融即のなかで（交わり《コミュニカシオン》のなかで）認識するものは、私たちが内的に感じるものなのである。私たちは、笑いながら他者の笑いを直接的に認識する。あるいはまた、他者の性的興奮を共有しながらそれを認識する。まさにこの点において、笑いあるいは性的興奮（さらには欠伸でさえ）は物ではないのだ。私たちは一般に石や板に融即化することはできない。それに対し、自分が抱き締める女の裸体には融即化するのである。レヴィ＝ブリュール〔七一頁参照〕が《未開人《プリミティフ》》と名づけた人間は、たしかに石に融即化できたのだが、しかしその石は彼の前で物であることをやめていたのだ。その石は彼の目には、自分と同じように生きていたのである。たしかにレヴィ＝ブリュールはこのような考え方を未開の人類に関係づけた点で誤りを犯していた。私たちとしては、詩の世界に入って、石が石と同一化している事態を忘れることだけで、そして月の石（月長石）について語ることだけで十分である。この石は、そうなると、私の内面に入り込んでくる（私も、この石について語りながら、月の石の内面に入り込んでいる）。だがもしも裸体あるいは過剰な喜びが物ではないとなると、そしてそれらが月の石のように捉えがたいとなると、そこからは注目すべき結果が生じてくるのだ。

奇妙なことだが、こうして私は、ふだん食用肉の（あるいは肉の）水準に貶められている性活動が詩と同じ特権を持っているということを明示するに至っている。たしかに、今日、詩は悪質であろうと欲していて、できることなら人々を憤慨させたいと願っている。だがそれでもやはり、性行為に関して、肉体はかならずしも物の隷属性の支配圏にあるわけではなく、むしろ逆に肉体は動物性において詩的であり、神的であるということを見てとるのは奇妙なことなのだ。これこそまさに豊富で特異な調査方法でもってキンゼイ報告が明らかにしている点なのである。じっさいキンゼイ報告の方法は、性活動というその方法の対象に、一個の客体に到達するようには到達できない（客観的に考察しうる対象としてこの対象に到達できない）という無力さを露呈している。強いてよく言えば、観察対象になった人々の主観性に何度も何度も問いかけねばならなかったので、この性活動の調査の特性たる科学の客観性に代わって、それと正反対の特徴が埋め合わせとして浮き上がってきているということなのである。この埋め合わせに必要な膨大な努力（つまり調査として多くの人に問いかけているということだが、その多数性ゆえ個々の観察結果の主観的な面が消えているように見える）が、物には還元できない性活動の様相を際立たせているのである。この様相とは、キンゼイ報告が、グラフや曲線の彼方に垣間見せている内面的要素（物に対立している要素）のことである。この要素は、外部からの眼差しには捉えがたく、また無関係である。この眼差しは、頻度、様態、年齢、職業、階級、要するに外側から見てとれるものを探究しようとするのだが、そこからは本質的なものが抜け落ちてしまう。私たちは率直にこう問うてみるべきなのだ。あれら性生活に関する本は、本当に性生活について語っているのだろうか、と。回数や身体測定値、あるいはまた年齢、目の色による類別を提示するだけならば、私たちは本当に人間について語ることになるのだろうか。私たちから見て、人間が意味するところのものは、おそらくこれらの概念の彼方に位置している。これらの概念は注意を引きはするが、すでに得ている知識に、非本質的な様相しか付け加えない(3)。同様に、人間の性生活に関する真正の知識は、キンゼイ報告からも得られないだろう。あれらの統計、一週間の頻度、平均値は、私たちがまず、問題になっている過剰《エクセ》を念頭に置いてはじめて意味が出てくるものなのだ。もしくはこう言ってもよい。

性生活に関して私たちが持っている知識がキンゼイ報告によって豊かになるとすれば、それは私が先に語った方向において、つまりこの報告を読んで、物に還元できないものを感じとる場合においてなのである……と。たとえばそれは、十段の図表の下に「アメリカ国民における性的快感の絶頂《オルガスム》」なるタイトルを見つけたり、数字の欄の下に「自慰、性戯、夫婦関係あるいは非夫婦関係、獣姦、同性愛」という言葉を見つけたりして笑いだしてしまう（というのも、ありえないと思っていた非常識さがそこにあるからだ）場合である。ふだん物を告知している機械的な分類（たとえば何トンの鋼鉄とか銅とかというような）と、内面的な真実とのあいだの不一致は深い。この報告の制作者たちも、少なくとも一度はそのことを意識したはずだ。というのも、彼らは、自分たちの分析の基礎となる調査や《性の身の上話》が、ともかくも内面性の光のなかに立ち現れることがときおりあるということを認めているからである。これはべつに彼ら自身の問題ではなかった。しかしあれらの《身の上話》について彼らはこう告白している。「これらの話には、しばしば深い心の傷の思い出や、欲求不満、苦悩、満たされなかった欲望、失意、悲劇的な状況、全面的な破局の思い出が言外に含まれている」。このような不幸な特徴は、性行為の内面的な意味から外れてはいるが、しかし少なくとも、性行為が演じられている深み、すなわち性行為の真実が宿っているため、そこから性行為を引き離すことのできない深みへ私たちを送り返す。このようなわけだから、キンゼイ報告の制作者自身も、彼らが報告している事実がどのような深淵の上に位置しているかを知ったのである。しかし彼らは、こうした難問を意識してはいても、そこに留まりはしなかった。彼らの方向性と彼らの弱点は、彼らの方法に例外が生じたとき（つまり観察に代わって、被験者各人の身の上話に立脚したとき）にしか、もはや明らかにはならない。すなわち、ある点に関して、彼らは自分の目で観察せずに客観的な観察に由来するデータ（第三者が提供することのできたデータ）を公表している。彼らは、幼児（六カ月から十二カ月の）が性的快感《オルガスム》の絶頂に達するのに必要な自慰行為の時間――たいへん短い時間――を研究した。この時間は、あるときは秒針付きの腕時計で、あるときはストップウォッチで計測されたと報告されている。観察行為と観察された事実のあいだの不一致、物に対して有効な方法といつも人を当惑させる内面性とのあいだの不一致は、笑いだすのも難しいほどの段階に達している。たしかに大人を観察するときには、もっと重大な障害が立ちはだかっている。しかし、子供の無力さ、および子供の前で私たちを無防備にする無際限の情愛は、腕時計のメカニズムを困難にする。キンゼイ報告の制作者の意図にもかかわらず、次のような真実が際立ってくる。すなわち、まったく他なる性格、聖なる性格であるものを物の貧相さと混同するためには明白な誤解が必要なのだということ。そして人間一般および子供の密やかな暴力はきわめて重大なものを持っていると私たちには見えるのであって、それゆえ私たちは、とうてい不快感なしには、この重大なものを俗なる圏域（物の圏域）の通俗さへ移行させることができないということである。人間の性活動は動物的でさえあって、その暴力は、私たちの目には、いつまでたっても防備を解かせるものに見えている。この私たちの目は、混乱なくして人間の性活動を観察できないのである。

労働は、私たちの内部で意識に、そして物の客観性に関係している。労働は性の横溢を制限する。悪党だけが横溢したままである

原則として動物性こそまさしく、ふだんは物に還元できるものになっているという事実に私は立ち返る。この事実はいくら強調してもしすぎることはない。私は、キンゼイ報告のデータをもとに分析を進めて、この問題を解決してみようと思う。

この報告のデータは、きわめて膨大ではあるが、洗練とはほど遠いものである。私たちの眼前にあるのは、たしかにみごとな出来栄えの膨大な事実の集積であり、その方法はギャラップ研究所〔アメリカの統計学者G・H・ギャラップが創設した世論調査機関〕の方法を彷彿させるが、じっさい、称讃に値する修正を受けた結果だったのだ（この方法の元にある理論的構想を称讃するのはさらに困難なことだ）。

この報告の制作者たちによれば、性活動とは、「それがいかなる形態で表明されようとも、認容しうる、正常な生物学的機能である」。だがさまざまな宗教的な制約がこの自然の活動には対置されている。(4) 最初の報告のなかで最も興味深い一連の数値データは、性的快感の絶頂《オルガスム》の一週間の頻度を示している。年齢と社会部門によって異なるが、この頻度は全体として七回よりははるかに少ない。七回以上になると、高頻度と説明されている。しかし類人猿の正常な頻度は一日一回である。制作者たちの断言するところでは、人間の正常な頻度は、宗教的な制約がなければ、大型の猿の頻度を下回ることはない。制作者たちは自らの調査結果に立脚している。彼らはさまざまな宗派の信者たちの回答を、実践家《プラティカン》〔信者としての勤めをきちんと実行している人〕と非実践家に分けながら類別した。それによれば、プロテスタントにおいては七・四パーセントの実践家に対して一一・七パーセントの非実践家が週七回の頻度に達しているか、それを上回っている。カトリックにおいては、八・一パーセントの実践家に対して二〇・五パーセントの非実践家が同様の回答を出している。これらの数字は注目に値する。宗教的な実践は性活動にブレーキをかけているのだ。とはいえ、キンゼイ報告の観察者たちは公平であり、疲れを知らない。彼らは、自分たちの主義に都合のよいデータを明らかにするだけでは満足しない。彼らの調査は全方位的である。頻度の統計は、未熟練労働者、工場労働者、「ホワイト・カラー」、要職にある人といった社会部門に分けて提示されている。全体として、働いている人々の内で高頻度〔週七回以上の性行為〕の人は全体の一〇パーセント程度である。悪党〔ギャング、泥棒、詐欺師など暗黒街《アンダーワールド》の住人〕だけが四九・四パーセントに達している。これらの数値はきわめて注目に値する。それが指し示している要因は、先の信仰よりは不確かではない（信仰のなかにはカーリー崇拝〔カーリーは、ヒンドゥー教におけるシヴァの配偶神で死と破壊の女神〕、ディオニュソス崇拝、タントリズム〔ヒンドゥー教のシヴァ神のシャクティ（性力）を教義の中心にする聖典タントラをめぐる秘義〕、あるいはその他のエロティックな宗教形態があることを想起してほしい）。この要因は、労働なのである。労働の本質、およびその役割には、いささかも曖昧なところがない。まさしく労働によって、人間は物の世界を秩序づけているのであり、また人間自身もそうして物の世界で一個の物に還元されるのである。労働こそが労働者を一つの手段に変えてしまうのだ。人間の労働は人間にとって本質的であって、唯一、曖昧なところがなく、動物性に対立している。この点においてあれらの数値報告からは、物に還元できない完全に内面的な性衝動を排除している世界、すなわち物に還元できる労働と労働者の世界が分離しているのが分かる。

数字によって築かれるこのような対立は、逆説的である。この対立は、さまざまな価値のあいだに思いがけない関係を作り上げている。それらの関係は、私が先に際立たせた関係に付け加わって、動物的な性の横溢が物に還元しえないということを、逆説的なかたちで明示している。このことは最大の注意を要する。

私が最初に語ったことは次の点を明らかにしたのだった。すなわち、人間と物との根本的な対立は、動物と物の同一視が前提とされていなければ表明されえないということである。一方には外面的な世界、すなわち物の世界があり、動物はそこに含まれている。他方には人間の世界があり、この世界は本質的に内面的なものとして、精神の（主体の）世界として捉えられている。だがたとえ動物が一個の物にすぎないとしても、たとえそれが人間と動物を分かつ特徴であるにしても、動物が物であるのは一個の動かない物体、たとえば敷石や鋤と同じ意味合いでのことではない。唯一、動かない物体だけが物なのだ。とりわけこの物体が製造されているのならば、労働の産物であるのならば、そうである。この物は、いかなる神秘性も奪われていて、この物の外に存する目的に従属している。自分自身に対しては無であるものが物なのである。この意味で、動物はそれ自体では物ではない。人間が動物を物のように扱っているのだ。動物は、労働（牧畜）の対象であったり、道具（荷物運搬用とか農耕用の家畜）の対象である限りにおいて、物である。もしも動物が有益な活動のサイクルのなかに、一個の目的としてではなく一個の手段として入るのならば、その動物は物に還元される。だが、ともかくも動物は存在しているのであり、この還元は、そのような動物の根本的な在り様の否定にほかならないのである。動物は、人間が動物を否定する力を持っている限りにおいてのみ、物になる。もしも私たちがこの力を持たなくなり、もはや動物が物であるかのように行動できる状態でなくなれば（もしも虎が私たちを倒すならば）、動物はそれ自体において一個の物ではなくなる。すなわち、動物は純然たる客体ではなくなり、内面的な真実を自分自身のために持つ主体となる。

同様に、人間のなかに残存している動物性、すなわち性の横溢が一個の物として捉えられるようになるのは、ただ私たちが、この性の横溢を否定してあたかもこの性の横溢がないかのように生きることのできる力を持っている場合だけなのだ。じっさい、私たちはこの性の横溢を否定しているのだが、うまくゆかずにいる。性欲は、汚らわしいとか獣的だとか形容されるが、そのじつ、人間が物に還元されることに最大限抗っているものなのである。人間の内的な誇りは、人間の雄々しさと関係している。私たちの内部でこの誇りが対応しているのは、否定された動物という面ではなく、動物が持っている内的で通約不可能な面なのだ。私たちは、まさしく内的な誇りを持っているからこそ、去勢牛のように労働力に、道具に、物に、還元されることがないのである。人間性——動物性とは反対の意味での——のなかには、物と労働に還元できない要素が間違いなく存在する。それゆえ人間は、間違いなく、確実に、動物と同程度に隷属化されたり抹殺されたりすることがないのである。だがそれは二義的にしか明白でないことなのだ。人間は、第一に、労働する動物なのである。労働に従属し、それゆえ自分の横溢の一部を断念しなければならない動物なのである。性の制約のなかには恣意的なものは一つもない。いかなる人間も一定量のエネルギーを自由に使用できるのだが、その一部分を労働に割り当てると、エロティックな燃焼にはその一部分が欠けることになり、それだけこの燃焼は低減することになる。このようなわけだから、労働の人間的な、反動物的な時間において人間性は、私たちの内部で、まさしく私たちを物に還元している当のものなのであり、動物性は逆に、私たちの内部で、主体自身のための主体の実存という価値を保持しているものなのである。

このことは、次のように明確な表現で提示されるに値する。《動物性》、あるいは性の横溢は、私たちの内部において、私たちが物に還元されえないようにしているものである。《人間性》は逆に、労働の時間におけるその特有な面からすると、性の横溢を犠牲にして、私たちを物にしてしまう傾向を持つ。

性の横溢に対立する労働は、物への意識の条件である

キンゼイ報告第一部の数値データは、こうした《動物性》と《人間性》の根本原則に、驚くほど精密に合致している。悪党は働かず、その活動の大半は《人間性》への否定に帰着するが、唯一この悪党においてのみ、高頻度〔週七回以上の性行為〕の人間の割合が四九・四パーセントに達しているのである。キンゼイ報告の制作者によれば、この割合は平均して、自然界に見られる、つまり類人猿の動物性に見られる標準的な頻度に合致する。他方でこの割合は、人間本来の活動をしている人々の全体に対しては、単独で対立している。じっさい、人間本来の活動をしている人々は、集団によっても異なるが、高頻度の割合が一六・一パーセントから八・九パーセントなのである。指標の詳細はさらに注目に値する。全体として人間化が進んでいる程度に応じて指標も変化しているのだ。すなわち人間が人間化していれば、それだけ性の横溢は制限されている。正確に言えばこうだ。高頻度の性行為者の割合は、未熟練労働者で一五・一パーセント、半熟練工で一六・一パーセント、熟練工で一二・一パーセント、下級ホワイト・カラーで一〇・七パーセント、上級ホワイト・カラーで八・九パーセントになっている。

だが唯一例外がある。上級ホワイト・カラーから、支配者階級と言える重要職に移ると、指標は三ポイント以上も上昇して、一二・四パーセントに達するのだ。これらの数字の得られた条件を考えると、あまりに小さい相違を考慮する必要はないのかもしれない。しかし未熟練労働者から上級ホワイト・カラーにかけて、高頻度性行為者の割合の減少はかなりコンスタントであり、また上級ホワイト・カラーと重要職の間の三・五ポイントの相違はおよそ三〇パーセントの性行為の増加を意味している。つまり一週間に二度ないし三度は性的快感の絶頂《オルガスム》に達しているということだ。支配者階級に行くとこのように性行為の回数が再び増加するのだが、その理由は元来きわめて明瞭である。すなわち、支配者階級は、それ未満の労働部門の人々と較べると、一番少ない余暇しかとらないからである。それに、この階級が享受している平均的な富はこの階級の並外れて多い労働総量にかならずしも合致していない。つまり、明らかにこの階級は、他の労働者諸階級の持つ余剰エネルギーよりも多い余剰エネルギーを持っているということなのである。このことは、この階級が他の階級よりも人間化している事実と釣合っている。

だが支配者階級という例外には、もっと正確な意味がある。私は、動物性の神的な面と人間性の隷属的な面に注目をうながしたが、そのとき一つの留保をせざるをえなかった。すなわち、人間性のなかには、物と労働に還元しえない何らかの要素、つまり人間は結局のところ動物よりも奴隷化するのが困難であるといった要素があるにちがいないという留保だ。この要素は、社会のすべての階級に見出せるのだが、しかしとりわけ支配者階級に顕著な事実なのである。一般に、物への還元が相対的な価値しか持ち合わせていないということは容易に見て取れる。つまり、一個の物であるということは、物となっている対象を所有している人間との関係においてのみ意味があるということだ。一個の動かない物体、一匹の動物、一人の人間は物になりうるが、しかしそれら物体、動物、人間は、一人の人間の物となるのである。とりわけ人間は、第三者の物となる条件でのみ一個の物になりうる。そしてこの第三者もまた同様の条件で物になってゆくのであるが、しかしこの連鎖は無限に続くわけではない。次のような瞬間がやってくるのだ。すなわち人間性は、ある段階まで物への還元の原因であるのだが、しかしその人間性も完了せざるをえなくなる瞬間がやってくるということである。この瞬間においては、人間はもはや他のいかなる人間にも依存しなくなり、一般的な従属関係は、この関係が有利に働く人において、すなわち何にも従属されえなくなっている人において、意味を持つようになるのである。原則として、この瞬間が到来するのは支配者階級だ。支配者階級は、一般に、自分自身の階級において、人間性を物への還元から解放する役目を持つ。人間が自由になる瞬間へ人間を、この階級において、高めてゆく役目を持つ。

こうした目的のためにこの階級は、ふだん労働から解放されている。そして性のエネルギーが測定可能であるとするならば、原則としてこの階級は、明らかに悪党と同等になる割合で性のエネルギーを持っていたということになる。(5) だがアメリカ文明はこのような原則から遠ざかってしまった。というのもアメリカ社会を最初から唯一支配していた中産階級はほとんど余暇など持っていなかったからである。とはいえ、アメリカの中産階級は、上流階級の特権の一部を保持している。比較的低い指標が中産階級の性の活力を示しているのだが、今やこの点が解釈されねばならない。

性的快感の絶頂《オルガスム》の頻度に基づくキンゼイ報告の分類は、単純化そのものである。無意味だというわけではないが、重大な要素を無視している。この分類は、性行為の長さを考慮に入れていないのである。ところで、性生活において消費されるエネルギーは、放出が表すエネルギーに限定されはしない。簡単な性戯でさえも、無視できない量のエネルギーを蕩尽している。他方で類人猿の性的快楽の絶頂《オルガスム》は十秒ほどしか続かないのだが、そのエネルギーの消費は、何時間も性戯を長びかせる教養人のエネルギー消費よりも明らかに少ない。だが性戯を持続させる技術それ自体も、階級のあいだでさまざまに分かれている。この点に関して、キンゼイの報告は、そのいつもの綿密さに見合った詳細なデータを提示していない。とはいえ、性戯の延長は上流階級の特権であることがキンゼイ報告からも判明する。恵まれない階級の人々は、短時間の接触ですませてしまう。彼らの接触は、動物たちの接触よりは短くないが、しかし相手の女性を性的快感《オルガスム》の絶頂に至らしめない場合があるのだ。指標によれば、高頻度性行為者が一二・四パーセントいる支配者階級だけが、ほとんどこの階級だけが、性の前戯と持続の技術とを極限にまで発展させたのである。

私は、《育ちのよい》人々の性の名誉を擁護する意図をまったく持っていない。しかし以上の考察をもとにすれば、先に紹介した一般的なデータの意味を明示できるし、また生の内的な運動が求めているものも語ることができるのである。

私たちが人間的な世界と呼んでいるものは、必然的に労働の世界、つまり物への還元の世界なのである。だが労働は、その語源が明らかにしているような苦痛とか拷問台とは別の意味を持っている〔仏語の動詞〝労働する〟(travailler)の語源は俗ラテン語の動詞〝拷問にかける〟(tripaliare)である〕。労働はまた意識への道でもある。この道を通って人間は動物性から脱したのだ。事物への明晰判明な意識が私たちに生じたのは労働によってであった。そして知識はいつも技術の同行者であり続けたのだった。逆に性の横溢は、私たちを意識から遠ざける。性の横溢は、私たちのなかで、識別の能力を減退させる。さらにまた、自由に溢れ出る性欲は労働の能力を減退させる。反対に、不断の労働は性の渇望を減退させる。したがって、労働に密接に関係している意識と性生活とのあいだには、厳しい不一致がある。この不一致の厳しさはどのようにしても否定できないものだ。人間は、労働と意識によって自分を規定している限り、性の過剰を単に抑えるだけでなく、さらに無視したり、ときには自分の内部で呪うことまでしなければならなかった。ある意味で、このような性の過剰の無視は、人間を、事物への意識からではないとしても、少なくとも自己への意識から遠ざけることになってしまった。この無視は、人間を、世界への認識と自己への無知に同時にかりたてたのである。だが、まず労働しながら意識を持つようにならなかったならば、人間はいっさいの認識を持つことがなかっただろう。この世のすべてに対して、いまだに動物的な夜しか持っていなかっただろう。

物への意識に対立するエロティシズムへの意識は、その呪われた面で露《あらわ》になる。すなわちこの意識は、沈黙した覚醒へ通じている

このようなわけで、もっぱら性生活への呪詛、およびそれに発する無視がもとになって、意識は私たちに与えられるのである。ただしこの動きのなかで遠ざけられるのは、エロティシズムだけではない。私たちの内部で、物の単純さ（固体の単純さ）に還元しえないすべてのものに対して、私たちは直接的な意識を持てないのだ。明晰な意識とは何よりも物への意識のことなのであり、物の外面的な明瞭さを持たないものはまずもって明晰ではないのである。私たちは、のちになって、同化によってやっと、固体の単純さを持たない諸要素の概念を得るようになる。

最初、これらの要素が私たちに与えられるのは、キンゼイ報告の場合と似ている。深さにおいて物の粗雑さに還元しえないものが、明瞭に識別されるようになるためには、まず物として捉えられねばならないのだ。こうした経路をへて、内的な生の諸真実は識別的な意識のなかへ入ってくるのである。したがって私たちは、私たちの内的体験の諸真実が私たちには捉えがたいということを一般に認めねばならない。じっさい、もしもこれらの真実をそれと違うものとして捉えるならば、私たちはただいっそうこれらの真実を無視しているにすぎないということになる。私たちのエロティックな生の自由な発露を禁じる掟に対して、その意義を捉えることもせずにこの掟を不条理だと告発するとき、私たちはエロティックな生に自然の働きしか見て取っていないものなのだが、もしもそうだとすると私たちは、私たちのエロティックな生が予告している真実に背を向けていることになるのである。もしも私たちが罪ある性欲について、それが罪のない物質的な事物に還元されうるなどと言うなら、私たちの意識は、性生活を真に直視するどころか逆に、明晰判明さと一致しがたい性生活の混濁した面を完全に考慮しなくなっている。たしかに明晰判明さは意識の第一の要求であるのだが、この要求ゆえに真実は意識から遠ざかってしまうのだ。呪詛は、私たちが恐怖あるいは少なくとも不安に襲われている薄暗がりで、これらの混濁した面を保持していたのだった。逆に科学は、性生活を罪なきものとみなすことで、性生活の認識を決定的に停止してしまうのだ。科学は意識を明晰にするのだが、しかしこれは意識を盲目にするという代償を払ってのことなのである。すなわち混濁していて曖昧であるもの、だが性生活の真実であるものが科学によって排除されてゆくのに対し、そのなかのごく少数の要素は物の極端さに還元されるという込み入った事情を、科学は、自分が要求する明瞭さのなかで捉えてはいないということである。

内面性（私たちの内部の深くにあるもの）に達するためには、私たちはおそらく、内面性が物とみなされる物の迂回路を通ってゆくことができるであろうし、またそうする必要さえある。このとき、もし考察されている体験が物の外面性に、このうえなく貧しいメカニズムに、完全には還元されていなければ、この体験の内面的な真実は露《あらわ》になる。ただしこれは、この真実の呪われた面が際立つ限りでのことなのだ。私たちの内奥の体験は、直線的に、意識の明晰な部分へ入ってゆくことはできない。明晰判明な意識は、少なくとも、自分が断罪するものを遠ざけるその動きを識別する力は持っている。それだから、まさに呪われ断罪された可能性の形式において——《罪》という形式において——内面の真実は意識に達するのである。意識はしたがって性生活を前にした恐怖と嫌悪の動きを保持しているのであり、また不可避的にそうせざるをえない。ただし意識は、都合のよい場合には、この恐怖の従属的な意味合いを認める。（じっさい、ここで問題になっているのは、《罪》の理由を真実だと認めることではない。）方法的な認識の明晰性はきわめて貴重であって、人間はそれによって物の主人になる力を得ている。逆に性の混乱はこの明晰性を排除する（しかしこの明晰性が勝れば、性の混乱の方が排除される）。この明晰性は、実生活上の諸目的のために、真実の一部を捨て去らねばならないのであって、その限りいつも最終的に自分の限界を認めることになる。この明晰性は私たちを明るく照らし出そうとするのだが、しかし存在するものの一部分を隠さなければそうできないのである。だとすればはたしてこの明晰性は十全なる意味を持っていると言えるだろうか。同様に、人は、自分が盲目になる夜のなかに自分の混乱を隠しておいてはじめて、欲望にかられ混乱をきたすようになるのだが、しかしはたして人はそれで自分自身のために十全なる意味を持っていると言えるだろうか。だがともかく私たちは、自分が引き裂かれてゆく無秩序のなかで、少なくともこの無秩序を識別することはできるし、そのようにして、物を超えて、引き裂かれていることの内的な真実に意を注ぐことはできる。

キンゼイ報告の膨大な統計学的資料は、このような見方に支えを提供している。ただしこのような見方は、この資料の原則と合致しないし、本質的にこの資料を否定してさえいる。キンゼイ報告は、素朴な、ときとして感動的でもある抗議《プロテスタシオン》、当初は部分的に不合理であった一文明の残存物に差し向けられた抗議に対応している〔アメリカがカトリック旧文明へ抗議したプロテスタントたちによって建国された事情を踏まえた発言〕。だがその素朴さはキンゼイ報告の限界でもあり、私たちはこの限界に留まりたいとは思わない。逆に私たちは果てしない動きを捉えてゆく。この動きを迂回しても、その迂回路は、結局のところ、私たちを沈黙のうちに、内面性への意識へ高めてゆくのである。人間の生のさまざまな形態は相互に乗り越えてくることができたのであり、私たちはその後に、窮極の乗り越えの意味を見出すに至ったのである。科学の大きな明かりではなく、不可避的に慎ましやかな一条の光がついに私たちに開示するに至ったもの、それは、物の真実に較べて困難な真実なのだ。だがその真実こそが沈黙した覚醒へ私たちを向かわせるのである。

第二論文　サドの至高者

理性を逃れる人々、悪党、王

私たちが生きる現代社会には、鋭い感性をともなった暴力の衝動には従うが理性には従順ではないという古風な民衆たちに対し、その気まぐれな興奮を満たすようなものは何一つもない。

今日、私たち各人に求められているのは、自分の行為の釈明をすること、何ごとについても理性の掟に従うことである。たしかに過去の名残りはさまざま存在している。だがそのなかでは唯一悪党だけが、労働に吸収されない例外的なエネルギーをかなり大量に保持している（むろんこれは彼らの非合法な暴力が取り締まりをかいくぐっている限りでのことだが）。こうした事情は、少なくとも新大陸アメリカにはあてはまる。じっさい新大陸アメリカは、旧大陸ヨーロッパ以上に、冷静な理性による制限を厳しく受けてきたのである（もちろん新大陸のなかでも中米と南米はアメリカ合衆国と違って自由な雰囲気だし、また逆に旧大陸においてはソヴィエト連邦の世界は西欧資本主義諸国と違って厳しい雰囲気になっている——性生活に関するキンゼイ報告のデータは、今のところ私たち旧大陸の人間については欠けているし、世界全体に関してとなると、これから先とうぶん欠けていることになるだろう。だがこのデータを軽蔑している人たちでさえ、たとえこのデータが粗雑ではあっても、ソヴィエトに関するキンゼイ風報告書がいかに重要であるか分かっているのではないだろうか）。

昔の世界では、同じように、個人は理性のためにエロティシズムの高まりを断念したりはしなかった。少なくとも個人は、同類の一人の人物において、自分の人間集団全体が集団の制限を免れることを願っていた。集団全員の意志に従って、至高者（*le souverain.* この仏語には君主、支配者の意味があり、ここでもその意味が含まれているが、バタイユはそのような旧弊《アルカイック》な制度のなかの至高者を無批判に肯定しているわけではない）が富と余暇の特権を受けていたのであり、最も若くて美しい娘たちが、通常、彼のために充てられていた。これに加えて、戦争は勝利者たちに労働よりも広汎な可能性をもたらしていた。かつての勝利者たちは今のアメリカのギャング（悪党）が握っている特権を持っていた（いやむしろギャングは過去のろくでもない遺物にすぎないと言った方がよい）。他方、奴隷制度はこのような戦争がもたらす結果を残存させた。少なくともロシア革命、中国革命のときまでこの結果は存続した。いや見方を換えれば、ロシア、中国以外の世界の国々は今なおこの結果を享受したり、この結果に苦しんでいたりする。非共産主義世界のなかでは、おそらくアメリカ合衆国は、奴隷制度の昔からの名残りが人間間の不平等に最も影響を与えていない環境なのではあるまいか。

いずれにせよ、今なお残存している至高者（たいがいの至高者は飼い馴らされて理性的状態に貶められている）のほかには至高者が消滅してしまったために、私たちは今日、《完全な人間》のイメージを持てなくなっている。昔の人々は、全員平等の個人的成功という事態を発想しえないなかで、この《完全な人間》のイメージを持とうとしていた。過去のさまざまな物語がかつての王たちの至高の豊かさを伝えているが、それだけで十分、アメリカのギャングやヨーロッパの金持ちたちが見せる振舞いの相対的な貧弱さが分かるのである。さらに言えば、彼らギャングや金持ちには、かつての王権の華やかな顕示制度が欠けている。私たちは今や最も嘆かわしい段階に来ているのだ。古代の遊びの精神は、王の諸特権の見世物が一般の貧しい生活の埋め合わせになることを求めていた（同様に悲劇は満たされた生活の埋め合わせになっていた）。いちばん胸がしめつけられるのは、古代の世界が楽しんでいた芝居が最終的に終わってしまうということなのである。

至高で絶対的な自由は――文学の世界においては――王権の原理が革命によって否定されたあとで考察された

かつてのこの自由、至高で絶対的な自由はある意味では花火の大輪のようなものだった。ただしその大輪は不可思議で、まばゆく、しかもまぶしがらせた人の目からたちまち消えてしまうものだった。見世物は、もうずっと以前から、民衆の欲求を満たさなくなっている。民衆の側が退屈してしまったからなのか。自分だけの満足に達したいという個人的な望みに駆られるようになったからなのか。

すでにエジプトは、紀元前三千年紀〔紀元前二〇〇〇年代〕にファラオだけが正しいと認めていた社会体制を支持しなくなっていた。反乱を起こした民衆は、ファラオの法外な特権から自分たちの持ち分を要求した。当時まで至高者だけが保持していた不死性を、民衆各人が自分のために要求したのだ。一七八九年の大革命時のフランス民衆も、自分のために生きることを要求したのだった。王や大貴族の栄光の見世物は、民衆を満足させるどころか、その怒りを増大させたのだった。サド侯爵〔一七四〇—一八一四〕は孤立者であったが、このような革命の状況を利用して、自分の理論を進展させたのだ。すなわち罵詈雑言の体裁のもとに自分の理論をその極限の帰結にまで進展させることができたのである。

じっさいサド侯爵の理論は、民衆を魅惑してその上に完全なる個人を出現させる旧体制の流儀を完成するものであると同時に、この流儀への批判になっている。まず第一にサドは、封建体制から受け取った特権を自分の情欲のために利用しようとした。だが封建体制は、このときもうすでに（いやそれ以前のどの時代でもだいたい同じようだったのだが）理性に染まって穏やかになっていたため、昔なら大貴族ができていた特権の濫用に対立するようになっていた。見たところサドの特権濫用は、当時の他の貴族たちのそれを上回ってはいなかった。しかしサドは不器用で、慎重さに欠けていた（そのうえまずいことに彼はかなり手強い義理の母を持っていた）。サドは特権者の身から、ヴァンセンヌ城の塔に、次いでバスティーユ監獄に収監される身になった。当時の専制権力の犠牲者になったのだ。旧制度の敵となった彼は、この制度と闘うことになる。サドは恐怖政治の過激さは支持しなかったが、ジャコバン党員であり、地区の書記だった。彼は、相互に無関係で異質の二つの領域で旧体制批判を展開した。すなわち一方で彼は、大革命側に与《くみ》して王制を批判し、他方で文学の無制約な特徴を利用したのだ。彼は自分の読者に一種の至高の人間性を提示した。ただしこの人間性の特権は、たとえ提示されても、もはや民衆の賛同の得られる見込みのないものだったのだが。サドは、王侯貴族の特権よりさらに法外な特権を想像した。すなわちこのうえなく悪辣な王や大貴族ならば引き受けたかもしれないような特権、小説の虚構によって全能と無処罰が与えられる特権を想像したのである。ともかく、政治制度は、最良の場合でもわずかしか無制約な王への欲望を満たしはしなかったのであるが、サドにおいては創作の無償性と見世物的価値のおかげで、政治制度の可能性よりもすぐれた可能性が開かれるようになったのである。

監獄の孤独と、想像上の過剰《エクセ》の瞬間の恐るべき真理

かつて一般に欲望というものは、一人の精力旺盛な人物に対してそのエロティックな気まぐれを気前よく満たしてやる傾向にあった。だがそれにも限界があったのであり、サドの想像力はこの限界をけたはずれに超え出てしまったのである。サドが想像した至高の人物は、もはや単に民衆が過激な行為にかりたてていた人物と異なっていただけではない。万人の欲望にかなう性の満足は、サドがその空想の人物たちのために望みえた性の満足とは異なっていた。サドが夢想する性欲は、他の人々（彼以外のほとんどすべての人）の欲望と対立するものでさえあり、他者はこの性欲の相手をつとめることができず、逆にその犠牲者になってしまうのである。サドは、登場人物たちの単独性を強調する。彼によれば、性愛の相手を否定することは、自分の理論の根本的な部分なのだ。彼の見るところエロティシズムは、相手との協和に至るならば、その基本原理たる暴力と死の運動に背くことになる。じっさい、エロティシズムの深みにおいて性の結合は危険にさらされる。性の結合は生と死の中途半端な状態なのだ。暴力こそエロティシズムの神髄なのであり、ただ暴力の実現だけが人間の至高のイメージを満たすものなのである。エロティシズムは、エロティシズムを制約する一体感を破ることではじめて、この暴力を露《あらわ》に示すのだ。となれば、

唯一獰猛な犬の貪欲さだけが、何にも制約されない人間の激情を完全に実現するということなのかもしれない。

サドの実生活を見ると、他者の否定に局限されたあの至高性の肯定は欺瞞に思えてくる。だが欺瞞は、弱さのまったくない思想を作り上げるのにはぜひとも必要だったのだ。実生活においてサドは他者のことを考慮に入れていた。しかし彼が想像した激情の完全実現のイメージ、独房の孤独のなかで彼が繰り返し思い描いたこのイメージは、他者など物の数に入れぬように求めていたのである。サドにとってバスティーユ監獄は砂漠であり、文学だけが情念の唯一の捌《は》け口になっていた。こうした状況が煽りたて、可能性の限界がそれまで人間の抱いた最も気違いじみた夢想のさらに彼方へと広がっていったのである。牢獄のなかで濃縮された文学のおかげで私たちは、面前の他者など物の数に入らなくなった人間の正確なイメージが持てるようになったのだ。

モーリス・ブランショ（一九〇七―二〇〇三、フランスの作家、評論家でバタイユと交友関係があった）によれば、サドの道徳は「絶対的な孤独という根本的な事実に基づいている。サドは次のことをあらゆる形式で繰り返し語った。すなわち自然は私たち人間を孤立した者として誕生せしめたのであり、人間相互のあいだにはいかなる種類の関係もない、と。したがって行為の唯一の規範はこうなる。私は自分に快感を与えるものだけを愛するのであり、私のこの好みゆえに他人に生じうる悪いことすべてをどうでもよいこととみなす、というものだ。他者の最大の苦痛でさえ、私の快感に較べれば、いつだってどうでもよいことなのである。私がほんのささやかな快感を手に入れるのに大罪を途方もない数犯したとしても、そんなことはたいしたことではない。なぜならば快感は私を喜ばせ、私の内に存在するのに対し、犯罪の結果は私には関係がなく、私の外に存在するからである」[1]。

モーリス・ブランショの分析は、サドの根本的な思想に正確に対応している。この思想は、たしかに現実に根差していない人工的なものだ。それは、各人の現実の構造を無視している。各人は他の人々と絆を結んだり結ばれたりして生きているのであって、その絆から切り離されてしまうと、どの人間の存在も考えられなくなる。一個の人間の自立は、相互依存に与えられた制約よりましなものではあるが、しかし相互依存がなければ、いかなる人間の生もありえないのである。この考え方こそが根本的なのだ。だが他方サドの思想は、さほど気違いじみているわけではない。この思想は、それが拠って立つ現実を否定している。が、そもそも私たちの内には過剰《エクセ》の瞬間があるのだ。この瞬間は、私たちの生が拠って立っている土台を危険にさらす。過剰において私たちは、自分を存立させているものを危険にさらす力を持つ。この過剰に達することは私たちには避けがたいことなのだ。そして逆にこのような過剰の瞬間を否定すると、私たちは、自分の何たるかを見落とすことになるのである。

全体としてサドの思想は、理性が無視するこうした過剰の瞬間の結果にほかならない。定義上、過剰は理性の外にある。理性は労働、労働活動と関係しており、労働活動は理性の諸規則の表現なのだ。だが性の快楽は労働を愚弄する。すでに私たちの検討したことだが、性の快楽を激しく求める生にとって、労働の実践は明らかに不都合なことなのだ。エネルギーの有益さと損失を考えて計算するならば、性の快楽のための活動は、たとえ有益とみなされても、その本質においては過剰なのである。というのも、そもそも一般に性の快楽はそのあとに発展がなく、ただ性の快楽それ自体のためにだけ欲せられているからである。それも、性の快楽をもたらす過剰への欲望によって欲せられているからである。まさにこの点なのだ、サドが介入してくるのは。サドは今私が語った原理を明文化していない。しかし暗示はしている。じっさい彼は、性の快楽は罪悪に染まっていればいるほど強烈になると、罪悪が認容しがたいものであればあるほど性の快楽は大きくなると断言している。とすれば、サドにおいて、性の快楽を求める過剰がどうして他者の否定に行き着くのかが分かってくる。他者を否定することは、一人の人間からすれば、自分の生が拠って立っている原則を過剰に否定することなのだ。

　こうしてサドは、認識の面で一つの決定的な発見をしたと確信した。すなわち、罪悪によって人間は性の快楽の最も大きい満足へ、最も激しい欲望の充足へ至るのであるから、罪悪に対立して罪悪の享楽を妨げる人間のあいだの連帯を否定すること以上に重要なことがあるだろうか、ということだ。私が想像するところでは、この暴力的な真理は牢獄の孤独のなかで啓示されたのである。それ以後サドは、自分の理論の空しさを自分に示すものを、自分の内部にまで示してくるものをも、いっさい無視し去ったのである。だがサドとて、投獄される以前は、人並みに人を愛していたのだ。義理の妹と逃避行に出たことで義理の母親を激怒させ、義理の母親はサドにとって運命的な玉璽令状《ぎょくじ》〔旧体制下で国王が裁判なしで投獄を命じた書状〕を手に入れ、そのために彼は入獄するはめになったのではなかったか。またのちには彼は、人民の利益のための政治活動に関わったのではなかったか。さらに、牢獄の窓〔サドは恐怖政治のやり方に反対したためまた投獄された〕から断頭台の処刑を見て恐怖におののいていたのではなかったか。そして彼は、他者など取るに足らないという真理を——他者たちに——啓示しようとしたその原稿が紛失したと聞いて「血の涙」を流したのではなかったか。(2)しかしそれでもサドは、性の魅力が十全に現れるのは、他者への考慮が性の衝動を麻痺させないときだと思っていた。彼は、独房の果てしない静けさのなかで自分の心を捕えていたものにしがみついていたかったのだ。独房では、想像された世界の光景だけが彼を生につなぎとめていたのである。

エロティシズムと《無感動》のひどい無秩序

サドは過剰《エクセ》の真実をまさに過剰な仕方で主張したのだが、それだからといって、この真実は簡単に容認できるしろものではない。だがサドの数々の主張をもとにして私たちは、愛情などエロティシズムを死に結びつける動きに何の変化も加えはしないということを理解しうるのである。エロティックな行為は日常的な行為に対立している。ちょうど、消費が獲得に対立しているように。私たちは、理性に従って活動するときにはあらゆる種類の財産を手に入れようと試みる。私たちは働いて資産や知識を増やそうとする。あらゆる手段に訴えて、自分を豊かにし、よりいっそう多くのものを所有しようとする。私たちの社会的な立場は、おおむねこのような活動の上に築かれている。だが性の熱狂状態にあるときには、私たちはまったく反対に活動する。すなわち、私たちは自分のエネルギーを度はずれに消費する。おびただしい財を無益に使い果たす。性の快楽は、破滅的な浪費にたいへん近いので、私たちはこの快楽の絶頂時を《小さな死》と呼んでいるほどだ。かくして、私たちに性の過剰を思わせるさまざまな眺めは、いつも無秩序を表している。裸体は、私たちが衣服によって得ている慎しみを破壊する。それどころか、性の快楽の無秩序の方へ入ってしまうと、私たちは少々のことでは満足しなくなる。性の過剰が高まってくると、ときには破壊や裏切りが起きたりするのだ。裸体のほかに半裸体の奇妙さも語っておこう。

この場合、衣服は肉体の無秩序を強調するばかりなのだ。肉体はそのおかげで裸体のときよりもっと無秩序化しているのであり、もっと裸になっているのである。虐待と虐殺は、このような破壊の作用の延長線上にある事態にほかならない。同様に、売春、卑猥な言葉、その他エロティシズムと低劣さが結びついたものはすべて、性の快楽の世界を失墜と破滅の世界に変えてしまうことに寄与している。私たちは、まるで傷口が内部で開いているかのように無益に消費してはじめて真の幸福を手に入れるのである。私たちはいつも無益さを確信したいと欲している。ときには私たちの消費の破壊的な性格を確信したいと欲している。私たちは、財の増加が規則になっている世界から最も遠いところにいる感覚を持ちたいと願っている。《最も遠い》と言っただけではまだ足りない。私たちは逆転した世界、裏側の世界を欲しているのだ。エロティシズムの真実は裏切りなのである。

サドの理論はエロティシズムの破壊的な形態である。道徳上の孤立は制約の解除を意味している。つまり、この孤立は消費の深い意味を伝えているのだ。逆に、他者の価値を認める者は必然的に自分を制約することになる。他者を尊敬することによって、人は、精神的あるいは物質的な財を増やそうとする欲望に支配されることのない唯一の渇望の範囲を測ることができなくなるのだ。尊敬によるこうした盲目化はよくあることだ。ふだん私たちは、性の真実の世界に早く入ることだけに満足していて、その他の時間は、この真実を公然と否定しているのである。他の人々と連帯すると、人間は至高の生き方ができなくなる。人間に対する人間の尊敬は、私たちを、隷属性のサイクルへ放りこむのだ。このサイクルに入ってしまうと、私たちはもはや従属した時間しか持てなくなるのであり、結局は、私たちの生き方の根本である尊敬の念に背くことになるのだ。というのも、私たちはそのようにして人間一般からその至高の瞬間を奪っているからである。

これとは逆に、モーリス・ブランショに言わせれば、「サド的世界の中心は巨大な否定によって肯定される至高性を追い求めることにある」。制御されない自由によって空無が開かれるのだが、この空無においては、副次的な渇望を無視する最も強力な渇望に可能性が与えられる。すなわち、敬意や愛情のおかげで私たちの日常生活は耐えられるものになっているのだが、この空無においては、一種の破廉恥な英雄主義が私たちを敬意や愛情から解き放つのだ。このような展望は私たちをふだんの在り方から遠いところへ導く。その隔たりようは、壮大な嵐が陽の射した日中や退屈な曇天時とかけ離れているのに似ている。だがじっさいには私たちは、至高性が達成される場へ私たちを導いていってくれる力の過剰に恵まれているわけではない。現実の至高性は、諸民族が暗黙のうちにどれほど法外なものを夢想していたとしても、最悪の場合でさえ、サドの小説にある荒れ狂いにはとうてい及ばない。サド本人からして、自分が小説に描いた至上の瞬間に到達する力も大胆さもなかったようなのだ。モーリス・ブランショは、この至上の瞬間、すなわち他のすべての瞬間を圧倒していて、サドが無感動《アパシー》と呼んだこの瞬間を次のように明確にした。「無感動とは、至高であることを選択した人間に与えられる否定の精神のことなのだ。無感動は、いわばエネルギーを生みだす原因であり、またエネルギーの原理なのである。サドはおおよそ次のように推論していたと思われる。すなわち今日の個人は、ある量の力を表しているが、たいていの時間、他者とか神、理想と呼ばれる幻影のためにこの力を自分の外に放棄して分散させている。この分散によって個人は、自分の可能性を浪費し使い果たすという誤りだけでなく、さらに弱さの上に自分の行為を立脚させるという誤りまで犯している。じっさい、他者のために己れを消費するのは、他者に支えられる必要があると思っているからなのだ。救いがたい衰弱である。自分の力を無益に消費して衰弱しているのである。しかも自分を弱いと思っているがゆえに自分の力を消費しているのである。真の人間は、自分が一人であることを知っているし、一人であることを受け容れている。自分のなかにある十七世紀分の卑劣さの遺産を、すなわち自分以外の人間に関係しているすべてのものを、真の人間は否定する、たとえば憐憫、感謝の念、愛、まさにこういった感情を真の人間は破壊する。そうすることによって彼は、衰弱をもたらすこれらの感情に回すはずだった力のすべてを取り戻す。いやもっと重要なのは、彼はこの破壊の作業から真のエネルギーの端緒を引き出しているということである」。

「じっさい次の点をしっかり理解しておかねばならない。すなわち無感動は、ただ単に《寄生虫的な》感情を破壊するということだけでなく、いかなる情念に対してであれその自発性に対立するということからも成り立っている点だ。自分の悪徳にすぐに身をまかしてしまう悪漢は、じきに滅びる出来損ないにすぎない。怪物になる才能に欠けるところなく恵まれている天性の放蕩者でさえ、自分の性向に従うだけで満足しているなら、破滅は避けられない。サドは次のように要求する。すなわち情念がエネルギーとなるためには、情念は圧縮されねばならない。つまり情念は、無感動という必要な段階をへなくてはならない。そうすれば情念は可能な限り最大のものになるだろう、と。ジュリエット〔『ジュリエットの物語あるいは悪徳の栄え』（一八〇〇？）のヒロイン〕は、その生涯の最初の頃は、クレールヴィル〔ジュリエットの女仲間〕から絶えず非難されていた。あなたは熱狂のさなかにしか罪悪を犯さないとか、情念の松明でしか罪悪の松明に点火しないとか、何にもまして色欲を、快楽の沸騰を優先させている、といった非難を彼女は受けていたのだ。危険な安直さである。罪悪は色欲より重要なのだ。つまり冷静なうちになされる罪悪は、感情の熱気のなかでなされる罪悪よりも大きい。いやさらに《感覚帯の不感不動において犯される》罪悪、すなわち闇に包まれていて秘められた罪悪は、すべてに勝《まさ》って重要なのだ。というのも、この罪悪は、自分のなかでいっさいを破壊したのちに莫大な力を蓄積した魂のなせるわざだからである。この莫大な力は、しかも、全面的な破壊衝動を準備し、それと完全に一体化するのである。快楽のためにしか生きていないあれらの偉大な放蕩家たちは皆、自分のなかで快楽のための全能力を無化してしまっているがゆえに、ただそれゆえに偉大なのだ。それだから彼らは恐るべき異常な行為に走るのである。もしもそうでなかったなら、彼らは通常の快楽の凡庸さで満足していたはずなのだ。だが彼らは自分を無感動な存在にした。そうして自分の無感動性を、つまり感動の否定、無化を享楽しようと欲し、獰猛になったのだ。残虐さとは、したがって自己否定のことにほかならない。ただしこの自己否定は極端に押し進められているために、破壊的な爆発に変化しているのであるが。無感動は一個の人間存在全体の震えになっているのである。サドに言わせれば、《魂は一種の無感動の状態に入ってゆくのだが、この無感動はさらに快楽へ変容してゆく。弱さによって得られる快楽より何千倍も神的な快楽へ変容してゆくのだ》(3)」。

死と苦悩の勝利

私はブランショの一節をそっくり引用したかった。というのもこの一節は、存在《エートル》が単なる現存《プレザンス》以上のものになる中心点に光を投げかけているからである。現存はときとして衰弱した状態、中性的な段階にある。そこでは存在は受動的に存在への無関心になっている。いやすでに取るに足らぬものへの移行になっている。だが存在というのはまた存在の過剰でもあり、不可能なものへの上昇になるのである。過剰は、性の快楽が性の快楽自体を乗り越えて感覚的与件にもはや限定されなくなる段階へ人を導く。そこでは感覚的与件は無視しうるものになり、思考（精神のメカニズム）が性の快楽を指揮して存在全体を奪ってしまうのだ。このように過剰によって否定されなければ、性の快楽は束の間のものにすぎなくなる。軽蔑すべきものになり、性の快楽本来の位置、つまり倍加された意識の運動における至上の位置を保持することができなくなる。

小説のヒロインであるジュリエットの女放蕩仲間クレールヴィルが言うには、「私は、罪悪の効果が永遠に働いている、私がもう何もしていないときでさえ働いている、そういう罪悪を見つけ出したい。生きている限り一瞬たりとも、眠っているときでさえ、私が何らかの無秩序の原因になっていないときはなく、しかもこの無秩序が全世界の堕落と明白な混乱をもたらすほどに広まり、さらには私が死んだあともまだこの効果が続くような、そんな罪悪を見つけだしたい(4)」。

不可能なもののこのような頂きへ接近することは、じつのところ、エネルギーの度はずれの緊張のなかでのみ果たされるエヴェレスト登山と同じほどに恐ろしい。だがエヴェレスト山の頂きへ人を導く緊張のなかにあるのは、他の人々のあいだから抜きんでたいという欲望に対応した限定的な姿勢だけなのだ。サドが導入した他者否定の原理をもとにして、他者への無際限の否定は頂点では自己否定になると見てとるのは、奇妙なことかもしれない。じっさい、他者を否定することは、原則として自分を肯定することであった。だがすぐに明らかになってくるのは、無際限という特徴は、可能性の極限にまで、個人的享楽の彼方にまで押し進められると、いかなる衰弱からも解放された至高性を追い求めるようになるということなのである。権力への欲求は現実の（歴史上の）至高性を歪めてしまっている。だが現実の至高性は、至高性自体がなろうと欲しているものではない。現実の至高性は、せいぜいのところ、必要性への隷属から人間の生を解放することをめざした努力でしかない。他の人々に較べれば、歴史上の至高者〔君主〕は必要性のさまざまな要請を免れてはいた。忠実な臣下たちが与えてくれた権力のおかげで、最大限これを免れていた。君主と臣下たちとのあいだの忠誠関係は、臣下たちの従属と、君主の至高性に彼らがあずかるという原則とに基づいていた。だがサドが提示する至高の人間は、現実の至高性を持ち合わせていない。虚構の人物でしかないのだ。その権力はいかなる義務によっても制限されていない。もはや権力を与えてくれる臣下たちに対してこの至高の人間が守らねばならないような忠誠関係はないのである。だがサドの至高者は、他者たちに対して自由ではあっても、自分自身の至高性の犠牲者ではある。みじめな性の快楽を追求するという隷属性を、この至高者は自由に受け容れることができないのだ。身を落とすという自由がこの至高者にはないのである！　注目すべきことは、サドが完全なる不誠実から出発しながら最終的には厳格さに到達しているということである。サドは最も強烈な享楽に到達することしか欲していなかった。だがこの享楽には価値があった。すなわちこの享楽は、低次の享楽への従属を拒むということを意味していた。この享楽は、身を落とすことへの拒否だったのだ！　サドは、至高性が到達しうる頂きを他者のために、読者のために描いてみせた。侵犯の頂点に到達してやっと停止するという侵犯の運動が存在するのであるが、サドはこの運動を避けることができなかった。彼はこの運動の帰結、すなわち他者の否定と自分の肯定という最初の原則を超え出る帰結に至るまで、この運動に従ったのだ。他者の否定は、極限においては自分の否定になる。この暴力的な運動においては、個人的な享楽はもはや重要ではなくなる。ただ罪悪だけが重要なのだ。罪悪の犠牲者になるかどうかなど、どうでもよいことなのである。罪悪が罪悪の頂点に達するかどうか、それだけが大切なのである。この要求は個人の外にある。少なくともこの要求は、個人が始動させたにもかかわらず個人から離れ個人を乗り越えてゆく運動を、個人の上に位置づける。サドは、個人的なエゴイズムを超えて、いわば非個人的なエゴイズムを発動させないではいられなかったのだ。私たちは、虚構によってのみ彼が思い描くことができたものを、現実の可能性の世界へ戻すべきではない。だが私たちは、彼が自分の当初の原則に反して陥ってしまった必然性、すなわち罪悪を、侵犯を、個人的存在の乗り越えへと関係づけねばならなくなった必然性を見てとるのである。エゴイズムが、自ら点《つ》けた猛火のなかで焼き尽くされたいと欲するようになるその変化ほど人を当惑させるものはないのではなかろうか。サドは、自分の小説中の最も完成された人物の一人に、この至上の変化を体現させたのだった。

アメリーはスウェーデンに住んでいる。ある日、彼女はボルシャンに会いに行く……。ボルシャンは、残虐きわまりない死刑を期待して、陰謀（これを企んだのは彼本人だった）の参加者全員を国王に引き渡したばかりであった。この裏切りは若いアメリーを熱狂させた。

アメリーはボルシャンにこう言う。「私はあなたの残忍さが好きなのです。いつの日か私もまたあなたの犠牲者になれるって約束して下さい。十五歳のときから私の頭は、放蕩者の残虐な情念の犠牲になって死ぬと考えただけで熱くなるようになっているのです。さすがに明日死にたいとは思いません。私の常軌逸脱はそこまではいきません。けれども私は、そういう死に方でだけ死にたいと思っているのです。死んでゆくときに何かしら罪悪のきっかけになる、そう考えると私の頭はふらふらになるのです」。異様な頭だが、次のような返事にはふさわしい。「おれはおまえの気違いじみた頭が大好きだ。将来おれたちはものすごいことをしでかすような気がする」。「私の頭は腐りきっているのよ、きっと！」

このようなわけだからモーリス・ブランショによれば、「完全な人間、人間の全体であるようなこの人間にとって、悪の可能性などありはしない。というのも、この人間が他者に悪をなしたとしても、《何という快楽！》となり、また他者がこの人間に悪をなしたとしても、《何という喜び！》となってしまうからである。美徳はこの人間に快感を与える。

なぜならば、美徳は弱くて、この人間は美徳を踏みつぶすからである。悪徳もこの人間に快感を与える。なぜならば、この人間は悪徳に由来する無秩序から満足を得るからだ。たとえこの無秩序で自分が犠牲になっても、である。この人間が生きているあいだに、この人間の生に関することでこの人間が幸福と感じえない出来事は一つもない。死ぬときにも、この人間は自分の死からよりいっそう大きな幸福を引き出す。そして自分が滅んでゆくという意識のなかで、何かを滅ぼすという欲求によってのみ正当化される生が今まさに成就されると感じるのである。こうしてこの否定者は、この世界のなかで、自分以外のすべてのものを否定する極限的な否定として存在し、しかし同時にまたこの否定者自身も、この極限的な否定を免れることができないのである。たしかに、否定する力は、持続する限り、特権をもたらす。だがこの否定者がおこなう否定の行動こそが、巨大な否定の激しさに対する唯一の防御になっているのだ(5)」。

「巨大な否定の」というのは、非個人的な否定の、非個人的な罪の、ということだ！　それらの意味は、死を超えて、存在の連続性へ私たちを引き戻す！　サドの至高の人間は、私たちの悲惨さに対して、自分を超越する一つの現実〔キリスト教における天国〕を提示したりはしない。だが少なくともこの至高の人間は、その常軌逸脱のなかで、罪悪の連続性に自分を開いたのである！　この連続性は何ものをも超越しない。

この連続性は没落してゆくものを乗り越えたりしない。だがサドは、アメリーという登場人物のなかで、際限のない連続性を際限のない破壊に結合したのである。

第三論文　サドと正常な人間

快楽、それは逆説だ

サドの作品についてジュール・ジャナン〔一八〇四―七四、フランスの作家、アカデミー・フランセーズ会員〕はこう語った。(1)「そこにあるのは、ただ、血みどろの死体、母親の腕からもぎとられた子供、乱痴気騒ぎののちに喉をかき切られた若い女、血と酒でいっぱいの杯、前代未聞の拷問ばかりである。大釜を沸かし、拷問台を建て、頭蓋骨を割り、湯気の立ちのぼる皮膚を人体からはがし、叫び、ののしり、冒瀆の言葉をはき、胸から心臓をえぐりとる。こんなことが、毎頁、毎行、いつまでも書かれているのだ。ああ、何と疲れを知らぬ極悪人か！　処女作(2)〔『ジュスティーヌ』〕に登場するあわれな娘は、窮地に追いこまれ、絶望にうちひしがれ、弱りきり、殴られ、怪物どもによって地下室から地下室へ、墓地から墓地へ引きずり回され、打たれ、切られ、死の苦しみを味わわされ、焼き鏝で烙印を押され、押しつぶされる……。かくして著者は罪悪を極めつくし、もはや犯すべき近親相姦も残虐行為もなくなって、自分が短刀で刺し強姦した幾体もの死体の上で息をはずませている。教会という教会を汚《けが》し、子供も荒れ狂いながら殺し、世の道徳思想に対しても汚物のような自分の思想と言葉を投げつくして、この男はやっと動きをとめ、鏡に映る自分を見てはこれに微笑みかける。自分を恐ろしいなどとは思っていないのだ。それどころか逆に……」。

この残虐行為の進展は、これでもまだ全然めざすところに達していないのだが、少なくともサドが自らすすんで引き受けた相貌を、それにふさわしい言葉で表現してはいる。ジャナンの嫌悪感や感情の素朴さまでもが、サドの意図的な挑発に対応しているのだ。こうした見方をすると、私たちは、自分を快くさせるものは何なのか、じっくり考えてみることができよう。だが他方で私たちは、人間が何であるか、人間の条件、人間の限界が何であるかを知っている。つまり、人間はおしなべてジャナンと同じようにしかサドとその作品を判断することができないということを、私たちは前もって知っているのだ。ジャナンの憎悪を彼の愚かさ——あるいは彼の判断に与《くみ》している人々の愚かさ——のせいにしたところで無駄だろう。ジャナンの無理解は当然のことなのだ。人間一般の無理解なのである。彼の無理解は、力が不足しているときの人間の状態を、そしてまた脅かされているときの人間の気持ちを表している。サドの相貌は、欠乏と恐怖に動かされている人々が等しなみにもつ感情とは、明らかに一致しえないものなのだ。人間の通常の行為を決定している同情や不安——それに臆病も付け加えておかねばならない——と、サドの好色な登場人物たちの至高性を決定している情念とは、真っ向から対立している。だが彼ら登場人物たちの至高性はその存在意義を私たちの弱さに負うている。もしも不安げな、そしてまた優しくて臆病な人間の反応のなかに、変わることのない必要性（正確に表現するとこうなる）を見て取らなかったら、彼らの至高性に対する判断は誤ったものになる。つまり不安には理由があるということを、性の快楽自体が必要にしているのである。じっさい、もしも快楽に関係した不安が快楽の逆説的な面を露《あらわ》に見せなかったならば、もしも快楽を感じる人の目に快楽が支持できないものと映っていなかったならば、快楽はいったいどこにあることになるのか。

私はまずこうした真実、つまりサドが刃向かった見解の方の正当性を強調しておかねばならなかった。サドが反抗したのは、愚者や偽善者よりむしろ誠実な人間、正常な人間、ある意味では私たちすべてに相当する人間だった。サドは説得することよりも挑むことの方を欲していた。彼が可能性の限界に挑みかかって真理をひっくり返そうとしていた点を見て取らなければ、私たちは彼を誤認することになるだろう。サドの挑戦はあのような際限のない嘘であったし、また彼が攻撃した側の立場は揺るぎないものだった。そうであったからこそ彼の挑戦は、無意味で無価値で脈絡のないものにならなかったのである。サドが想像した《至高の人間》はただ単に可能なものを超え出ているだけではない。サドの思想は正しい人間の眠りを一瞬たりとも乱しはしなかったのだ。

このような理由で、サドについては、サドとは逆の常識の視点から、つまりジュール・ジャナンの視点から語るのが適当なのである。私はだから不安げな人に語りかける。その人の第一の反応は、サドのなかに自分の娘さえ殺しかねない殺人鬼を見て取るというものだ。

サドを称えれば、サドの思想を緩和することになる

しかしじつのところ、サドについて語ること自体が、どのようにしても逆説を呈してしまうのだ。暗黙のうちにであろうと公然とであろうと、私たちがサドの信奉者として振舞っているか否かなどということはこの際重要なことではない。罪悪の擁護者を称えることの方が、罪悪を直接称えることよりも、逆説が少なくなるということにはならないだろう。いや逆にサドを単純に称える場合に矛盾は増大しさえする。サドは、生贄を、感覚的な恐怖の世界から狂的で非現実的で純粋に輝かしい観念の次元へ移してしまうのだが、称讃というのは、そのように観念化された生贄を、さらに高い観念的な見地から取り扱ってしまうのである。

ある人々は、最も堅固な価値観を上下完全に転倒するという考えに心を熱くしてしまう。そういう人たちに向かって、これまで現れたなかで最も激しく価値観の転倒をおこなった人物であるサド侯爵は、また人類に最もよく役立っていた人物であったと陽気に言ってのけることは可能だ。彼らの見方によれば、私たちは死や苦痛を考えて震えあがるし（たとえそれが他者の死や苦痛であっても）、悲劇的なものや不浄なものが胸を締めつけるのだが、しかし私たちを恐怖させるその対象の方は、太陽と同じで、私たちがその輝きを見られず目をそらしたとしても、依然として輝き渡っている。これほど確かなことはないと彼らは考えているのだ。

たしかに次の点でサドは太陽に匹敵しうる。すなわち私たちの目が太陽の輝きに耐えることができないのと同じく、サドの相貌は彼の時代の想像力を魅惑したが、しかし恐怖させたのだ。この怪物が生きていると考えただけで、人々は憤激したのだ。これとは逆に、現代のサドの擁護者は同時代人からまったく真面目に受け止められていない。サドの擁護者の発言がわずかでも重大な結果をもたらすなどとは誰も思っていない。彼らのいちばんの敵対者になると、その発言に自慢話か厚かましい気晴らしを見て取る始末だ。サドを称えている人々は、じつのところ、現代の支配的道徳から遠ざかってはいないのであって、それゆえさらに彼らのサドへの讃辞はこの道徳を強固なものにすることに貢献してさえいる。この道徳を揺り動かそうとしても無駄だ、この道徳は思っていた以上にしっかりしているという印象を、彼らの讃辞は与えてしまうのだ。彼らの讃辞においてはサドの思想が、その根本的な価値を、すなわち理性的存在者の思想とは相容れないという価値を失っているがゆえに、彼らの讃辞は重大な結果をともなわないものになっているのである。

サドは、受け容れがたい価値観を主張するために止むことなく作品を書き続けた。彼の言うところを信ずるならば、生は快楽の追求であり、快楽は生の破壊に比例しているということになる。換言すれば、生は、生の原則を極悪非道なやり方で否定するときに最高の強度に達するということである。

一目瞭然だが、こんな奇妙な主張は、切先を鈍らせ、意味を抜き取り、取るに足らない輝きに還元したうえでなければ、とうてい一般には受け容れられない、いや一般に提示することすらできないだろう。じっさい誰が見ても分かるように、社会は一瞬たりともこの主張を真に受けて容認することはできないだろう。本当のところ、サドを極悪人とみなした当時の人々の方が、現代のサド礼讃者よりもサドの意向によく応えているのだ。サドは憤激にかられた抗議を求めている。そうした抗議がなかったならば、快楽の逆説は単に詩になってしまうだろう。それだから私は、もっぱら彼が憤らせた人々に向けて、彼らの視点から、サドについてこの章でもう一度語ってみたい。

前章の論文では私は、サドがどのようにして自分の想像力の過剰に一つの価値を与えるようになったかを語った。この価値とは、彼が見るところ、他者の現実を否定することによって至高に生じる価値のことである。

以下では、この価値が否定する他者にとって、この価値がとにもかくにもどのような意味を持っているのか、探ってゆくことにする。

神的なものは悪徳と同じほど逆説的である

不安を持つ人間はサドの言葉に憤慨するが、しかし他方で、このように破壊の暴力に結びついた強烈な生の原則と同じような内容のもう一つの原則、すなわち神性の原則を、それほど簡単に排除できずにいる。神性の原則は、どの時代、どの場所においても、人間を魅惑してきたし、圧倒してきた。人間は、神的なもの、聖なるものの名のもとに、一種の内的で秘められた活力を、本質的な熱狂を、あるいは対象を奪ってこれを火のように焼き尽くし、たちまちのうちに灰燼に帰せしめる暴力を認識してきたのである。この活力は伝染性のものとみなされ、一つの客体から別の客体へ移ってゆき、これを受け容れたものに死の毒気をもたらす。これ以上に重大な危険はない。だがたとえ生贄が、ある信仰の対象になっていて、崇拝の念へ捧げられていても、この信仰は、矛盾した面を持っているとただちに言っておかねばならない。たしかに宗教というものは、聖なる対象を称えようとし、破壊の原則を、権力の本質およびあらゆる価値の本質にしようと努めている。しかしその反面、宗教は、ある一定の領域を、踏み越えがたい境界によって正常な生の世界すなわち俗なる世界から分離させ、この一定の領域のなかに、破壊の原則の効力を閉じ込めておこうと配慮してもいるのである。

神的なものの暴力的で有害な面は、一般的には供犠の儀式のなかで明瞭になっていた。しばしばこの儀式は極端な残酷さを呈することがあった。赤く熱せられた金属製の怪物に子供を捧げたり、柳の枝でできた巨像のなかに人間の生贄をぎゅうぎゅうづめに入れて火を放ったり、祭司が生きた女たちの生皮をはがし、血のしたたるままそれを身にまとったりしていたのだ。このような残虐行為の追求は稀であったし、供犠に不可欠であったわけでもなかったが、しかし供犠の意味を示してはいた。イエスの十字架刑でさえも、盲目的にではあるが、キリスト教の意識をこの神的な次元の恐ろしい性格に関係づけている。神的なものは、その第一の原則たる焼き尽くし破壊する必要性が満たされたあとはじめて、守護神的になるのである。

以上のような事実をここで列挙しておくのは適切なことだ。というのも、これらの事実はサドの夢想について有利な例証になっているからである。誰もこれらの事実を容認しうるものだとは思っていない。だがいかなる理性的人間も、これらの事実が何らか人類の要求に対応していたことを認めねばならない。いやそれどころか、過去を眺めてみるならば、この要求の普遍的で至高な性格を否定することはなかなかできないことなのだ。他方で、残虐な神々に仕えていた昔の人々は、これらの神々による被害を宗教的な領域内にはっきり限定しておこうとしていた。彼らはけっして生の必要性を軽蔑していなかったし、それによって秩序づけられる規則正しい世界を軽蔑することもなかった。

したがって、供犠による破壊行為については、私が最初にサドに関して示した難点、すなわち不安げな生と強烈な生との対立は、昔は解決を得ていたと言える。すなわち不安げな生と強烈な生、言い換えれば、合理的に縛られた活動とそれからの解放は、宗教的な事業のおかげで、相互に守られた状態に置かれていた。有益な活動に基づく俗なる世界、この世界がなければ生活も焼尽する財もなくなってしまうのであって、それゆえこの世界の存続は規則正しく確保されていた。逆の方の生の原則も、その破壊的な効果を減ぜられることなく、聖なる存在の感覚と結びついた恐怖の感情のなかで、価値を認められていた。不安と喜悦、死と強烈な生は、祝祭のなかで合成されていた。すなわち恐怖が生の解放の意味を示し、焼尽が有益な活動の目的とみなされ続けていた。そしてこれら対立し相容れない生の二つの原則がこのように組み合わされても、両者のあいだには安易な移動はけっして起きず、安直な混同もまったく生じていなかった。

正常な人間は、神的なものの逆説、エロティシズムの逆説を病的とみなす

以上のような宗教的次元の考察には、しかしそれなりの限界がある。たしかにこうした考察は正常な人間を対象にしているし、正常な人間の視点からなされうる。しかしそれでもこの考察は、正常な人間の意識の外にある要素を問うているのだ。近代人にとって聖なる世界は曖昧な現実なのだ。この世界の存在を否定することはできないし、さらにこの世界の歴史を描くこともできる。しかしこの世界は把握可能な現実ではないのだ。じっさい、この世界の基礎となっている供犠などの人間の諸行為は、どのような条件のもとでおこなわれていたか私たちにはもはや明示されていないように思われるし、これらの行為のメカニズムも意識から遠ざかっている。たしかにこれらの行為は認知されているし、歴史上存在したという真実性を私たちは疑うことができない。さらには、これらの行為が、すでに私が述べたような、見たところ至高で普遍的な意味を持っていたという事実も私たちは疑うことができない。だがこれらの行為に耽っていた当の人々はまず間違いなくこの至高で普遍的な意味を知らなかったし、私たちもこの意味についてははっきりしたことは何も知らないのである。決定的に認められた解釈なども存在しない。私たち近代の理性的人間は、自然の厳しさと不安感とから、合理的に計算する習慣を身につけてしまったため、これらの行為が対応していた現実のうち、そうした近代の限定に即した面にしか関心を持てない

のである。過去の恐ろしい宗教的行為の理由を把握していない以上、どうやって理性的人間に、この行為を正確に考量することなどできようか。たしかに理性的人間は、サドが想像した事柄を厄介払いするときと同じほど容易にこの宗教的行為を切り捨てることはできない。だが他方で理性的人間は、飢えや寒さのように、合理的活動を要請している事柄と同じ次元にこの宗教的行為を置くこともできない。というのも神的なという言葉が指し示しているものは、食べ物や熱と同一視できないからだ。

一言でいえば、理性的人間はこのうえなく意識的であるため、宗教的次元の事柄はただ外的にしかこの人間の意識に働きかけず、この人間はしたがって宗教的次元の事柄を不承不承認めているにすぎないのである。理性的人間は、宗教的事柄がかつて実際に持っていた権利を、過去に関しては認めざるをえなくなっているのだが、現在が問題になるときには、宗教的事柄の恐ろしい面が取り払われていなければ、この事柄にほんの少しの権利も与えないのである。今や私は次のように付言せねばならない。すなわちサドのエロティシズムは、ある意味で、昔の宗教的要求よりもずっと容易に意識に焼き付く、と。じっさい今日では、悪事を働きたい、人を殺したいという欲求と性欲とを結合する衝動が存在していると、誰しも認めているだろう。たとえばサディスティックと呼ばれる本能は、ある種の残虐行為を説明する手段を正常な人間に与えている。それに対し宗教は、常軌逸脱に関する説明にすぎなくなっている。サドはしたがって、この本能をみごとに描きだしてみせながら、人間が自分自身に対して徐々に持つ意識、哲学の用語によるならば自己意識に貢献したのだと思われる。サディスティックという広く世の中に用いられている言葉一つだけですでにこの貢献の顕著な証拠になっている。その意味では、私がジュール・ジャナンの名とともに提示した正常者の視点は変化したと言える。たしかに、不安げで理性的な人間の視点であることに変わりはない。だがこの視点はもはやサドという名が意味しているものをきっぱりと遠ざけたりしなくなっている。『ジュスティーヌ』と『ジュリエット』が描きだす本能は今や市民権を得ている。現代のジャナンたちはこの本能を承認している。彼らはこの本能を前にして顔を覆うことはやめ、この本能を理解する可能性を憤りのなかへ捨て去ることをしなくなっている。とはいえ彼らは、この本能を病的な存在として認めているにすぎないのだが。

かくして宗教史学は、意識をほんのわずか、サディズムの再検討に差し向けただけだった。逆にサディズムの定義の方は、宗教的な事柄のなかに、説明しがたい奇妙さとは別のものを想定することを可能にした。この別なものとは、サドが自分の名を与えた性の本能、サディスティックな本能のことだ。この性の本能は、ついには供犠の恐ろしい行為を説明するまでになった。ただしそのおかげで供犠全体が一般に病的なという名のもとに恐怖のレッテルを貼られるようになったのだが。

すでに述べたように私は、正常人のこうした視点に反対しようとは思っていない。耐えがたいことを耐える逆説的な能力については、今は問題にしないでおこう。誰だって、『ジュスティーヌ』と『ジュリエット』の主人公たちの残虐さは根底から憎悪されねばならぬほどのものではないなどと主張したりしないだろう。彼ら主人公たちの残虐さは、人類が拠って立つ原則への否定なのだ。私たちは、その目的が私たちの労働の成果の破壊となっていることを、何らかの仕方で排除しなければならない。もしも本能が、私たちをして、私たちが築いたものを破壊するようにかりたてるならば、私たちはこの本能を断罪しなければならないし、またこの本能から自分を守らねばならない。

だがそれでも疑問はわいてくる。この本能がめざしている否定を完全に避けることははたして可能なのだろうか。この否定ははたして私たちの外部から生じているのだろうか。つまり人間にとって非本質的で治癒可能な病気ゆえに生じているのだろうか。あるいは排除することが原則として可能であり必要である個人や集団ゆえに、要するに人類から取り除くべき要素ゆえに、生じているのだろうか。あるいは逆に、理性、有用性、秩序の名のもとに人類を築いてきたものを否定してしまう削除しがたい力を、ほかならぬ人間自身が自分の内部に持っているということではないのだろうか。私たちの生は、生の原則への肯定であると同時に、宿命的に、生の原則への否定にもなっているのではないだろうか。

悪徳は人間の深い真実であり、人間の心である(3)

私たちはサディズムを自分の内部に、瘤《こぶ》のように宿しているのかもしれない。この瘤は、かつては人間的な意味を持っていたが、今はもう持っておらず、自分の内部においては禁欲によって、他人においては懲罰によって思いのまま簡単に取り除くことができるとみなされている。これは、外科医が盲腸を、産科医が分娩を、人民が王を、扱うやり方に似ている。だがそうではなくて問題になっているのは逆に、人間の至高で削除しがたい部分、それでいて人間の意識から逃れてしまうような部分なのではないだろうか。一言でいえば人間の心が問題になっているのではないだろうか。ここでいう心とは、血液の器官のことではなく、心臓という臓物によって象徴される内面の原則であり動きに満ちた諸感情のことである。

サディズムは削除可能だとする第一の場合、理性の人間は、自分の存在、行為を正当化されるようになるだろう。そうして彼は、安楽な生活のための諸道具を際限なく作りだし、自然全体を自分の法則に帰順せしめ、戦争や暴力から遠ざかり、それまで執拗にこの人間を不幸に結びつけてきた宿命的な性向にもはや心をわずらわされなくてすむようになるだろう。この性向は、改めねばならない、そしてまた改めることの容易な悪習にすぎなくなるにちがいない。

第二の場合、この悪習の除去は、人間の存在の最も重要な点に関わるということになる。このことについての命題は正確に表現される必要がある。この命題はきわめて重大なものであって、一瞬たりとも曖昧なままに放置しておくことはできない。

第一にこの命題は、人類のなかに、抗いがたい過剰があることを想定する。この過剰は、破壊へと人類をかりたて、しかも人類を、生まれ、成長し、存続に努めるあらゆるものに対するこの破壊と、不可避で絶えることのないこの破壊と協調するように仕向けるのである。

第二にこの命題は、この過剰およびこの協調にいわば神的な意味合いを、より正確には聖なる意味合いを与える。すなわち私たちの内部には、焼き尽くしたい、滅ぼしたい、自分の財を炎に変えたいという欲望があり、一般的にこの焼尽、破壊、炎は私たちに幸福感を与えるのであるが、まさにこの焼尽、破壊、炎こそ私たちには神的で聖なるものに見えるのであり、唯一それらだけが、私たちの内部で至高の態度を決定しているのである。至高の態度とはすなわち無私無欲で、役立たずで、ただこの態度自体にしか仕えず、将来の成果などには絶対に従属しない態度のことだ。

第三にこの命題は次のように主張する。すなわち、理性の第一の運動が至高の態度を排除してしまっているのだから自分は至高の態度とは無関係だと思っている人々は、もしもこの原則と正反対の仕方でときどき活動しないなら、衰弱して、全体として老人の状態に近い状態に陥ることになるだろう（今日、完全にではないがそういう事態が生じつつある）、と。

第四にこの命題は、現代人——もちろん正常な人間である——にとっての必要事と関係している（バタイユは第三次世界大戦の可能性とその回避を考えている）。その必要事とは、破壊的な諸効果を制限するために、自己意識に到達して、自己意識が至高な仕方で何を渇望するのかしっかり認識しなければならないということである。つまり、自分の気に入るのならばそれらの破壊的効果を自由に使ってもよいが、しかし自己意識が望む以上にはもうそれらの効果を再現してはならず、自己意識が耐えられなくなったならば断固それらの効果に反対すべきだということである。

人間の生の二つの極限的な様相

上記の命題は、次の点で、サドの挑発的な主張と根本的に異なっている。すなわちこの命題は、正常な人間の思想だと自称することはできないが（正常な人間はふだん逆のことを考えている、つまり暴力を除去可能だと思っている）、正常な人間の合意を得ることは可能であり、もしも正常な人間がこの命題を受け容れたとしても、彼らはこの命題のなかに自分の視点と和解しえないものは何一つ見出さないはずである。

ところで、これまで語ってきた生の二つの原則を今、それらの最も顕著な結果において眺めてみると、私は、いつの時代でも人間の表情には表裏二つの面があることに気づかないではいられない。二つの原則の一方の極限においては、生は根本的に誠実で、規則に従っている。労働、子供の世話、親切さ、公正さが人間関係を律している。だが他方の極限では暴力が情け容赦なく猛威をふるっている。状況が変わると、同じ人間が略奪をし、火を放ち、人を殺し、強姦を犯し、拷問をおこなう。過剰が理性に対立するようになるのだ。

この二つの極限が、文明と野蛮（あるいは野性）という言葉と重なっている。だがこれらの言葉の使用は、一方に文明人がいて他方に野蛮人がいるという発想に結びついていて、間違っている。じっさい、文明人が話し、野蛮人は沈黙し、話している者はつねに文明人だというのである。いやもっと正確に言うと、言葉は、定義上、文明化した人間の表現であり、暴力は沈黙しているというのだ。こうした言葉の偏重は多くの重大な結果を惹き起こす。すなわち長いこと文明人は《私たち》を意味し、野蛮人が《他者》を意味してきたばかりでなく、さらに文明と言葉は、まるで暴力が外部にあるかのように、つまり暴力が文明からだけでなく人間それ自身からも無縁であるかのように（人間は言葉と同じものであるのだからというわけだ）みなされて成立するようになったのである。だが、よく観察すれば分かることだが、同じ民族が、いや多くの場合、同じ人間が、野蛮な態度と文明的な態度を続けて示したりする。他方、未開の人間でもみな言葉を話すし、話しながら、文明的生活を築いた公正さ、親切さへのあの合意をはっきり示している。逆に野性の余地のない文明人などいはしない。リンチの習慣は、今日、文明の頂点にいると自称している人々の所行なのである。もしも言葉が追い込まれたこのような袋小路から言葉を救出したいと思うのならば、次のように言っておく必要がある。すなわち暴力は、人類全体の所行であるにもかかわらず、原則として発話しないまま存在してきた、と。そして人類全体は暴力について何も語らないことで結果的に嘘をついているのであり、言葉はこの嘘の上に立脚している、と。

暴力は沈黙し、サドの言葉は逆説である

通常の言葉は暴力を表現することを拒んでいるし、暴力に不当で邪悪な存在しか認めていない。通常の言葉は、暴力からいかなる存在理由も、いかなる弁明も取り上げて、暴力を否定している。よくあるように暴力が生起しても、それはどこかに過ちがあったからだということになってしまう。同じようなことは遅れた文明の人々のあいだにも見られる。彼らは、死が生起するのは誰かが魔術か何かで死の犯罪を犯したからだと考えるのだ。先進社会における暴力も、後進社会における死も、嵐や河の氾濫のように単に生じたという

ふうには思われていない。もっぱら過ちによって起きたと思われている。
だが沈黙の方は、言葉が肯定しえないものを排除したりしない。暴力も死も除去しえないものなのだ。たとえ言葉が策を弄して、普遍的な無化、時間のあの静かな作業を包み隠しているにしても、そのことで苦しんだり限界を与えられているのはもっぱら言葉の方なのであって、時間でもなければ暴力でもない。

暴力は、文明人によって無益で、しかも危険だとみなされて、理性的に否定されたのだが、しかしこの理性的な否定は自分が否定した当のもの、つまり暴力を排除できているわけではない。これは、未開人による死の非理性的な否定の場合も同様だ。しかし他方、暴力を表現することは、すでに私が述べたように、二つの反対にぶつかる。一つは、暴力を否定する理性の反対、もう一つは、暴力自体の反対だ。ただし暴力は、自分に関する言葉を沈黙のうちに軽蔑するだけに留まっているのだが。

むろん、この問題を理論的に考察することは難しい。だから私は具体的な例をもちだすことにする。思い出すのだが、ある日私は、ナチの強制収容所に抑留された人の書いた話を読んで意気消沈してしまった。だが私は逆の立場の話、つまりこの証人が見ていた、暴力をふるう刑吏の話を想像してみた。私は、ろくでもない書き手を想像し、彼の書いた次のような文章を読んでいる自分を想像してみた。「おれはののしりながら、やつに飛びかかったんだ。やつは後ろ手に縛られ、答えられずにいるので、おれは力まかせにやつの顔面をなぐってやった。やつは倒れたよ。くたばるまで、おれはやつを蹴飛ばした。胸がむかついたので、やつの腫れあがった顔につばを吐いてやったんだ。おれは大笑いを抑えることができなかった。死人を辱しめてやったんだから」。この数行の光景は無理に作られたものではあるが、しかし残念ながら、本当にありえそうな気もしてくる……。だが刑吏がこんなふうに書くことはおそらくないだろう。

原則として、虐待者〔刑吏〕は、既成の権力の名のもとに暴力を行使していても暴力の言葉は用いない。権力の言葉を用いる。権力は、表向き虐待者を許し、正当化し、虐待者に高い存在理由を与える。暴力をふるう人は、沈黙しがちであり、ごまかしの手段を甘んじて用いる。ということは、逆に見れば、ごまかしの精神は、暴力に向けて開かれている扉だということになる。人間が拷問を加えたいという欲求を持っている限り、合法的な虐待者の職務はそのための安直な手段になる。虐待者は、その職務に就いているときには、他の人々に国家の言葉を語る。そしてまた虐待者が情念の支配下にあるならば、彼は陰湿な沈黙に耽り、この沈黙は彼にふさわしい唯一の快楽を提供することになる。

サドの小説の登場人物たちは、私が先に気ままに表した刑吏の態度とはやや異なる態度をとっている。文学は、たとえ日記という控え目な体裁においても人間一般に語りかけているものだが、彼らサドの登場人物たちはそうではない。彼らは内輪で話している。サドの小説の拷問を好む放蕩者たちは仲間相互で語りあっている。それでいて彼らは長広舌に耽って、自分たちが正しいことを証明しようとしているのだ。彼らは、多くの場合、自然に従っていると思っている。自分たちが自然の法則に従っていると自慢する。だが彼らの見解は、サドの思想に対応しているとはいえ、いつも矛盾なく一貫しているわけではない。ときたま、彼らは、自然への憎悪にかりたてられたりする。しかしともかく彼らが肯定しているのは、暴力、過剰、罪悪、拷問の至高の価値なのだ。彼らはそのようにして暴力の本性たるあの奥深い沈黙に背いている。暴力は、自分が存在しているとはけっして語らないし、存在の権利をけっして主張しないし、いつも存在していると言わずに存在しているのである。

サドの作品は破廉恥で残酷な所行の話で形成されているのだが、暴力に関する長広舌が絶えずこの話を中断している。この長広舌は、しかしじつのところ、これらの作品が捧げられている暴力的な登場人物たち自身の長広舌ではないのだ。もしもこのような人物たちが本当に生きていたとしたら、彼らはおそらく沈黙したまま生きていただろう。あの長広舌はサド自身の言葉なのである。サドは、他者に語りかけるために、この手段をとったのだ（ただしサドは他者を、矛盾のない一貫した論証《ディスクール》に、論理に、連れ戻そうと真に努力したわけではまったくない）。

したがって、サドの態度は刑吏の態度と対立している。それとは正反対ですらある。サドは、自分が文章を書いているのに、ごまかしを嫌って、登場人物たちがごまかしをおこなっているようにしたのだ。こんな人物たちは、実際にいたら、ただ沈黙することしかできなかったはずなのである。サドは彼らを利用し、他者へ向けて逆説に満ちた論証を送り届けようとしたのである。

　サドのこうした振舞いには根本的に曖昧なところがある。サドは語っている。しかし彼は、沈黙した生の名のもとに、つまり不可避的に言葉のない完全な孤独の名のもとに語っている。サドは孤独な人間の代弁者になっているのだが、この孤独な人間は、他の人間たちのことなどいっこうに念頭に入れていないのだ。この人間は、その孤独ぶりにおいて、至高の存在者になっている。けっして自分のことを釈明せず誰に対しても釈明する義務を負うていない至高の存在者になっている。自分が他者に加える危害の仕返しを恐れて、行動を停止するようなまねはぜったいしない。この人間は単独であり、他の人々が彼ら共通の弱い気持ちから取り結ぶ相互のつながりのなかには断じて加わらない。これには極限的なエネルギーが必要なのだが、今問われているのはまさに極限的なエネルギーなのである。モーリス・ブランショは、このような精神的な孤独の帰結を描きだそうとして、徐々に全面的な否定へ行き着く孤独者に言及している。ここでいう全面的な否定とは、まず自分以外のすべての人を否定することであり、次いで、恐ろしい論理の展開だが、自分自身を否定することだ。この窮極の自己否定において、犯罪者は、自分が惹き起こした罪悪の洪水の犠牲になって滅んでゆきながら、さらになお罪悪の勝利を享楽するのである。いわば神格化された罪悪が、ついに犯罪者自身に対して収める勝利を享楽するのである。暴力は、論証のいかなる可能性をも終焉させる、このような気違いじみた否定を内包しているのだ。

だが、サドの言葉は一般の言葉ではないと人は言うだろう。たしかにサドは、誰でもいいそこらの人間に語りかけているのではない。彼は、人類のなかにありながら非人間的な孤独に到達しうる、数少ない人々に言葉を差し向けていたのだ。語る人は、いかに無分別であっても、語っている以上、他者の否定が強いた孤独に背いたことになる。暴力自体は、他者へのあの誠実さとは反対のものである。論理、掟、言語の原則は、この他者への誠実さにほかならない。

結局、逆説に満ちたサドの怪物じみた言葉をどのように定義したらよいのだろうか。

この言葉は、語る人と語りかけられる人々とのあいだの関係を認めない言葉なのである。真の孤独においては、何ものも、誠実さの体裁すら持つことができないだろう。サドの言葉はある程度誠実な言葉なのだが、真の孤独においては誠実な言葉のための場などなくなってしまうのだ。サドが言葉を用いていたのは逆説に満ちた孤独のなかでのことであり、それは孤独に見える外観とは異なっていた。つまりこの孤独は、人類から切り離されていたいと望み、人類を否定することに孤独自体を捧げているのだが、それでもまさに人類の否定にこの孤独は、孤独自体を、捧げているのである。過剰な生と終わることのない獄中生活とによってサドは孤独者になった。この孤独者のごまかしには、いかなる限界も与えられていなかったのだが、ある一点は別だった。すなわちサドは、人類に対して自分がおこなった否定を人類には負うていなかったが、しかし少なくとも自分自身には負うていたということである。ただし私には、最終的に人類とサド自身のあいだに相違があるようには見えないのだが。

サドの言葉は犠牲者の言葉である

次の様相は衝撃的だ。すなわちサドの言葉は、虐待者の偽善的な言葉とは正反対の極限にあって、犠牲者の言葉になっているということである。サドはこの言葉を、バスティーユ監獄で、『ソドムの百二十日』を書いているときに作りだしたのだ。彼はこのとき、残酷な刑罰に苦しむ人と刑罰を決定した人たちとの関係を、他者たちとのあいだに持ったのである。暴力は沈黙していると私は先に語った。だが自分が不当と思う理由で罰せられた人間は、沈黙しているわけにはゆかない。沈黙していれば、刑罰に同意したことになってしまうだろう。多くの人は、無力さゆえに、憎しみまじりの軽蔑に甘んじてしまう。サド侯爵は、獄中で反逆したのであって、この反逆を自分のなかで語らせておかねばならなかった。彼は語ったが、この語るということこそは唯一暴力がおこなわないことなのだ。彼は反逆して、自分を守らねばならなかった。いやむしろ攻撃しなければならなかった。言葉が属する道徳的人間の土壌で戦闘を模索しなければならなかった。言葉は刑罰を作りだす。しかしまた言葉だけが刑罰の正当性に異議申し立てできるのだ。サドの手紙を読むと、彼が懸命に抵抗しているのが分かる。彼は「事件」が取るに足らぬものであったと言い立てたり、彼の周囲の人々によって提示された刑罰の理由が偽りだと書いている。そして刑罰は彼を改心させるどころか、逆に彼を完全に堕落させると言い張っている。だがこうした抗議は表面的なものだ。じっさい彼は、いっきょに議論の核心に迫ったのだ。彼は、自分への訴訟とは逆に、自分を断罪した人々への訴訟を、神への訴訟を、そして一般的に、性の快楽の猛威に対置された制限への訴訟をおこなったのである。そしてそのまま彼は、宇宙を、自然を、自分の情念の至高性に対立するすべてのものを、攻撃するまでになったのである。

サドは、自分自身の見方で、他者を前にした自己正当化をおこなうために語った

こうしてサドは、残酷な処罰を受けるたびごとに、虚偽を拒絶しながら、あの常軌を逸した事態へ導かれていった。すなわち彼は、暴力に自分の孤独な声を与えたのだ。彼は、監獄に閉じこめられていたが、自分自身に対して自己正当化をおこなっていた。しかしだからといって、彼のこの声は、通常の言葉の要求よりも暴力の固有の要求の方にふさわしい表現を受け取るようになったというわけではない。

自分の孤独な声を暴力に与えるという途方もなく異常な試みは、語ることで孤独を忘れようとしていたサドの意図に応えることはできなかった。たしかにサドは、彼以前の誰よりも真に自分を孤独へ強いたのだったが、しかし結局、孤独を裏切っていたのだ。他方、一般共通の必要事を体現している正常な人間からすると、サドの語っていることは、当然、理解できないものだった。彼の弁明は意味を認められなかった。その結果、孤独を教える彼の膨大な作品は、さらにまた孤独のなかで教えることになったのだ。一世紀半が過ぎてやっと彼の教えは世に広まった。ただし私たちがこの教えの不条理さをまずもって見て取らないのだったら、この教えは依然、真に理解されえたことにはならないだろう！人間がこぞって否認すること、そして胸をむかつかせること、ただそれだけがサドの思想にふさわしい結果たりうる。とはいえこの否認はサドの本質的な点を、少なくとも残存させている。それに対し、今日少数の人たちがおこなっているサド礼讃は、サドを神聖化するよりもさらに悪く、サドの本質を無視することになっている。というのもサド礼讃は、好色漢の孤独へ人を差し向けないからである。たしかに礼讃者たちの目下の矛盾は、サド自身の矛盾の延長線上にある。しかしそれだからといって私たちは、孤独な暴力と言葉との矛盾、この袋小路から抜け出ているわけではない。私たちは、袋小路に意識を向け、断固として謎を見抜く決意でなければ、到達困難な孤独という別世界からやってくる声を理解することはできないだろう。

サドの言葉は私たちを暴力から遠ざける

私たちはついに窮極の困難を意識する。サドによって表現された暴力は、暴力を、暴力でないものに変えてしまった。暴力の反対物とまで言うべきものに、つまり暴力への反省され合理化された意志に変えてしまったのだ。

サドの物語をことあるごとに中断している哲学的な長広舌は、作品の読解をとことん疲弊させるものにしている。サドを読むためには、忍耐心、忍従が必要だ。他者の言葉、サド以外のすべての人の言葉とこれほど違うのだから、この言葉には最後まで同道する価値があるはずだと自分に言いきかせねばならないのである。この単調な言葉は、そのうえまた、人を圧倒する力を持っている。私たちは、昔の旅人が目のくらむ高さの岩山の前で不安にかられたのと同じく、サドの作品を前にして不安にかられてしまう。私たちは、そこから目をそらせたい衝動に襲われる。だがしかし！　この恐ろしさは、私たちのことなど無視しているとはいえ、存在している以上、何かしら私たちに提示される意味を持っているのではないだろうか。山々は、私たちにとって、迂回してはじめて魅力を表すことになる。サドの作品も同じだ。しかし人類はどうみても高い山々の存在のなかには組み込まれていない。それに対し、サドの作品のなかには人類が巻き込まれていて、サドの作品の方も人類がいなければ無に帰してしまうのである。たしかに人類は、狂気に属するものを自分自身から切り離している……。だが狂気の排除は、安直でお定まりの態度でしかなく、反省の対象にならざるをえない。が、いずれにせよサドの思想は狂気には還元できないものなのだ。サドの思想は、過剰、めまいのするような過剰であるにすぎない。ただしそれでいてサドの思想は、私たち自身の本性の極端な頂点になっている。私たちは、自分自身から目をそらさずしてこの頂点から目をそらすことはできない。私たちは、この頂点に近づかないまま、この頂点へ至る斜面をよじのぼる努力もしないまま、あたかも怯えた亡霊のようになって生きている。私たちは、ほかならぬ私たち自身を前にして、震えているのである。

あの長広舌に話を戻そう。犯罪的な放蕩の物語を中断し遮る長広舌、それでいて犯罪的な放蕩者は正しい、彼だけが正しいと、延々証明するあの長広舌に、だ。あれらの分析と推論、古代の習慣や野蛮な習慣への博学な言及、攻撃的な哲学の諸逆説は、その疲れを知らぬ執拗さと一貫性のない無遠慮ぶりにもかかわらず、私たちを暴力から遠ざけてしまう。というのも、暴力とは錯乱であり、錯乱はまた、暴力が私たちにもたらす性の快楽の荒れ狂いと一体化するからである。もしも私たちがこの荒れ狂いから何か知恵を引き出そうとするならば、私たちはもはや、この荒れ狂いへ私たちを溺れさせるあの暴力の激流を期待できなくなる。暴力は、エロティシズムの魂であるのだが、じつのところ、最も重大な問題の前に私たちをこのように放置しておく。要するにこういうことだ。規則正しい流れの活動に従っていると、私たちは意識的な存在になる。つまり私たちの内部で一つ一つの事物が鎖のようにつながり、その連鎖のなかでそれぞれの事物は明瞭になり、それ自身の意味が理解可能になってゆく。だがまさしくこの連鎖を、暴力によってかきみださなければ、私たちは逆の方向へ、すなわちエロティシズムの過剰で理解不可能な噴出へは帰ってゆけないのである。このように私たちの内部には、私たちが最も望ましいと一般にみなしている至高の迸《ほとばし》りがあるのだが、それはしかし、各事物がつらなる明晰な意識からは逃げていってしまうのだ。結局、人間の生は、結合することがけっしてない異質な二つの部分から成り立っているのである。一方は理性的な部分で、その存在意義は有益な、ということはつまり従属的な目的によって与えられている。この部分は意識に現れる部分である。他方は至高の部分である。機会あるごとにこの至高の部分は、先の理性的な部分を混乱させて形成される。この至高の部分は暗くて不分明だ。いやむしろ、明瞭であるのだが、人間の目をくらませるほどに明るいのである。いずれにせよ、この部分は意識から逃れてしまう。したがって、問題は二つの側面を持っている。つまり意識は自分の領域を暴力へ広げようと欲している（意識は、人間のこれほどに重要な部分が意識自身から逃げてゆくのをやめさせたいと思っているのだ）。他方で暴力も、暴力自身を越えて、意識を探し求めている（暴力の達した喜びが反省され、そうやって喜びがより強烈に、より決定的に、より深くなるためにである）。だが私たちは、暴力的になると意識から遠ざかるし、また同様に、私たちの暴力の衝動の意味を明瞭に把握しようと努めると、暴力が命じるあの至高の錯乱と陶酔から遠ざかってしまうのである。

サドは、暴力をよりいっそう享楽するために、暴力のなかに意識の冷静さと節度を持ち込もうと努力していた

シモーヌ・ド・ボーヴォワール[4]（一九〇八—一九八六）は、何一つうやむやにしない丹念な論文のなかで、サドについて次のような見解を述べている。「とくにサドを特徴づけているものは、肉欲のなかに埋没せずに肉欲を遂げようと専念する意志の緊張である」。もし《肉欲》という言葉をエロティックな価値を帯びたイメージで用いるのなら、ボーヴォワールの言うことは本当であるし、動かせないことですらある。明らかにサドは、肉欲を達成する目的でだけ自分の意志を緊張させていたのではない。エロティシズムが動物の性活動と異なるその違いは、性欲で興奮した人間においてさえ、理解可能なエロティックなイメージが、個々別々に明瞭になった事物たちとともに立ち現れてきている点にある。要するにエロティシズムは意識的な存在の性活動なのだ。であるにもかかわらず、やはりエロティシズムは、その本質において私たちの意識から逃げてゆくのだ。サドが自分を興奮させるイメージを何とか物体化しようと絶望的な努力をしていることを示すために、ボーヴォワールは的確にも、私たちに詳細な話が伝わっている（法廷で証人たちが語ったのだ）唯一の放蕩における彼の行状を引き合いに出している。ボーヴォワールが言うには、「サドはマルセイユで人に自分を鞭打たせたのだが、ときどき彼は、暖炉の方へ走っていって、自分の受けたばかりの鞭打ちの回数をナイフで刻み印した(5)」。他方、サド自身が書いた物語のなかにも、身体測定の記録が溢れている。しばしば男根がどれだけの長さで、どんな形状か記されているし、ときには性の相手方が乱痴気騒ぎのなかで男根の寸法を測るのに打ち興じていたりする。登場人物たちの長広舌は、たしかに私がすでに指摘したとおり、逆説的な特徴を持っている。彼らの長広舌は罰せられた人間の自己正当化なのだ。そこからは真正の暴力の何かが消えている。だがサドは、この重苦しさ、この遅さと引き換えに、結局のところ意識を暴力に結びつけることに成功している。意識のおかげでサドは、あたかも事物が問題になっているかのように、自分を錯乱させる対象について語ることができたのである。そればかりではない、暴力の動きを遅くするこの迂回策のおかげで、彼は、暴力をよりいっそう享楽できるようになったのである。たしかに性の快楽の急流はすぐには生じえなくなったが、しかしただその到来が延期されただけだったのだ。そして恐れを知らない意識がまさに恐怖で動転して、快楽に持続的な所有感を付与するようになったのである。幻想の視界のなかで、永遠の所有感さえ付与するようになったのである。

サドの倒錯という迂回路を経て、暴力は最終的に意識へ入ってくる

ある意味でサドの作品は、暴力と意識の二律背反を明示したと言える。だが彼の作品の独特な価値はむしろ、人々がそれまで、言い逃れや急場しのぎの否定を探しながら、ほとんど目をそむけてきたものを意識のなかへ入れようとめざしているところにある。彼の作品は、暴力についての省察のなかに、意識の特性たる遅さと観察の精神を導入している。

サドの作品は、サド本人に加えられた罰がいかに不当であるかを立証するために、精力的に効果を追求しながら、論理的に展開されている。

少なくとも以上が、とりわけ『ジュスティーヌ』初稿を作り上げている本源的な動きに

ほかならない。

私たちはこのようにして、理性の平静さを持つ暴力に到達する。もちろん暴力が完全な非理性を望むのなら、暴力はただちにそれを取り戻すことになる。というのも、完全な非理性がないのなら、性の快楽の爆発など起きはしないからだ。しかし、望みもしない監獄生活の惰性のなかにあると、暴力は、認識と意識の根源にあるあの明晰な眼差しとあの自由な自己決定を、思う存分に活用するようになるのである。

サドは、監獄のなかで二つの可能性を自分に切り開いた。一つは精神上の醜悪さに対する好みで、彼はこの好みをおそらく他の誰よりも遠くへ押し進めたのだ。と同時に彼は、認識への貪欲さの面で、自分の時代の際立った人々のなかに数えられるほどにこれに従ったのである。

モーリス・ブランショは、『ジュスティーヌ』と『ジュリエット』についてこう述べている。「いつの時代のどの文学にも、これほどに人を憤慨させる作品は存在しないと認めてもよいだろう……」。

じっさい、サドが意識のなかへ入り込ませようとしたものは、まさに意識を憤らせるものにほかならなかった。彼の見るところ、最も憤慨させるものが、快楽をかきたてるための最も力強い手段だった。彼はこのようにして、きわめて特異な認識へ到達したのだが、しかしそればかりでなく彼は、当初から意識が我慢できないものを意識に提示し続けていたのである。サド自身は変則（*irrégularité*）という言葉を語るだけに留めていた。私たちが従っている規則は、ふつう生命の維持を目的にしている。とすれば変則は生命の破壊へ人を導くことになる。だが変則は、いつもこのような不吉な意味を持っているわけではない。たとえば裸体は、おおむね変則的な在り方であるが、快楽の次元では、実際に破壊を惹き起こすことなく魅力を発揮する（医師の診察室やヌーディスト・キャンプでのように規則的になっている場合には裸体は魅力を発揮しない）。サドの作品はどれも、人を憤慨させる変則的な事態を取り入れている。ときにはサドの作品は、変則的な服の脱がせ方といったエロティックな魅力のごく単純な要素の変則性を強調したりする。が、ともかく、彼の作品に登場する残虐な人物たちによれば、変則ほど人を《熱くする》ものはない。サドの本質的な功績は、性の快楽の熱狂のなかに、精神上の変則の役割を発見し、これをはっきり指摘したことにある。この熱狂において人は通常、性行為の成就にまっしぐらに進んでゆくものだ。しかし変則がどのようなものであれ、その効果は、直接的な性の操作よりもずっと強力なのである。サドにしてみれば、人を殺しながら、拷問をおこないながらでないと、はたまた家族や国を滅ぼしながら、あるいは単に盗みを働きながらでないと、放蕩のさなかで享楽することはできなかったのである。

強盗犯の性的興奮については、サド以外の観察者たちも気がついていた。だがサド以前には誰一人として、勃起および射精といった反応を掟の侵犯につないでいる一般的なメカニズムを理解していなかった。たしかにサドは、対立しながら補い合うという禁止と侵犯の根本的な関係を知らなかった。だが彼は最初の一歩を踏みだしたのだ。この一般的なメカニズムが意識されうるようになったのは、禁止を補う侵犯の意識――たしかに侵犯のあとになって生じる――が、その逆説的な教えを私たちに突きつけるようになってからのことである。サドはあのような恐ろしい行為と混ぜ合わせて変則の教説を語ってしまったので、誰もこの教説に注目しなかった。サドは意識を憤慨させようとした。とともに意識を啓蒙しようともした。だが彼には意識を憤慨させ、同時に啓蒙することなどできはしなかった。やっと今日、私たちは理解するようになっている。サドの残虐さがなかったならば、このうえなく酷薄な真実がいくつも隠されていたあの領域、かつては到達困難であったあの領域に、これほど容易には近づけなかっただろうということを。人類の宗教的な奇行への認識（今日ではこの認識は禁止と侵犯についての私たちの認識に結びつけられている）から、人類の性の奇行への認識に移ってゆくのは、それほど容易なことではない。私たちの根源的な統一性は、最後になってやっと現れる。今日、もしも正常な人間が、自分にとって侵犯が意味するものへ意識を深く導いてゆくとしたら、それはひとえにサドが道を準備してくれたおかげなのである。今や正常な人間も知っている。自分の意識は、かつて自分を最も激しく憤慨させるものに開かれてゆく必要があったということを。なにしろ、私たちを最も憤慨させるものは、私たちの内部にあるのだから。

第四論文　近親婚の謎

『親族の基本構造』(1) というやや素っ気ない表題で、クロード・レヴィ＝ストロースの一九四九年刊行の大著が解明しようと努めているのは、《近親婚》の問題である。じっさい、近親婚の問題は、親族の枠内で提起される。二人の人物の性の関係あるいは結婚に対する禁止を決定しているのは、いつも親等の程度である。もっと正確に言えば、親族関係の形態である。逆にまた、親族関係を決定しているのは、性の関係の視点から見て個人が互いにどういう位置にあるかということなのである。要するに親族関係に応じて、この二人は結婚できないが、あの二人は結婚できるということであり、またたとえば、あるいとこの関係が、しばしば他のいかなる結婚関係をも排するほどに特権化された指標になっているということである。

近親婚を考察すると、私たちはただちに禁止の普遍的な性格に行き当たる。すべての人類は、何らかのかたちで禁止を知っている。しかし禁止の様態は多様なのだ。すなわち、こちらの地域では、ある種の親族関係は禁止の対象になっている。たとえば、父親の子と姉妹の子といういとこ関係のあいだの結婚は禁じられている。だが別の地域ではこのいとこ関係は結婚の特権的な条件になっていて、二人の兄弟から生まれた子供たち――あるいは二人の姉妹から生まれた子供たち――は結婚することができない。最も文明化した民族においては、子供と親のあいだの結婚、兄弟と姉妹のあいだの結婚が禁止されているだけである。だが一般に、非近代的《アルカイック》な民族においては、諸個人は明瞭判然たるカテゴリーに分類されていて、それぞれのカテゴリーに応じて性の関係が禁止されていたり推奨されたりしているのである。

　そのうえ、私たちは二つの明瞭に異なった状況を考察しなければならない。第一の状況は、レヴィ＝ストロースが《親族の基本構造》の表題のもとに考察している状況であって、この状況においては、明確な形態の血縁関係が結婚の可能性と非合法性を決定する規則の根底に横たわっている。第二の状況は、この著者が《複雑な構造》の名で呼んでいる状況で（ただし彼は自分が出版したこの著作のなかではこれは扱っていない）、そこでは配偶者の決定は《他の経済的、あるいは心理的メカニズム》にゆだねられている。個人が振り分けられるカテゴリーが変化をきたすことはない。結婚が禁止されているカテゴリーはつねに存在する。しかし妻が選ばれねばならないカテゴリー（この選択は厳密におこなわれるわけではないが、しかし少なくとも優先的におこなわれはする）を決定しているのは、もはや慣習ではない。このことは、私たちが経験している近代的な状況からはかけ離れている。だがレヴィ＝ストロースの考えるところでは、結婚に関する《禁止》だけを分離させて考察することはできず、《禁止》の研究はこの《禁止》を補完している結婚に関わる《特権》の研究と切り離すことができないのだ。おそらく、それが理由で彼のこの著作の題名《親族の基本構造》は、近親婚という名称を避けて、結婚に関する禁止と特権——異議と規定——の分離しがたい体系を指示しているのである。たしかにその指示の仕方には、ややまだ曖昧さがなきにしもあらずだが。

近親婚の謎に対して次々に出された解答

レヴィ＝ストロースは、動物と人間がふつう対立させられるのとほぼ同じやり方で、自然の状態と文化の状態を対立させている。それがため、彼は近親婚の禁止について次のように語るまでに至っている(むろん同時に彼は、近親婚の禁止を補完する外婚制の規則のことも念頭においているのだが)。「近親婚の禁止は根本的な一歩なのであり、そのおかげで、それによって、そこにおいて、〈自然〉から〈文化〉への移行は完全に達成されるのである(2)」。もしもそうだとするならば、近親婚への恐怖のなかには、私たちを人間として指し示す要素があるということになるだろう。そしてそこから生じる問題は、人間的なものを動物性に付け加えている限りでの、人間自身の問題ということになるだろう。ともかく、そうした見方によれば、私たち人間の本性のすべてはまさしく禁止の決定にかかっているということになる。この禁止の決定によって私たちは、性の接触の漠然とした自由に、つまり《動物》が示す自由で言葉にされない生に対立しているのだ。こうした言葉からは、人間の極端な野心が透けて見えるかもしれない。それは、人間を人間自身に明示したい、そうして世界の可能性を引き受けたいという欲求を認識に結びつけようとする野心である。このような人間の遠大な要請を前にして、レヴィ゠ストロースとしてはむしろ逆に、自分の非力さを認め、自分の発言の謙虚さを想起させようとしているのかもしれない。だが、人間のごくささやかな歩みに対してさえ示されるこうした要請、もしくは衝動は、かならずしも制御されるというわけにはゆかないのであって、近親婚の謎の解決に向けられたレヴィ゠ストロースの決意も、特権を得ているかのように野心的になっている。というのも彼のこの決意は、今までもっぱら暗々裡に提唱されていたものをはっきり明示するという意図を持っているからだ。それにそもそも、かつて何らかの歩みが《自然から人間への移行》を完全に達成させたとするならば、この移行の意味を明示する歩みが、それ自体特別な重要性を持っていないわけなどあろうか。

だがじつをいうと、私たちはここでただちに控え目な態度をとるべき理由に行き当たらざるをえない。というのも、クロード・レヴィ゠ストロースその人が、同じ道を歩んだ先人たちのしくじりをやむなく私たちに伝えているからだ！　彼らの失敗は勇気を与えるものではない。

目的論的な理論は、近親婚の禁止に優生学的な処置という意味を与えている。すなわち近親婚の結果から種を保護することが問題になっているのだ。この見解には著名な擁護者が何人もいた（たとえばルイス・H・モルガン）。この見解が広まったのは近代に入ってからのことである。レヴィ＝ストロースが言うには、「十六世紀以前にはこの見解はどの地にも現れていなかった」(3)。だがこの見解はいまだに流布している。今日でも、近親婚の子供に劣化した特徴を見る信仰はごく一般的なものである。この信仰はただ粗雑な感情によって作り上げられただけのものであって、科学的な観察によってはまったく確証されていない。しかしそれでもこの信仰は根強く存在している。

ある人々にとっては、「近親婚の禁止は、人間の本性というだけで完全に説明のつくような感情あるいは心的傾向が社会的次元に投影されたもの、反映されたものにほかならない」。本能的な嫌悪！　というわけだ。レヴィ＝ストロースはもっと有利な立場に立っていて、嫌悪とは逆のことを挙げることができた。それは、近親相姦関係への普遍的な強迫《オブセッ》観念《ション》で、精神分析学が夢や神話を援用しながら暴露しているものだ。もしもこの強迫観念が働いていないとしたら、いったいどうしてこれほど厳格に近親婚への禁止が表明される必要があろうか、というわけだ。これらの説明には、しかし根本的な弱点がある。近親婚への非難は動物界には存在せず、人間界のなかで歴史的に、つまり人間の生を作り上げていった変化の結果として生じたのである。それは、単純に、非歴史的に、現実のなかにあるのではないのだ。

じっさい、種々の歴史的な説明は、このような批判に応えている。マクレナンとスペンサーによれば、外婚制という制度は、捕獲が妻を得る正常な手段であった戦士部族の習慣の固定化に源がある。[4] またデュルケームによれば、ある氏族の女たちがその氏族の男たちに禁じられていて、別の氏族の男たちには禁じられていないという事情は、その氏族の男性メンバーにとって、その氏族の血が、したがって女たちの経血がタブー扱いされていることに源がある。これらの解釈は論理的には満足のゆくものであるかもしれないが、しかしこのように説かれた関連は脆く、恣意的であって、そこに欠点がある。[5] デュルケームの社会学の理論に対しては、息子兄弟による父親殺しの話を動物から人間への発展の起源に見るフロイトの精神分析学の仮説(『トーテムとタブー』に展開されている)をつなぎ合わせることは可能かもしれない。フロイトによれば、兄弟たちは嫉妬しあっていたが、一つの禁止を互いに守っていた。それは彼らの母親や姉妹に触れることを禁じた禁止で、父親は女たちを自分の専有物として確保しておくために、この禁止を息子兄弟たちに課したのだった。じつをいうと、このフロイトの神話はきわめて奔放な推測を持ち込んでいる。だがそれでもこの神話は、生き生きとした強迫観念を表現しているという点で、社会学者の説明よりも勝《まさ》っている。レヴィ゠ストロースはこのことを次のような巧みな言葉で語った。(6)「フロイトは文明の始原ではなく文明の現在をみごとに報告している。母親や姉妹への欲望、父親殺害、息子たちの後悔は、おそらく、歴史のなかに一定の場を占めるいかなる事実にも、いかなる事実の集合にも対応していないだろう。しかしこれらの欲望、殺害、後悔は、たぶん、古くから続く夢を象徴的なかたちで表しているのだろう。そしてこの夢の魅力、および知らぬまに人々の思考を形作るこの夢の力は、まさに次の事実から生じている。すなわち、この夢が喚起している行為は一度も犯されたことがなかった――というのも、いつどこにおいても文化がこの行為に対立しているからだという事実である(7)」。

禁止された結婚と合法的な結婚とのあいだの明瞭な区別には限定された意味しかない

これらの短絡的な解釈は、あるものは輝きあるものは凡庸であったりするのだが、これらの解釈の彼方へ向かうと、ゆっくり粘り強く考察を進めねばならなくなってくる。錯綜したデータにもけっして後込みしてはならない。たとえそれらが、《頭を砕くような難問《カッス・テート》》という非人間的な意味しか持っていないにしてもだ。

私たちがここで直面している問題は、まさしく巨大な《パズル・ゲーム》であり、かつて人が解明しなければならなかった謎のなかでおそらく最も不可解な謎の一つなのである。それは終わりなき謎であり、さらには絶望的な退屈さをともなう謎だとも言っておかねばならない。じっさい、レヴィ＝ストロースがこの大著の約三分の二をさいて子細に検討しているのは、未開の人々が編み出した多種多様な男女の組み合わせなのである。彼らは、女の分配という問題を解決するためにそうしたのだが、レヴィ＝ストロースとしては、それら組み合わせの不条理で気まぐれな錯綜の検討から、この問題が設定されていることを最終的に浮かび上がらせねばならなかったのである。私も残念ながらここで、この錯綜のなかへ入らざるをえない。しかしエロティシズムを認識するうえで大切なことは、エロティシズムの意味を理解困難にしてきた不明瞭さから抜け出るということなのだ。

レヴィ＝ストロースが言うには、「ある同一の世代のメンバーは等しく二つのグループに分けられる。一つは、（親等がどうであろうと）互いに〝兄弟〟とか〝姉妹〟と呼びあっているいとこたち（平行いとこ）のグループである。もう一つは、異性の傍系親から出たいとこたち（交叉いとこ）のグループである。彼ら交叉いとこ（やはり親等はどうでもよい）は特別な呼称で呼びあい、結婚で結ばれることができる」。さしあたりこれが、根本となる単純な類型の定義である。だがこの類型の多数の変異型が無数の問題を提起しているのだ。そもそも、この根本的な親族構造のうちにあるテーマからしてすでにそれだけで一つの謎を形成している。すなわち「なぜ同性の傍系親から出たいとことこのあいだに区別を設けなければいけないのだろうか。両者の場合において血縁関係の近さは同じであるというのに。だがともかく、平行いとこと交叉いとこのあいだには歴然たる区別が立てられていて、平行いとこ同士の結婚は近親婚とみなされて禁止され（平行いとこが兄弟あるいは姉妹と同一視されているため）、交叉いとこ同士の結婚は、許されるだけでなく、とくに推奨されさえしている（交叉いとこは潜在的な配偶者の名で呼ばれているので）。この区別は、近親婚に関する私たちの生物学的な判断基準とは相容れない……」(8)。

もちろん、事態はあらゆる方向に複雑化している。しかも多くの場合、恣意的で無意味な選択が問題になっているように見える。だが、これら多数の変異型のなかで、先の区別とはまた別の区別が特権的な価値を持っているのが見て取れる。すなわち、平行いとこに対して交叉いとこがかなり一般的に特権を持つということだけでなく、さらに父系交叉いとこに対して母系交叉いとこが特権を持つということが見て取れるのである。この点をできる限り簡単に明示してみよう。私から見て、私の父方のおじの娘は私の平行いとこである。今私たちが問題にしている古代的《親族の基本構造》の世界においては、私がこの女性と結婚できず、何らかの合法的なやり方で性的な交わりを持つこともできないという可能性は大いにある。というのも、私はこの女性を私の姉妹の同類とみなしているからだ。じっさい私はこの女性に姉妹という呼び名を与えている。これに対して、私の父方のおば(私の父の姉妹)の娘は、私にとって交叉いとこにあたるのだが、同じ交叉いとこであっても私の母方のおじの娘とは異なって見られている。前者の父方のおばの娘は父系交叉いとこと呼ばれ、後者の母方のおじの娘は母系交叉いとこと呼ばれて区別される。私はたしかにこの二人の交叉いとこのどちらとも自由に結婚できる可能性は持っている。多くの古代未開社会でもそのようになっている。(ただし、前者の交叉いとこ、すなわち私の父方のおばの娘が私の母方のおじの娘であるという場合はある。というのも、私の母方のおじが私の父方のおばと結婚している可能性は大いにあるからだ——交叉いとこ同士の結婚が何らかのそれ以上の規範に服していない社会ではこの結婚は日常的に起きている——私から見てこのような交叉いとこは一般に双系的交叉いとこと呼ばれる。)だが他方で、交叉いとこのうちのある女性との結婚が近親婚とみなされて禁止されている場合もある。いくつかの社会では、父の姉妹の娘(父系交叉いとこ)との結婚が推奨され、母の兄弟の娘(母系交叉いとこ)との結婚は禁じられている。他方、別な社会ではこれと反対のことが起きている。(9) この二人の交叉いとこの地位も逆転している。前者の父系交叉いとこと私のあいだでは禁止が高まる可能性が大であるのに対し、後者の母系交叉いとこと結婚したいと私が欲している場合には禁止の可能性はより薄れてくるのだ。レヴィ=ストロースはこう述べている。「父系側との結婚と母系側との結婚の分布を調べてみると、後者の母系側との結婚が前者を大きく上回っているのが確認される(10)」。

まず以上が、結婚の禁止あるいは結婚の推奨の根底にある血族関係の本質的な諸形態である。

ただし、言うまでもないことだが、このようにしてこれらの形態の具体相を明らかにしてゆくと、霧はむしろ深まってしまう。というのも、これら親族関係の個々の諸形態が示す相違は形式的で意味を欠いており、また自分の両親や姉妹をそれ以外の人々と相違させている明瞭な特性もここからは感じられないからだ。いやそればかりでない。これらの形態は地域に応じて違う結果を生んでおり、場合によってはまったく逆の結果を生んだりしているのである！　それゆえ原則として私たちは、禁止に関係している人々の特性のなかに——すなわち道徳上の振舞いという意味での彼ら個々の状況のなかに、あるいは彼ら相互の関係のなかに、この関係の性格のなかに——彼らに向けられた禁止の理由を探しだそうとする。だがそのようにすると、この特性が恣意的であるために私たちは禁止それ自体の探究の道から逸れてしまうのだ。クロード・レヴィ＝ストロース自身、これほど明瞭な恣意性を前に社会学者たちがいかにお手上げ状態か語っている。彼によれば、社会学者たちは「交叉いとこ同士の結婚に関して、同性の傍系親の子と異性の傍系親の子のあいだの相違の謎をつきつけられたのちに、母の父の娘と父の姉妹の娘のあいだの相違というさらなる神秘を付け加えることなどとうてい我慢できないにちがいない……」[11]。

だがじつのところ、レヴィ＝ストロースが近親婚の禁止の謎の複雑な面をこのように示しているのは、この謎をよりよく解決したいがためなのだ。

大切なのは、このような概して重要性のない区別が、それにもかかわらず重大な結果をもたらしているのははたしてどの次元においてなのかを見きわめることなのである。もしもこの区別されたカテゴリーのうちどれが作用するかに応じて結果も異なってくるというのならば、これらの区別の意味も明らかになってくるだろう。レヴィ＝ストロースは、結婚の非近代的《アルカイック》な制度のなかに、女の分配のための交換体系が役割として働いていることを明らかにしたのだった。一人の女を獲得することは一個の富を獲得することだったのであり、この女の獲得の価値は聖なる性格さえ帯びていた。女たち全体から成り立っている富を分配することはまさに死活の問題をいくつも生じさせていたのであり、これには規則で対応しなければならなかったのである。おそらく、現代社会の結婚に蔓延しているような無政府状態ではこれらの問題は解決されていなかっただろう。権利があらかじめ決められている交換の制度だけが、ときにはまずく、しかし多くの場合にはうまく、女を必要にしている男たちのあいだに公平に女たちを分配することができたのである。

外婚性の規則、女たちを贈与すること、女たちを男たちに分配するためには規則が必要だということ

私たちにとって、非近代的《アルカイック》な社会の論理に従うことは容易ではない。可能性が際限なく多くある世界のなかで緊張感なく生きている私たちには、敵意によって個々の狭い集団に分離されて生きている人々特有の緊張感を思い描くことはできない。規則による保証が必要な未開社会の人々の不安感を想像するためには、努力が要るのである。だから私たちは、富が同じように目的になっていても、今日の取引のような取引を非近代的社会に想像してはならないのだ。最悪のケースにおいてさえ、私たちの社会の《売買婚》のような言い回しで想起される観念は原始社会の現実からは程遠い。というのも、この社会における交換は、今日の私たちの社会におけるような、利益重視の規則にひたすら服する狭い行為という面を呈していないからである。

クロード・レヴィ＝ストロースは、結婚という一つの制度の構造を、非近代的民族を動かしている交換の全体的な運動のなかに置き入れている。彼は、「マルセル・モースのみごとな『贈与論』の結論」に拠りつつ、こう書いている。(12)「今日では古典となったこの論文のなかでモースは次の三つのことを明示したのだった。すなわち第一に、未開社会においては交換が、取引というよりはむしろ相互の贈与の様相を呈しているということ。第二

に、この相互の贈与は私たちの社会よりも未開社会においての方が重要な位置を占めているということ。第三にこの交換の原初的な形態が、ただ単に経済的な性格を持つばかりではなく、いや本質的には経済的な性格など持っておらず、むしろ《全体的社会事象》とモースがみごとに名づけた事態、すなわち社会的かつ宗教的、呪術的かつ経済的、巧利的かつ感情的、法的かつ道徳的な事態に私たちを直面させるということ。これら三つのことを明示したのだった」。

この種の交換はいつも儀式的な性格を帯びていて、浪費的な気前のよさに支配されている。すなわち、ある種の財は、慎ましやかな消費、巧利的な消費に差し向けることができないのだ。これらの財は、一般的には、奢侈的な財である。今日でも奢侈的な財は、基本的に、生活の儀式的な局面に用立てられている。それらは、もっぱら贈り物、接待、パーティに使われる。たとえばシャンパン酒などもとくにそうだ。シャンパン酒が飲まれるのは、まさに慣例に従ってシャンパン酒がふるまわれるいくつかの特別な機会においてである。むろん、飲まれるシャンパン酒がすべて取引の対象になっている。人は生産者に代金を支払ってその壜を買っているのだ。しかし、シャンパン酒が飲まれるとき、代金を支払った者はそのシャンパン酒の一部分しか飲んでいない。これが少なくともこの種の財の消費を支配している原則なのである。というのも、この種の財の本質は祝祭の本質なのであって、この種の財が眼前に在るというだけで他の瞬間とは別の瞬間、日常の平凡な瞬間とは違う瞬間が示唆されているからである。それに、そもそもこの種の財は、深い期待に応えるために、なみなみと、より正確に言えば際限なく、消費され《ねばならない》のである。あるいはそうされ《ねばならないはず》なのである。

レヴィ＝ストロースの学説は次のような考察から想を得ている。すなわち、自分の娘と結婚する父親、自分の姉妹と結婚する兄弟は、シャンパン酒の蔵を所有しているのに友人をけっして招待せず、自分一人でその酒蔵を飲み干してしまう者に似ている。父親は娘という富を、兄弟は姉妹という富を、儀式的な交換の回路へ差し入れるべきなのだ。父親なり兄弟なりは、この富を、贈り物として贈与すべきなのだ。ただし、この交換の回路は、遊びの規則のようにある一定の環境で認められている一連の規則を前提にしている。

この交換体系はある面で厳密な利害心を逸脱しているのだが、レヴィ＝ストロースはこの交換体系を支配している規則を、その原理に注目してこう言い表している。「贈与物はその場で等価の財に交換される。あるいは、のちの機会に返礼をするという条件で受益者によって受け取られる。この場合、返礼のための贈与物は、受け取った贈与物の価値を上回ることがしばしばあり、それゆえまたあとでこの受益者は、さらに豪華な贈与物を返礼の返礼として受け取る権利を得るのである」[13]。このことから私たちは、主として次の事実を心に留めておくべきなのだ。すなわち、こうした交換のやりとりの公然たる目的は、「何らかの利益、経済的な性格の利得を追求する」ことではないという事実である。ときとして、浪費的な気前のよい素振りは、贈られた物品を破壊するところまでエスカレートする。というのも、純然たる破壊は明らかに大きな威光を他の人々に押しつけるからである。奢侈的な物品の真の意味は、それを所有したり受け取ったり贈与したりする人の名誉にあるのだが、他方でこの物品の生産それ自体は有益な労働の破壊になっている（これは、新たな生産物を作り出すべく労働の成果をどんどん蓄積してゆく資本主義とは反対の現象である）。ある種の物品を儀式的な交換へ捧げるということは、それらの物品を生産的な消費から引き抜くということなのである。

交換による結婚を問おうとするならば、このような営利主義的精神――値切ることや利益を計算すること――に反する特徴を強調する必要がある。売買婚ですらもこのような非営利主義的な特徴を分かち持っている。レヴィ＝ストロースはこう書いている。「売買婚は、モースが分析したあの交換の基本的体系の一様態にすぎない」(14)。交換による結婚、売買婚といった未開社会の結婚の形態は、たしかに、私たちが男女の結合の人間性を見てとり男女双方の自由な選択を望んでいる近代社会の結婚の形態とはかけ離れている。だが、これら未開社会の結婚の形態は、女たちを商取引や打算の次元に貶めているのではなく、逆に祝祭の次元に位置づけているのである。結婚に供される女の意味は、ともかくも、私たちの慣習におけるシャンパン酒の意味に近いのだ。レヴィ＝ストロースによれば、未開社会の結婚において女は、「まず何よりも社会的価値の表象としてではなく、自然の刺激物として[15]」現れる。「マリノフスキーが明示したことだが、トロブリアンド諸島では結婚したあとでも、マプラ〔再支払いの意で感謝の気持ちを表す〕を支払うということは、女が性の恵みとして提供したサーヴィスに対し、男がその埋め合わせをするという贈与の返礼を意味している[16]」。

このように女たちは、本質的に、語の強い意味での、つまり流出という意味でのコミュニケーションに捧げられている。女たちは、彼女らを自由にしうる親たちが浪費的な気前のよさを示す対象とならねばならないのである。親たちは女たちを贈与しなければならないのだ。ただしこれは、個々のいかなる気前のよい行為も一般的な気前のよさの回路に貢献している社会においてのことである。すなわち、もしも私が自分の娘を贈与するならば、私は自分の息子のために（あるいは自分の甥のために）別の女を贈与として受け取ることになるということだ。これは要するに、気前のよさによって築かれた一定の人間集団における有機的な交流《コミュニカシオン》なのである。この有機的な交流は、舞踏や管弦楽の多様な動きがそうであるように、あらかじめ有機的になるように定められている。それだから、近親婚の禁止において否定されている事柄は、ある肯定の結果にほかならない。つまり、自分の姉妹を贈与する兄弟は、自分の近親の女との性的結合の価値を否定しているというよりはむしろ、この女を他の男と結びつけ、また彼ら自身を他の女と結びつける結婚のより大きな価値を肯定しているのである。気前のよさを基底にした交換には、直接的な享楽の場合よりもっと広汎で強烈な交流がある。より正確に言えば、祝祭性は、運動の導入を、自己閉塞への否定を前提にしているということだ。至高の価値は、吝嗇家の論理的な計算には与えられない。性の関係は、それ自体、交流であり運動である。それは祝祭の本性を持っている。(17) そしてそれが本質的に交流であるからこそ、この関係は最初から、日常の外へ出るという運動を惹き起こそうとしている。

肉欲の暴力的な運動が生じ高じてゆくと、この運動はそれに応じて、どんどん強く後退を、放棄を求めてゆく。この後退がなかったなら、誰もあのように遠くへ跳躍することはできないだろう。だがこの後退それ自体も規則を必要にしているのだ。輪舞を組織し、その跳躍を確固たるものにする規則を。

贈与による交換における、ある種の親族関係の事実上の利益

たしかにレヴィ＝ストロースはこのような無益な面を強調してはいない。彼が強調しているのは逆に、女の価値、つまり女の物質的な有益性というまったく異なった面なのである。この面は、無益さと両立可能ではあるが、しかしはっきりと対立している。私の考えでは、この女の物質的な有益性という面は二義的な面なのだ。しばしば重苦しさが勝《まさ》ってしまう交換体系の運用においてはそうは言えないかもしれないが、しかし少なくとも交換

もしもこの情念の戯れにおいてはそう言えると思う。もしもこの情念の戯れを考慮に入れなければ、実際におこなわれている交換がどんな意味合いを持っているのか分からなくなるだろう。それればかりかレヴィ＝ストロースの理論それ自体も正当に位置づけられないままになってしまうだろう。交換体系の実際の帰結も完全には見えてこなくなるにちがいない。

レヴィ＝ストロースの理論は、現在までのところ、一つの輝かしい仮説でしかない。この理論は人を誘惑しはする。しかし、モザイク模様のように組み合わされた多様な禁止がどんな意味を持っているか見つけだす仕事がまだ残っている。この意味とは、言い換えれば、表向き取るに足らない相違しかない親族の諸形態のあいだから特定の形態があえて選ばれているその選択の意味、理由のことである。レヴィ＝ストロースが専念したのは、親族の多様な形態が交換に及ぼしている多様な影響を解明するということだった。彼はそのようにして自分の仮説に堅固な基盤を与えようとしたのだった。そうするために彼は、自分がその動きを追求していた交換のなかで最も確実な面、すなわち有益性という面に依拠することが適切だと判断したのだった。

私が最初に取り上げた女の価値の魅惑的な面（レヴィ＝ストロースも取り上げてはいるが強調してはいない）の反対側に、この女の有益な面は存在している。すなわち一人の女を所有することで夫が得る物質的な利益、サーヴィスという点で計算可能な利益が存在している。

この利益という面は否定することのできない面であるし、私もじっさい、この面に気づかずして人が女たちの交換の動きを追求できるとは考えていない。この二つの面の明白な対立、矛盾について、私はあとでそれらをつなぎ合わせて語ってみたいと思っている。私が提示する見方は、レヴィ＝ストロースの解釈と相容れないというわけではないのだ。しかしまず私は、彼自身が際立たせている面を際立たせねばならない。レヴィ＝ストロースはこう書いている。(18)「しばしば指摘されることだが、大半の未開社会において結婚は、……経済的な重要性を帯びている（これは、私たちの社会の農村階級においても、より低い程度でだが、見うけられる）。私たちの社会において、未婚男性と既婚男性の経済的立場の相違は、未婚男性の方がより頻繁に洋服を新調しなければならないということに、ただそれだけのことに、ほぼ帰せられる(19)」。だが、経済的欲求の実現が夫婦共同の生活と性差による労働の分業に全面的に基づいている人間集団においては、事情はまったく別なのだ。ただ単に男と女がそれぞれ同様の専門的技術を身につけていて、互いに依存しながら日常の仕事に必要な物品を作っているというだけではなく、さらに男女はそれぞれ違った種類の食糧の生産に従事してもいる。完全で、またとりわけ規則的な食糧生産は、このような夫婦生活が構成する真の〝生産協同体〟に基づいている。このようなわけで一人の若い男は結婚しなければならないという必要性に直面しているのだが、この必要性はある意味で規則による制裁の可能性を保持している。つまり、一個の社会が女の交換をうまく営むことができなければ、その社会は実際に無秩序にみまわれてしまうのだ。それゆえ、交換行為は偶然にまかせてはならず、相互性を保証する規則を含んでいなければならない。他方で、どれほど交換の体系が完全であっても、その体系はすべてのケースに対応できるわけではなく、さまざまなずれが生じたり、繰り返し変質を余儀なくされたりしているのである。

しかし原則上の状況はいつも同じであり、この状況は、交換体系の働きを、つまり交換体系がどこにおいても果たさなければならない役割を決定している。

もちろん、「この体系において結婚を禁止している否定的な面は、禁止のうわべの粗い面でしかない[20]」。どこにおいても重要なのは義務の総体を決定して、交換の相互性もしくは循環の運動を開始させることなのだ。「ある集団の内部で結婚が禁止されていても、その集団はただちに別の集団の概念を想起させる。……すなわちこの別の集団においては、結婚が場合に応じて簡単に可能であったり、あるいは不可避であったりするのだ。娘や姉妹との性的交わりの禁止は、その娘や姉妹を別の男に結婚により与えることを強いていると同時にこの禁止は、この別の男の娘や姉妹を妻としてめとることができる権利を生じさせている。このように禁止の否定的な約定はすべて、結婚を肯定する反対面を持っているのだ[21]」。したがって、「私が、他の男に所有されることになる女との交わりを自らに禁じたときから、どこかには、私に所有されることになる女を断念している男がいるということになる[22]」。

フレイザーは、「交叉いとこのあいだの結婚が、氏族間の結婚を目的にした姉妹の交換から生じているということ、それもまったく単純かつ直接的な仕方で、ごく自然な脈絡において、生じているということ」に最初に気づいた人である[23]。しかしフレイザーはそこから普遍的な説明を提示することはできなかったし、また他の社会学者たちも、フレイザーの、ともあれ満足のゆく捉え方を継承することはなかった。平行いとこのあいだの結婚においてはその集団は女を失うこともなければ獲得することもない。それに対し、交叉いとこのあいだの結婚は集団間における女の交換を実現させる。じっさい、通常の交叉いとこの状況においては、女のいとこは彼女の男のいとこと同じ集団には属していない。このようにして、「相互性の構造ができあがるのであり、この構造に基づいて、女を獲得した集団は女を返さねばならず、女を譲った集団は女を要求できるようになる……[24]」。「……平行いとこは互いに、それぞれ同じ形式の立場にある家族に出自している。そしてこれらの立場は静的な均衡状態のなかにある。それに対し、交叉いとこは、それぞれ形式的に相反した立場にある家族に出自している。これらの立場は、互いに対して動的な不均衡状態にある……[25]」。

　このようなわけで、平行いとこと交叉いとこのあいだの相違の神秘は、交換を優遇する解決と、停滞が優越する傾向にある解決との相違に帰着する。しかし、この単純な対立においては私たちは、二元論的な構成に直面しているだけであり、交換はいわば限定されている。もしも二つ以上の集団が関わっているのであれば、私たちは一般化した交換に直面するようになる。

　一般化した交換においては、A集団の男はB集団の女と結婚し、B集団の男はC集団の女と結婚し、C集団の男はA集団の女と結婚することになる。（この体系は拡大可能だ。）このように食い違いを見せる状況下では、いとこの交叉が交換の特権的な形態を生みだしている。同様にまた、母系いとこのあいだの結婚が構造上のさまざまな理由から結婚の無限の連鎖へ開かれた可能性を与えている。レヴィ＝ストロースはこう言っている。「あらゆる世代のあいだに、そしてまたあらゆる家系のあいだに、物理学の法則や生物学の法則と同じほど調和に満ちていて不可避的な相互性の巨大な輪舞、円環ができあがるためには、一個の人間集団が母親の兄弟の娘との結婚を掟として制定するだけで十分なのである。それに対し、父親の姉妹の娘との結婚は、婚姻による交換の連鎖を拡大することができない。そのためこの結婚は、交換への欲求につきものの目的、つまり婚姻関係の拡大と権力の拡大を、生き生きと実現することができないのだ[26]」。

レヴィ＝ストロース理論の経済的な面の副次的な意味

私たちは、レヴィ＝ストロースの教説が曖昧な性格を呈していても、とりたてて驚きはしない。一方で、女の交換もしくは贈与は、贈与する——といっても見返りを得るという条件で贈与しているのだ——男の利害心をかきたてている。他方でこの交換、贈与は無益な気前のよさに立脚している。この曖昧な事態は《交換－贈与》の二面性、ポ、ト、ラ、ッ、チという名が与えられている制度の二面性に対応している。じっさいポトラッチは、打算を凌駕することであると同時に、打算の極みでもあるのだ。レヴィ＝ストロースは女たちのポトラッチとエロティシズムの本性との関係をほとんど強調していないのだが、このことはいささか残念なことである。

エロティシズムは、魅せられることと恐怖すること、肯定することと否定することが交互に生じて形成される。たしかに多くの場合、結婚はエロティシズムの対立物であるように見える。だが私たちは、おそらく二次的と言ってよい面に左右されて結婚をそう判断しているのだ。次のように考えることもできるのではあるまいか。すなわちエロティシズムの条件は、規則が定められその規則が障害と障害の解除〔つまり侵犯〕を体制として秩序づけたときに、まさにそのような規則によって生みだされたのだ、と。おそらく結婚というのは、性の関係が本質的にそのような規則に依存していた時代の名残りなのだろう。性活動に関する禁止および禁止の解除からなる体制が、もしも最初から家庭の物質的な建設だけしか目的にしていなかったなら、はたしてこの体制はこれほど厳密に形成されたであろうか。このような規則のうちには内面の関係の戯れが考慮に入れられていると、すべてのことが示唆しているように思えるのだ。そうでないとしたら、近親者を断念するという反自然的な運動を、いったいどう説明したらよいのだろうか。それは、想像を絶する異常な運動であり、一種の内的な革命であったのだ。その強烈さたるや、とてつもないものだったにちがいない。というのも、この運動に背くと考えただけで、人々は恐怖に襲われていたからである。おそらくこの反自然的な運動が、女たちのポトラッチの根源に、すなわち外婚制の根源に、さらに言い換えれば性的渇望の対象を贈与するという逆説の根源にあるのだ。禁止の制裁があれほど強力に、そしていたるところで幅をきかすようになったのは、この制裁が、何よりも生殖行為への衝動のような克服しがたい衝動に対置されていたからではなかったか。逆にまた、禁止の対象は、禁止されているという事実それ自体によって渇望の的になったのではなかったか。少なくとも最初はそうだったのでなかったか。禁止が性的な本性を持っていたから、禁止は、禁止の対象の性的な価値を強調するようになったのだと思われる。いやむしろ、禁止は禁止している対象にエロティックな価値を与えたということなのだ。そしてまさにこのことによって、人間と動物のあいだの相違は生じているのである。つまり、自由な性活動に対して加えられた制限が、抗いがたい動物的な衝動に、動物にはない新たな価値を与えたのである。近親婚と、人間にとっての性活動の執拗な価値とのあいだの関係は、そう簡単には見えてこないが、しかしこの価値は存在するし、またこの価値は性の禁止一般の存在と確実に関係しているはずなのである。

このような相互的な運動がエロティシズムの本質であるように私には思える。レヴィ＝ストロースに則して言えば、この相互的な運動は、近親婚の禁止に関係した交換の規則の原理でもあるように私には思える。多くの場合、エロティシズムとこの交換の規則との関係は捉えがたい。というのも、この交換の規則は結婚を対象にしていて、結婚とエロティシズムは、前述したように、多くの場合対立しているからだ。つまり、子供を産みだすことを目的にした経済的な結合という面が、結婚の主要な面になってしまったのである。もしも結婚の規則が作用しているのであれば、この規則は性の営みの全過程を対象にしていたということもありうるのだが、しかし今ではもう結局この規則は富の分配という有益な意味しか持たなくなっているように見える。女は、子供の産出力と労働力という狭い意味しか持たなくなったのである。

だがこのような矛盾した進展は、当初からあらかじめ定まっていたと言える。というのも、エロティックな生は、一時《いっとき》のあいだしか規則化されえなかったからである。言い換えれば、規則は、最終的に、エロティシズムを規則の外へ投げ捨てる結果に至ったということだ。そのようにしてエロティシズムが結婚から分離してしまうと、結婚は何よりもまず物質的な意味を帯びるようになってしまった。レヴィ＝ストロースは正当にもこのことの重要性を強調している。要するに、性欲の渇望の対象としての女を分配するための規則が、労働力としての女の分配を保証するようになってしまったということなのだ。

レヴィ＝ストロースの解釈は、動物から人間への移行という問題の特殊な一面しか提示していない。この問題は、全体的に考察されねばならない

近親婚の禁止は、未開社会では多くの場合、奇妙な面をいくつも呈しているのであるが、レヴィ＝ストロースの教説は、それら奇妙な面が提起している主要な問題に、思いもよらない正確さで答を出しているように見える。

しかしながら、私が指摘した曖昧さがレヴィ＝ストロースの教説の範囲全体をとは言わないまでも、少なくとも直接的な意味を限定している。彼の教説の本質は、交換活動にある。生の全体が賭けられている《全体的社会事象》にこの教説の本質はある。それにもかかわらず、経済的な説明が、まるでそれだけが確立されねばならないかのように一貫してなされているのだ。私は原則として彼の経済的説明に反対する気はない。しかしまず第一に重要なのは近親婚の規則なのであって、経済活動を基底とする歴史の動因ではないのである。レヴィ＝ストロースは、経済活動とは反対の面を明示しなかった以上、せめて自分で自説に必要な留保ぐらいは示しておくべきだったと私は思っている。残されている仕事は、だから、少し離れたところから眺めて、全体を再構成してゆくことだ。レヴィ＝ストロース自身も全体的な眺めの必要性は感じていた。彼はこの著作の最後の数頁でこの眺めを提示している。だがそこに見出せるのは一つの指示だけなのだ。レヴィ＝ストロースは、孤立した一つの面の分析はいわば完全におこなっているのだが、この孤立した面が含まれる全体的な面については素描程度に留めている。これはおそらく哲学への怖れ(27)のせいなのだ。この怖れは、それなりの妥当な理由があって、学問・科学の世界を支配している。客観的な学問・科学は対象を孤立化させその孤立した眺めを抽出するのだが、そのような学問・科学の限界の内に留まりながら、自然から文化への移行という問題と取り組むことは困難であるように私には思われる。いやそもそも、動物性ではなく自然について、人間ではなく文化について語るという姿勢のなかに、このような限界の内に留まりたいという欲求が感じられるのだ。そのような論述は、抽象的な眺めから別の抽象的な眺めへ行くことであり、人間存在の全体が変化のなかに賭けられている重要な瞬間を排除することなのである。この人間存在の全体を、変化ではなく一つの状態のなかで、あるいは次々に列挙される状態のなかで捉えることは困難であるように私には思える。それに、人間の出現に見られる変化、つまり動物から人間への移行は、人間存在一般の生成と切り離すことができないのだ。ここでいう人間存在一般の生成とは、人間が、引き裂かれた人間存在の全体を見せるような引き裂かれ方をしながら、なおかつ動物性と対立してゆこうとするときに現れる事態のことである。要するに私たちは、歴史のなかでしか人間存在を捉えることができないのである。この場合の歴史とは、ある状態から他の状態への変化、移行のことであって、個別に考察された諸状態の継起のことではない。自然や文化について語りながら、レヴィ＝ストロースは抽象的な指摘を羅列した。だが動物から人間への移行という問題は、ただ単に形式的な諸状態を含むだけではなく、それらが対立する運動をも含んでいるのである。

人間の特性

労働の出現、歴史的に捉えることのできる禁止、さらに、主観的な次元においていつまでも続く嫌悪感や克服しがたい嘔吐感、こういったものがきわめてよく動物と人間の対立を際立たせているので、事態としては昔に生起したことであっても、この対立は今もって明瞭に見て取れる。私は、次のようなほとんど異論の余地のない事実を原則として提起したい。すなわち、人間は、自然の与件を単純に受け容れない動物、自然の与件を否定する動物だという事実である。人間は、そのようにして自然の外的世界を変化させている。人間は、自然の外的世界から、道具を、そして道具で作られた物を産みだしている。これら道具と生産物は、一つの新たな世界を、つまり人間の世界を作り上げている。これと並行して、人間は自分自身を否定し、自分を教育する。たとえば人間は、自分の動物的な欲求の充足に対して、自由な流れを与えることを拒んでいる。動物ならばこの流れに留保など付けていなかったのだが。私たちとしてはさらに次の事実を認めることが必要だ。すなわち、人間が与件の世界に加えている否定と、自分の動物性に加えている否定とは、関係しあっているということである。この二つの否定のうちどちらを優先させるかという探究、つまり教育（宗教的な禁止のかたちをとって現れる）は労働の結果であるのか、それとも労働は精神的変化の結果であるのかという探究は私たちには重要ではない。ともかくも、人間が存在する限り、一方に労働があり、他方に禁止による人間の動物性への否定があるのだ。

　人間は、本質的に自分の動物的な欲求を否定している。まさにその点に大半の禁止は向けられている。これらの禁止の普遍性は驚くほどであり、またその内容があまりに自明であるため、これらの禁止はまったく問題にされることがない。たしかに民族誌学は月経血に対するタブーを問題として扱っている。このことについてはあとで触れるつもりだ。しかし、せいぜいのところ聖書ぐらいなのである、「アダムとイヴは自分たちが裸体であることを知った」と書いて、猥褻性への一般的な禁止に特殊な形態（裸体の禁止という形態）を与えているのは。他方、人間の本質的な反応である排泄物への嫌悪については、誰ひとり語っていない。私たちの排泄物に関する禁止の規定は、大人においては、もはや思索された注意の対象にはなっていないし、タブーのなかに数えられてさえいない。このように、動物から人間への移行には、あまりに根源的であるため誰も語らない否定の面があるのだ。私たちは、この面を、人間の宗教的な反応のなかには含めていない。きわめて不条理なタブーはそのなかに含めているというのに。この点に関し、否定はあまりに完全であるため、そこに何か注目すべきことがあるということを認めたり肯定したりするのさえ私たちには不適切だと思われているほどだ。

議論を簡単にするために、私は人間の特性の第三の面、すなわち死の認識に関する面については今は語らずにおく。この件に関しては、動物から人間への移行というほとんど異論の余地のない着想が原則としてヘーゲルの着想であることを想起するに留めておきたい。ただしヘーゲルは、人間の特性の第一の面（禁止）と第三の面については強調しているが、第二の面（侵犯）は回避している。私たちが従っている持続的な禁止にヘーゲル自身も（黙したまま）従っているのである。これは最初は困った事態に見えるが、じつのところさほどではない。というのも、動物性の否定の基本形態それ自体の方がもっと複雑な形態のなかに再び見出されてくるからである。まさに近親婚が問題となる場合には、猥褻性への平凡な禁止を無視することが妥当だとは私たちには思えないのである。

近親婚の規則が変化しうるということ、および性の禁止の対象が一般に変化しうる特徴を持っているということ

猥褻性から出発して、近親婚を定義できないなどということがどうしてありえようか。私たちは、「これ」は猥褻であると言うことができない。というのも、猥褻性は関係であるからだ。いくらかの《火》、いくらかの《血》があるように、いくらかの《猥褻さ》があるのではなく、単に《羞恥心への凌辱（猥褻罪）》があるように猥褻さがあるだけなのである。ある人がそれを猥褻と見、猥褻だと言うならば、それは猥褻なものになる。猥褻さは一個の物ではなく、一個の物と一人の人間の精神とのあいだの関係なのである。その意味でなら、私たちは、ある特定の様相が猥褻になる、少なくとも猥褻に見えるようになる状況をいくつか画定することができる。ただしそれらの状況は不安定であるし、はっきり画定できない要素の上に成り立っている。たとえそれらの状況が何らかの安定性を得ていても、そこには恣意的なものが働いている。同様に、生活の必要事との妥協も数多く働いている。近親婚はこのような状況の一つなのだ。人間の精神のなかにしか存在を持っていない、それも恣意的な存在しか持っていないこうした状況の一つなのだ。

このように猥褻性と近親婚を結びつける見解は、しごく必然的で、ほとんど不可避であ

るので、もしも近親婚の普遍性を引き合いに出すことができないならば、猥褻性の禁止の普遍的性格を容易には示せないほどである。近親婚は、人間と、肉欲の否定もしくは性的動物性の否定とのあいだの根本的なつながりを示す第一の証拠なのである。

人間は、表面的なやり方でしか、もしくは個人の精力の欠如によってしか、性欲の排除に成功してこなかった。聖人たちでさえ、少なくとも誘惑は感じていたのである。私たちは性欲それ自体に対しては何もすることができない。せいぜい、性活動が入りこむことのできない領域を留保しておくぐらいしかできないのだ。そうして留保された場所、状況、人物はたしかに存在している。これらの場所、状況においては、そしてこの人物に対しては、性欲のすべての様相が猥褻になる。だが性欲の様相は、これらの場所、状況、人物と同様に、変わりうるのであり、いつも恣意的にしか画定されない。それだから裸体にしても、それ自体においては猥褻ではないのだ。裸体はたしかに世界のほぼいたるところで猥褻になったが、しかしそのなり方は一様ではなかった。聖書の「創世記」が話を横すべりさせて語っているのも裸体の問題だ。すなわち「創世記」は、羞恥心――これは言い換えれば猥褻さを感じるということでしかない――の誕生を、動物から人間への移行という問題に関係づけながら、裸体について語っている。だがそれにしても、二十世紀の初頭においては羞恥心を傷つけていたものが、今日では〔本書の刊行は一九五七年〕もはや傷つけていない。もしくは傷つける度合が少なくなっている。水着姿の女性のある程度の裸体は、今なおスペインの浜辺では不謹慎と思われているが、フランスの浜辺ではそうではない。しかし都市のなかでは、たとえフランスにおいても、女性の水着姿はかなりの人々の心をかきみだす。同様に、デコルテ〔襟ぐりが深く胸や背中が露《あらわ》になっている女性服〕は、昼は不作法だが、夜は礼儀にかなっている。そして性器が見える裸体であっても、医者の診察室では猥褻ではない。

性活動が入りこまないようにする留保は、人物に対しても、同一の条件下にありながら、変化する。原則としてこの留保は、いっしょに住んでいる人々のあいだの性的交渉を父と母の関係に、すなわち必然的な夫婦生活に限定している。だが、こうした限定は、今見たさまざまな様相、状況、場所に関する禁止と同様に、きわめて不確かで変わりやすい。そもそも、「いっしょに住んでいる」という表現からして、明確化されないという条件でしか認容されていない。だから、この分野においても私たちは、裸体を問題にしたときと同じほどの恣意的な要素を——そしてまた同じほどの生活上の便宜的妥協を——見出す。とくにこの便宜的妥協の影響については強調しておく必要がある。レヴィ＝ストロースの論述はこの役割をかなり明瞭に説明している。結婚が許されている親族と禁じられている親族のあいだの境界は恣意的であって、女を交換する回路を確保する必要に応じて変化する。この組み合わされた回路が有用でなくなると、近親婚の範囲も縮小する。有用性がもはやまったく効力を発しなくなると、近親婚を阻止するための障害はその恣意的な面が不快に思われるようになり、やがて男たちはこの障害を無視するようになる。これとは反対に、禁止の一般的な意味は、それが安定した性格を示すのに応じて強固になってゆく。そうして、禁止本来の価値が次第に顕著になってゆく。またさらに禁止が便宜に適うようになれば、そのたびごとに禁止の範囲は新たに拡大する。たとえば中世の離婚訴訟においては、慣習と関係のない理論的な近親婚が君主の結婚の合法的な解消に口実として役立っていたのである。それはともかく、重要なのはいつも、動物の無秩序に、完成された人類の原則を対立させることなのだ。この完成された人類には、ヴィクトリア朝時代〔ヴィクトリア女王の在位時代、一八三七―一九〇一〕の英国貴婦人とやや似たところがある。というのも、この時代の英国貴婦人は、肉体と動物性が存在しないと信じる振りをしていたからだ。完全な社会的人間は肉欲の無秩序を根源的に排除する。自分の自然的な原則を否定し、そのような与えられた条件を拒絶する。そして、よく清掃されて整理整頓され、そのなかを尊敬すべき人たちが行き来しているような家の空間しか認めない。彼らは素朴でありながら侵しがたく、優しいのに近寄りがたいのだ。この象徴的な状況のなかに、近親婚の禁止が、つまり息子に対して母親を、父親に対して娘を守っておく境界が設定されている。いやそもそもこの状況は、暴力と不潔な情欲を避けながら自分の価値観を築いてゆくあの無性の人間のイメージ――もしくは神殿――なのである。

人間の本質は近親婚の禁止のなかに、そしてその帰結である女の贈与のなかに示されている

以上の私の指摘がいささかもレヴィ＝ストロースの理論と対立していないという事実に立ち戻ろう。肉欲の動物性に対する極限的な否定（可能なものの極限でおこなわれる否定）という考えは、かならずいつも、二つの道が交叉する地点に位置している。この交叉点にレヴィ＝ストロースも進んでいったのだ。より正確に言えば、結婚それ自体がこの交叉点に組み込まれているのだ。

ある意味で結婚は、純粋さと利益、性欲と性欲の禁止、気前のよさと貪欲さを結合させている。だがとりわけ結婚の最初の運動は結婚をこれら二つの極のうち前者の方の極限に、つまり贈与に位置づけている。レヴィ＝ストロースは、この点を十分に明らかにした。彼はきわめてみごとにこの贈与の運動を分析したので、私たちは彼の考え方によって、贈与の本質が何であるかを明瞭に見て取ることができたのだ。すなわち贈与とは、それ自体、断念だということである。贈与は、動物的な享楽、直接的で留保なしの享楽の禁止なのだ。結婚とは、配偶者たちの行為というよりは、女を《贈与する者》の行為なのである。すなわちこの女（自分の娘なり姉妹）を自由に享楽することもできたのに、そうせずにこの女を贈与する男（父親もしくは兄弟）の行為なのである。彼がおこなう贈与はおそらく性行為の代替行為であり、いずれにせよ豊饒な贈与は性行為それ自体の意味、つまり資源の消尽という意味に近い意味を持っている。だがともかく、この種の消費を惹き起こした断念、禁止によって作り上げられた断念だけが唯一、贈与を可能にしたのだった。たとえ贈与が性行為のように当事者の気分を楽にするにしても、それはもはや動物性が自らを解き放つやり方とは異なっている。人間性の本質は、このような動物的な直接性を乗り越えるというところから現れ出ているのだ。すなわち近親者を断念するということ――自分が所有する物の享楽を自分に禁じる留保――が、動物的な貪欲さの対極にある人間的な態度を決定しているのである。そして、前述したように、このように断念したことで逆に、断念した対象の魅惑的な価値が強調されるのだ。しかしともかくこの断念は、尊敬、困難、留保が暴力に勝《まさ》っている人間的な世界を創造するのに貢献している。この断念はまた、エロティシズムを完全なものに仕上げる。というのも、完全なエロティシズムにおいては、性欲に約束された対象がよりいっそう強烈な価値を得るようになっているからだ。禁止された価値への尊敬がなければ、エロティシズムは存在しない。(逆にまたエロティックな逸脱が可能でもなく、魅惑的でもなければ、禁止への完全な尊敬は存在しなくなる。)

禁止に対する尊敬は、おそらく暴力への迂回路にすぎないのだろう。一方でこの尊敬は、暴力が禁じられている世界を秩序づける。他方でこの尊敬は、そのようにして暴力が容認されなくなった領域に、突如として暴力が貫入する可能性を開くのである。禁止は、性活動の暴力を変化させるのではなく、規律正しい人間に動物性が近づきえないような扉を、つまり規則の侵犯という扉を開くのである。
一方に侵犯の瞬間（自由なエロティシズムの瞬間）、他方に性欲が認められていない環境の存在、この二つが現実の両極端を形成しているのであり、これらのあいだの現実には性の中間的な形態が無数にひしめいているのである。じっさい、性行為はふつう罪悪の意味を持っていないし、外部からやってきた夫だけがその土地の女に触れることができるという地方性はきわめて古い状況に対応している。多くの場合、節度のあるエロティシズムは寛大に許されているし、性欲に対する断罪は、たとえ厳格に見えようとも表面的でしかない。侵犯は、人に知られない限り容認されている。ともかく、両極端の現実だけが多くの意味を持っているのである。本質的に重要なのは、どんなに狭い環境であろうと、エロティックな様相など考えられもしない環境が存在しているということ。および、その余波としてエロティシズムが転覆行為の価値を帯びている侵犯の瞬間である。

　このような禁止の環境の存在と侵犯の瞬間との両極端の対立は、状況の絶え間ない変化を考慮に入れなければ、とうてい想像できないものだ。結婚における贈与の部分は、祝祭の喧騒に関係している侵犯の面を際立たせている（というのも贈与は祝祭と関係していて、贈与の目的はいつも奢侈、豊饒、法外さであるからだ）。だがこの侵犯の面はもはや確実にぼやけてしまった。今や結婚は、性行為と、禁止への尊敬との妥協の産物になっている。

後者の尊敬の意味がどんどん増していった結果そうなってしまったのだ。かつては瞬間としての結婚が、結婚へのあの移行が、侵犯の何がしかを保持していた。結婚とは原則として侵犯なのである。しかし母や姉妹の世界が夫婦生活を窒息させていった。夫婦生活は窒息し、過剰な生殖活動をいわば中性化させていった。この動きのなかで、禁止が作り上げる純潔――母や姉妹の特性である純潔――は、母となった妻の方へ、ゆっくりと、部分的に移っていった。こうして、状態としての結婚が、人間的な生活を続行する可能性を確保していったのだ。動物的欲求の自由な満足に対置された禁止を尊敬しながら、そうしていったのである。

第五論文　神秘主義と肉欲

キリスト教の現代的な視野の広さから《性的なものへの恐怖》へ

神秘体験という生の窮極の可能性によって提起される諸問題に多少とも関心のある人たちは、跣足カルメル会修道士、イエス＝マリアのブリュノー神父が主宰している注目すべき雑誌『カルメル会研究』のことを知っている。ときどきこの雑誌は「増刊号」を出版しているが、最近では《神秘主義と禁欲》[1]の関係という議論沸騰させる問題を特集している。この最近の特集号は、しかし、カルメル会修道士の出版物を特徴づけている視野の広さ、開けた精神、確かな情報の最良例とは言えない。そもそもこの増刊号は、修道会の出版物というふうではなく、さまざまな見解の学者が、「国際学会」での発表を寄稿している論文集なのである。ユダヤ教徒、ギリシア正教徒、プロテスタントが招かれて自説を展開したのだった。論文の分量としてとくに多いのは、宗教史学者と精神分析学者たちだ。彼らのうち何人かは宗教の実践とは無縁の人たちである。

この増刊号のテーマがこのように開けた視野を必要にしていたのは確かなことだ。教条的なカトリック教徒の単調な論文や、誓いを立てて禁欲生活を送っている書き手の作品では、不快感を催させるのが落ちだったろう。もしもこういう人たちに書かせていたとしたら、自分の立場を墨守する修道士や司祭の読み手にしか直接語りかけなかったにちがいない。カルメル会修道士たちの出版物は、逆に、どの事柄をも正面から見据え、最も重大な問題をその深奥にまで大胆に探究する断固たる決意で際立っている。どう見ても、カトリックの立場からフロイトの立場までのあいだには辿るべき長い道のりがあったはずだ。今日、修道士たちが精神分析学者たちを招き、キリスト教の禁欲について語らせているのは注目に値することなのである。

私はこれほどに明らかな誠実さを前に共感を覚えずにはいられない。驚きというよりは共感なのだ。というのも、キリスト教の態度のなかには、性の真実を浅薄に判断するように仕向けるものは何もないからだ。とはいえ私は、『カルメル会研究』のこの論文集に見られる立場に、その深さに、一つの疑問を表明せずにはいられない。この種のテーマにおいては冷静さが問題への最良の接近方法だとは私には思えないのだ。修道士たちは、性への恐怖が禁欲のキリスト教的実践の原因ではないということを示したがっているように見える。この論文集の冒頭に置かれているアンケートの文章で、ブリュノー神父は、こう述べている。「もしも禁欲が目まいのするような解放になりうることが知られていなかったなら、禁欲は性的なものへの恐怖から実践されていたのではなかっただろうか……」[2]。三位一体会のフィリップ神父はこれを受けて、この論文集最初の論文のなかでこう書いている。「禁欲は性への恐怖から勧奨されているのかというブリュノー神父によって提起された問いに、カトリックの神学者は《否》と答えるにちがいない」[3]。もう少しあとのところでは、こう書いている。「禁欲は性的なものへの恐怖から勧奨されているのではない。これは確かなことだ」[4]。この断固とした回答はトーンとしていかにも修道士の態度を感じさせるが、私としては、この回答がどの程度の確かさを持っているのかここで議論しようとは思わない。ともかくも、私から見て異論の余地があるのは、性がこのように本来的に恐怖をもたらさないものと捉えられていることなのである。私がここで表明してみたいと思う問い（この問いは一見したところこの論文集の主要な関心事から逸れているように見えるかもしれない）は次のようなものだ。すなわち、恐怖こそがまさに《性的なもの》を根底から作り上げているのではないだろうか。そして《神秘家》と《性的なもの》の関係は、双方の領域に等しく属しているあの深淵のような特徴に、あの不安をそそる暗闇に基づいているのではないだろうか、という問いである。

性の聖なる性格と神秘的生のいわゆる性的な特徴

この論文集のなかのひときわ興味深い論文(5)のなかで、ルイ・ベルナール神父は、神秘家たちの言葉に見られる神への愛の体験と肉欲の体験との近さを考察しながら、「性の結合には高次の結合を象徴する能力があること」を強調している。ただし彼は、性を対象にした基本的な恐怖のことをさして力説もせずに、ただ想起させるだけに留めている。彼が言うには、「ほかでもない私たちが、自分たちの科学的・技術的な心性《メンタリティ》でもって、性の結合を生物学的な現実に変えてしまったのだ」。彼の見るところでは、性の結合が「超越神と人類との結合」を表現する力を持っているのは、性の結合が「すでに人間の体験において、聖なる出来事を表示する固有の能力を持っていた」ことによる。「諸宗教の現象学は、人間の性欲がただちに聖なるものをよく表しているということを私たちに教えている」。ベルナール神父から見て、このように「聖なるものをよく表している」と人に言わしめているものは、生殖行為の「純粋に生物学的な現実」とは別の現実だ。そもそも、聖なる世界が現代の修道士にとってそうであるような一方的に高められた意味を持つようになったのは、ずっとのちになってからのことだった。聖なる世界は、古代ギリシア・ローマにおいてもまだ怪しげな性格を持っていた。表面的には、キリスト教徒において、聖なるものは必然的に清浄であり、不浄なものは俗なるものの側にあることになった。しかし異教徒にとって聖なるものは不浄なものでもありえた。(6)だが子細に眺めてみると、キリスト教における魔王《サタン》があいかわらず神にかなり近いままであったこと、そして罪それ自体も聖なるものと根源的に無縁だとはみなされえなかったことは言っておかねばならない。罪はもともと宗教的な禁止だったのであり、異教の宗教的な禁止はまさしく聖なるものだった。現代人も聖なるものを前にして今なお怖れと震えを感ぜざるをえないが、この聖なる怖れと震えは、禁じられた物事によって惹き起こされる恐怖感といつも関係しているのである。それだから、目下の問題に関して、次のように結論を出すことは歪曲をともなうと私は思っている。「私たちキリスト教の神秘家が用いる男女結合の象徴表現は、したがって性的な意味合いは持っていない。というかむしろこの象徴表現は、性的結合を乗り越える意味をすでに持っている性的結合なのである」。いったい誰が性的結合を乗り越えているのだろうか。言い換えれば、誰が性的結合の恐怖を、あの泥だらけの現実に関係した恐怖を、否定しているのだろうか。

誤解がないように話を整理しておこう。マリー・ボナパルト〔一八八二―一九六二、精神分析学者、フロイトの弟子〕やジェイムズ・リューバ〔一八六八―一九四六、アメリカの宗教心理学者〕が主張したような神秘家の生の性的解釈ほど私の考えから遠いものはない。神秘的湧出が何らか肉体の快楽の運動に比較しうるものであるとしても、リューバがそうしているように、神秘家たちが語る悦楽が性器の活動をいつもある程度含んでいると断言するのは単純

図20　ベルニーニ《聖テレジアの恍惚》。ローマ，サンタ・マリア・デッラ・ヴィットーレ教会

「たしかに，エロティックな湧出体系と神秘的な湧出体系のあいだには，明白な類似がある。いやそればかりか，等しい面，交流している面すらある。だが両者の関係は，それぞれの感動の体験的認識から出発してはじめて明瞭に見えてくるのである。……実際問題として，精神科医に性急な判断を差し控えさせるような状態は，彼らの体験の領野には入ってきていない。そのような状態は，個人的に体験される限りでのみ，私たちの知るところとなるのである。偉大な神秘家たちの体験描写は，まずは人々の無知を包み隠してくれるものかもしれない。だがまたその簡明さゆえに人々を面くらわせる。それは，神経症患者の症状に近い何ものも提供しないし，……精神科医の解釈の種になるようなものはほとんど与えないのだ。そればかりか，彼らの体験描写に見られる何とも捉えがたいデータは，通常，精神科医の注目を引かないものなのだ。もしも，エロティシズムと神秘的精神性の関係が明らかになる地点を画定しようとするのであれば，私たちは内的な眺めに――修道士だけが，ほとんど修道士だけが出発点にしている内的な眺めに――立ち返らねばならない」(384-386頁)

化した捉え方なのだ。(7) マリー・ボナパルトはアビラの聖テレジア〔テレサ。一五一五―八二、スペインの女性神秘家でカルメル会を改革した〕の次の一節〔『自伝』第二九章第一三節〕に依拠している。「私は天使が長い黄金の槍を手に持っているのを見た。その槍の先端には火の切先が光っているように見えた。私には、天使がその槍を何度も私の心臓に突き刺し、私の内臓にまで突き通しているように見えた。そして天使は、槍を引き抜くと、私の内臓もいっしょに引き出して、私の全身を神の大きな愛の火で包んでいるように見えた。その苦痛はあまりに激しかったので、私は呻き声をあげてしまったが、しかしこの過度の痛みは甘美であって、私はこの痛みから解かれたいとは思わなかった。……この痛みは肉体的なものではなく精神的なものだ。たとえ肉体が関係していようとも。かなりの部分関係していようとも。このとき魂と神のあいだに交わされたのは愛撫なのであり、その愛撫があまりに甘美であったので、私が嘘をついていると思う人には誰であれ神がその善意からこの愛撫を体験させて下さるよう私は願わずにはいられない」。マリー・ボナパルトの結論はこうだ。「これが聖テレジアの有名な〝神秘的恩寵〟〔transverbération. 刺し貫くこと、貫かれること〕であるのだが、私はこれを、かつて私の女友達が私にしてくれた告白と比較してみたい。この友人はキリスト教信仰をすでに捨ててしまっていたが、十五歳のときに激しい神秘的発作に襲われ、修道女になりたいと思うようになっていた。そんなある日、祭壇の前に跪いていると、彼女は、神が自分のなかに降臨したと思えたほどに激しかったあのときの超自然的な悦楽の体験のことを思い出していた。もっとあとになって、男に身をゆだねたとき、彼女は、自分のなかへのこの神の降臨が一つの性交の激しい絶頂感《オルガスム》であったと再認識したのだった。純潔な聖テレジアは一度もこのような比較、関連づけをおこなったりしなかったが、しかし聖テレジアの〝神秘的恩寵〟に対してもこのような関連づけはしっかりできるように思える」。パルシュミネー博士はこう明言している。「これらの省察は次のような主張へ行き着く。すなわち、どのような神秘体験も、場を移された性体験にすぎない。つまり一つの神経症的な行動にすぎない、という主張だ」。じつのところ、聖テレジアの〝神秘的恩寵〟がマリー・ボナパルトのおこなった関連づけを正当化しえないと立証することは困難だろう。聖テレジアの〝神秘的恩寵〟が性交の激しい絶頂感《オルガスム》ではなかったと断言しうるものは何もないのだ。だが、ありえそうもないことではある。じっさい、マリー・ボナパルトは、神秘的瞑想体験が、早い時代から、精神的な喜びと肉欲の感動との関係に対するきわめて注意深い意識と関係していた事実を無視している。ベルナール神父が言うには、「リューバが語っていることとは反対に、神秘家たちは、自分たちの神秘体験にともなう肉感的な運動について完全に自覚していた。聖ボナヴェントゥラ〔一二二一—七四、イタリアの神秘神学者、フランシスコ会士。パリ大学で講じる〕は《精神の影響で肉体の放出液に汚《けが》された》人々のことについて語っている。聖テレジア、そして十字架の聖ヨハネ〔フアン。一五四二—九一、カルメル会修道士で、アビラの聖テレジアとともにスペイン神秘主義思想の最高峰に位置する」もこのことをはっきり問題にしている。……しかしその場合、彼らは、肉感的な動きを、自分たちの神秘体験とは別の外的な事態とみなしている。だから肉感の感動が訪れても、彼らはそれに気を留めず、怖れも恐怖もなくその感動を眺めている。……それに現代の心理学が明かしているところでは、生命体の性の衝動はしばしば力強い感動の原因になっていて、この感動はありとあらゆる道を通って発散されるというのである。この感動は、だから十字架の聖ヨハネがよく使った概念《充溢》に合致するものだ。最後に次のことを指摘しておこう。神秘的生の体験のはじめに訪れるこのような性の衝動はこの生の最上段階、とりわけ神との精神的結婚においては持続しないのだ、と。要するに、神秘的恍惚のさなかの肉感的衝動の存在は、いささかもこの神秘体験の性的特性を意味してはいないのである」。こうした解明は、おそらく提起されうるどの問いにも答えうるといった万全なものではないだろう。が、こうした解明は、精神分析学者が根本的特徴を見分けることのできなかった領域をきわめて適切に識別しているのだ。じっさい、精神分析学者は、たぶんいかなる宗教的体験とも無縁で、神秘的な生などまったく送ったことがないのだろう(8)。

たしかに、エロティックな湧出体系と神秘的な湧出体系のあいだには、明白な類似がある。いやそればかりか、等しい面、交流している面すらある。だが両者の関係は、それぞれの感動の体験的認識から出発してはじめて明瞭に見えてくるのである。しかるに精神科医たちは、彼ら自身ではその錯乱を内的に感じることのできない患者を観察しているという点で、個人的体験をはっきり乗り越えている。結局、もしも精神科医たちが神秘的な生を前もって知らないままこの生について判断を下すならば、彼らは自分の患者を前にしているときと同じ対応の仕方をしているということになるのだ。その結果には避けがたいものがある。すなわち、彼ら自身の体験の外部にある行動は、彼らの目には先験的《ア・プリオリ》に異常なものと映るということだ。外部から判断するという彼らが自分に付与している権利と、病的な性格を対象に付与することとはぴったり一致する。加えて、次のようなことがある。すなわち、神秘的な状態は、曖昧な混乱を呈して現れるのにもかかわらず、最も認識しやすい状態であり、また官能的興奮にきわめて相似している状態だということである。このようなことがあるから、精神科医は神秘主義と病的な興奮を浅薄に同一視しようとするのだ。しかし、最も深い苦痛は叫びを発しない苦痛なのであり、そのことは、神秘主義という存在の奥深い可能性の内的体験についても同様なのである。「騒ぎをかきたてる《センセーショナル》」瞬間は、存在の深みへと進む体験とは違うのだ。実際問題として、精神科医たちに性急な判断を差し控えさせるような状態は、彼らの体験の領野には入ってきていない。そのような状態は、個人的に体験される限りでのみ、私たちの知るところとなるのである。偉大な神秘家たちの体験描写は、まずは人々の無知を取り繕ってくれるものかもしれない。だがまたその簡明さゆえに人々を面くらわせる。それは、神経症患者の症状に近い何ものも提供しないし、「神秘的恩寵」を受けた神秘家の叫びに近い何ものも提供しない。精神科医たちの解釈の種になるようなものはほとんど与えないのだ。それればかりか、彼ら偉大な神秘家たちの体験描写に見られる何とも捉えがたいデータは、通常、精神科医たちの注目を引かないものなのだ。もしも、エロティシズムと神秘的精神性の関係が明らかになる地点を画定しようとするのであれば、私たちは内的な眺めに——修道士だけが、ほとんど修道士だけが出発点にしている内的な眺めに——立ち返らねばならない。

死によって自己と決別することを求める道徳、およびこの道徳と一般共通の道徳との相違

神秘主義を論じる修道士みなが、自分が語るものをそのとおりに体験してきたわけではない。しかし、この論文集の寄稿者の一人(9)が書いているように、神秘主義(もちろん教会が唯一正統とみなしている神秘主義のことである)は「あらゆるキリスト教生活を構成している」。「〝キリスト教的に生きる〟ということと〝神秘主義的に生きる〟ということは、同一の内容の二つの表現なのである」。そして「神秘体験の最も高い状態のなかに見出せる要素はどれも、より低いと呼びうる状態のなかですでに活動しているのである」。たしかに、修道士たちは、すべてが光のなかに入るあの地点を正確に画定することはできなかった。私にはそう思える。すでに指摘したように、彼らは、性にしろ聖なるものにしろ、

漠然とした概念から出発している。だが、誤っている（と私には見える）ものに由来する逸脱はさほど重大ではなく、ともかくも付き従ってみるだけの価値はある。というのは、この逸脱が少なくとも光に近づく道であるからだ。

テッソン神父の見解はかならずしも十分ではないと私には思えるが、ともかく深いし、私がそこから出発する理由もすぐに分かっていただけると思う。テッソン神父は、神秘的状態に関し、決定的に重要なのは道徳なのだと強調している。彼が言うには、「道徳的な生の価値のおかげで私たちは、一人の人間の宗教的・神秘的な価値の何がしかを見分けることができるようになるのだろう」。「道徳が神秘的な生を裁きかつ導く(10)」。注目に値するのは次のことだ。すなわち、テッソン神父は、道徳を神秘的な生の至高の原則にしているのだが、肉欲に対してはこれを非難するどころか逆に、肉欲が神の企図にいかに順応しているかを強調しているのである。彼によれば、「二つの牽引力が私たちを神へ引き寄せている」。一つは性の力で、「私たちの本性〔自然〕のなかに含まれている」。もう一つは神秘主義の力で、「キリストから発している」。「偶発的な不一致でこの二つの力は対立することがあるが、この不一致は二つの力のあいだの深い合意の存続を妨げることはできない」。テッソン神父は、教会の教義の解釈者を自任しているが、彼に言わせれば、結婚においてのみ許される「生殖行為の実践」は「許された罪でもなければ、人間の弱さゆえにかろうじて大目に見られている平凡な価値の行為でもない」。結婚の枠のなかで肉欲の行為は、

「生涯のあいだ、いやそれ以上のあいだ結ばれた男女が相互に与えあう愛のしるしの一部」なのである。「キリストは、キリスト教徒のあいだの結婚を一つの秘蹟にし、特別な恩寵で結婚生活を聖化しようとした」。したがって、「恩寵状態で達成された」性の行為が「称讃に値する」ということには何の疑いもない。他方で男女の結合は、その真実を「神の選択による」唯一的な愛に与えているだけに、いっそう「人間化」されている。そのうえ、「性行為を含む夫婦生活が深い神秘的な生の一部、いや神聖な生の一部にさえなっていることには何の疑いもないのだ」。

こうした見解は、その意義と重要性については異論の余地のないところだろうが、しかし最初から不完全のそしりを免れはしない。つまりこうした見解は、肉欲と神秘主義のあいだに数百年来の古い抗争が存在しているという事実に異を唱えることができないのだ。おそらくこの論文集の書き手たちもこの抗争の尖鋭な面に注意を払ったのではあろうが、ただしそれはもっぱら、この面の重要性を減じる目論見でのことでしかなかったのである。

私は、とりたてて強調はしないが、次のことは述べておく。すなわちテッソン神父は、このように性生活に対して開かれた姿勢——そもそも彼が寄稿しているこの論文集自体がこの姿勢を示しているのだが——のなかに混乱を惹き起こす可能性があることに気づいていたはずだということである。彼はこう指摘している。「性の結合が夫婦間における最大の愛の行為だと、最近の出版物ではあまりに多く語られている。しかしじっさいには、たとえ性行為の一般的習慣が感情と生命の深い響きを持った愛の表現であるにしても、愛の意志的で精神的な性格をもっとよく表す表現がそのほかにいくつもあるのであり、そちらの方の表現をこれからはどんどん強調してゆくべきなのである」。このことに関して彼は、結婚生活を選択する人々にも関係する聖書の教えを想起させている。「神的な生に到達するためには、死を通ってゆかねばならない」。

この教えは、他方で、テッソン神父が語った「神秘的な生を裁きかつ導く」道徳と原則的につながっている。じっさい、この道徳の本質的な特徴は性への対立から生じているわけではなく、また生活の必要事（夫婦和合のテーマだ）から生じているわけでもない。この道徳は、先の根本的な命題「神的な生を生きるためには、死なねばならない」と関係しているように見えるのである。つまり神的な生は、一個の価値のうえに積極的に立脚しているのだ。神的な生は、与えられた生の維持をただ単に保証するだけのあれらの本質的な戒律に消極的に限定されているのではない。たしかにあれらの戒律を守らなければ何ごとも可能にはならないのだが、しかしあれらの戒律を守っているだけでは、神的な生を築くことはできないのだ。愛だけが神的な生の真実であり力なのである。おそらく、神的な生は、あれらの戒律が予防している災いとも直接的な対立関係にはないのだろう。神的な生が陥りやすい病いは、むしろ、人を麻痺させるあの鈍重さなのだ。この鈍重さの諸症状は「習慣化《ルーティン》、表面的な正確さ、律法墨守的なパリサイ主義〔形だけの信仰〕」と呼ばれている。

神的な生のための道徳も、道徳である以上は掟に関係している。「教会が……けっして時効によって消滅させておかない」掟にだ。しかし、掟への違反があったとしても、神学者は性急に判断を下すべきではない。「心理学の最近の研究は、かなり強固な内的生活を送り、従順さと神を深く希求しながらも、自分のなかで障害と不均衡に出会っている人々の状態」について世の注意を喚起した。「精神分析学は、信仰の領域においても、無意識的な動機が意図的な動機の外観に隠れて多大な影響を及ぼしていることを明らかにした」。それゆえ「道徳心理学の真剣な修正」が必要不可欠になっている。「負わされた義務に対する明白な違反は、たとえどんなに重大であっても、おそらく最悪の結果をはらんでいるわけではないだろう。というのも、この場合の過ちは、過ちだとはっきり認識されているからである。信仰生活にとってもっと有害なのは、凡庸さのなかに埋没すること、もしくはうぬぼれた満足に浸りきることである。この二つの態度が結びつくことも、十分ありうることだ」。「というのも人間は、意識の奥底〔つまり無意識の次元〕においては、道徳的掟の諸規定への違反に対してかならずしも責任があるわけではないからだ。だとすれば、次のように結論してもよいだろう。すなわち、このように違反だと分からずに犯された違反、もしくはあとになって違反だと認識された違反、意図されたのではなくただ受動的にこうむった違反は、完徳と神秘的生の道に進んだ人々においても、さらには聖人においてさえも、見受けられるだろうという結論である」。このような道徳は、社会的な生活や個人的な生活の保障に力点を置いているのではない。そうした保障を私たちに与えているのは「あれらの主要な戒律」の方だ。このような道徳はむしろ、神秘的な情念に力点を置いている。神的な生のために死によって自己と決別するように人間をかりたてる神聖な情念に力点を置いているのだ。この道徳が非難するのは、このような自己決別の運動を装っている鈍重さである。すなわち、満足、うぬぼれ、凡庸さが表しているあの自己への深い執着である。「道徳が神秘的な生を裁きかつ導く」というテッソン神父の命題は、逆転させて次のように言い換えることができるだろう。「神秘主義が道徳的な生を裁きかつ導く」と。こうなると、言うまでもないことだが、道徳は生の維持とは関係しえなくなる。道徳は生の開花を求めるようになる。

道徳は、逆に、生の開花を求めるようになる。私は、今、正確にそう言おうとした。というのも、私たちは生きるためには死なねばならないという定めになっているからだ……。

《女王バチの婚姻飛行》と修道士の生における現在時の瞬間と死

生と死のつながりには多くの面がある。このつながりは、性の体験にも神秘主義にも同様に認められる。テッソン神父は、このカルメル会の論文集の全体的傾向がそうであるように、性と生の調和を強調している。しかし、どう捉えようと、人間の性は制限内においてしか許されず、制限を越えてしまえば禁じられるのだ。というのも、いずこにおいても最後には汚《けが》れが性活動のなかに入りこんでくるからである。そうなると、もはや「神から望まれた」有益な性など問題にならなくなる。不吉さと死こそが問題になってくるのだ。有益な性は、動物の性に近いのであって、人間の特性たるエロティシズム、生殖に関してはその発端しか持たないエロティシズムとは対立している。エロティシズムは、原則として不毛であり、悪と悪魔的なものを表している。

　まさしくこの点において、性と神秘主義の窮極の関係――そして両者の最も意義深い関係――が形成される。信者や修道士には均衡を欠いた者が珍しくないのだが、その人たちの生においては、しばしば性の目的は生殖ではなくエロティックなものになっている。これは、聖アントニウス〔アントワーヌ。二五〇頃―三五六、エジプト生まれの隠修士で、キリスト教修道院制度の創始者。命を賭した砂漠での修行中にさまざまな誘惑の幻想にみまわれたと言い伝えられ、ボスなど多くの画家たちの題材にもなった〕の誘惑に関係した図像からも判明する真実である。誘惑を受けているさなかに修道士の心に取りついて離れずにいるものは、まさしく彼が恐れていたものにほかならない。死によって自分と決別したいという欲望のなかでこそ、神的な生への彼の希求は表明される。そうなると、どの要素もたえずその反対物に変わる、ちょうど舞台の場面転換のような、それも終わりのない転換が始まるのだ。修道士が欲した死が、彼にとっては、神的な生になってゆくのである。彼は、生の意味を持つ生殖の次元に対立してしまったのだ。そうして、死の意味を帯びた相のもとで性の誘惑を再発見するのである。ただし、性の誘惑によって彼に示される不吉さ、すなわち死は、同時にまた、あの神的な生すなわち、死による自己決別のなかで彼が追い求めていた神的な生の視点から眺められた死でもある。それだから、性の誘惑は二つの面で死の価値を持っている〔神的な生のために生殖の次元を離れたという意味での死と、恐怖させる不吉さとしての死〕。想像をたくましくして、こんなふうに言ってみてもよいのではなかろうか。すなわち、性の誘惑にかられて修道士は《寺院の屋根》の上に至るのだ。その高みから、目を大きく、恐怖の影も見せずに見開くならば、その者は、対立するいっさいの可能性の相互関係を見て取るにちがいない、と。

ここで私は、おそらくその《屋根》の高みで得られるであろう眺めを描きだしてみたいと思う。

まず第一に、私は次の逆説を語っておきたい。すなわち、以上のように提起された問題はすでに自然界のなかに存在しているのではないか。つまり、自然は生殖において生を死に混ぜ合わせているということである。極端な場合を考察してみよう。性の活動が、子を産みだす動物に死をもたらす場合である。自然の意図について語ることは馬鹿げたことかもしれない。しかし生がその実質を浪費するようにかりたてられる不可避の運動は、けっして単純ではない。生が無制限に浪費されるとき、生は一つの目的を自分に与えているのだ。この目的は生があれほど情熱的に確保している浪費とは明らかに相違している。生は、増加に向かって進む限りにおいてのみ、過剰なエネルギーの消尽に身をゆだねるのだ。植物であろうと動物であろうと、花々や交尾期の鳥たちの豪奢さは、見て取れるがままの豪奢さとは違うのだろう。それは合目的性の見せかけの姿なのだ。たしかに花々や鳥たちの輝きは機能（働き）という面ではほとんど有用性を持っていない。私たちの知性は、いい加減にこの輝きを機能に関係づけたがるのだが。この豪奢さは、言ってみれば壮大な詐欺のようなものなのだ。まるで、生殖というテーマから出てきた大波が、この当初のテーマなど意に介さず、無秩序に戯れているかのようなのだ。しかしその歩みが私たちにどんなに盲目的に見えようと、生は、自身の内に宿らせている祝祭的衝動を、口実なしに自由に発露させることはなかったはずなのである。壮大な迸《ほとばし》りにも口実が必要であるかのようなのだ。

このような考察は、とても十分なものとはみなされえないだろう。しかしこの考察は、かつて人間の省察が進み入ることのできなかった領域へ私たちをかりたてる。進み入ったにしても、それはかつてはどうにも認容しがたい軽薄さによってのことだった。たとえば、事態がうまく運んだところで、ショーペンハウアー〔一七八八―一八六〇。主著『意志と表象としての世界』には性欲についての言及も多々ある〕の単純化が幅をきかすのが関の山だった。この哲学者によれば、性の衝動はたった一つの意味しか持っていない。それは、自然が性の衝動を通して自己実現しようとしている目的だと言うのである。誰一人として、《自然》が気違いじみたやり方でことをなしているという事実に留意しなかったのだ。

この問題は個々の内容からして私を皮肉な気持ちでいっぱいにするのであって、そのような問題を全般にわたって検討することなどとうていできはしない。私としては、過剰な喪失である生が、同時にまた、いかにそれとは反対の生の増大を求める運動に導かれているかを示唆するだけに留めておく。

とはいえ、最終的に勝るのは喪失の方である。生殖は生をただ空しく増大させているだけなのだ。つまり生殖による生の増大は、生を死に供するためにあるのである。生は盲目的に自己を拡大しようとするが、増大するのは唯一死による荒廃だけなのだ。私が強調したいのは、生は、拡大への欲求にもかかわらず、浪費を強力に押し進めているということなのである。

私にとって重要な次の点に戻ろう。すなわち、性の行為が動物に死をもたらすという極端なケースだ。この体験において生は増大の原則を維持しつつ、しかも自己を喪失させている。自分自身に対する死のこれ以上完全な例を私は見出すことができない。動物は成果に従属しているという見方に私は自分を限定したくはない。この極端なケースにおいては、個体の運動は種のためにしか意味を持たない成果をはるかに凌駕している。この成果だけが、世代から世代へと続く運動の繰り返しを保証しているのだが、しかしそれでも未来への無関心、瞬間への輝かしい同意、ある意味では太陽的な同意は、無化されえない。ただし、私たちが、瞬間を次の瞬間に従属させるものを、瞬間のなかで簡単に捉えるだけに留めておくならば、この瞬間への同意は無化される。誰しも、ただ先入観によって動物の自死を無視しているだけなのだ。人間の思考は、このような死を種への配慮のせいにして、たとえばミツバチの交尾飛行のときの雄バチの行動を粗雑に単純化しているように私には見える。

　人間のエロティシズムに話を戻すと、誘惑を受けた修道士におけるエロティシズムは、死に向かって交尾飛行する雄バチの死と同じ意味を持っている。むろんこれは、修道士と同じように雄バチも、待ちかまえる死を十分に意識しながら、自由に自分の行動を決定できてのことである。修道士は肉体の上では死なないが、しかし自分の欲望で得た神的な生を喪失する。死をめぐるこの肉体と精神の不一致は、テッソン神父の表現を借りれば、「私たちを神へ引き寄せる二つの牽引力の形態」を絶えず対立させている「非本質的な不一致」のうちの一つなのである。これら二つの牽引力のうち一つは「私たちの本性に刻み込まれて」いるもので、性のことであり、もう一つは、「キリストに由来する」神秘的生である。私に言わせれば、これら二つの形態について明瞭に語るためには、両者が最も激しく対立している瞬間に注目しなければならない。この瞬間はまた、両者の類似性が際立つときでもあるのだ。両者のあいだには《根源的な了解》があるのだろうか。それはありうる。しかし、両者を対立させている特徴がまさに同時に両者を相似たものにしている特徴なのであって、とすれば私たちは、この対立する特徴が弱まっているときに、はたしてこの《根源的な了解》を捉えることができるだろうか。

テッソン神父の言葉を借りれば、神的な生は、これを見出したいと思う人が死ぬことを求めている。この場合の死を、消極的に生がなくなることと考えている人は一人もいないだろう。この場合、死ぬということは積極的な意味を持ちうるのであって、そのときの振舞いにおいては、死への恐怖心によって私たちの内部で惹き起こされる慎重さが無視されたりするのである。動物たちも、死の危険を前にしては、動けなくなったり逃げたりという反応を示す。これらの反応は、種を保存したいという本質的な配慮を示している。人間においてはこの配慮の現れ方はじつに多様だ。ともかく、これらの反応を惹き起こす配慮にもはや従属せずに、瞬間のなかで生きるということは、自分自身と死別する、少なくとも死と同一の平面で生きるということなのである。これに対し、どの人間も、生涯を通して自分自身への執着の成果を持続させている。どの人間も、個的存在の存続の次元で価値ある成果をめざして行動するように絶えず義務づけられている。現在時を未来時に隷属させることに身をゆだねている限り、どの人間もうぬぼれて高慢で凡庸な存在になっている。

この存在は、利己主義によって、テッソン神父が神的なと呼ぶ生、より漠然と聖なると呼ぶこともできる生から切り離されている。テッソン神父は、「神的な生を生きるためには、死なねばならない」と簡潔な言い方をして、この生を描きだしたのだと私には思える。じっさい、私たちは、《凡庸さ》や《高慢さ》の彼方に、極度に不安な真実の展望を絶えず垣間見ることができるのだ。〝在るもの〟(ce qui est) の無限の広大さ、理解しがたい広大さ——理解しがたいというのは、どの事柄をも、行為、原因によって、あるいはめざした目的によって説明する知性の視点に立ってのことである——は、凡庸で高慢な人間を恐怖させる。というのも、そこではいかなる場所もこのような限定された人間には残されていないからだ。じっさい彼は、計算によって世界を判断し、計算によってあの広大な全体から部分を切り離してはそれを自分自身に、ということは凡庸で高慢な自分の見解に、関係づけている。切り離された部分も結局は全体のなかに消えてゆくというのに。無限の広大さは、それに魅惑される者には死を意味している。つまり、一種の目まいあるいは恐怖がこの人を捉える。この人は、無限に現存する深み、それは同時にまた無限に何もない深みでもあるのだが、この深みを自分自身に、そして自分の利己的な見解のはかなさに対置させている。死に脅かされた動物のように、恐怖で動けなくなったり逃げだしたりといった反応が耐えがたく結合したまま、この人を、通常は不安と呼ばれる死刑囚の精神状態に釘づけにする。だが、動物を動けなくしたり逃げださせたりする危険が外部から生じるものであって、現実的で確実であるのに対し、不安においては、死の危機を前にして動物的反応を惹き起こしているものは、捉えがたい対象への欲望なのである。このように不安のなかで死に脅かされている人間は、性行為の可能性に病的に誘惑されている修道士の状況を想起させる。あるいは、動物界では交尾飛行の雄バチの状況を想起させる。この雄バチは、敵ゆえに死ぬのではない。女王バチめざして光のなかを進む激しい情熱ゆえに死ぬのだ。修道士の場合でも雄バチの場合でも、少なくとも問題になっているのは、瞬間の閃光のなかで死に挑みかかるということなのだ。

修道士の受ける誘惑、および性的な罪を想像して味わう快楽

次の点は何度強調しても十分ではないだろう。すなわち、性の禁止〔への侵犯〕に関して修道士が極端な結末を自由に与えているために、性の禁止は、それが侵される誘惑に関して異常な事態を想定するようになったが、しかし異常とはいっても、この事態においてはエロティシズムの意味がゆがめられているのではなく、むしろ際立っている、と。修道士が受ける誘惑を雄バチの危険な交尾飛行に喩えることは逆説的なように見えるが、しかし死は両者にとって同じように終極なのである。誘惑にかられた修道士は、いわば自分の欲望の充足のあとに死がやってくることを知っている明晰な雄バチなのだ。ふだん、私たち

はこの類似を無視している。その理由は、人類において性行為は原則としてけっして真の死をもたらすことがなく、ほとんど修道士だけが性行為に精神的な死の前兆を見ているということにある。しかしエロティシズムが絶頂に至って、エロティシズムに開かれた可能性を汲み尽くすのは、もっぱらエロティシズムが、肉体の死そのものを想起させるような何らかの恐ろしい堕落をもたらす限りでのことなのだ。

雄バチと修道士を対立させる相違そのものが、両者の類似の意味合いを明確にしているし、両者を神秘主義に結びつける肉欲的情熱の特徴（この特徴は、言葉の表現上の一致よりももっと親密に両者を神秘主義に結びつけている）を際立たせている。

修道士の明晰さと昆虫の無分別さとが対立していることはすでに述べた。しかしこの相違は動物と人間の対立に帰せられる。私は、これからこの相違の問題を乗り越える問い（ただしこの問いはこの相違の問題の限定された形態なのだが）を提起してみたいと思う。すなわち、性行為に対する修道士の抵抗を取り上げてみたいのだ。これは、雄バチにはない抵抗であり、人間一般にも見られない抵抗である（たしかに女性の抵抗はよくあることだが、その振舞いにどれほど意味があろうと、女性は、抵抗を示しても、多くの場合、自分の理由を明瞭に意識しているわけではなく、動物の雌と同じに本能でそうしているのである。誘惑によって苦しめられる修道士だけが拒絶に十分な意味を与える）。

修道士の葛藤は、堕落すれば死ぬほどに傷つけられる精神的な生を何とか維持したいという意志に発している。肉の罪は、直接的な自由への魂の飛翔を終焉させる。すでに見たように、テッソン神父にとっても教会全体にとっても、「神的な生を生きるためには、死なねばならない」。たしかに用語の曖昧さはある。一見して、神的な生を滅ぼす死は、神的な生の条件になっている死と対立している。しかしこの対立の様相は最終的なものではない。いずれの場合でも重要なのは、危険な力に対して生を維持することなのである。生の維持というテーマ（ここでいう生とは精神的な真理に見せかけられている実際的で物質的な生のことである）は、魂の生が問題になっても顕著な変化はない。原則として、罪によって滅ぼされた生には、善という根本的な価値がある。逆に神的な生によって滅ぼされた生は、おそらく悪なのだ。しかし死はいつも、存続しようと欲する現実を滅ぼすのである。もしも私が自分を死なせるとするならば、それは、私が存続と成長のために組織された存在を軽蔑しているからなのである。これは、私が罪によって自分のなかの精神的な生を滅ぼす場合でも同じである。どの場でも、誘惑する（驚嘆させ魅惑する）ものの方が、存続可能な組織への配慮よりも勝《まさ》っている。いっそう強大な権力をめざす確固たる意志よりも勝っている。たしかに、誘惑に抵抗するものは変化する。あるときはそれは利己的な個人の利害であったり、また別なときには宗教的な生の組織であったりする。しかし、下劣な未来にせよそうでないにせよ、ともかくいつも未来への配慮が直接的な誘惑を阻止しようとしているのだ。

すでに述べたように、テッソン神父は、「神へ私たちを牽引する二つの魅力の形態」について公然と語っている。一つは性の魅力で、これは自然界に由来している。もう一つは神秘的生で、これはキリストに由来している。神は、所有した富を時間のなかで保護したり増大させたりする配慮の上へ人を高める光り輝く要素という意味（私が見るところでは）を持つ。修道士たちは、私が本質的なものを言い落としていると指摘するにちがいない。すなわち誘惑における葛藤は、愛に値する対象を、嫌悪に値する対象に対立させているのだと彼ら修道士は指摘するにちがいない。私に言わせれば、これは正しくない。もしくは表面的に正しいだけなのだ。私としてはむしろ、逆に、次の根本的な原理を強調したい。

誘惑のなかには、性的次元の魅力の対象しか存在しないのだ。誘惑された修道士を引き止める神秘的な要素は、もはやそれ自体においては、《現実的な力》を持っていない。神秘的な要素が作用するのは、自分を堅持する修道士が、誘惑のもたらす錯乱よりも、神秘的な生において得られる精神の均衡を保護することの方を重視する限りでのことなのである。修道士における誘惑の特性は、神的なものが、神秘的な形態のもとで、もはや感覚に訴えかけるのをやめてしまった（神的なものは知性によって把握できるものでしかなくなった）ということにある。このとき、感覚に訴えかける神的なものは、性欲の次元、そう言ってよければ悪魔的な次元に属するようになっている。そしてこの神的な悪魔的なもの、この悪魔的な神的なものが提示するのは、ほかならぬ高次の神秘体験で見出される神が提示するものなのだ。いや神が提示するものを、この悪魔的で神的なものは、もっと徹底的に提示する。というのも、修道士は、誘惑に転落するよりはおそらく現実の死の方を好むくらいだからだ。私は、この転落によって下劣な自我にどのような充足の展望が開かれるか、よく知っている。しかし修道士は、この第一の自我がこの展望から利己的な利益を得ることを否定する。というよりもむしろ、修道士は、秩序と教会に結びついた第二の自我の内的な堕落、やがておそらく公になる堕落を予感し、この高潔であるはずの自我を守るために第一の自我の利己主義を放棄するということなのだ。神のなかに自己を消滅させるというのは、この第二の自我の原理のなかにあることなのである。だが、誘惑の頂点において神は、精神のなかではもはや感覚に訴えかける形態を持たない。神はもはや、神の本質たるあの目まいのするような効果を持たない。現れるのは、まったく逆に、第二の自我の利益なのであり、知性で把握できるこの自我の価値なのである。神はあいかわらず作用を及ぼしているのだが、ただ知性で把握できる形態でそうしているだけなのである。勝《まさ》っているのは利益のための計算であって、燃えるような欲望ではないのである。

　このようなわけだから、その最後の誘惑を受けたときの修道士の抵抗は、目まいのするような損失の意味をまだ彼のなかに残存させてはいる。誘惑を拒む修道士は、仮に雄バチが女王バチの方へ誘《いざな》われる飛翔の結果を知っているとするならば、その雄バチの状態にいるのである。

だが、修道士は恐怖しているがゆえに、そしてこの恐怖のため誘惑を拒絶しているがゆえに、修道士を誘引する対象は、もはや光のなかで雄バチを死へ導く女王バチと同じ意味を持たなくなっている。その対象は、修道士によって否定されている分、欲望をかきたてるものであると同時に醜いものになっている。その性的な魅力は輝きに満ち、美しさは絶大であるので、修道士は恍惚状態のなかに置かれるのだが、しかしこの恍惚状態は同時に恐怖の震えでもある。死の後光がこの対象を取り巻いているために、この対象の美しさは醜いものになっているのだ。

このような誘惑の曖昧な様相は、教会が《性的な罪を想像して味わう快楽》(la délectation morose) と名づけた誘惑のゆっくりと長びいた形態のなかにはっきり見てとれる。

この快楽においては、たしかに対象の美しさ、その性的な魅力は消えてしまっている。その面影だけが、私が語る死の後光のなかに残存している。それゆえ、この対象は一個の対象というよりはむしろ、魂の状態に結びついた状況になっているのであり、問題になっているのが恐怖なのか魅力なのか明瞭に言いがたくなっている。つまり死の気配が魅惑し、逆に性欲の対象が人を恐怖させ意識の領野の外へ導いてゆく。たしかにハチの交尾飛行との類似性は、この快楽よりも誘惑の場合の方がずっと明瞭に現れている。だが、この快楽は、そのいささか滑稽な無力さにもかかわらず、交尾飛行との類似性を現している。ある意味で、つまり無力だという点で、この快楽は、交尾飛行の麻痺した飛翔だと言える。が、他方でこの快楽の飛翔は、盲目的な情念の暗闇のなかでおこなわれていて、その盲目ぶりはハチのそれに匹敵しうるものなのだ。とはいえこの快楽の飛翔はどんどん苦しげなものになってゆくのだが。ともあれ、じつのところこの快楽の飛翔は、魂を救済したいという欲望と、抱擁の死の悦楽のなかに埋没したいという欲望とを和解させる手段なのである。ただしこの場合、欲望は、自然の魅力に欠けた対象へかりたてられている。すなわち、死への、あるいは少なくとも《地獄堕ち》への、知性では把握できない無意識的な欲望になっているのである。

罪ある肉欲、そして死

《性的な罪を想像して味わう快楽》を分析すると、これまで判明しないままだった人間の肉欲のテーマが解明される。すなわちこの快楽の角度から肉欲を捉えてはじめて、いったい何が肉欲を神秘体験に、つまり神秘体験という俗事から解脱した唯一の体験に結びつけているのかが見えてくるということである。カルメル会の論文集の筆者たちがしたように、人間の肉欲をその最も高められた形態で、つまり人間の肉欲を汚《けが》してきた逸脱から独立した形態で、すなわち神が望む形態で捉えるならば、私たちは逆に神秘主義の輝きから遠ざかることになると私は思っている。肉欲をその合法的な側面だけに限定してしまうと、肉欲の死の側面が見えなくなるのだ。この死の側面とは、雄バチの交尾飛行や修道士の受ける誘惑のなかに現れているものであり、また《性的な罪を想像して味わう快楽》のなかには、この死の側面の最もかけ離れた意味が示されているのである。

たしかに《神が望む》生殖行為、つまり結婚に限定された生殖行為、一般的には〝自然な〟もしくは〝正常な〟とみなされる性行為は、一方では反自然的な逸脱した性行為に対立しており、他方では有罪視され罪悪に満ち溢れた体験、それゆえいっそう激しい味のする（禁断の果実の魅力だ）体験いっさいに対立している。

多くの場合、清浄な魂にとって、合法的な肉欲は絶対に清浄なものであろう。それはありうることだが、この部分的な真実は根本的な真実を被い隠している。

性行為を羞恥心の一要素とみなす一般共通の反応にもかかわらず、性行為を、一つの働きとして、必要な活動の次元に置き入れることは道理に適《かな》っているし、教会の考え方にも合致している。抱擁のなかには、称えるべき驚異の要素があるのであり、この要素は私が語る羞恥心の要素と対立している。抱擁は生の開花、生の最も幸福な形態である。抱擁に関して、交尾飛行の例を想起させる理由は何もないのかもしれない。じっさい、交尾飛行において生は、絶頂であると同時に、不吉な結末に終わっている。だが性行為は、最初から、そのさまざまな面において私たちに警戒心をかきたてる。性的快感の絶頂《オルガスム》は、通俗的には《小さな死》と呼ばれる。女性の反応は、愛の宿命から逃げようとする動物の雌の反応に原則として匹敵する。誘惑を受けたときの修道士の反応とは違って、女性の反応は、一般に性的接触の観念に結びついた不安や恐怖の感情の存在を露《あらわ》に示している。このような女性や雌の表す面は、理論的に裏づけできるものだ。すなわち、性行為に必要なエネルギーの消費[11]は、どこにおいても莫大だということである。

性の活動が対象になっている恐怖の原因を、エネルギーの莫大な喪失よりも遠くへ求める必要はない。死は例外的であって、極端なケースにすぎない。正常なエネルギーの各回の喪失は、じっさい、雄バチの死に匹敵する程度の小さな死でしかない。だが明確にしろ漠然とにしろ、この《小さな死》それ自体が不安の原因なのである。しかし逆にまた、《小さな死》は欲望の対象にもなるのだ（少なくとも人間の限界内では）。興奮の本質的な一要素は、足場を踏みはずして転覆するという感覚であることは誰も否定できないだろう。性愛は、私たちの内部で死のように存在する。それは、すぐに悲劇へ滑ってゆき死においてのみ止まる急速な喪失の運動なのだ。そうでないとしたら性愛は存在しない。そのようなわけだから、死と、陶酔をもたらす《小さな死》もしくは転覆とのあいだの距離は感じられないほどなのだ。

この転覆したいという欲望は、どの人間の内面でも働いているのだが、曖昧である点で、死への欲望とは異なる。たしかにこの欲望は死への欲望であるのだが、しかし同時に可能と不可能の境界で生きようと欲する欲望でもあるのだ。しかも、その境界でどんどん激しさを増してゆくのである。この転覆への欲望は、生きることをやめながら生きたいと欲する欲望であり、生きることをやめずに死にたいと欲する欲望であり、聖テレジアが「私は死なずに死ぬ！」という表現でかなり強烈に描きだした極限的な状態への欲望なのである。ともかくも、死なずに死ぬということは、死ではなく、生の極限的な状態なのである。もしも私が死なずに死ぬとすれば、それは生きるという条件でのことなのだ。それは、私が生きながら、生き続けながら、味わういくぶんかの死なのである。聖テレジアは転覆したが、しかしじっさいに転覆したいという欲望を持ちながら、その欲望でじっさいに死んだわけではない。彼女は足場を踏みはずしたが、より激しく生きたにすぎなかった。あまりに激しく生きたために、彼女は、自分が死ぬ限界にいると言うことができた。ただしその死は、生を激化させるだけで、停止させたりはしなかったのである。

性欲、愛情、性愛

このようなわけで、死への転落を欲するということは、人間の肉欲だけでなく神秘家の体験の際立った面にもなっている。神秘主義と罪あるエロティシズムとの比較に話を戻そう。牧歌的もしくは合法的な性行為からは遠ざかることにしよう。私たちが見出した肉欲の一面は、そのテーマの根本的な曖昧さゆえに修道士の受ける誘惑にも、《性的な罪を想像して味わう快楽》にも近いものであった。この二つの場合とも、欲望の対象が生の白熱なのか死の白熱なのか断言しがたかった。つまりそこでは生の白熱が死の意味を持っており、死が生の白熱の意味を持っているのである。私は、修道士が受ける誘惑を語った際、この曖昧な価値を完全に際立たせることはできなかった。性行為の曖昧で危険な意味は誘惑に本質的であることは言っておく。誘惑は、転落したいという欲望なのである。足場を踏みはずす限界で、自由に処理しうる貯えを浪費したいという欲望なのである。もう少し先のところで私は、この点から出発して、性の体験と神秘主義がどのような運動のもとで整合的に連結しているか探究してみたいと思う。ここではまず私は、性活動のこれほどに多様でしばしば互いに激しく対立しもする諸形態が、均衡喪失の瞬間へのノスタルジーのなかで整合化しているその在り様を明示しておきたい。

私が語った曖昧さは、最初から、崩壊の原理としてというよりは（問題となっているエネルギーの損失は回復可能であるし、私たちが足場を踏みはずす慌ただしい息せききった動きも一時的なものだ）、むしろ不均衡の原理として現れている。この不均衡は、明らかに持続的ではなく、多くの場合、均衡のとれた生の諸形態のなかに組み込まれている。それら諸形態は不均衡が繰り返されることを保証し、さらには性生活による損失を補いさえする。だが性的不均衡が、このような堅固で健全な生の諸形態のなかで整えられてゆくと、性的不均衡本来の深い意味は隠蔽されてしまうのだ。

このような性の整序化の最も意義深い価値の一つは、抱擁の無秩序を、人間の生の全体を包み込む秩序〔家庭〕のなかに組み入れようとする配慮に発している。この秩序は、一人の男と一人の女の優しい友愛と、彼らをその子供に結びつける絆とに基づいている。私たちにとって何よりも重要なことは、性行為を社会機構の根底に位置づけることである。奥深い性活動の上に、つまり無秩序の上に文明化された秩序を築くことではなく、この無秩序を秩序の意義に結びつけて、無秩序の意義を秩序の意義と合体させて——私たちは無秩序を秩序に従属させようとしているのだ——無秩序を制限することが重要なのだ。しかし、結局のところ、このような操作は長続きしない。というのも、エロティシズムがその至高の価値を放棄することはけっして起きないからだ。むろん、エロティシズムが堕落して、もはや動物的な活動でしかなくなるのならば話は別である。ともかくも、均衡のとれた生の諸形態の内部でエロティシズムは可能になるのだが、この生の諸形態も結局のところ、新たな不均衡を出口として持つか、もしくは、老化（決定的な消滅の前の）に従うのが関の山なのである。

不均衡と均衡の必然的な交互作用の象徴的な形態は、一人の人間がもう一人の人間に寄せる愛である。暴力的でかつ優しい愛である。愛の暴力は優しさに達する。優しさは愛の持続的な形態だ。だが優しさは、私たちが肉体を追い求めるときに見出すのと同じ無秩序の要素を、同じ転落への渇望を、同じ死の後味を、心情の追求のなかに導入する。本質的に愛は、一人の人間が一人の他者に寄せる好みを、緊張度の高い状態へ上昇させる。この状態においては、他者の所有が困難になる場合があるということが、もしくは他者の愛を失うということが、死の脅威と同じほど厳しく感じられるのだ。このようなわけで愛の根底には、大きな価値の対象〔恋人〕を前にして、不安のなかで生きたいという欲望がある。この場合の不安とは、この対象の価値があまりに大きいためにこの対象を喪失すると思ったときに人の心を襲う心理である。性の熱情は死にたいという欲望ではない。同様に、愛は喪失したいという欲望ではないのだが、しかし起こりうる喪失への恐怖のなかで生きたいという欲望ではある。愛された人は、自分を愛するその人を、転落の際《きわ》に立たせておくのだ。そのような代償を支払ってはじめて私たちは、自分が愛する人の前で、魂を奪う恍惚の暴力を感じることができるようになるのである。

このような乗り越えの運動においては生を維持する配慮が軽蔑されるのであるが、しかしこの運動はほとんどすぐに、持続的な生の形態を組織したいとする欲望に横すべりしてゆくのであり、そのことがこの運動を滑稽なものにしている。この場合、持続的な生の形態は、少なくともそのようなものでありたいと欲していて、愛という不均衡をできることなら不均衡から守っておこうとする！　愛に対するこのような所作は、もし愛する者が、相手を失いたくないがために相手の自由を奪うような慣習を相手に課したりしなければ、つまり愛という気まぐれを、夫婦の——要するに家庭の——物質的な組織に従属させなければ、軽蔑すべきことにはならない。家庭を軽蔑すべきものにしているのは、愛の不在ではない（愛の不在とは、どのように捉えられようと、無（rien）のことなのだ）。愛と物質的な組織とを混同すること、情念の至高性を安物装身具の購入の次元に貶めること、これなのである。（たしかに、一般的な生活を営むことを、気取りから、拒むというのも——そんなことはできないというのであればもちろん話は別なのだが——軽蔑すべきことなのだ。）

このような愛と生の持続的形態との対立は驚きかもしれない。というのも、愛はもはや肉欲のエロティシズムそのものとは異なっていて、別な動きのなかに——肉欲が欲望の無秩序に、口実として、有益な存在理由を与えている動きのなかに——位置づけられているからだ。このような曖昧さはどこにでも見出せる。一方で、娼婦などの性の相手への愛（これは、エロティシズムを結婚という実社会の次元へ挿入することの一変種で、しばしば実社会と協和している）が肉欲を優しさに変え、その優しさが夜の悦楽の暴力——サディスティックに引き裂きあうというのが一般に人が想像するところだ——を弱めている。優しさは、均衡のとれた生の形態へ入ってゆけるのだ。他方で、私たちに足場を踏みはずすように仕向ける根源的な暴力は、優しさに基づく人間関係をいつも混乱させたり、死と近接したものをこの人間関係のなかに見出すように私たちをかりたてたりする（死は、優しさによって修正されることがあるにしても、あらゆる肉欲の特徴になっている）。これこそが、暴力的な恍惚状態の条件なのである。この暴力的な恍惚状態を惹き起こすがゆえに肉欲の愛は、神秘家たちがその神秘的恍惚を描写する際に表現語彙を提供することができたのだ。

悪党、性的破廉恥、猥褻さ

転落への曖昧な欲望は、一見して無秩序が正当化されていない諸領域にまで拡大しているが、このような拡大は人間の生を支配する傾向だと言える。私たちはつねに、存続力があって堅固な生の形態（そこに人間の生は不均衡を制限しながら挿入する）に、不安定で、ある意味では存続力のない形態（そこでは不均衡が肯定される）を重ね合わせようと努めている。たしかにこの傾向は情念の単純な無秩序の場合には欲せられない。単純な無秩序は悪とみなされ、精神はこの悪と闘うのだ。だが逆に、私がこれから語ろうと思う破廉恥で、厚かましくて堕落した生の諸形態においては、不均衡は一つの原則として受け容れられている。私たちは、転覆への欲望に、ただ自分の意に反してのみ従うのだが、これらの生の形態においては、この欲望は無制限に肯定されている。それゆえ、この欲望はもはや力を持たない。恒常的な無秩序のなかで生きている人々は、もはや衰弱した不均衡の瞬間しか知らない。娼婦および彼女らに寄生し彼女らと一個の環境を形成している男たちは、しばしばこの自堕落に負け、そうすることに無気力な快楽を覚えている。彼らはかならずしも坂の最低点に転がり落ちているわけではない。しかも彼らは、自分たちの共通の利益を守るために、初歩的で制限された組織を創設する必要に迫られている。この組織は、社会の全体的な均衡に対立している。彼らは、社会の秩序を拒んでいるし、社会を破壊する傾向にある。とはいえ彼らは社会を完全に否定しようとは思っていない。いずれにせよ彼らは、生を維持することそれ自体には無関心ではいられないのだ。たとえその生が破廉恥なほどに利己的であってもである。その一方で、彼らは、《不服従》なる生き方からの利益のおかげで、苦もなく生活に必要なものを得ることができる。そのうえ、根本的な欺瞞のおかげで、失われた不均衡な生の魅力に思う存分耽ることができるのだ。彼らは、破壊的な性欲の本質的無秩序に際限なく従う。堕落への、もしくは死への移行を、人間の生のなかに際限なく導入する。彼らの心は、このような際限のない愚弄によって不安なしに、自由に、弛緩するようになる。こうした生活を送るためには、のらくらと盗みを働いたり、必要とあらば人を殺したりして、自分の力を惜しみながら生を維持してゆくことで十分なのだ。つまり他人を犠牲にして生きてゆくことで十分なのだ。

そこで本質的に問題になっていることは、嫌悪すべきほどにレヴェルが低下していることと、つまり低俗な堕落である。悪党の生にうらやむべきところはない。彼らの生には、生命力の発条《ばね》の弾性がない。この弾性がないと、人類は衰弱してしまうのである。彼らの生は、全体的な自堕落の可能性を利用しているだけなのだ。想像力の欠如に基づいた、未来への不安を抑える自堕落である。彼らの生は、慎しみのないまま、転落の趣味に身をゆだねて、転落を味も面白みもない恒常的な状態に変えてしまっているのである。

　このような肉欲の低劣化は、これを生きる人々の枠内で、それ自体として捉えてみると、ほとんど取るに足らないものである。だがこの低劣化には遠い反響がある。この低劣化は、完全に自堕落な生活を送っている人々にとってだけ意味があるのではない。慎しみのなさは、それに身をゆだねている人々にとっては味わいのないものだが、それを眺めている人々にとっては——もしも道徳的に慎しみ深さのなかで生き続けているならばであるが——きわめて鋭い味わいを持っている。娼婦たちの振舞いや言葉遣いの猥褻さは、それらを自分の日常生活にしている人々にとっては味気ないものだ。しかし逆にこの猥褻さは、清浄な生活を送り続けている人々には、目まいのするような落下の可能性を提供する。低俗な売春と猥褻さは、総じてエロティシズムの際立って意義深い形態を生みだしている。売春という変形は性生活の一覧表を重苦しくしているが、しかし性生活の意味を根源的に変質させてはいない。肉欲は、原則として、愚弄とごまかしの領域である。足場を踏みはずしたい、しかし倒れることなしに、というのが肉欲の本質なのだ。これは欺瞞なしには進まない。私たちはこの欺瞞の盲目的な張本人であるし、また同時に犠牲者にもなっている。私たちは、性欲を満たして生きるためには、素朴な喜劇を自らに演じなければならない。その最も下劣な喜劇が娼婦の猥褻さの喜劇なのである。このようなわけで猥褻さの内部の世界での彼女らの無関心ぶりと、外部の人間が感じる彼女らの猥褻さの魅力とのあいだには隔たりがあるが、しかし一見してそう見えるように通路がないというわけでもない。すなわち外部の人間が彼女たちの猥褻さに魅せられるとき、そこには不均衡がある。肉欲の根源的な意味における不均衡がある。つまり喜劇の苦味つまり金を払うことにまつわる堕落感が、足場を踏みはずす欲望に従う外部の人々に対して、悦楽の要素を付け加えるのである。

神秘体験とエロティシズムの一致

猥褻さは性活動の主要な諸イメージの配列のなかで重要な位置を占めているのであって、その重要さはエロティシズムと宗教的神秘主義のあいだに深い溝をうがつほどのものなのである。この猥褻さの重要性ゆえに、神的な愛と肉体の愛との対立はきわめて深刻になってしまっている。最終的に猥褻な錯乱と最も神聖な湧出とを結びつける関連づけをおこなえば、それはかならずスキャンダルになる。そのようなスキャンダルは、精神医学が余計にも神秘的状態を科学の視点からいささか鈍重に説明しようと努めた日から始まっている。学者たちは原則として神秘的状態を知らずにいる。教会を擁護しようとして学者たちの判断に抗議した人々は、しばしばスキャンダルに心を動かされて反抗しただけだった。彼らは、学者たちの誤りや単純化の彼方に、それらが変形させている、しかしまた暗示している根源的な真実を見抜けずに終わってしまった。精神医学と教会の両方の勢力によって問題はひどくもつれる結果になってしまった。だが、このカルメル会の論文集は、かなり精神的に開けていると言ってよいだろう。ともかくも、そこではカトリックの側の人々が神秘主義とエロティシズムの関連づけの可能性に向けて論を起こしているのであるし、また精神医学者たちも、この関連づけの際に出会う困難を否定してはいないのである。

しかしさらに先へ進まねばならない。私は、この問題を捉え直す前に、この問題の位置を明確にしておかねばならないと考えている。

私は、カルメル会の人々や彼らの論文集に寄稿した修道士たちがそうしているように、伝統を継承しながら二つの領域間の関係の可能性を認識するというだけでは十分でないと思っている(これは先にも述べておいたことだ)。私たちは二つの暗礁を避けてゆかねばならない。片や、関連づけのために、神秘家たちの体験を過小評価する傾向は慎しまねばならない。この過小評価は、精神医学者たちがかならずしも意図しないままおこなっていることだ。片や、修道士たちがおこなっているように、性行為の領域を精神化して、天上の清浄な体験のレヴェルに上昇させるということも慎しまねばならない。私は、性のさまざまな形態の意味を一つ一つ明確にしたいと思ってはいるのだが、折衷的な形態、つまり肉欲を緩和する（あるいは清浄にする）努力に対応した形態については二次的にしか考慮に入れていない。私は、最も社会的次元に同化しうる形態から、社会的次元に統合されるのを拒む特徴がある形態へ、進んでゆきたいのだ。とくに、この後者の形態が提示する問題を解明することが大切だと思っている。この問題とは、言ってみれば、猥褻さの領域のことである。猥褻さの領域は、まずはじめ売春に結びついて、肉欲に顰蹙《ひんしゅく》を買う彩りを与えてしまっていた。何よりもまず重要なのは、猥褻さの精神的な内容がどの点で猥褻さ全体の領域の根本的な図式に対応しているかを示すことなのである。猥褻さは嫌悪を催させる。大胆さに欠ける人々が、猥褻さに、嫌悪を催させる特徴より深いものを何も見出せないとしても当然なことだ。むろん、このような猥褻さの醜悪な面が、猥褻さを生みだしている人々の社会的な次元に関係しているということは容易に見て取れる。彼らは社会が嫌悪している人々なのだが、彼らの方も同様に社会を嫌悪しているのである。とはいえ、結局のところこの嫌悪を催させる性行為は、本質的に転落へ行き着く活動の意味、すなわちエロティシズムの意味を鋭く際立たせるための逆説的なやり方でしかない。社会的に堕落して猥褻趣味を生みだしている人々を別にすれば、つまり外側から猥褻さに惑わされる人々においては、この猥褻趣味は、低劣さに必然的に対応しているようなものが何もない。無私無欲を、そして精神の向上を明らかにめざしている男女のじつに多くの人が、猥褻さのなかに、足場を深く踏みはずすための奥義を見出してきたのだ！

以上のことから結局こう言ってよいと思う。すなわち性行為という恒常的なテーマをそのさまざまな形態において捉えてみた結果、何ものもこのテーマと神秘家の体験というテーマとの関係を見て取るのを妨げてはいない、と。じっさい、この関係を見て取るためには、猥褻さと牧歌的な愛の魅力、《性的な罪を想像して味わう快楽》と雄バチの交尾飛行の魅力といった、一見して正反対の魅力を一致したものとして捉えるだけで十分であった。あらゆる宗教の神秘家たち（ヒンドゥー教、仏教、イスラーム教、キリスト教の神秘家たち、さらには数は少ないが一つの宗教に属していない神秘家たちも）が競って描きだした失神状態や恍惚状態、神人融合《テオパティック》状態は、次のような同一の意味を持っている。すなわち問題になっているのはいつも、生の維持に対する執着のなさ、生を保証する傾向にあるものいっさいへの無関心、そしてそのような態度のなかで味わわれる不安（存在の諸力が転覆する瞬間まで不安にみまわれるのだ）、要するに生の直接的な運動に開かれているということである。ふだんは抑圧されていた生が突如解放されて、無限であることへの溢れるような喜びへ入ってゆく、そのような生の運動に開かれているということである。このような神秘家の体験が肉欲の体験とのあいだに示す唯一の相違は、神秘家が、肉体の現実の自発的な動きを意識の内面の領域へすべて還元してしまって、実際にこの肉体の動きを介入させないということなのである（明らかに意図的な呼吸の効果に頼るヒンドゥー教徒の勤行においてさえ、このような動きの介入は極力抑えられている）。この意識の内的な領域で作動しているのは何よりもまず思考とその決定である（この場合、思考の決定は否定の決定である。というのも、思考はそこでは思考自身の在り方を無化することしかめざしていないからだ）。ともかく、この意識の領域の根本的な外観は、エロティシズムの根本的な外観とはほとんど何の関係も持たない。ある特定の存在への愛が神秘的な湧出の形態ではあるのだが（ヨーロッパではキリストへの愛、インドではたとえばカーリー……、つまりほぼいたるところで神への愛になっている）、そこで問題になっているのは、思考上の存在だということである（キリストのような霊感を受けた存在たちが、生前に神秘的観想の対象に値するものであったかどうかは疑わしい）。

それはともかく、エロティシズムと神秘主義という二つの領域が近接していることは明白である。神秘主義は、結局ある特定の存在への愛を乗り越えようとしているが、しかししばしばこの愛のなかに乗り越えの方途を見出してきたのだった。神秘主義の禁欲家にとって、この愛は新たな次元へ向かうための手段であり可能性であるのだ。それに、神秘家が勤行のさなかに（少なくともそのはじめに）不測の性的事態に襲われることにどうして驚かずにいられようか。すでに述べたことだが、神秘的観想の道に進む人々に、聖ボナヴエントゥラの表現を借りれば《肉体の放出液に汚《けが》される》事態が起きないなどということはめったにないのである。ルイ・ベルナール神父は、聖ボナヴェントゥラを引用しつつ、こう語っている。(12)「そこで問題になっているのは、(神秘家たちが)彼らの体験にとっては外的なものとみなす何かなのだ」。私は彼らが間違っているとは思わない。だが、あれらの不測の性的事態が示しているのは、性欲の体系と神秘主義の体系は根本的に異ならないということなのである。これまでの私の考えに従うなら明瞭に見て取れることだが、この二つの領域においてはその意図も主要なイメージもよく似ているのだから、エロティックなイメージが惹き起こすのと同じ反応を思考の神秘的な運動が思わず惹き起こすということもつねにありうるのである。これは、逆もまた真なりで、エロティシズムは、神秘主義が惹き起こすのと同じような反応を惹き起こす。じっさいヒンドゥー教徒はタントラの教え〔ヒンドゥー教のシヴァ神のシャクティ(性力)を崇拝する〕による勤行を、性的興奮の助けを借りて神秘的発作を招来する可能性に立脚させている。そこで求められているのは、若くて美しく、高い精神性をそなえた適切な女性パートナーを選んで、いつも最終的な痙攣を回避しながら肉体の抱擁から精神的な恍惚へ行くことなのである。この実践に専念する人々をよく知っている人たちの見解によると、彼らの体験が誠実であり逸脱のないものであることは間違いないようである。逸脱はつねに起こりうるが、しかし稀なことだろう。このような方法によって純粋な恍惚状態に達する可能性を否定するのは正しくないだろう。

このようなわけで、相似た原則に従っている肉欲と神秘主義のあいだでは、つねに交流が可能であることは明らかである。(13)

禁欲、および無条件的瞬間の条件

だが双方のあいだの交流はかならずしも望ましいものではない。修道士の性的痙攣は彼らの意図に呼応しているわけではない。彼らの意図は、遠方にある可能性の領野に到達することにある。この遠方の領野は、いかなる外的条件からも解かれた精神的な体験へ開かれているのだが、このような領野をめざす場合に、肉欲から精神性への順を追った計画的移行が適切であるかどうかは疑わしい。だがこうした試みが人間のおこなう探究の頂点で決定的な意味合いを持っていることは確かだ。こうした試みは、特定の機会をあれこれ求める配慮から超脱している。ここでいう特定の機会とは、物質的な条件に依存していて、エロティックな生をひどく重苦しくしている機会のことである（禁欲に対する修道士のさまざまな正当化のなかで、この超脱の意味合いが最も批判しがたいものだ）。他方で神秘家の体験は知性の領野で起きている（少なくとも起きる可能性がある）。この領野では認識欲に駆られた知性が今まさに最後の努力をしている。この点で私たちが無視してならないのは、神秘家の体験は、その本質たる死への運動のおかげで、極限的な段階、つまり最高度の緊張の瞬間に向かって動きだしているという事実だ。

私は、神秘家の体験の重要性を判断するために次の事実に注目しておきたい。すなわち彼らの体験は、あらゆる物質的な条件に対して、完全な超脱を実行しているという事実である。このようにして彼らの体験は、人間の生が一般に持っている欲求に応えている。その欲求とは、自分が選択したのではなく、ただ外から課せられただけの条件には依存したくないという欲求である。要するに、至高のと言いうる状態に到達することが問題になっているのだ。エロティックな体験は、少なくとも一見したところでは、外的な事態に従属している。神秘体験はそのようなものを免れている。

神秘主義の分野で私たちは、とくに神学が〝神人融合《テオパティック》の〟という言葉で描きだしている状態において、完全なる至高性に到達する。この神人融合状態は、キリスト教の形態を持ちはするが、その形態から切り離して考察しうるものなのだ。じっさい、神人融合状態は、エロティックな状態と異なるだけでなく、低次とみなされうる神秘的状態ともたいへん異なる様相を呈している。神人融合状態を際立たせているものは、何が起ころうとその起こる事柄にまったく無抵抗でいるという態度である。神人融合状態にはもはや欲望などない。人間は受動的になっている。生起する事態を、いわば動きなしに受け容れる。この状態の不活発な至福感においては、つまり万物と宇宙のその完全なる透明状態においては、希望も不安もともに消えてしまっている。観想の対象は無と等しくなり（キリスト教徒に言わせれば、神と等しくなるということだが)、さらには観想する主体と等しくなる。もはや、いかなる点においても相違がなくなるのだ。主体は距離を置くことができなくなり、宇宙と自分自身の区別のつかない無際限の存在のなかに埋没してゆく。そして感覚しうる時間の流れにも属さなくなる。主体は永遠化した瞬間のなかに吸い込まれてゆくのだ。未来や過去への執着は続かず、見たところ決定的に主体は瞬間のなかにいる。瞬間は瞬間自身だけで永遠性になるのである。

このような考察から出発するならば、肉欲と神秘的体験との関係は、無器用な試みと完成された試みとの関係ということになるだろう。そして、精神が至高性に接近する方途として、最終的に誤りでしかないと分かったものについては、忘れる方がよいということになるのかもしれない。

だが、神秘的状態のために肉欲のことを忘れるという原則は、私に言わせれば、異論の余地のあるところだ。イスラーム教神秘主義——スーフィーの神秘主義——が神秘的観想と結婚という方途とを一体化させることができたという事実に、ただ参考までに言及しておこう。カルメル会のこの論文集でスーフィーのことが語られていないのは残念と言うほかはない。総じて、この論文集に寄稿している修道士たちは、肉欲と神秘主義の一致の可能性を認めてはいる。しかし彼らは、実際の体験に関する記述に対して、それが原則と相達していることを再認識するにちがいない（とくにキリスト教においては、原則は現実の次元とかなり隔たっている）。だが私がこれから述べる批判は、肉欲と神秘主義の二つの体験の偶然の一致がもたらす利点とは無関係である。私に言わせればエロティシズムへの拒絶を阻止しているものは、最も望ましい目的に達するためには肉欲の生を断念することが有益であるか否かという問題とは無関係だということなのだ。私はただこう問うているだけなのである。すなわち、打算に基づく決断、とくに断念は、神秘的な生の諸可能性を支配する無関心の状態とはたして協和しうるのだろうか、と。私たちは打算的な決断という方途によってはこの無関心の状態に到達することができないなどと私は言うつもりはない。だが私は次のことを確信している。すなわち、ある人がこの状態に達したとするなら、それは、この人の打算にもかかわらず、そしてまたこの人の決断にもかかわらず、のことだったのだ。

すでに見ておいたことだが、誘惑に対する抵抗は、生を維持したい、生き続けたいという配慮に、そしてこの生の維持を保証する組織に関係した配慮に発している。自己を贈与すること、現在時の彼方の成果のために働く（奴隷のような仕方で）ことを拒否すること、これらは、修道士の無関心よりも、つまり《無関心の状態》に到達するために努力する献身的な人の無関心よりもずっと真実の《無関心》〔打算や決断にもかかわらず到来する好運〕を必要とするのではないだろうか。

そうだからといって、エロティシズムの条件づけられた性格、従属した性格に何の変化も起こるわけではない！

いや起こりうるかもしれない。

しかしそれよりも私は、他の人々が行き詰まりを見出すところに、至高の好運を見出す。好運の最終的な意味合いを減じるものは何もない。好運がなければ、私たちは至高者になれないということだ。

私は、何らかの瞬間に、好運に身をゆだねなければならない。さもなければ私は、禁欲の誓いに拘束される修道士のように自分自身に命令しなければならなくなる。意志の介入が、つまり死、罪、精神的不安から身を守って維持しておく決意が、無関心と断念の自由な戯れをねじ曲げる。この自由な戯れがないと、現在時の瞬間は、そのあとに続く瞬間への配慮に従属させられることになる。

たしかに、未来時への配慮は現在時の瞬間の自由と両立しうるものである。しかしその矛盾は誘惑のなかで炸裂する。逸脱したエロティシズムはときとして耐えがたい重苦しさを呈する。他方で私は、誘惑を受けた修道士の打算についても強調しておかねばならない。この打算は、禁欲的な生に（その禁欲的な生がどのような告白に従属していようと）、何かしらけちくさくて、貧しくて、悲しいほどに規律正しいものを付加するのだ。

これは原則としてのみ真実である……。

しかしながら、それにもかかわらず、修道院の規則正しい生活においても、最も遠くへ行く体験は可能なのだ。が、そうだとしても、私は、神秘主義の体験の意味を捉えようとしている以上、誘惑に対する束縛がこの体験の鍵であることを忘れるわけにはゆかないのである。ともあれ、存在の可能性を極限にまで導くつもりであるならば、私たちは好運しだいの愛の無秩序を選んだ方がよいのかもしれない。というのも、軽薄な外観にもかかわらず、瞬間の単純性は、愛のような直接的な魅惑によって不安に開かれている人にこそ属しているからだ。

第六論文　神聖さ、エロティシズム、孤独

本日、私は、神聖さ（sainteté）、エロティシズム、孤独について皆様〔哲学学院の聴衆〕にお話ししたいと思っています。(1) 首尾一貫した一まとまりの考えを説いてゆく前に、私は、いささか唐突に見えるこの論題について一言述べておきたいと思います。エロティシズムという言葉は、いかがわしい期待を抱かせます。私はまず、エロティシズム、神聖さ、孤独についてお話しするその理由から明らかにしてゆきたいと思います。

私は何よりもまず、エロティシズムが人を孤独のなかに放置するという原理から話を始めます。エロティシズムとは、少なくとも語ることが難しいものであります。エロティシズムは、ただ因襲的な理由でだけ、秘密めいているとみなされているのではありません。エロティシズムは公的になることができないのです。その反対の例を私はいくつか挙げることができますが、しかしエロティックな体験は何らかの仕方で日常生活の外に位置しています。私たちの体験全体のなかで、エロティックな体験は、感動の通常の伝達から本質的に切り離されたままになっています。エロティックな体験は禁じられた話題なのです。

たしかに絶対的に禁じられているものなど何もありませんし、いつも禁止は侵犯されています。しかしエロティシズムに関しては禁止は十分に機能しています。といいますのも、総じて、エロティシズムはおそらく最も激しい感動なのであって、それゆえ私たちの生が言語（推論的言語《ディスクール》）というかたちで私たちの内部に現れている限りは、エロティシズムは私たちにとって、まるで存在しないかのようにして存在しているからなのです。今日ではたしかにエロティシズムに対する禁止は弱まっています。そうでもなければ、私が本日皆様の前でお話しすることなどありえなかったでしょう。しかしともかくも、この会場が推論的言語の世界に属していることからしても、エロティシズムは私たちにとってあいかわらず外部の何かしらであり続けるだろうと思うのです。私はエロティシズムについてお話ししますが、しかしそれは、私たちが現に生きているものの彼方についてのようになるでしょう。この彼方は、次のような条件ではじめて私たちにも到達できるものになるのです。すなわち、私たちが目下いる世界から抜けだして、孤独のなかに引きこもるというのがその条件です。とりわけ私たちは、哲学者の態度を放棄しなければこの彼方に到達することができないと私には思えるのです。哲学者は、自分が体験することのすべてを私たちに語ることができます。逆にエロティックな体験は、原則として私たちを沈黙へ追いやるのです。

この事情は、エロティシズムの体験に近接した体験すなわち神聖さの体験では同じではありません。神聖さの体験における感動は推論的言語で表現しうるのです。この感動は説教の対象になりえます。しかしそれでもおそらくエロティックな体験は神聖さに隣接していると思われます。

私は何も、エロティシズムと神聖さは同一の本性のものだと言いたいのではありません。この問題はそのうえ私のここでのお話の埒外にあります。私はただ、双方の体験とも極限的な激しさを持っていると言いたいだけなのです。神聖さという言葉を語るとき、私は、聖なる(sacré)現実の存在、つまり私たちを根底から動転させうる現実の存在によって生じる生を問題にしています。今のところ私は、神聖さの感動、エロティックな感動を、それぞれその激しさが極限的であるものとして捉えることで満足しています。私は、これら二つの感動のうち一つは、つまり神聖さは私たちを他の人々へ近づけ、もう一つは、つまりエロティシズムは私たちを他の人々から切り離して孤独のなかへ取り残すと言いたかったのです。

私が皆様の前で詳しく述べておきたいのはこの発表の出発点です。私は、通常理解されているような哲学の視点から語るつもりはありません。最初から私が明らかにしておきたいのは、正真正銘の哲学的な体験はこれら二つの感動のどちらをも排除するということです。哲学の体験は他の体験から守られている分離した体験だということを私は原則として認めています。一言で言えば、哲学者の体験は専門家の体験にほかなりません。さまざまな感動はこの体験をかきみだしてしまいます。一つの特殊な面が以前から私に衝撃を与えているのですが、それは真の哲学者は自分の生を哲学に捧げねばならないということです。いかなる認識の活動にも共通した弱点があります。それは、一つの領域での優越を獲得するために、他の諸領域に関する無知が容認されるように願うということです。哲学の実践において、この弱点に対立するものは何もありません。日々、状況は深刻になっています。つまり人間の知識の総量が際限なく増大しているために、この総量を獲得することが日々どんどん難しくなっているということです。人間の知識の総和が記憶のなかで知識を並置することではなく、知識を総合化する作用であるとするならば、哲学こそはこの知識の総和なのだとする原則は、今でもなお認められているでしょう。しかしこの原則は現実にはほとんど守られていません。哲学は、日々、少しずつ他の諸学問と同じような専門化した学問になっています。たしかに、私が言う必要もないことなのでしょうが、今日では、政治的な体験から独立した哲学を構築することは不可能になっています。少なくともそれは、哲学の現代的な方向性を特徴づける原則になっているのでしょう。この点で哲学は別な体験に自らを開いたと言えるかもしれません。しかしこの原則が認められているにしても、外部との接触を断ったものとして哲学を扱うことはあいかわらず常識になっています。哲学することと生きることとを同時におこなうのは困難だと私は言いたいのです。人間性は分離した個々の体験から成り立っていて、哲学はそのなかの一つの体験にすぎないのだと私は言いたいのです。哲学が知識の総和になることはどんどん難しくなっています。しかも専門家の本性たる精神の狭さのなかで、哲学は、体験の総和たらんとめざしてさえいないのです。しかしながら、人間存在が自分自身に寄せる省察、存在一般に寄せる省察が、もし最も激しい感動の状態に無縁であるのならば、いったいその省察は何を意味しているのでしょうか。その省察は明らかに、本性上いかなる口実のもとでも総合的、普遍的でないことを諾《うべな》えないものを特殊専門化するということを意味しているのです。明らかに哲学は、総合化作用という意味での可能事の総和たることしかできないのです。それができないのなら、哲学は無です。

繰り返しますが、哲学は総合化作用という意味での可能事の総和なのであって、そうでないなら無なのです。

ヘーゲルにとって哲学はそのようなものだったと私は思っています。エロティックな体験は、少なくともヘーゲルの弁証法的構築物の初期の形態では、公然と体系の形成のなかに組み入れられていました。いやさらに、エロティックな体験は水面下ではもっと深い影響力を持っていたと考えられなくもないのです。といいますのも、エロティシズムは弁証法的にしか考察されえないからです。逆にまた弁証法論者の方も、形式主義に留まっていない限り、かならず性の体験を直視しているはずなのです。いずれにせよ（かなり不分明な点に関しては躊躇する場合があるということは私もすすんで認めています）、ヘーゲルは、少なくとも部分的には、彼自身の神学上の認識から、およびマイスター・エックハルト〔一二六〇頃―一三二七、ドイツの神秘主義的神学者〕の認識やヤーコプ・ベーメ〔一五七五―一六二四、ドイツのプロテスタント派の神秘主義的思想家〕の認識から、自分固有の弁証法の運動を導き出したのでした。しかし私が今ヘーゲルを取り上げたのは、彼の哲学の価値を強調するためではありません。私は逆に、多少ためらうところはあるものの、あえてはっきりとヘーゲルを特殊専門化された哲学に結びつけたいと思っているのです。これには、ヘーゲル自身、哲学は特別な準備などないまま誰にでもできることだと願っていた彼の時代のロマン派哲学の傾向に、多少とも頑固に対立していたことを想起するだけで十分でしょう。彼が哲学の分野で即興を非難したのは間違いだったなどと私は言っているのではありません。この分野で即興は不可能だと思います。しかしヘーゲルのいわば侵入困難な構築物は、たとえ哲学の言葉でできているにせよ、特殊専門化した学問の価値を間違いなく帯びています。つまりこの構築物は、集めると同時に自分が集めたそのものを体験から分離させるのです。たしかにそこにこそヘーゲルの野心はあるのでしょう。ヘーゲルの精神のなかでは、直接的であるものは悪いものなのであり、しかも彼ならば私が体験と呼んでいるものをまず間違いなく直接的なものに関係づけたことでしょう。しかしながら私は、哲学的な議論には入らずに、ヘーゲルの論理展開は特殊専門化された活動の印象を抱かせるということを強調しておきたいのです。彼がこの印象から免れていたとは私は思いません。反論に前もって答えておくためにヘーゲルは、哲学とは時間のなかでの論理展開であり、部分を次々につないで表現してゆく推論的言語であることを強調していました。これは誰しも容認できることです。しかしこれは、哲学の各瞬間を、他の諸瞬間に従属した、一つの特殊専門化した瞬間にするということなのです。私たちはこうして特殊専門化を免れたつもりで、今度こそ決定的に専門家の眠りのなかへ入っていってしまうのです。

目覚めることは私たち各人誰にでもできることだと言うつもりはありませんし、誰にもできないことだと言うつもりもありません。総合化作用とみなされる可能事の総和はおそらく空想的なことなのでしょう。私は失敗するのは自分の自由だと感じています。私は、失敗であるものを成功とみなす考え方には不快感を覚えます。とりわけ、私には、特殊専門化した仕事を自分に課して自分の眼前の可能事を制限しなければならない理由がまだよく分からないのです。私が問題にしたい選択は、その選択の期限が各瞬間ごとに私たち各人に提示されているものです。今、この瞬間にも選択は私に課せられていて、それは、皆様の前で論理的に展開するように私自らが自分に強いたテーマに隷属するか、それとも起こりうる気まぐれに自分でもよく分からない応え方をするか、という選択です。この困難な選択を解決するのには、気まぐれに身をまかせたいという欲望にまでは従わず、ただ気まぐれに沿って話をすると考えてもだめで、むしろ特殊専門化の対立物たる気まぐれのより大きな価値を認めるという方がよいのでしょう。特殊専門化は効率をあげるための条件です。そして効率をあげる追求というのは、自分に何かが欠けていると感じる人間のやることなのです。つまりそこでは無力さが告白されているのであり、必要性へのみすぼらしい従属があるのです。

たしかに、ある結果を欲していながら、その結果に達するために必要なことをしないという態度には何とも残念な弱さがあります。これに反して、この結果を欲せずに、この結果に通じうる道に入るのをあえて拒否することのなかには力強さがあるのです。ともかく、結果をめざす特殊専門化の道と気まぐれに従う道とが交叉するところに、神聖さ、さらにはエロティシズムも、自らを差し出しているのです。神聖さは、特殊専門化した努力に対して、まずはじめ気まぐれの方に位置しています。神聖な人間は効率を追求してはいません。神聖な人間を衝き動かしているのは欲望であり、欲望だけなのです。この点において彼はエロティシズムの人間に似ています。それゆえに次のような問いも出てきます。すなわちすでに述べたように、哲学がまずもって総合化作用として可能事の総和であるのならば、哲学の本質によりよく応えているのは、結果到達のための企てを特殊専門化することよりも、つまり企ての効率を保証する特殊専門化よりも、欲望の方なのではないかという問いです。この問いは言い換えれば、総合化作用は、特殊専門化へ行き着く計算された単純な運動のなかで想像しうるものなのか、それとも欲望の別名たる気まぐれへの関心の優越のなかでこそ想像しうるものなのか、という問いになります。

議論をさらに進める前に、私はエロティシズムに関して本質的なことを述べておきたいと思います。むろん、エロティシズムについて語ろうとするとかならず出会う根本的な困難は覚悟のうえでのことです。

まず第一に注意すべきなのは、エロティシズムは動物の性活動とは異なるということです。といいますのは、人間の性活動は禁止によって制限されていて、エロティシズムの領域は禁止への侵犯の領域になっているからです。エロティシズムの欲望は、禁止に打ち勝つ欲望にほかなりません。エロティシズムの欲望は、ゆえに、人間が人間自身に対立することを前提にしているのです。人間の性活動に向けられた禁止には、原則として、さまざまな特殊の形態があります。たとえば、近親相姦に関する禁止、月経血に関する禁止があります。しかし私たちは性活動に関する禁止を普遍的な面から考察することもできます。たとえば、たしかに太古の時代（動物から人間への移行期）には存在しなかった面ですが、しかし今日では問題になっている面、すなわち裸という面がそれです。じっさい裸に対する禁止は今日では、厳しいと同時に問題にもなっています。裸に対する禁止が相対的な不条理さ、つまり歴史的に条件づけられた無根拠性を持っていることを理解していない者は誰もいません。しかしその一方で、裸の禁止およびこの禁止への侵犯がエロティシズムの一般的なテーマを生みだしていることを誰しもが理解しているのです。エロティシズムとは、この場合、エロティシズムとなった性活動（人間固有の性活動、言語能力をそなえた存在の性活動）という意味です。病的と言われる倒錯や悪徳のなかでこのテーマはいつも意味を持っています。悪徳は、侵犯の感覚を多少とも偏執的に得るための技術だとみなしうるかもしれません。

ここで、禁止と侵犯の理論の特異な起源を想起するのが適切であるように私には思えます。この起源はマルセル・モースが口頭で教授していたことであったのですが、彼のそうした口述の仕事はおそらくフランス社会学の貢献のなかで最も異論の余地のないものであったはずであるのに、印刷物としては何も残されませんでした。モースは、何かを確固と表明することに対して、つまり自分の思想に印刷物という決定的な形態を与えることに対して、何がしか嫌悪感を持っていました。最も注目すべき自分の成果に対してさえ彼は気詰まりな思いを抱いていたにちがいないと私は想像しています。たしかに、侵犯の理論の根本的な面は彼の書かれた作品のなかに現れているのですが、しかしそれはごくあっさりとした短い指摘というかたちでのことなのです。たとえば、『供犠論』のなかで彼は、ギリシア人たちがブーフォニア祭〔古代アテネの祭で、アテネの守護神ゼウスを称えて、六月の終わり頃アクロポリスの丘でおこなわれ、雄牛を生贄にする〕の供犠を供犠執行者の犯罪とみなしていたことをたった二行で語っているだけなのです。モースは一般化をしません。私個人は、彼の講義に出席したことはありませんが、侵犯に関する彼の教説ならば彼の弟子の一人ロジェ・カイヨワが著した小品『人間と聖なるもの』のなかに提示されています。好運なことに、ロジェ・カイヨワは剽窃者などではまったくなく、事実を魅力的な形態で提示できているし、さらには自分の論述に積極的で個性的な思想の堅固さを与えることができています。私はここにカイヨワの論文の図式を示しておきましょう。すなわちこの図式によれば、文化人類学が研究している部族においては、人間の時間は俗なる時間と聖なる時間に分かれています。俗なる時間とは通常の時間のことであり、労働の時間、禁止が尊重されている時間のことです。聖なる時間とは祝祭の時間、すなわち本質的に禁止が侵犯される時間のことです。エロティシズムの次元では、祝祭はしばしば性的放縦の時間になっています。正真正銘の宗教的な次元では、祝祭はとりわけ供犠の時間であり、供犠とは殺人の禁止を侵犯することなのです。

私は、ラスコー洞窟の壁画に関する自著のなかで、このような教説を自分なりに練り上げて論述したことがあります。ただし具体的に私が論述したのは、最初の時代の人間、つまり動物から人間への移行を遂げた、芸術の誕生期の人間のことでありました(2)。私にとっては、禁止を労働に結びつけることが必要でした。労働は芸術の誕生するずっと以前に存在しておりました。私たちは労働の痕跡を石造りの道具として知っておりますそれらの石器は大地のなかに埋まっていたのであり、おおよその年代も分かっています。労働は、性生活、殺人、そして一般的には死が排除される労働の世界を、最初から必要にしていたはずだと私には思えたのでした。じっさい、性生活も、また殺人、戦争、死も、労働の世界に対しては重大な混乱であり、上を下への転覆さえ惹き起こしかねません。このような瞬間が、早くから集団化しえていたはずの労働の時間から根本的に排除されていたことは疑いえないように私には思えたのです。労働の時間においては、生命の創造とその抹殺は外部へ捨て去られねばならなかったのであり、労働は、生と死が戯れあい肯定しあうあの激しい感動の瞬間に対して、中立の時間、一種の無化を意味していたのです。

私が到達したいと思っている地点が、今やようやく白日の下に現れ出てきたと思います。私は、特殊専門化していない哲学が可能だと言っているのではありません。哲学は、特殊専門化した作業として、一個の労働になっているのです。つまり哲学は、気づかないまま、私が先に語ったあの激しい感動の瞬間を排除しているということです。それだから哲学は、私には根本的と思える総合化作用としてのあの可能事の総和にはなっていないのです。哲学は、認識を目的にしたいくつかの限定された体験の総和にしかなっていないのです。哲学は、認識の総和にすぎません。哲学は、良識をもって、いわば異物を除去する感覚で、汚《けが》れたものを、少なくとも間違いの根源を、つまり誕生、生命の創造、および死に関係した激しい感動であるものを排除するのです。平均的な人間性の表現であり、性活動や死の痙攣といった極限的な人間性とは無縁となった哲学のこうした嘆かわしい結果に驚きを感じているのは、何も私が最初ではありません。このような哲学の寒々とした面に対する反抗は総じて近代の哲学を特徴づけているとさえ私には思えます。キェルケゴール、ニーチェ、ハイデガーの名を出す必要もないくらいでしょう。哲学が重病に陥っているのはは当然であると私は思っています。哲学は、今おそらく皆様のうちの何人かの方々にはこの私が体現しているように見える思考のボヘミアン的な可能性、自由奔放でだらしのない可能性とは相容れないものなのです。まさにこの限りで哲学は根源的に正当化されているのでしょう。もしも哲学が極限的な努力でないのならば、ということはつまり規律正しい努力でないのならば、哲学は無になってしまいます。しかし他方で、哲学は、計画的でよく練られた努力を、そして規律正しさを導入することで、自分の根源的な存在理由に背くことになるのです。つまり根源的に哲学が、少なくとも私の語ったもの、すなわち《総合化作用としての可能事の総和》である場合のことです。結局、私が表現したいのは、哲学の陥っている難局です。つまり哲学は、規律の正しさがなければ成し遂げられないし、他方で、その対象の極限、すなわち私がかつて《可能事の極限》と呼んだものであり、生の極限的な地点につねに関係しているものを包含することができないのだったら、哲学は挫折するということなのです。たとえ哲学が根本的なものであっても、死の哲学でさえその対象すなわち死から顔をそむけることでしょう。私が言いたいのは、哲学はその終極相である目まいに埋没し身をゆだねてもまだ可能であるということではありません。ただし、あえて言えば、頂点において哲学が哲学の否定になる場合、哲学が哲学を笑いとばす場合は別です。じっさい哲学は哲学を笑いとばすと仮定してみましょう。そうなるためには、規律の正しさと規律の正しさの放棄とが必要になってきます。そしてこの笑いのときには、可能事の総和はそっくりまるごと活動として関係してくることになります。このときの総和は総合化であって、単なる加算ではありません。といいますのも、総和は、総合的な展望に、つまり人間の努力が非力さを露呈し、もはや何の未練もなしに自分のその非力さの感覚のなかで和んでいる総合的な展望に到達しているからなのです。もしも規律の正しさがなかったならば、この地点に到達することは不可能であったでしょう。しかしけっして規律の正しさは極限にまで行きません。この真実は体験して得られるものです。いずれにせよ、人間の精神、脳は、中味によって壊され中味が溢れ出ている状態の容器に帰着します。それはちょうど、荷物を絶えず入れているうちについに蓋ができないほどになってスーツケースであることをやめてしまったスーツケースに似ています。加えて、極限の状態は、可能事の総和のなかに、冷静な省察に還元しえない要素を導入するのです。

私たちが持ちうるこの横溢の体験を、以下、正確に描きだしてみることにしましょう。

私たちは選択しなければならない必要性に迫られています。最初は量の面での選択をしなければなりません。可能事を同等のものとみなすならば、その可能事の数はあまりに多いと言わねばなりません。たとえば、私たちは限られた時間の人生しか持っていないために、ある作品を読むのを断念しなければなりません。その作品のなかに私たちは、自らが発する問題の要点と解答を見出していたかもしれないのに、です。このような場合、私たちは、この書物が重視する可能事に到達することができないと考えざるをえません。

極限的な状態の体験が関係してくる場合には、今度は質的な選択が問題になってきます。じっさいこの体験は私たちを解体し、冷静な省察を排除します。といいますのも、この体験の原則は、私たちを《私たちの外へ〔我を忘れた状態に〕》置くということにあるからです。絶えず、あるいは少なくともかなりしばしば、自分の外にいるような哲学者の生を想像してみるのはなかなか難しいことです。私たちはここで再び、労働の時間と聖なる時間との分割に行き着く本質的な人間の体験に出会うことになります。狂気に近い可能性（エロティシズムや脅威に関係した、より一般的には死や神聖さの存在感に関係したいかなる可能事もこの可能性に相当します）は、省察の労働を、省察がまさに停止する何かしら他のことに従属させるのです。

私たちはじっさいには絶対的な難局に達しているわけではないのでしょう。それではいったい何が問題になっているのでしょうか。哲学の活動が、他の活動と同様に、一つの競争であるということを私たちは多くの場合忘れています。問題になっているのはいつも、できるだけ遠くへ行くということなのです。私たちは、記録を打ちたてようと試みている人の、じつのところは屈辱的な状況のなかにいるのです。この状況においては、方向の違うさまざまな発展が、視点に応じて、優越権を得ています。講壇哲学の視点からすると、言うまでもなく優越権は、労働していて、侵犯のなかで生じる可能性をできるだけ回避している者に属しています。告白しておきますが、私は、これとは逆の優越権、つまり単純に怠惰とうぬぼれの代弁者になっている反対屋に与えられる優越権を根源的に信用していません。競争に同意しつつ、私は個人的には二つの方向、すなわち侵犯の方向と労働の方向における困難のそれぞれを引き受ける必要性を感じてきました。もちろん限界はあって、同時に二つの方向に満足のゆく仕方で答を出すことは明らかに不可能です。くどくどと言い訳をするのはやめにしておきます。ともかく、無力感と息苦しい感じだけが私が提示した問題に答えることになるように思えてなりません。私たちは明らかに難局の前にいます。あきらめる必要はありませんが、あきらめないことによっても私たちは何からも解放されないということも認めておかねばなりません。私は、誘惑を感じるだけだと告白しておきます。侵犯は怠惰と一致しますが、その侵犯の方向に私は少なくとも明白な劣等性の利点を見出します。しかしそれもまだ嘘であり、私はそのことを否定できずにいます。要するに競争の展望は開かれていて、私はその競争に参加しているということです。私の参加は、優越権の原則それ自体への異議申し立てと関係しているのですが、しかしこれによってもこの原則には何の変化も生じません。最も遠くへ行くことがあいかわらず、そしていつまでも、問題になっているのであり、私の無関心はこれに何の変化も生じさせないのです。たとえ私がこの競争を拒否していても、完全に拒否しているわけではありません。そしてそれで十分なのです。私は自分の意に反して競争にかりたてられているのです。しかも今日は、皆様の前で私は語っているのであり、そのことは、孤独は私を満足させないということを意味しています。

この発表の冒頭から私は、神聖さの価値がすべての他者に提示されるのに対し、エロティシズムは孤独の意味を持つと主張してきました。皆様のなかの何人かの人々にとって、エロティシズムがあらかじめ、神聖さの持っていない価値を持ちうるなどと、私は一瞬たりとも考えることはできません。エロティシズムへのありうべき幻想がどのようなものであれ、その非力さの理由がどのようなものであれ、エロティシズムは原則として、たった一人の人間にとってのみ、そして一組のカップルにとってのみ意味があるものなのです。推論的言語は、労働に劣らず、エロティシズムを拒絶します。それに推論的言語と労働が関係しあっているのはほぼ確実なことです。この発表も一つの労働ですし、この発表を準備するにあたっては私は、労働する前に私たちがまず克服しなければならないあの恐怖感を感じていたのでした。エロティシズムは根本的に死の意味を持っています。エロティシズムの価値を一瞬にして捉えた者は、この価値が死の価値であることをただちに見て取るのです。それはたしかに一つの価値であるのですが、しかし孤独がこの価値を押し殺してしまうのです。

今や私は、問題の極限へ行くために、私が提起しようと思った諸問題の全体に対してキリスト教が何を意味しているか語っておきたいと思います。これは何も、私が神聖さという言葉を持ちだしているためにキリスト教の神聖さをはっきり論じなければならないと思っているからではありません。しかし、私が何を望もうと、私の話を聞いている方々の精神のなかでは、原則として神聖さとキリスト教の神聖さとのあいだに相違はないでしょう。私は、逃げるためにこの神聖さという概念を持ちだしたわけではありません。私が先ほど持ちだした諸概念に立ち戻るならば、私が侵犯と呼んでいるものは、キリスト教の枠内では罪と呼ばれている事実を強調しておかねばなりません。罪とは過失であり、起きるべきではなかったことなのです。まず十字架上での死を考えてみましょう。これは供犠であり、神自身が生贄になっている供犠です。しかしたとえこの供犠が私たちの罪を贖うにせよ、またたとえ教会が供犠の原則である罪を逆説的に〝幸いなる罪《フェリックス・クルパ》〟と呼んで歌いあげていても、私たちの罪を贖うその行為が同時に、起きるべきではなかったことに、つまり過失になっているのです。キリスト教において、禁止は絶対的に肯定されているし、侵犯はどのようなものであれ、決定的に断罪されうるものになっています。しかしながら、考えうる限りで最も断罪すべき過失の結果、つまり、最も根源的な侵犯の結果、断罪は解かれることになるのです。エロティシズムから神聖さへの移行には多くの意味があります。この移行は、呪われたもの、排除されたものから、吉なるもの、祝福されたものへの移行です。片や、エロティシズムの方は孤独な過失であり、私たちをすべての他者に対立させてはじめて私たちを救うことのできるものです。いや正確には、エロティシズムは、幻想の幸福感のなかでのみ私たちを救うと言い換えた方がよいでしょう。といいますのも、最終的に、エロティシズムにおいて私たちを激しさの極限的な状態へ導いていったものは、同時に孤独の呪いで私たちを打ちのめしもするからです。他方で、神聖さは私たちを孤独から脱出させます。ただしこれは、〝幸いなる罪《フェリックス・クルパ》〟という逆説、その過激さが私たちの罪を贖うことになるこの逆説に同意するという条件でのことです。このような状況では、たった一つの逃避しか、私たちが孤独から抜けだし同胞のもとへ帰還することを可能にしてくれません。この逃避は、多分、断念〔侵犯への〕という名に値するのでしょう。といいますのも、キリスト教においては私たちは、同時に侵犯をおこない、これを楽しむということはできないからです。キリスト教においてはただ他者たちだけが、孤独を断罪しながら、侵犯を楽しむことができるのです！　キリスト教徒が自分の同胞との合体を見出すようになるのは、自分を解放するもの、しかし絶対に侵犯でしかないものを、つまり文明を成り立たせている禁止への侵犯でしかないものをもはや楽しまないという条件のもとでしかありえません。

私たちは、もしもキリスト教によって示された道をたどるならば、たしかに孤独から脱することができるだけではなく、一種の均衡に到達することもできるのです。この均衡は、私が出発点にしている根源的な不均衡を免れているもの、つまり規律の正しさと労働を極限的なものの体験に協和させないようにしている不均衡を免れているものです。少なくともキリスト教の神聖さは、たしかに、あの窮極的な痙攣の体験をとことん押し進めて、極端な場合には私たちを死へ投げ入れる可能性を私たちに切り開きます。神聖さと、死に関する禁止への侵犯とのあいだには完全な一致はありません。この死に関する禁止への侵犯は、とりわけ戦争です。しかし神聖さもやはり死の高みに位置づけられます。この意味では神聖さは戦士の英雄的態度に似ています。聖人は、あたかも死につつあるかのように、この英雄的な態度を生きるのです。しかしそこには、仰天させるような歪曲があるのではないでしょうか。あたかも死につつあるかのように生きるとはいっても、永遠の生を見出すためなのです！　神聖さはいつも企てです。たしかに企ては、神聖さの本質にはないことなのでしょう。しかし聖テレジアは、たとえ地獄に呑み込まれることになっても、辛抱強く生き続けることしかできないと言っていました。ともあれ、永遠の生への意思は、神聖さにも、その反対物にも、関係しているのです。まるで、神聖さにおいては、たった一つの妥協によってだけ聖人と民衆との合体が、聖人とその他の人々との合体が可能になっているかのようなのです。ここで言う民衆との合体とはつまり、哲学との合体、一般共通の思考との合体ということでもあります。

最も奇妙なのは、決然たる侵犯と他の人々とのあいだに合意が成り立ちえていた、ただし語らないという条件で成り立ちえていたということでしょう。この合意は、未開の宗教のあらゆる形態において実現されています。キリスト教は、語ることをまだ可能にしていた侵犯に唯一道を開いた宗教だったのです。ここで簡単に次のことを認めておきましょう。すなわちキリスト教を超えてゆく推論的言語は、侵犯に似たすべてのことを否定する傾向があり、同時にまた禁止に似たすべてのことを否定する傾向があるということです。たとえば、性活動の次元で、裸体主義の逸脱を考えてみて下さい。これは、性の禁止を否定することであり、また性の禁止が必然的に生じさせる侵犯を否定することでもあるのです。そう言ってよければ、推論的言語は、動物と対立する存在として人間を定義しているものを否定することにほかなりません。

私としては、語ることによって、沈黙にかなり重苦しい一種の讃辞を表してきたように思います。それはおそらくエロティシズムへの讃辞でもあります。しかしこの点に関して私は、聴衆の皆様方に、私へのこのうえない警戒心を持つようにお勧めしたいと思います。といいますのも、私は結局、死んだ言葉をしゃべっているからです。この言葉は哲学の言葉だと私は思っています。しかしまた、ここであえて言っておきますが、私が見るところ哲学とは言葉を死に処することでもあるのです。これは供犠だと言ってもよいでしょう。私が語ってきた、すべての可能事を総和化するという作用は、言葉が導入するすべてのことを抹殺することなのです。迸《ほとばし》り出る生命の体験、そしてまた死の体験を中立の領域に、何にも関わらない領域に置き換えてしまうすべてのことを抹殺することなのです。私は皆様方に、言葉に対して警戒心を抱くように勧めたかったのです。ということは同時に私は、皆様方が私の語ったことに警戒心を抱くようにお願いしなければならないということでもあります。私は道化芝居でこの場を切り上げたいと思っているわけではありません。私は、ゼロに等しい言葉、無《リアン》の等価物である言葉、沈黙へ帰ってゆく言葉を語りたかったのです。私は、虚無《ネアン》について語っているのではありません。虚無は、私には、特殊専門化した一章を推論的言語に付け加えるための口実にすぎないように思えることがときおりあるのです。私が語っているのは、言葉が世界に付け加えているものを抹殺することなのです。この抹殺は、厳密なかたちでは実践不可能だと私は感じています。それに、新たな形態の義務を導入することが問題なのでもありません。しかし、もしも私が、自分の語ったことの不適切な使用に用心するように皆様に促さなかったならば、私は、自分を裏切ったことになるのです。それゆえ、世界から私たちを引き離さない(引き離すとはこの場合、神聖さが教会を越えて、もしくは教会に反抗して、人を世界から引き離すという意味でのことです）ものすべてが、私の意向を裏切ることになるのです。規律は、私たちを労働の道へかりたてて、極限的なものの体験から遠ざけていると私は述べました。少なくとも一般的な意味ではその通りなのですが、この体験自体もそれ自身の規律を持っているのです。いずれにせよ、この規律は、まず最初、エロティシズムへの饒舌な弁明のどんな形態にも対立します。エロティシズムは沈黙であり、孤独であると私は述べました。しかしこれは、世界に存在する仕方がそれだけで沈黙のまったくの否定になっている人々、つまり冗漫で、ありうべき孤独の忘却である人々にはあてはまりません。

第七論文『マダム・エドワルダ』序文

死とはこのうえなく恐ろしいものであり、死の作用を維持することは最大の力を必要にすることなのである。

ヘーゲル

小説『マダム・エドワルダ』の作者〔この小説はバタイユが一九四一年にピエール・アンジェリックの筆名で刊行した地下出版物〕は、彼自らこの著作の重大さに読者の注意を引きつけようとした。(1) しかし性生活が主題になっている書き物は軽薄に扱われるのが習慣になっているのであり、この点を強調しておくのも適切だと私には思える。もちろん、そうすることで何か変化をもたらそうと希望しているわけではないし、そのような意図もない。私がこの序文の読者に求めているのは、快楽（性の戯れのなかで最高の激しさに達する快楽）と苦悩（たしかに死によって鎮静化されるのだが、しかし当初は死によって最悪の状態に導かれる苦悩）に対する伝統的な態度について少しのあいだ考えてみるということなのである。いろいろな条件が重なって、今日、私たちは、人間（人間性）について、極限的な快楽からも極限的な苦痛からも等しく離れたイメージを持つようになっている。最も一般的な禁止のうちいくつかは性生活を対象にしているし、他のいくつかは死を対象にしている。その結果、性生活と死は、宗教に属する聖なる領域を形成するようになった。しかし、死に関する、つまり存在の消滅の状況に関わる禁止だけが重々しい様相を帯び、存在の出現——生殖活動全般——の状況に関わる禁止が軽く扱われようになったのは、じつに嘆かわしい事態の始まりだった。私は何も、大多数の人間の傾向に抗議しようというのではない。この傾向は運命の表現なのであって、運命は、人間が自分の生殖器官を笑うことを望んだのだ。しかし、この笑いは、快楽と苦悩を対比的に際立たせ（苦悩と死は尊敬に値するのに対し、快楽は取るに足らないもので、軽蔑の対象になる）、同時にまた両者の根本的な類縁性を示してもいる。笑いはもはや尊敬とは関係がないが、しかしおぞましさを指し示すしるしにはなっている。つまり笑いは、何かしら嫌悪感を抱かせる様相を前にした人間が、この様相が重々しく見えないときにとる妥協的な態度なのである。同様に、重々しく悲劇的に考察されたエロティシズムは、軽薄に受け取られるエロティシズムに対して一つの逆転になっている。

私はまず、性の禁止は偏見であり、もはや手を切るべきときが来ているというあの凡庸な主張がどの点で空しいか明確にしておきたいと思う。快楽の強い感情にともなう恥じらいや羞恥心も、そのような主張によれば、愚かさの証拠にすぎないということになるのだろう。これは結局、すべてを白紙に戻して、動物性の時代に、つまり自由な貪欲さと汚《けが》れへの無関心との時代に帰るべきだと言っているようなものだ。まるで人間性は、感性と知性がともに関係している運動から、恐怖したのちに魅せられてゆくというあの運動から生まれたのではないということになってしまう。が、ともかく私たちには、卑猥さが原因の笑いを阻止しないでおいて、笑いだけが切り開く見地に——部分的に——立ち戻ることは許されている。

〝部分的に〟と言ったのは、笑いが既存のものの名誉を傷つける断罪を導入し、この断罪を正当化しているからだ。じっさい笑いによって人は、禁止の原則を、すなわち必然的で不可避な原則を閉鎖的な偽善だと、今戯れているものへの無理解だとみなすようになってしまう。それだから、気ままで卑猥な冗談は、エロティシズムの場合と同じような拒絶を受けている。エロティシズムの真実を真面目に受けとめる——私に言わせれば悲劇的に受けとめる——ことへの拒絶に見舞われている。

この短編小説では、エロティシズムはざっくばらんに描かれていて、ある裂け目を意識することへ読者を開かせているのだが、それだから私にとってその序文は、悲壮な呼びかけ（私はそう欲している）の機会になっている。これは何も、精神が精神自身から顔をそむけ、いわば背を向けて、その頑固さのなかで自分の真実の戯画になることが私から見て驚きだということではない。人間には嘘が必要だというのなら、それはそれでよい！　自尊心を持っている人間も、集団によって溺れてゆく運命にある。だがそんなことよりも私が忘れられずにいるのは、目を見開いて、今起きていること (ce qui arrive) を、今存在しているもの (ce qui est) を、直視する意志には何かしら暴力的で驚異的なものが関係しているということなのだ。もしも極限的な快楽について何も知らず、極限的な苦悩について何も知らなかったら、私は、今起きていることを知ることはないにちがいない。

確認しておこう。ピエール・アンジェリックは注意深くこう言っている。私たちは、何も知らず、夜の底のなかにいる、と。だが少なくとも私たちは、私たちの判断を誤らせるのが何なのか、私たちが自分たちの悲惨を知るのを妨げているのは何なのか、見て取ることはできる。もっと正確に言うと、喜びが苦悩と同じものであるということを、喜びが死と同じものであるということを知るのを妨げているのは何なのか、見て取ることはできる。

卑猥な冗談で私たちは大笑いをするのだが、そのときこの大笑いが私たちに見えなくしているもの、それこそが、極限的な快楽と極限的な苦悩との一致、存在と死との一致、この光り輝く展望に達して完了する知と決定的な暗闇との一致なのである。このような真実を私たちはおそらく最終的に笑いとばすことができるようになるだろう。ただそのときは全体的な笑いで笑いとばすのだ。嫌悪感を惹き起こしかねないものへの軽蔑、さらには嫌悪感で私たちを沈み込ませてしまうものへの軽蔑などにもはやこだわらない笑いで。

恍惚の極限において私たちは喜悦のなかへ埋没するのだが、この極限へ行くためには私たちは直接的な限界を、つまり恐怖というものを設定しなければならない。他の人々の苦悩や私自身の苦悩は、恐怖で興奮する瞬間へ私を近づけ、錯乱に横すべりする喜びの状態へ私を到達させうるのであるが、しかし苦悩ばかりでなく、嫌悪を催させるどの形態に対しても私は、欲望との親近性を見出さずにはおれない。恐怖が魅惑と合体しているといったことですらないのだ。もしも恐怖が魅惑を抑圧し滅ぼすことができないのならば、恐怖は魅惑をよりいっそう強めることになるということである。たしかに危険は人をすくませる。しかし、さほど強くない危険ならば、欲望を刺激することができる。私たちは、死の展望がいかに遠きに渡っていようと、死の展望においてしか、私たちを滅ぼすこの死の展望においてしか、恍惚に到達することができないのである。

　人間と動物はどこが違うかというと、人間はいくつかの感覚的な体験によって傷つけられ、内面の最深部において完全に滅ぼされてしまうのである。この感覚的な体験は、個人によって異なるし、生き方によっても異なる。しかし流血の眺め、吐瀉物の臭いは、私たちの内部に死の恐怖感を惹き起こし、さらにはときとして私たちに、苦悩よりももっと残酷に私たちを襲う激しい嘔吐感を催させる。私たちは、極限的な目まいと関係したこの感覚的な体験に耐えることができない。たとえ毒蛇でなくても、蛇に触れるよりは死ぬことの方を選ぶ人さえいる。死がもはやただ単に消滅を意味しているだけではなく、耐えがたい運動をも意味している、そういう領域があるのだ。この耐えがたい運動とは、何として、でも私たちは消滅してはならないというのに、そのような私たちの願いにもかかわらず私たちが消滅していってしまう、そういう運動のことである。まさしくこの〝何としてでも〟とか〝私たちの願いにもかかわらず〟という表現が、極限的な喜びの瞬間を、語るのもはばかれるような、しかし驚異的でもある恍惚の瞬間を際立たせている。何としてでも存在しなければならないと私たちが願っているのにもかかわらず、私たちを凌駕してゆくもの、そのようなものがもしも一つもなくなるならば、私たちは、全力を尽くして向かっているあの常軌を逸した瞬間に、しかし同時に全力を尽くして押し返そうともしているあの常軌を逸した瞬間に到達できなくなるのである。

もしも快楽がこのような常軌を逸した凌駕でなかったら、軽蔑すべきものになるだろう。このような常軌を逸した凌駕は性的恍惚にだけ見られるものではなく、さまざまな宗教の神秘家たち（第一にキリスト教の神秘家）が同じような仕方で体験してきたものなのだ。ともかくも、存在が私たちに与えられているのは、存在を超えてゆく耐えがたい凌駕のなかでのこと、死に劣らず耐えがたいこの凌駕のなかでのことなのである。死のなかでは、存在は、私たちに与えられると同時に私たちから奪われている。それだから私たちは、死そのもののなかにではなく、自分が死につつあるように思われるあれらの耐えがたい瞬間のなかに、死の感覚を探し求めなくてはならないのだ。まさにこの耐えがたい瞬間においてこそ、私たちにおける存在はもはや超出《エクセ》〔過剰〕によってだけ在るようになる。そして、まさにこの超出においてこそ、極限的な恐怖と極限的な喜びとが一致するのである。

思考（省察）さえもが、この超出のときにはじめて私たちのなかで完了するのである。もしも超出を表現しないのなら、真実とは何を意味することになるのだろうか。もしも私たちが、見る可能性を超出するものをあえて見ようとしないならば、つまり恍惚の局面で享楽するのが耐えがたいように、見るのが耐えがたいものをあえて見ようとしないならば、もし私たちが、超出するものを考えようとしないのならば、真実とはいったい何を意味することになるのだろうか。(2)

このような悲壮な省察は、自分自身に耐えることができないという不寛容さのなかにどんどん埋没してゆきながら、叫びのなかで自分を滅ぼしているのだが、この省察の果てに私たちは神を再発見するのである。それこそが、この常軌を逸した小品の意味であり、並はずれたところなのだ。この小説は、神自身を、その特性の全幅において自由に戯れさせている。とはいえこの神は、この小説では一人の娼婦なのだ。他の娼婦と何の変わりもない娼婦なのだ。が、神秘主義が語りえなかったこと（それを語ろうとした瞬間に神秘主義はへこたれてしまっていた）を、エロティシズムが語るのである。すなわち、神は、すべての意味で神自身の凌駕でなかったら、無である、ということを。すべての意味でとは、通俗的な存在という意味において、おぞましさと不浄という意味において、最終的には無という意味においてだ……。私たちは、言葉を凌駕する言葉、すなわち神という言葉を、何の罰も受けずに言語に付け加えることができない。というのも、私たちがそうする瞬間に、この神という言葉は自分自身を凌駕して、自分の限界を目のくらむようなすさまじさで破壊するからである。この言葉は、何ものの前でもたじろがない。この言葉を期待できないすべての所に、この言葉は存在する。まさしくこの言葉は並はずれている。ほんの少しでもこの言葉を口にした者は、すぐに黙してしまう。もしくはこの者は、出口〔解決策〕を探しているうちに、自分が身動きのとれなくなっていることを知って、ついには、自分を無化し神に等しくしてくれるもの、無に等しくしてくれるものを自分のなかに探すようになるのである。(3)

あらゆる書物のなかで最も突飛なこの小説は、このような筆舌に尽くしがたい道へ私たちを導いているのだが、この道のさなかで私たちはさらにいくつかの発見をすることがある。

たとえば、偶然にも幸福を発見することがある……。

喜びは、まさしく死への展望のなかに見出されるだろう（つまり喜びは、その反対物すなわち悲しみの様相のもとに隠されているのだ）。

私は、この世の本質が性の快楽だなどとはいささかも考えるに至っていない。人間は性器に限定されているわけではない。だがこの恥ずかしくて人に語れない身体器官は、人間に一つの秘密を教えている。(4) すなわちその秘密とは、性の喜悦は、精神に開かれた有害な展望に依存しているのであって、それゆえ多分に私たちは、ごまかしをして、できるだけおぞましいものに近づかないようにしながら喜びに到達しようと試みているということである。さまざまなイメージによって人は欲望をかきたてられたり、最終的な痙攣をもよおしたりするのだが、そうしたイメージは通常は曖昧で表裏二面でできている。そうしたイメージは、おぞましさや死を念頭に置いたものなのだが、しかし表に見えないかたちでそうしているのである。サドの見地においてさえ、死は他者に向けてそらされていて、その他者もまずもって生の甘美な表現になっている。エロティシズムの領域は、弁解の余地なく、詐術に捧げられている。エロスの運動を惹き起こす対象は、そのようなエロスの運動を惹き起こすという様相とは異なる様相を呈しているのだ。それだから、エロティシズムに関しては、禁欲家の言い分が正しい場合がある。美は悪魔の罠だと彼らは言っているのである。じっさい美だけが、性愛の根源たる無秩序と暴力と下劣さへの欲求を耐えうるものにしている。私はここで、多様な形態に渡っている錯乱を詳細に検討することはできないが、じつに清純な愛こそが、最も暴力的な錯乱を、すなわち生の盲目的な過剰を死の限界へ導く錯乱を、表に見えない仕方で私たちに教えているのである。たしかに禁欲主義による断罪は粗雑であり、卑劣であり、残酷であるのだが、しかしこの断罪は身心の震えと一致している。私たちを夜の真実の間近に置いておく震えと一致しているのだ。生がその全体においてはじめて持つ高さを性愛にのみ与える理由はない。しかしもしも私たちが、夜の帳《とばり》が降りる地点にまで光を持ってゆかないのならば、私たちは、いったいどうやって、現にある私たちの姿を、すなわち恐怖のなかに存在を投げ込まれてできあがっている姿を、知ることができるというのだろうか。もしも存在が自らを喪失するのならば、つまりもしも存在が、何としてでも回避しておくべきだったあの吐き気のするような空虚のなかへ沈んでゆくのならば……。

たしかに、これ以上恐ろしいことはない。教会の入口に刻まれた地獄の図像など、これに較べたら、何とつまらないものに見えることか！　地獄とは、神がうっかり私たちに差し出した神自身のわずかな観念にほかならない。私たちはしかし、際限のない喪失という規模に至ると、存在の勝利を再発見することになる。存在に欠如していたのは、存在を滅ぶべきものにしようとする運動に合体することだけだったのだ。存在は、恐ろしい踊りへ自分をかりたてる。シンコペーション（拍子の強弱を本来の位置からずらすリズムのとり方のことだが、失神の意味もある）がこの踊りのリズムであって、しかも私たちとしては、この踊りが恐怖と調子を合わせていることをただ知っているだけで、この踊りをあるがままに受け容れるしかないのである。もしも失神したならば、これ以上に苦しい刑苦はない。そして刑苦の瞬間はかならずやってくるだろう。そもそもこの瞬間がないのだったら、どうやってこの瞬間を乗り越えられよう？　だがともかく、留保なく死に、刑苦に、喜びに開かれた存在、開かれていてかつ死につつある、苦しげでかつ幸福そうなこの存在は、ぼんやりした光のなかにもうすでに現れてきている。この光は神的だ。そしてこの存在が、ゆがんだ口で空しく（？）聞かせようとしている叫びこそ、際限のない静寂《しじま》へ消えてゆく大いなる「ハレルヤ」なのだ。

結論

もしも読者がエロティシズムに対して、個々に分離した問題に対するのと同じような仕方で、つまり特殊専門化した視点から興味を抱いていたのならば、本書を必要とすることはなかっただろう。

私は、エロティシズムがいちばん重要なのだと言っているのではない。労働の問題はもっと急を要している。しかし労働の問題は、手段のレヴェルにある問題なのである。それに対してエロティシズムは、諸問題を包括する問題なのだ。エロティックな動物である限り、人間は、人間自身にとって一つの問題となる。エロティシズムは、私たちの内部にあって問題を惹き起こす部分になっている。

専門家はけっしてエロティシズムのレヴェルにはいない。すべての問題のなかでエロティシズムは、最も神秘的で、最も一般的で、最もかけ離れた問題である。

逃げることができない人にとって、生が豊饒な迸《ほとばし》りに開かれている人にとって、エロティシズムはとりわけ個人的な問題である。と同時に、とりわけ普遍的な問題でもある。エロティックな瞬間は、最も激しい瞬間である（ただし神秘家の体験を別にすればの話だ）。それだからエロティシズムは人間精神の頂点に位置づけられる。

エロティシズムが頂点にあるのならば、私が本書の最後に置く問いも同じく頂点に位置することになる。

しかしこの問いは哲学的だ。

最高の哲学的な問いはエロティシズムの頂点と一致する。私はそう考えている。

私が結論として示すこのような見解は、ある意味では、本書の限定された内容とは無関係だ。この見解は、エロティシズムから哲学へ移っている。だがまさにその点で私は思うのだが、一方でエロティシズムは、生の一面に還元されると、つまりエロティシズム以外のすべての生から切り離されると、かならず毀損されてしまうのである。ただし大多数の人々の精神のなかではエロティシズムは、そのような生の一面にすぎないのだが。他方で哲学もまた分離しえないものなのである。思考の対象の全体を、世界のなかで私たちを自由に戯れさせる対象の全体を、私たちが把握しなければならない一点が存在するのである。

もしも言葉によってこの全体が提示されなければ、この全体は明らかに私たちに気づかれないままになってしまうだろう。

しかしこの全体を提示するにしても、言葉は、時間の流れに沿って継起的に展開する諸部分によってしか、そうすることができないのだ。唯一にして最高の瞬間において、この全体の抱括的な眺めを得るということは、私たちにはいつまでたってもできないことだろう。言葉は、この包括的な眺めを個別的な様相に分割してしまう。たしかにそれらの様相は、一貫した説明のなかでつなげられてはいるが、しかし分析的な運動のなかで一体化することなく前後に直線的につらねられている。

それだから言葉は、私たちにとって重要なものの総体を集めながら、同時に分散させていると言える。言葉においては私たちは、私たちにとって重要なものを把握することができない。この重要なものは、言葉においては、相互に依存しあう命題のもとに姿が見えなくなってゆく。これらの命題一つ一つが依拠している当の全体が見えてこないのだ。私たちはこの全体に注目し続けている。しかしいつまでたってもこの全体は、次々と続く文章によって隠されたままなのだ。ちらちらと点滅するこれら連続した文章の代わりに、完全な光をあの全体に照射させるということは、私たちにはできない相談なのである。

この困難に対して、大多数の人間は無関心だ。生がそれ自体で問いになっている場合、この問いに答を出す必要はない。この問いを提起する必要さえない。

だが、一人の人間がこの問いに答を出さず、自分にこの問いを提起すらしないという事実は、この問いを排除するものではない。もしも誰かが、私たち人間とは何なのかと私に問うたなら、私はともかくこの人にこう答えるだろう。私たちとは、可能事全体への開けであり、いかなる物質的な満足によっても鎮められない期待であり、言葉の戯れによってまぎらすことのできない期待である、と！　私たちは頂点を追い求めている。もちろん誰しも、そうしたいのなら、この探究をなおざりにすることができる。しかし人類は、全体として、この頂点を渇望している。唯一この頂点だけが人類全体を定義しているのであり、人類全体を正当化し、人類全体の意味になっているのだ。

この頂点、この最高の瞬間は、哲学がめざしている頂点、瞬間とは異なる。哲学は哲学の外へ出ようとしない。哲学は言葉の外に出ることができない。哲学は、言葉のあとに沈黙が続くことが絶対にないように言葉を用いている。それだから、最高の瞬間は哲学の問いをかならず超え出ることになる。少なくとも哲学が自分自身の問いに答えようとしている限り、最高の瞬間は哲学の問いを超え出ることになる。

私たちがこの困難をどのように位置づけるべきか、次に示しておこう。

問いは、哲学によって練られてはじめて意味を持つようになる。それが最高の問いになったとき、その問いへの答は、エロティシズムの最高の瞬間——エロティシズムの沈黙——になる。

哲学の瞬間は、労働と禁止の瞬間の延長である。この点に関して、私は詳しく述べるつもりはない。だが哲学は、進展してゆくと（自分の動きを中断させることができないと）、侵犯に対立するようになる。もしも哲学が、労働と禁止（両者は調和しており補いあっている）の基盤から侵犯の基盤へ移るとすれば、哲学はもはや現にあるような哲学ではなくなり、哲学への愚弄となるだろう。

労働と比較すると侵犯は一つの遊びである。

遊びの世界では哲学は解消する。

哲学に基礎として侵犯を与えること（これこそ私の思考の在り方だ）、これは、言葉を沈黙の凝視に置き換えることである。これは、存在の頂点で存在を凝視することなのだ。言葉が消滅するなどということは一度も起きはしなかった。そもそも推論的言語が頂点への入口を明示しなかったとすれば、頂点への接近ははたして可能であっただろうか。だが、頂点への入口を表現する言葉は、決定的な瞬間には、つまり侵犯それ自体が侵犯の運動のさなかに、侵犯に関する推論的説明に取って代わるときには、もはや意味を持たなくなるのである。が、これは、最高の瞬間があれらの連続して現れていた文章に付け加わるということでもある。ともかく、この深い沈黙の瞬間に——この死の瞬間に——存在の一体性が、体験の激しさにおいて明示される。その激しさのなかで存在の真実は、生からも生の対象からも解き放たれるのである。

本書の序論で私は、この最高の瞬間への理解可能な接近を提示しようと——言葉の次元で——努力した。私はこの接近を存在の連続性の感覚に関係づけたのだった。

すでに述べたように、この序論のテクストは講演のためのテクストである。この講演にはジャン・ヴァール（一八八八—一九七四、フランスの哲学者でソルボンヌ大学教授、バタイユの友人だった）が出席していて、講演が終わったあとに、次のような反論を私にした（私はこの連続性の感覚をエロティックな戯れのさなかの恋人たちに関係づけていたのである）。

「……恋人たちのペアの内一人は連続性の意識を持つにちがいない。バタイユが私たちに語っているのであり、バタイユが書いているのだ。彼は、だから意識的である。そして彼が意識的であるときに、連続性は断ち切られる可能性があるのだ。この点に関してバタイユが何と言うのか私には分からないが、そこに一つの現実的な問題があるように思える。……連続性への意識は、もはや連続性には属さない。しかしまた連続性のなかにいると、人はもう語ることができなくなる」。

ジャン・ヴァールは、私の言ったことを正確に理解していたのである。

私は、即座に答えてこう言った。「あなたの言うことは正しい。しかし限界ではときとして連続性と意識は接近することがある」と。

たしかに、最高の瞬間は沈黙のなかにあり、沈黙のなかでは意識は姿を隠している。

私は先ほどこう書いたばかりだ。「この深い沈黙の瞬間に——この死の瞬間に——……」と。

もしも言葉がなかったら、私たちはどういう存在になっているのだろうか。言葉のおかげで私たちは、現にあるような存在になっている。言葉だけが、限界で、もはや言葉が通用しなくなる至高の瞬間を明示するのである。だが、語る者は、最終的には自分の非力さを告白する。

言葉は、禁止と侵犯の戯れから独立して存在しているわけではない。それだから、哲学は、もしも個々の問題の全体を極めつくそうとするならば、禁止と侵犯の歴史的分析から出発して、それら個々の問題を検討し直さねばならない。まさしく起源への批判に立脚した異議申し立てにおいてこそ、哲学は、哲学への侵犯に成り変わり、存在の頂点に到達するのである。侵犯の運動においては、労働によって意識の発展に立脚させられていた思考が、最終的に労働を乗り越えてもはや自分が労働に従属しえないことを認識してゆくのだが、まさにこの侵犯の運動においてこそ、唯一この運動においてだけ、存在の頂点はその全貌を明らかにするのである。

原註

序論

（1）このテクストは、本書に添った意図で書かれてはいるが、最初は講演で読みあげられたものである。〔一九五七年二月十二日、《公開サークル》での講演を指すが、そのテクスト「エロティシズムと死の魅惑」（タイプ原稿のかたちで出版された）とこの「序論」とはかなり異なっており、バタイユは『エロティシズム』に収める段階で推敲し直したと思われる。〕

第一部　禁止と侵犯

第一章　内的体験におけるエロティシズム

（1）この作用のヘーゲル的な特徴については強調する必要はないだろう。この作用は、翻訳しがたいドイツ語動詞 aufheben（維持しつつ乗り越える）によって表された、弁証法の契機に対応している。

(2)このことは心理学全体にとって価値あることになっている。エロティシズムと宗教が抜け落ちていたならば、心理学はじつのところ空の袋にすぎないのだ。私は、さしあたり、承知のうえで、エロティシズムと宗教のあいだの曖昧さに賭けているが、本書の展開に応じてこの曖昧さは解消されることになるだろう。

第二章　死に関係した禁止

(1)労働が人間の基礎を作ったのだ。人間の最初の痕跡は石器である。結局のところ、アウストラロピテクス〔猿人〕も、今の私たちの完成された姿からはまだ程遠いが、石器を残していたと思われている。アウストラロピテクスは、今の私たちからおよそ百万年も前に生きていた(それに対しネアンデルタール人は、私たちに先立つことたかだか数十万年前である)。

(2)それでもやはり、レヴィ＝ブリュールの記述は正しいし、確固たる重要性を持っている。もしも彼が、《原始的思考》ではなく、カッシーラーのように《神話的思考》という表現を用いていたならば、このような困難には出会わなかったはずである。《神話的思考》は、合理的思考の起源ではないが、かつては合理的思考と合致しえていた。

(3)俗なる世界(労働の世界もしくは理性の世界)と聖なる世界(暴力の世界)という図式は、ともかくもたいへん昔からある。しかし俗なる(*profane*)という語、聖なる(*sacré*)という語は、不合理な用語に属している。

(4)『ソドムの百二十日』、序章。

第三章　生殖に関係した禁止

（1）ネアンデルタール人は絵具の使用法を知っていたが、素描はまったく残していない。しかしホモ・サピエンスの初期の時代以降には多数の素描が存在している。

（2）『人間と聖なるもの』第二版、ガリマール社、一九五〇年、七一頁、第三章の註一。

（3）クロード・レヴィ＝ストロースの精緻な著作『親族の基本構造』（プレス・ユニヴェルシテール・ド・フランス、一九四九年、八折判、六四〇頁）に基づいた近親婚のより詳しい分析は、本書第二部の第四論文にまわした。

第四章　生殖と死の類縁性

（1）しかし理性に対置された暴力の概念はエリック・ヴェイユのみごとな著作『哲学の論理』（ヴラン社）を参照されたい。エリック・ヴェイユの哲学の根底にある暴力の概念は、そのうえ、私が出発点にした暴力の概念にも近いように思われる。

（2）かくしてアリストテレスは《自然発生》を思い描き、さらにそれを信じていた。

（3）この真実は一般的には無視されているが、しかしボシュエは『死についての説教』（一六六二）のなかでこの真実を次のように表現している。「自然は、自然自らが私たちに作った財にほとんど嫉妬していて、私たちにしばしば次のようなことを宣言したり通告したりする。すなわち〝私〔自然〕はこのわずかばかりの物質をあなたがた人間に貸し与えたのであって、あなたがたのもとにいつまでも置いておくことはできません。この物質は同じ人の手のなかに在り続けるべきではなく、次から次へ絶えず流通させておかねばなりません。この物質は同じ人の手のなかに在り続けるべきではなく、また別の産物のためにこの物質の返却を求めています〃と。ひっきりなしに来るあの人類の新参者たち、すなわち生まれてくる子供たちは、前進するにつれ、私たちの肩を後ろから押して、こう言っているように思える。〃もう立ち去って下さい。今度は僕たちの番なのです〃と。かくして、私たちは今面前を他の人々が死へ向かいつつあるのを目にしているのであり、いずれ同様に今度は別の人々が私たちが死へ向かうのを目にすることになるだろう。そしてその人たちも、やがて後継者たちに見とられながら死へ向かうことになるのだ」。

第五章　侵犯

(1)『人間と聖なるもの』第二版、ガリマール社、一九五〇年、第四章「侵犯の聖性——祝祭の理論」、一二五—一六八頁。
(2) 前掲書、一五一頁。
(3) 同右。
(4) 前掲書、一五三頁。
(5) 前掲書、一二五—一六八頁。

第六章　殺人、狩猟そして戦争

(1) 動物性のなかには、同類の殺害への禁止はない。しかしだからといって殺害が横行しているわけではなく、じっさいには同類に対する殺害は例外的である。むろん、本能によって惹き起こされる動物の行動において、その本能が険しい状況を生じさせることはある。しかし、同種の動物のあいだの闘争でさえ、原則として殺害には至らない。

(2) ジョルジュ・バタイユ『ラスコーあるいは芸術の誕生』(スキラ社、一九五五年)の一三九—一四〇頁を参照のこと。私はそこで、当時提示されていたさまざまな解釈を報告し、また批判した。それ以後も、同じほどに根拠薄弱な解釈が公表されている。一九五五年においては私は個人的な仮説を提示するのは差し控えておいた〔バタイユ全集、ガリマール社、第九巻、六〇頁と九四頁。さらに第十巻、五八六—五八九頁を参照のこと〕。

(3) ルネ・グルッセ、シルヴィ・ルニョー＝ガティエ『世界史』、プレイヤード叢書、ガリマール社、一九五五年、第一巻、一五五二—一五五三頁。

(4) カール・フォン・クラウゼヴィッツ『戦争論』、D・ナヴィル訳、ミニュイ社、一九五五年、五三頁。

(5) M・R・デイヴィ『原始社会における戦争』、英語からの仏訳書、パイヨ社、一九三一年、四三九—四四〇頁。

(6) せめて現代の組織化が揺さぶられるならばよいのだが。

第七章　殺人と供犠

（1）本書の「序論」、三六―三八頁を参照のこと。
（2）しかしながら、モンテスパン洞窟の頭部のない熊の粘土像（H・ブルイユ『洞窟美術の四百世紀』、モンティニャック、一九五二年、二三六―二三八頁）は、後期旧石器時代の後半に属すると思われる熊の供犠に近い儀式を想起させる。シベリアの狩猟部族や日本のアイヌにおける熊の頭部切断の儀式はきわめて古い特徴を持っているように私には思える。彼らの儀式をモンテスパンの粘土像と関連づけてみることは可能だろう。
（3）これは次のように言い換えてもかまわない。「弁証法的で、逆転によって進展しうる思考の持ち主」。
（4）正確に言えば、「労働によって形成され」ということだ。
（5）アステカ族では供犠が習慣化していたが、彼らにおいては、死に処される子供たちが通るのを見ることが耐えられず、この行列から目をそむけてしまう者には罰金刑が科せられていた。

第八章　宗教的供犠からエロティシズムへ

（1）本書「序論」三六頁。
（2）本書第一部第三章七八―八一頁。

第九章　性の充溢と死

（1）社会の経済的活動を問題にするのならば、すべては明瞭である。生命体の活動は私たちにはもっと分かりにくい。成長と性的機能の発達とのあいだにはいつも一定の関係があって、両者とも脳下垂体の影響を受けている。私たちは、生命体のカロリーが成長のために消費されているのか、生殖活動のために消費されているのか、確かめることができるほど正確にこのカロリーの消費を計算できずにいる。しかしともかく脳下垂体はエネルギーを、あるときは性的機能の発達に差し向け、また別なときには成長に差し向ける。それだから、巨人症は性的機能を妨げる。逆に、これは疑わしいのかもしれないが、早く訪れすぎた思春期は成長の停止と一致する可能性がある。

（2）精神を引き裂くエロティシズムの面と暴力とが一致している可能性は、一般的でありまた愕然とさせる。マルセル・エーメの一節（『ウラノス』、ガリマール社、〔一九四八年〕一五一―一五二頁）は、感性に直接訴えかけるというやり方で、両者のごく普通の近さをみごとに描きだしている。その最後はこのようなものだ。「この二人の、小心で偏狭で偽善者的なプチ・ブルは、彼らのルネサンス風の食堂から死刑囚たちを盗み見ては、カーテンの陰で犬のようにからまり合って、体を小刻みに揺すっていた……」。これは、流血の惨事のあとに親ナチの義勇兵たちが処刑される場面であって、男女のカップルはこの受刑者たちの同調者《シンパ》でありながら、このように処刑を観察しているのである。

第十章　結婚と狂躁《オルギア》における侵犯

（1）いずれにせよ初夜権は、その領地の主権者だという理由で封建領主にこのような〝任務〟〔破瓜〕の資格を与えていたのであって、一般に思われているように、誰も反抗できないような暴君の法外な特権であったわけではない。少なくとも初夜権の起源は暴君の特権とは別なものだった。

第十一章　キリスト教

(1) 本書一四四―一四五頁。
(2) ロジェ・カイヨワ『人間と聖なるもの』(第二版、ガリマール社、一九五〇年)の三五―七二頁を参照のこと。カイヨワのこの部分のテクストは、『世界宗教史』(キエ社、一九四八年、第一巻)に「聖なるものの曖昧さ」の題で収録されてもいる。
(3) しかしながら神聖さと侵犯の深い類縁性は、絶えず感じ取れるものなのだ。信者の目にさえ、放蕩者の方が欲望のない男よりも聖人に近いと映っているのである。
(4) エルツは、キリスト教徒ではなかったが、明らかにキリスト教の道徳に近い道徳を持っていた。彼の論文は最初『哲学誌』に発表され、次いで彼の論文集(『宗教社会学と民俗学の論叢』、一九二八年)に再録された。
(5) エルツは第一次世界大戦中に戦死した。
(6)『社会学年報』(一九〇二―〇三)所収の「呪術の一般的理論の概要」。著者たちの慎重な姿勢はフレイザーの姿勢(エルツの姿勢に近い)とは反対のものだ。フレイザーは呪術的活動のなかに俗なる活動を見ていた。ユベールとモースは呪術を、少なくとも広義における宗教的な活動とみなしている。呪術は、しばしば左極の側に、不浄の側にあるが、しかしここでは扱えない複雑な問題をいくつか提示してもいる。

(7) 強調はボードレール。

(8) 『火箭《ひや》』、III。

(9) 私は本書の枠のなかでこれ以上に長く、心情のエロティシズムによって乗り越えられた黒いエロティシズムの名残りの意味を語ることはできない。私に言えることは、黒いエロティシズムは無我夢中の恋人同士の意識のなかに解消するということだけだ。この意識のなかで、いわばたそがれの状態で、黒いエロティシズムの意味するものが現れている。罪の可能性は消えてゆくために現れている。この可能性は、捉えがたいのだが、ともかく現れている。かつて罪は催淫作用があったのだが、罪の名残りにはもはやそのようなものはない。催淫作用があるとはいっても、罪においては最終的にすべてが消えてなくなる。一種の破局感、幻滅感が、喜びのあとに訪れるのだ。心情のエロティシズムにおいては、愛された存在はもはや消えることがない。エロティシズムの進展のなかで次々に現れた可能性を漠然と想起したときに、愛された存在は捉えられる。しかし、それら多様な可能性――瀆聖の力にまで続くこのエロティシズムの長い進展のなかにはじつに多様な可能性が刻まれている――を明晰に意識したときには、次のような事態が開示されるようになる。すなわち、不連続な存在を存在の連続性の感覚へ開く恍惚的な諸瞬間はすべて一致しているということ、このことが開示されるのだ。恍惚における明晰さは、まさにそこから出発して到達可能になる。というのも、この明晰さは、存在の限界への認識に関係しているからだ。

第十二章　欲望の対象、売春

(1) マックス＝ポール・フーシェ『インドの愛の芸術』、ローザンヌ、書籍組合刊行、一九五七年、四折判（非売品）を参照のこと。

第十三章　美

（1）　連続性と死への途上で、私たちはいったいどのように神の位格《ペルソナ》を想像したらよいのだろうか。個としての不死を欲し、人間存在の髪までも欲している神をだ。神への愛においては、ときとしてこのような面は消えてなくなり、理解可能なことや理解されていたことを超えて、暴力が現れるということは私も知っている。暴力、未知なるものが、けっして認識や理性の不可能性を意味してこなかったことも私は知っている。しかし未知なるものは認識ではないし、暴力は理性ではない。不連続性は、不連続性を破って殺す連続性とは異なる。この不連続性の世界は、恐怖のなかで、死を、つまり認識と理解可能なものの彼方を、理解するように求められている。というのも、不連続性から出発してこそ認識は可能であるからだ。それゆえ、結局、暴力と理性（連続性と不連続性）とが内部で共存している神と、無傷のままの生に向けて開かれた引き裂きの展望（認識に向けて開かれた未知なるものの展望）とのあいだの距離はわずかなのだ。しかし、錯乱（神への愛はまれに錯乱に到達することがある）から逃げるための手段を神のなかに指し示す体験が存在する。神のなかに《良き神》を、つまり社会の秩序と不連続な生の保証人を指し示す体験が存在する。神への愛がその絶頂で到達するものは、ほかならぬ神の死なのだ。しかし私たちは、この点に関しては、認識の限界以外のことは何も認識することができない。このことは、神への愛の体験が最も真実な指摘を私たちに与えないということではない。理論的なデータがありうべき体験を歪めたりしないということに私たちは驚くべきではない。探究は、つねに連続性への探究である。《神人融合状態》が到達する連続性を探究してゆくことなのである。この探究の道はけっしてまっすぐではない。

(2) 対象としての私たち自身を否定するように私たちを導いていたもの。

(3) この論述の不完全な面については私も十分に自覚している。私はエロティシズムについて一つの一貫した概要を提示しようとしたのであって、過不足なき全体像を意図したわけではなかった。ここでも私は、女の美について、その本質だけを考察しようとしている。それは、本書においては他の多くの欠陥のうちの一つにすぎない。

(4) 欲望と個人的な愛との、生の存続と死への牽引との、性の熱狂と子供を産むことへの配慮とのあいだの和解だ。

第二部　エロティシズムに関する諸論文

第一論文　キンゼイ報告、悪党と労働

＊〔この論文は、『クリティック』誌、二六号（一九四八年七月）と二七号（同年八月）に連載された「性の革命と《キンゼイ報告》」の後半部分をかなり修正したうえで再録したものである〕。

(1) もしも私が明晰判明に自我を語るならば、それは私の存在を、外部から眺められた他の人々の実在と同じような孤立した一個の実在とみなしてのことである。そして私が他の人々を明晰に識別しえたとすれば、それはもっぱら彼らが、その孤立した外観のなかに、個々の物に与えられるような完全な自己同一性を持っていることによる。

(2) キンゼイ、ポメロイ、マーティン『男性の性行動』(パヴォワ社、一九四八年)。キンゼイ、ポメロイ、マーティン、ゲープハルト『女性の性行動』(アミオ・デュモン社、一九五四年)。

(3) 生体人類学の基本的なデータでさえ、既知の現実を説明していて人間を動物界のなかに位置づけている限りでしか、意味がないのである。

(4) アメリカの批評家ライオネル・トリリングは、自然の特徴を持ち出して問題を解決したと考えているこの著者たちの素朴さを強調しているが、この批判はしごくもっともである。

(5) ある意味で、至高の階級とは、民衆の同意を得た幸福な悪党連のことではないだろうか。もっとも原始的な種族は彼らの族長に一夫多妻制を保持しておく傾向がある。

第二論文　サドの至高者

*〔この論文は、『クリティック』誌、三五号(一九四九年四月)と三六号(同年五月)に連載された「幸福、エロティシズムそして文学」から部分的に想を得ている〕。

(1) 『ロートレアモンとサド』、ミニュイ社、一九四九年、二二〇―二二一頁。モーリス・ブランショのこの研究は、ただ単にサドの思想を扱った最初のまとまった論述というだけではない。ブランショ自身の表現によれば、この研究は、人間がいかなる理解の条件をも修正してゆくのを助け、そうして人間自身を理解するのを助けるものなのである。

(2) バスティーユの獄中で書いた『ソドムの百二十日』において、サドははじめて至高の生を、つまり犯罪的な快楽にふける放蕩者たちの極悪非道の生を描きだしたのだった。一七八九年七月十四日のフランス大革命の直前に、彼は別な牢獄に移された。というのも、牢獄の窓から「パリ市民よ、囚人たちは殺されそうだ」と叫んで通行人を集めようとしたからである。この移動のときサドは何一つ持ってゆくことを許されなかったので、『ソドムの百二十日』の原稿は、バスティーユ陥落後の略奪によって紛失してしまった。その後、物好きな連中が、バスティーユの中庭に散らばっていたがらくたの山のなかから、彼らの関心を引くものを拾い集めた。サドのこの原稿は、一九〇〇年ごろ、ドイツの本屋で再発見された。サド自身、この原稿の紛失に「血の涙を流した」と語っていたのだが、まさに彼だけではなく他の人々にとっても、いや人類にとっても、この紛失は痛手だったと言える。

(3) モーリス・ブランショ、前掲書、二五六―二五八頁。

(4) 前掲書、二四四頁。

(5) 前掲書、二三六―二三七頁。

第三論文　サドと正常な人間

(1) 『パリ誌』、一八三四年。

(2) ここで問題になっている小説は、『ジュスティーヌ』、正確には『新ジュスティーヌ』である。すなわち、一七九七年に著者の手で出版された最も大胆な版であり、一九五三年にジャン＝ジャック・ポヴェール社から再版された。最初の稿本は一九三〇年にフールカード社からモーリス・エーヌの監修で出版され、一九四六年にはジャン・ポーランの序文付きでポワン・デュ・ジュール社から再び刊行され、一九五四年にはジャン＝ジャック・ポヴェール社から、本論文〔「サドと正常な人間」〕の別な稿を序文にしてさらに再刊された。
(3) この命題は新しいものではない。誰でも聞き覚えのあるものである。それだから一般の人々はこの命題を何度も口にし、批判の声も聞かれないのである。「いかなる人間の心のなかにも一匹の豚が眠っている」とみな思っているわけだ。
(4) シモーヌ・ド・ボーヴォワールは、自分の論文にやや派手な題名『サドを焚刑に処すべきか』を付けた。この論文は、最初『現代』誌に発表され、一九五五年、ガリマール社刊行の『特権』(エッセー叢書七六)の第一部として収録された。ボーヴォワールが提示しているサドの伝記は、残念ながら、武勇伝の趣きを帯び、ときとして事実を誇張している。
(5) 『特権』、四二頁。

第四論文 近親婚の謎

* 〔この論文は、『クリティック』誌、四四号(一九五一年一月)に発表された「近親婚と動物から人間への移行」を再録したものである〕。
(1) プレス・ユニヴェルシテール・ド・フランス。〔第一部第三章原註3参照〕
(2) 『親族の基本構造』、三〇頁。
(3) 前掲書、一四頁。
(4) 前掲書、二三頁。
(5) 前掲書、二五頁。

(6) 前掲書、六〇九―六一〇頁。
(7) レヴィ＝ストロースはA・L・クローバーの『回想《トーテムとタブー》』を参照している（前掲書、六〇九頁の註一）。
(8) 前掲書、一二七―一二八頁。
(9) 前掲書、五四四頁。
(10) 同右。
(11) 前掲書、五四五頁。
(12) 前掲書、六六頁。マルセル・モースの『贈与論』は、その最初の版が『社会学年報』（一九二三―二四）に発表されたが、最近になって『社会学と文化人類学』（プレス・ユニヴェルシテール・ド・フランス、一九五〇年）と題された論文集の第一巻に収録された。この論文集は、今は亡き偉大な社会学者モースの論文のいくつかを集めたものである。私は、『呪われた部分』（ミニュイ社、一九四九年）のなかで、『贈与論』の内容を詳細に解説したが、私としてはこの『贈与論』のなかに、経済学の新構想の基礎とまではいかなくとも、少なくとも新たな視点を導入する原理を見出したのである〔バタイユ全集、ガリマール社、第七巻、六六―七九頁を参照のこと〕。
(13) 前掲書、六七頁。
(14) 前掲書、八一頁。
(15) 前掲書、八二頁。
(16) 前掲書、八一頁。
(17) 前掲書、五九六頁。

(18) 前掲書、四八頁。
(19) この点に関しては明白な誇張がある。今日では状況は、場合によって著しく異なっている。同様に、非近代的《アルカイック》な人々においてもはたして独身者の境遇はいつまでも同じものであるのかという疑問もわいてくる。私個人の見解としては、レヴィ＝ストロースの理論は主として《気前のよさ》に立脚していると思う。もちろんそこでも《利害》が、もろもろの事実にそれら特有の明白な重みを与えてはいるのだが。
(20) 前掲書、六四頁。
(21) 同右。
(22) 前掲書、六五頁。
(23) 前掲書、一七六頁。
(24) 前掲書、一七八頁。
(25) 同右。
(26) 前掲書、五六〇頁。
(27) この怖れをレヴィ＝ストロースが共有しているとは思えない。だが他方で私には、彼が、人為的に分離された特殊な対象を自らに課す思考（これは科学の思考である）から、全体を、すなわち対象の不在を、めざす思考（哲学はまさにこの思考へ人をかりたてる——ただし哲学の名のもとにしばしば存在しているのは、個々の特殊な問題を考察するための、科学より狭くはなく、もっと危険なやり方だけなのだ）への移行のすべての帰結を見て取っているのかどうかについては確信が持てずにいる。

＊〔この論文は、『クリティック』誌、六〇号（一九五二年五月）と六三―六四号（同年八―九月）に連載された「神秘体験と肉欲の関係」を再録したものである〕。

（1）『神秘主義と禁欲――第七回アヴォン国際学会論叢』、デクレ・ド・ブルーヴェル社、一九五二年、八折判、四一〇頁（『カルメル会誌』第三一年度）。

（2）前掲書、一〇頁。

（3）前掲書、一九頁。強調は著者による。

（4）前掲書、二六頁。

（5）「夫婦の象徴体系の意味」、前掲書、三八〇―三八九頁。

（6）本書二〇一―二〇六頁を参照のこと。

（7）ベルナール神父は前掲書の三八〇頁で、J・リューバの論文「宗教的神秘主義者の心理」（前掲書、二〇二頁）に反論している。パルシュミネー博士は、前掲書の二三八頁で『精神分析フランス誌』（一九四八年、第二号）の論文に拠りながら、マリー・ボナパルトの思想を解説している。

（8）ただし精神分析学者たち自身としては、精神科医という職業は最小限の神経症的特徴でも必要にする、と想定したがっている。

（9）テッソン神父の論文「性、道徳、神秘主義」、前掲書、三五九―三八〇頁。同様の見解は、三位一体会のフィリップ神父によっても唱えられている（「神秘的な愛、完全なる貞操」、前掲書冒頭の論文、一七―三六頁）。

（10）テッソン神父「性、道徳、神秘主義」、前掲書、三七六頁。

（11）《性的エネルギー》の消費とは私は言わない。私は《性的エネルギー》という概念に根拠のない捏造を見て取っているのであって、この点でオスヴァルト・シュヴァルツ（『性の心理学』、ガリマール社、一九五一年、九頁）と考えを同じくしている。ただし私には、シュヴァルツが、あらかじめ定められていなくて多方面に使用可能な身体エネルギーが性活動ではつねに発動しているという事実を無視しているように思える。

（12）前掲書、三八六頁。

（13）人間の可能性の他の諸領域については同じことは言えない。哲学の探究にしろ、数学の探究にしろ、また詩の創作においてすら、性的な興奮はいささかも生じない。強いて言えば、戦闘や犯罪、さらには盗み、押し込み強盗は、この性的興奮という可能性と無縁であるようには思えない。性的興奮と恍惚はつねに侵犯の運動に関係しているのだ。

第六論文　神聖さ、エロティシズム、孤独

（1）本論は一九五五年春に哲学学院でおこなわれた講演である。

（2）『ラスコーあるいは芸術の誕生』（叢書《絵画の偉大なる諸世紀》、ジュネーヴ、スキラ社、一九五五年。私は最初の時代の人間と言っているが、これはただ単に、ラスコーの人間は最初の時代の人間と顕著には異なっていなかったはずだという意味でのことでしかない。ラスコーの洞窟壁画は、おおむね間違いなく《芸術の誕生》の時代とみなしうる時代よりも明らかに後に描かれている〔バタイユ全集、ガリマール社、第九巻、七一一〇一頁を参照のこと〕。

第七論文　『マダム・エドワルダ』序文

(1)　ピエール・アンジェリック『マダム・エドワルダ』第三版、ジャン＝ジャック・ポヴェール社、一九五六年、八折判。〔この第三版に付された「ジョルジュ・バタイユの序文」が、若干の修正を加えられて、本章のテクストになっている〕。

(2)　ここでお断りしておかねばならないが、存在《エートル》と超出《エクセ》〔過剰の意味も〕の定義は、哲学的に基礎づけることはできない。というのも、超出は基礎を超えるものであるからだ。超出によって存在はまず最初、いかなる事物よりも上に、またいかなる限界からも外に、存するようになる。超出とはそのようなものなのだ。たしかに存在は限界の内側にもある。限界のおかげで私は語ることができている（私もそれゆえ語っている。しかし私は、語りながら、私がやがてこの言葉から離れてゆくであろうということを、いやそれだけでなく、現に離れつつあるということを忘れられずにいる）。このように理路整然と並べられてゆく文章はたしかに可能だ（かなりの程度可能だ。というのも超出は例外であるからである。超出は驚異であり奇跡なのである。……そして超出は魅力を意味している。現に在るもの以上に在るもののすべての、恐ろしさというよりもむしろ魅力を、超出は意味している）。しかしこれらの文章の不可能性もまた最初から与えられているのである。それだから私はけっして関係づけられるということがなく、自分を何かに従属させるということもない。私は自分の至高性を保持しているのだ。ただ死だけが私から私の至高性を引き離す。ただし死は、超出なき存在に自分を限定することのできなかった私の不可能性を立証してくれるだろうが。私は認識を忌避しているわけではない。認識がなかったならば、私は書くということができないだろう。だが今文章を書いているこの手は死につつある。そしてこの手は、自分に約束されたこの死によって、文章を書きながら受け容れていた限界から、離れてゆくのである（この限界は、書いている手によっては受け容れられているのだが、死につつある手によっては拒まれているのだ）。

(3) これこそは、笑いが光り輝かせている一人の人間、何が限界なのか知らずにいるものをあえて限界づけずにいる一人の人間によって提示された最初の神学なのである。哲学者たちのテクストに青ざめていた読者たちよ、これを読んだ日を炎の石で印しておくがよい！　哲学者たちを黙らせる者が、はたして彼ら哲学者たちに理解できるようなやり方で自分の思想を表明できるだろうか。

(4) 加えて私は、超出とは生殖の原理そのものであると指摘することもできる。じっさい、神の摂理は、その御業において、その秘密がいつまでも読み取れるようにしておくことを欲したのだった！　人間に押し付けられていないものが何かありえたであろうか。大地がなくなると人間が見て取る日、神の摂理で大地はなくなるのだと言われてしまう。しかし人間は、神への冒瀆的行為から子供を得るのであり、だとすればまさに、神を冒瀆することで、自分の限界に唾を吐きかけることで、最もみじめな人間でさえもが喜びを得るのである。神を冒瀆することで人間は神になるのである。そんなわけだから、創造は、錯綜しているのであり、超出されながら超出するという確信以外のどの精神の運動にも還元しえないのである。

訳者あとがき

本書『エロティシズム』は、一九五七年、ジョルジュ・バタイユ（一八九七―一九六二）が六〇歳のときにミニュイ社から出版した性の理論書である。フランスにおいても日本においてもよく読まれてきた現代思想の重要作品である。

現代思想は、伝統的哲学が積極的には扱ってこなかった人間の暗部の諸問題をあえて自らの主題に課し、その解明に取り組んだ。性、狂気、暴力、死、犯罪等々、人間の不合理な欲望の諸現象に、現代思想の担い手たちは敏感に反応し、ニーチェ、フロイトといった先駆者たちの仕事および文化人類学、宗教学の成果に学びながら、これら不合理な現象の解明にのりだしていった。そうなった契機に、第一次世界大戦（一九一四―一八）という西欧の未曾有の不幸、近代合理主義文明の自己矛盾があったことは言を俟《ま》たないだろう。

本書『エロティシズム』は、思想家バタイユの代表作であるばかりでなく、そのような現代思想の営為を代表する作品なのである。

得体の知れぬ暴力的欲望と、これを制御しようとする禁止の衝動。禁止の衝動は一定ではなく、時代、環境に応じ様々に変化する。それゆえ、暴力的欲望と禁止の関係は複雑きわまりない。バタイユは、両者のこの複雑な関係を、じつに辛抱強く、多角的に、追究した。本書に見られるバタイユの思考の足跡は、混迷する現代人の欲望を読み解くうえで有意義であるばかりでなく、この欲望を根源的に問い、検討してゆく者にとっては、鑑《かがみ》でさえある。

バタイユは、思考の成果が人から人へリレー状態に受け継がれてゆくことに意識的だった。本書から、新たなエロティシズム論が生まれることをバタイユは願っている。どうか、エロティシズムは動物性への回帰であるとか、禁止のない世の中が来るのが理想だといった浅薄な理解を斥けて、「エロティシズムとは死におけるまで生を称えることだ」という「序論」冒頭の困難な生への讃歌を、バタイユとともに、そしてバタイユ以上に、掘り下げていってほしい。

なお、本書をもって初めてバタイユに接する方は、「序論」はむろんのこと、第二部の第六論文「神聖さ、エロティシズム、孤独」をまずお読みになることをお薦めしたい。両者とも講演の文章であるため、読みやすい。

本書の既訳は二つある。拙訳は、よりいっそうの精度、よりいっそうの読み易さをめざしたが、御批正を賜ることができれば幸いである。

底本としては、ミニュイ社版の初版テクストを用いたが、ガリマール社版『バタイユ全集』第十巻（一九八七）所収のテクストも適宜参考にした。

拙訳の刊行にあたっては、渡辺英明氏、中村鐵太郎氏をはじめ編集部の方々に多大なる御尽力を賜った。ここに御礼と深謝の念を表しておきたい。

二〇〇三年十一月

酒井 健

本書は「ちくま学芸文庫」のために新たに訳出されたものである。

ちくま学芸文庫

エロティシズム

二〇〇四年一月七日　第一刷発行
二〇二五年七月五日　第二十刷発行

著者　ジョルジュ・バタイユ
訳者　酒井　健（さかい・たけし）
発行者　増田健史
発行所　株式会社　筑摩書房
東京都台東区蔵前二―五―三　〒一一一―八七五五
電話番号　〇三―五六八七―二六〇一（代表）
装幀者　安野光雅
印刷所　株式会社精興社
製本所　株式会社積信堂

ISBN978-4-480-08799-7 C0110